浙江省哲学社会科学规划课题

《地域文化视角下的南宋浙江词人群体研究》成果

（项目编号：14NDJC050YB）

地域文化视角下的
南宋浙江词人群体研究

吴冬红 著

中国社会科学出版社

图书在版编目（CIP）数据

地域文化视角下的南宋浙江词人群体研究/吴冬红著.—北京：
中国社会科学出版社，2017.6
ISBN 978 - 7 - 5203 - 0348 - 4

Ⅰ.①地…　Ⅱ.①吴…　Ⅲ.①宋词—诗词研究—浙江—南宋
Ⅳ.①I207.23

中国版本图书馆 CIP 数据核字（2017）第 099928 号

出 版 人　赵剑英
责任编辑　刘　芳
责任校对　张依婧
责任印制　李寡寡

出　　版　中国社会科学出版社
社　　址　北京鼓楼西大街甲 158 号
邮　　编　100720
网　　址　http：//www.csspw.cn
发 行 部　010 - 84083685
门 市 部　010 - 84029450
经　　销　新华书店及其他书店

印　　刷　北京明恒达印务有限公司
装　　订　廊坊市广阳区广增装订厂
版　　次　2017 年 6 月第 1 版
印　　次　2017 年 6 月第 1 次印刷

开　　本　710×1000　1/16
印　　张　17.5
插　　页　2
字　　数　288 千字
定　　价　75.00 元

序

　　"东湖的荷花颇有声名，每当荷花盛开之季，曾惇与名流雅士宴饮于东湖之亭，兴之所至，折荷叶以为杯，醉饮于十里荷花之中。洪适词《好事近·东湖席上次曾守韵，时幕曹同集》描写了东湖宴集赏荷之情景，词云：'风细晚轩凉，妙句初挥新墨。绿水池中宾佐，对嫩荷擎绿。坐看微月上云头，清臂映寒玉。只恐朝来酒醒，有文书羁束。'洪适此词为'次韵'之作，则曾惇在东湖赏荷席上已先行作词。绿水池中对嫩荷擎绿，挥新墨书妙句，词人甚至不愿醒来重遭文书羁束，文人之雅趣展露无遗。"当我摆脱杂务，从连续一个多月的紧张、劳累中回归无人打扰的慵懒，静静地兀坐窗前，望着不远处杨树的枝叶在清风中婆娑，听着马路上车子经过时发出的阵阵噪音，读到这样的文字，不禁心驰神往，如醉如痴了。眼下的季节，还不到荷花盛开，几天前在湖北黄冈游东坡赤壁时所见，也只是很小很小如新生儿刚生出的模样，贴着水面，不肯把稚弱的头昂起，但我还是禁不住想象台州东湖那十里嫩荷擎绿、清臂映玉的情景，体味、领会曾惇与一帮文士，折荷叶为杯盏，酣饮醉卧于一望无际的红绿之中的畅快与适意、淋漓与恣意。同时，脑海中再次浮出大大的问号：词学何为？词人何为？

　　遥想南宋当年，两浙地区有多少词人享受着东湖荷花式的天馈自然美景，咀嚼着湖光山色无尽的润泽，他们生于斯长于斯死于斯，作于斯；有多少词人怀抱致君尧舜收复失地的政治梦想，浮沉于宦海无情的碧波和风涛，他们仕于斯迁于斯谪于斯，作于斯；又有多少词人仰慕上国的绮树蕙枝流风繁华，渴望一睹西湖西子的淡抹浓妆，他们游于斯耽于斯老于斯，作于斯。这些词人，浙产的，与寓浙的，其数量十分可观；其中，同时进行唱和或者其他词学活动者，就构成浙江词人群体，他们有以曾惇、洪适、曹勋、钱端礼、朱敦儒、王之望等人为中心的台州词人群体，由叶梦得、葛胜仲、沈与求、刘焘、许亢宗、富直柔、莫彦平、刘一止等人组成的湖州词人群体，张镃、姜夔、楼钥、洪迈、杨缵、周密、张枢、张炎、陈允平、施岳、徐宇、奚淢、李彭老等人形成的杭州词人群体，史浩、汪大猷、楼钥、吴潜、刘长翁、翁元龙、刘自昭、胡景回、梅应发、李直翁、叶士则、惠计院等人的四明词人群体，由辛弃疾、张镃、李浹、姜夔、丘崈、赵蕃、王英孙、王易简、唐艺孙、陈恕可、王沂孙、周密、唐钰、吕同老等形成的绍兴词人群体。这是一支庞大的词人队伍，人数超过百人，有的词人参与跨地区的唱和活动；这是一支强大的词人队伍，举凡南宋大词人、知名词人，基本上都在其中。浙江词人群体的创作，形成宋代词史上非常重要的景观。尽管群体中的有些词人，其作品流传甚少，孤立地看，没有多少价值，甚至根本没有词作流传下来，现在的我们不经意间不会把他们当作词人看待，但通过吴冬红女士的勾勒、还原，他们当年参与唱和，共同创建了浙江乃至南宋词坛的繁荣，是可以肯定的。

文学群体的研究，离不开这样八大要素：群体的领袖或者组织者是谁；群体的规模如何成员有哪些；群体形成的时间、存在的时间、活动的时间和频次；群体活动的空间范围和具体场所；群体活动的形式、主题和结果；群体的性质、特点如何；群体的文学宗旨或者其他诉求是什么；群体的成就、价值或意义如何。一个群体的领袖、组织者，可能是一个人，也可能同时或异时地有两个或更多。一个群体的规模或大或小，但成员是构成群体的基础，必须知道有哪些人或者多少人。有的群体是临时组织起来的，有的群体则是长时间的，其活动有规定的频次或节奏，其形成、解散都有准确或者大致的时间可考。群体的文学活动，都有一个空间范围，有的固定于某个场所，有的按照一定的次序变换，留下集体活动的历史痕迹；有的则随着领袖人物空间的移动而移动，甚至隔空唱和，形成群体。空间是考察群体的重要因素。群体的文学活动，往往赋得征题、拈韵分字，留下若干同题、唱和之作，或者结集成书。群体可以是家族的，地域乡邦的，同仁、同年的，性别的，也可以是某个流派的，学派的，政治团体的，同一行辈或者某一年龄段的，所以，他们有着自己的文学主张、审美追求，或者政治诉求、生活理想。群体的成就、价值有大有小，有的群体只是备员而已，有的群体则推动、影响、规范了一个空间范围内、某一时间段的文学创作。这八大要素，一个群体全部具备，其面貌将是生动的、清晰的；具备三个，是构成群体的最低起点；达到五个，则其基本轮廓呈现出来了。文学群体与文学流派、文学社团有交集，又有不同，群体的松散性、集团性，显然超过流派、社团。

吴冬红女士的这部著作，较为清晰地勾勒出南宋时期浙江词人群体的历史面貌。在这里，我们看到宋室南渡时期台州词人群体，在曾惇的引领下多次唱和活动，他们生当乱世僻壤，却有意疏离于政治，追求风雅，却又回应着时代词学的发展步伐。我们看到以叶梦得、葛胜仲为中心的湖州词人群体，追慕唐代张志和，以及北宋张先、苏轼等人的流风余韵，向往浮家泛宅、高蹈隐逸的生活，又不忘家国变迁之忧。而都城词人群体，又有以张镃为中心的一派，在私家园林里弦歌；以杨缵为中心的一派，在西子湖畔从事声律之辨；以周密为中心的临安遗民词人群体，则用词集体书写着西湖的影像，抒发着他们山河异变的恋旧情怀。在这里，词人群体有着鲜明的时代特征、地域特征，因而有着鲜明而充分的群体的个性特征，如绍兴词人群体，典型地兼具时代、地域之特点，"辛弃疾是坚决的主战派，一直为收复失地奔走呼号，在退隐九年之后被重新起用，绍兴自古以来形成的尚勇强悍、刚硬不屈的民风和历史上的英雄人物事迹与辛弃疾被压抑的情感相碰撞，在绍兴的地域平台上，辛弃疾敏锐地感受到越地文化的特色，他以词作为陶写之具，在怅望越中山川、缅怀历史遗迹时，以《汉宫春》为词牌，一口气写下了四首词，另有一首《上西平·会稽秋风亭观雪》。同时辛弃疾的到来，也掀起了绍兴词坛的唱和高潮，为浙东文坛带来了一股昂扬向上之气"。绍兴词人群体，与重学崇礼、尚老敦伦的四明词人群体绝然不同，无论是以史浩为中心的退休官员的群体唱和，还是以吴潜为中心的地方官员的词学雅集，四明词人群体在词作内容、情调、语言、审美上，都是"四明地区尚礼之风熏染之下人际关系和谐的一个体现"。

在对浙江台州、湖州、京城、四明、绍兴五大区域的词人群体进行脉络梳理、内部特征辨析之后，吴冬红女士还从整体上概括出浙江词人群体的总体风貌，那就是"余论"中关于南宋浙江词人群体创作的"浙江文化元素"、浙江清雅词风的地域传承两部分的探讨，这个探讨当然还可以进一步加强、深化，但对我们认识南宋浙江词人群体的时代的、地域的、文化的群体特征，还是颇为有益的。

　　大约十年前，吴冬红从浙江来沪攻读硕士学位，学位论文写的是曹勋词的研究。毕业几年后，她所在学校对教师提出专业提升的要求，就回到母校做访问学者，这个题目就是访学时的课题，当然，此前她已有若干想法。记得课间、课后，她常与我讨论，更多的时间则是泡图书馆，全身心投入读书和写作，这一点我印象很深。因为校方对访问学者的管理其实是很宽松的，甚至不要求他们一定要冠以学校的名义发表论文。访学只有一年，她很勤奋地写出了书稿中的大部分内容。访学结束后回到原单位，她又多次与我沟通，谈她的想法，她的困惑。词学界关于浙江词人群体的研究，已有一些成果，吴冬红在完成本课题的过程中，不可能不借鉴它们，这些成果成为她的参考，更成为她的"焦虑"，求新是她进行南宋浙江词人群体研究的出发点、支撑点，新意也是她这部书稿的整体特点。全部创新谈何容易，局部新，已然不易；始终葆有创新意识，才是重要的。

　　是为序。

彭国忠

丁酉年农历四月初四　沪上

目　　录

绪论 ……………………………………………………………（1）

　一　南宋浙江词人之盛与区域文化的多元性 ………………（1）

　二　地域文化视阈下的宋词研究 ……………………………（6）

　三　研究思路和主要内容 ……………………………………（12）

第一章　宋南渡台州词人群体研究 …………………………（15）

　第一节　宋室南渡与台州文学生态的新变 …………………（15）

　第二节　乱世僻壤中的词学雅集 ……………………………（22）

　第三节　台州词人群体的聚合与政治的疏离 ………………（29）

　第四节　雅的追求与时代呼应 ………………………………（40）

第二章　宋南渡湖州词人群体研究 …………………………（47）

　第一节　清远之地与文人酬唱的历史传统 …………………（48）

　第二节　宋南渡湖州词人群体的交际网络 …………………（56）

　第三节　"浮家泛宅"的隐逸文化效应 ………………………（60）

第三章　南宋都城词人群体研究 ……………………………（80）

　第一节　杭州:诗意的都市范型 ……………………………（80）

　第二节　私家园林的都城弦歌:以张镃为中心的

　　　　　词人群体活动 ………………………………………（92）

　第三节　西子湖畔的声律之辨:以杨缵为中心的

　　　　　词人群体活动 ………………………………………（121）

　　第四节　山河异变的恋旧情怀:临安遗民词人对

　　　　　　西湖影像的集体书写 ……………………………………（157）

第四章　南宋四明词人群体研究 …………………………………（175）

　　第一节　南宋四明的重学崇礼之风 ……………………………（176）

　　第二节　闲居官员的乡友之睦:以史浩为中心的词学活动 ………（181）

　　第三节　地方文官的社交酬唱:以吴潜为中心的

　　　　　　词人群体活动 ……………………………………………（187）

第五章　南宋绍兴词人群体研究 …………………………………（211）

　　第一节　越地文化特质与文人结社联吟之风 …………………（212）

　　第二节　越地历史文化的情感触发:以辛弃疾为中心的

　　　　　　词人群体活动 ……………………………………………（219）

　　第三节　山房书院中的兴寄咏物:越中遗民词人的

　　　　　　结社联吟活动 ……………………………………………（230）

余论 …………………………………………………………………（255）

　　第一节　南宋浙江词人群体创作的"浙江文化元素" …………（255）

　　第二节　浙江清雅词风的地域传承 ……………………………（258）

参考文献 ……………………………………………………………（261）

后记 …………………………………………………………………（271）

绪　　论

一　南宋浙江词人之盛与区域文化的多元性

浙江在两宋时期是首屈一指的经济、文化区域，有"东南财赋地，江浙人文薮"之誉。① 北宋时浙江的经济就很发达，苏轼曾言："两浙之富，国用所恃，岁漕都下米百五十万石，其他财富供馈不可悉数。"② 南宋定都临安，政治中心的确立，更促进了浙江经济、文化的繁荣，本地人才纷纷崛起，"浙为词薮"，宋代浙江盛产词人，朱彝尊曾指出宋代浙江词人之盛的实况："宋以词名家者，浙东西为多。钱塘之周邦彦、孙惟信、张炎、仇远，秀州之吕渭老，吴兴之张先，此浙西之最著者也。三衢之毛滂，天台之左誉，永嘉之卢祖皋，东阳之黄机，四明之吴文英、陈允平皆以词名浙东。"③ 众多浙籍词人中除了周邦彦、张先等少数词人为北宋时期，余皆属南宋词人。唐圭璋先生《两宋词人占籍考》录有明确占籍的词人838人，浙籍词人有216人，占词人总数的四分之一强；刘尊明、王兆鹏《唐宋词的定量分析》一书中，对宋词作者队伍的地域分布进行了定量分析，梳理出来的浙籍词人有200人，其中北宋词人48人，南宋词人107人，时代不详45人，④ 数量均位列于各省份之首。

① 陈正祥：《中国文化地理》，生活·读书·新知三联书店1983年版，第16页。
② 苏轼著，孔凡礼点校：《苏轼文集》卷三二《进单锷吴中水利书状》，中华书局1986年版。
③ 朱彝尊：《曝书亭集》卷四〇《孟彦林词序》，《四部丛刊》本。
④ 刘尊明、王兆鹏：《唐宋词的定量分析》，北京大学出版社2012年版，第154页。

宋室南渡引发了空前规模的北人南迁浪潮，两浙成为大批北方移民寓居的首选之地，所谓"四方之民，云集二浙，百倍常时"①。"平江、常、润、湖、杭、明、越，号为士大夫渊薮，天下贤俊多避于此。"② 流入两浙之西北人显然多于其他诸路，据吴松弟《中国移民史》统计，迁入临安府的北方士人数量最多，迁入台州、越州、明州、湖州的人数也居于前列。③ "在南宋之前，中国人物多集中于黄河流域；南宋以后，则渐转移于扬子江流域，而荟萃于江浙。"④ 南迁至浙江的人口中有为数不少的文人士大夫，他们使南宋浙江版图上文人的密度大幅度增加，这些文人中有相当一部分是词人，他们在浙江的大量聚集，形成了"南宋词人，浙东西特盛"的词坛格局。⑤ 都城临安凭借地域优势，成为当时最重要的词人雅集空间，浙江其他城市也以独特的地方声音，形成在地的文化，吸引着众多词人云集。大批外来词人与浙江本地词人一起构成了庞大的词人群体，朱彝尊《鱼计庄词序》云："在昔鄱阳姜石帚、张东泽、弁阳周草窗、西秦张玉田，咸非浙产，然言浙词者必称焉。是则浙词之盛，亦由侨居者为之助，犹夫豫章诗派不必皆江西人，亦取其同调焉耳矣。"⑥ 将寓居在浙江的外援词人也归为浙派词人。梅新林先生曾论及文人的流动现象对文学格局产生的影响："对于中国古代文学版图而言，流域轴线是其'动脉'，城市轴心是其'心脏'，文人群体则是其'灵魂'，作为文学活动与创作的主体，文人群体的流向随时都在改变着并最终决定着古代文学版图的整体格局。"⑦ 浙江成为南宋词学活动中心，大批流寓者为浙江词坛增盛，同时外来词人也深受浙江文化的濡染，浙江的地域文化场重新陶冶着他们的气质，进而影响到词学创作。

---

① 李心传：《建炎以来系年要录》卷一五八，中华书局 1956 年版，第 4851 页。

② 李心传：《建炎以来系年要录》卷二〇，中华书局 1956 年版，第 405 页。

③ 吴松弟：《中国移民史》第四卷，福建人民出版社 1997 年版，第 277 页。

④ 朱君毅：《中国历代文人之地理分布》，中华书局 1932 年版，第 12 页。

⑤ 石岩：《志雅堂杂钞·序》，周密《志雅堂杂钞》，中华书局 1991 年版。

⑥ 朱彝尊：《曝书亭集》卷四〇《鱼计庄词序》，《四部丛刊》本。

⑦ 梅新林：《中国古代文学地理形态与演变》（下册），复旦大学出版社 2006 年版，第 429 页。

　　从宋代文人的生存状态来看，彼此之间的交游酬唱明显增多。宋代文人是集政治、文学、经术于一身的政治主体，往往兼有官僚、文学家、学者三位一体的社会角色，这会强化彼此之间的政治、文学互动，从而也促成文人结社雅集、交游唱和之风兴盛。王水照先生在比较唐宋文人的生存方式时指出："如果说，盛唐作家主要通过科举求仕、边塞从幕、隐居买名、仗策漫游等方式完成个体社会化的历程，从而创造出恢宏壮阔、奋发豪健的盛唐之音，那么，宋代的更大规模的科举活动所造成的全国性人才大流动、经常性的游宦、频繁的贬谪以及以文酒诗会为中心的文人间交往过从，就成为宋代作家们的主要生存方式了。"① 有学者也曾指出："文人集会广泛涉及时代风会、文人交往、心理表现、传播接受等多个层面，它既是精英生活的集合，也是沟通哲学思想、政治理念、编织人际网络、进行文学创作、游戏娱乐、交流情感的场合，因而具有较大的文化包容量；而这样的集会虽在中国历史上屡见不鲜，但其最兴盛的时期却是在宋代。"② 宋代文人群体意识趋强，集会、结社之风兴盛。

　　宋室南渡后，在浙江这一地域范围内云集了如此高密度的词人，加之宋代集会、结社之风盛行，外来词人与本地词人之间的交游酬唱频繁，大批带有明显浙江地域文化印记的词人群体涌现出来。

　　中国自然环境，南北差异明显，所谓"杏花春雨江南，骏马秋风冀北"，自然地理环境的巨大差异，孕育出迥然不同的南北文化，学术史上的区域视角，主要集中在对南北二元文化的区分和讨论上。浙江作为一个区域的概念，具有江南一般的区域文化特色，但浙江各区域的文化传统又非整齐划一，每一个小的区域因地理位置、自然环境、风俗民情、人文历史等方面的不同，形成了自己的区域文化个性。如浙东和浙西的区域文化存在明显的不同，浙东多山地，包括温、处、婺、衢、明、台、越等；浙西多泽国，包括杭、嘉、湖等。《浙江通志》云"两浙水土风气不齐，故民俗淳漓不一"，"浙东多山，故刚劲而邻于亢；浙西近泽，故文秀而失之靡"。明人王士性的《广志绎》从地理角度指出两浙处于不同

---

① 王水照：《北宋洛阳文人集团与地域环境的关系》，《文学遗产》1994 年第 3 期。

② 尚永亮：《北宋文人集会与诗歌·序》，中华书局 2008 年版，第 2 页。

环境的地区，因所从事的经济生活不同，具有不同的文化性格：

> 两浙东西以江为界，而风俗因之。浙西俗繁华，人性纤巧，雅文物，喜饰肇悦，多巨室大豪，若家僮千百者，鲜衣怒马，非市井小民之利；浙东俗敦朴，人性俭啬椎鲁，尚古淳风，重节概，鲜富商大贾。……杭、嘉、湖平原水乡，是为泽国之民；金、衢、严处丘陵险阻，是为山谷之民；宁、绍、台、温连山大海，是为海滨之民。三民各自为俗：泽国之民，舟楫为居，百货所聚，间阎易于富贵，俗尚奢侈，缙绅气势大而众庶小；山谷之民，石气所钟，猛烈鸷愎，轻犯刑法，喜习俭素，然豪民颇负气，聚党与而傲缙绅；海滨之民，餐风宿水，百死一生，以有海利为生不甚穷，以不通商贩不甚富，间阎与缙绅相安，官民得贵贱之中，俗尚居奢俭之半。[①]

王士性以地理要素为指标，将浙江地区划分为风俗各不相同的泽国文化区、山谷文化区、海滨文化区，但即便是属于王士性所言的同一文化区中，不同的区域也会因为历史积淀、民俗风情等的不同，表现出不同的区域文化特征。

区域文化背景的差异使得浙江境内的文风呈现出多元并存的区域性特色。大的方面而言，表现在浙东、浙西两地文风的差异，对此问题学者们多有论述，梁启超在《近代学风之地理的分布》一文中探讨有关文化地理问题时曾说过："文化愈盛之省份，其分化愈复杂——如江南之与江北，皖南之与皖北，浙东之与浙西，学风划然不同。"[②] 浙西、浙东这种民风文气的不同自唐宋以来一直是显性呈现。浙西水网密布，浙东群山环抱，不同的质地衍生出不同的文风，浙西文风偏于柔婉华靡，浙东文风倾向于朴质无华。这种东西文化圈的差异在南宋浙江文人群体的活动中即有清晰的展现，浙西文人更儒雅，结社多悠游岁月、吟风咏月、享受承平世界的繁华富丽，创作的作品更注重文学的本色，多呈现辞藻华丽、风格柔婉、情思细腻的特点；浙东文人结社则更多关注现实，更

---

① 王士性：《广志绎》卷四，中华书局1981年版，第67—68页。
② 梁启超：《饮冰室文集》卷一四，中华书局1960年版，第49页。

注重文学的社会功用，文风刚武、厚重。杭州、越州词人群体分别为浙西、浙东词风的典型代表。如以杭州为活动舞台的西湖吟社词人群体沉醉于自然湖山、富宅贵邸，酣玩岁月，疏离现实，注重词艺的研讨，词风清雅；以越州为活动背景的南宋遗民词人群体，以结社的方式表达历史沧桑之变，抒发亡国的愤慨，词风多苍凉和悲慨。造成这种词风的转变既有时代的因素，更有创作地域背景的文化基因在发挥作用，有时地域文化场的影响力甚至可以超过政治因素。

从地域的因素将浙江以浙西、浙东来区分，这是一种为大家所认同的合理的分法，但若进行更加细致的区分，则同属浙西的杭州、湖州，或同属浙东的明州、台州、越州，其区域文化又有明显的差异，如杭州的奢靡尚雅之风、湖州的隐逸之风、明州的崇学重礼、台州的崇佛尚道、越州的重大义讲气节等，活动于其中的文人群体必然会在地域文化的背景上获得地域生命基因而呈现出独具特色的面貌，浙江区域文学也因此呈现出多元化的格局，"大批士大夫集中活动于一些著名的城市空间之中，在这样的一个具有悠久历史与文化积淀的地理空间与文化空间中的生活，必然会使他们的文化活动与文学创作，共同受到来自历史已经建构起来的，有关这样一座城市的经典文化意象的强烈影响。不仅如此，他们会在这种影响氛围下，努力去模仿和强化历史已经建构起来的这座城市的文化意象"①。如活动于同一时期的西湖吟社词人群体和明州词人群体，一者极力强化词的艺术性，使之高悬为精英阶层孤芳自赏的精致文艺；一者则极力开发词的实用功能，使之成为传播乡俗礼仪的文字工具。而对于南宋浙江各个小区域词学个性多元并存格局的研究恰恰是目前学术界所忽略的一个选题。

地域文化场作为一个重要的因素与政治风气、词坛风尚共同作用于词人群体活动。浙江是南宋词人群体活动与创作的最重要舞台，南宋浙江各区域的词人群体活动有着怎样不同的风貌？浙江区域性的文化传统在词人群体唱和中发挥着怎样的作用？浙江地域文化因素对南宋词坛的走向以及元明清词坛的走向产生了怎样的影响？南宋浙江词人群体的词

① 刘方：《盛世繁华：宋代江南城市文化的繁荣与变迁》，浙江大学出版社2011年版，第50页。

学活动是如何参与浙江地域文化建构的？这些问题都是值得我们去探究和深思的。

二　地域文化视阈下的宋词研究

文学创作的地域差异，历来受到学者的关注，古人很早就已经意识到地理环境对人的心理、性格、气质以及民风民俗、审美风尚的濡养作用，《荀子·儒效》篇有"居楚而楚，居越而越，居夏而夏，是非天性也，积靡使然也"之言，即指出所处的地域文化对人的性格、行为习惯的影响。作为创作主体的作家，其所处的环境也必然会对其创作产生影响。从史书中的地理志、地方志中由自然地理及于地域文化与文学的论说，到文学批评中的相关论著，探讨文学与地域的关系由来已久。刘勰在《文心雕龙》中说："山林皋壤，实文思之奥府，略语则阙，详说则繁。然屈平所以能洞监风骚之情者，抑亦江山之助乎？"[①] 指出山水风貌对文学创作的影响，屈原的文学成就即得于楚国江山景物之助。魏征《隋书·文学传序》则注意到南北地域文化的差异影响到六朝南北文学风格："江左宫商发越，贵于轻绮；河朔词义贞刚，重乎气质。气质则理胜其词，清绮则文过其意，理深者便于时用，文华者宜于咏歌，此其南北词人得失之大较也。"[②] 将南朝、北朝文学传统的差异归结为"轻绮"和"气质"的对立，这是受地域因素的影响而使文学呈现不同的特质。

文学与地域之间的关系，古人早就认识到，但是以地域作为文学研究的视角，则是近代的事情。1905 年，刘师培先生发表了《南北学派不同论》，其中"南北文学不同论"一章，从声音、水土等角度论述了南北文学的不同点，论及自然环境对文学的影响，刘先生认为："大抵北方之地土厚水深，民生其间，多尚实际，南方之地水势浩洋，民生其间，多尚虚无。民尚实际，故所著之文不外记事析理二端；民尚虚无，故所作

---

①　刘勰著，周振甫注：《文心雕龙注释》，人民文学出版社 1981 年版，第 494 页。

②　魏征：《隋书》卷七六，中华书局 1973 年版，第 1730 页。

之文或为言志抒情之体。"① 刘先生也指出南北文学互相渗透的特征。之前对"地域文化—文学"之关系的探究都是只言片语式的论述,刘师培的这篇文章标志着地域文学研究进入理性研究阶段,稍后汪辟疆、梁启超、王国维、陈寅恪等都探讨过地理环境与文学之间的关系。如汪辟疆在《近代诗派与地域》一文中指出:"夫民函五常之性,系水土之情,风俗因是而成,声音本之而异。则随地以系人,因人而成派。溯渊源于既往,昭轨辙于方来,庶无尤焉。"② 并将清末之诗按地域分为湖湘、闽赣、河北、江左、岭南、西蜀六派。

　　1990 年,袁行霈先生根据他在日本讲学的讲稿出版了《中国文学概论》一书,其第三章为"中国文学的地域性与文学家的地理分布",袁先生指出:"中国文学的研究,除了史的叙述、作家作品的考证评论,以及文体的描述外,还有一个被忽视了的重要方面,就是地域研究。"③ 在该书中,袁先生认为地域性包括两方面的意思:其一,某些文学体裁是从某个地区产生的,在它发展过程的初期不可避免地带着这个地区的特点;其二,不同地区的文学各具不同的风格特点。④ 他还指出,中国文化的地域性,东西的差异不如南北差异那么明显。政治中心、交通枢纽、经济繁荣地区易成为文学中心,袁先生的这些观点,对以后的地域文学研究产生了很大的影响。

　　宋代文人的地域文化意识较前代有所增强,主要表现在:一是宋代方志的大量出现,其数量远超前代,亦引领后来者,据张国淦《中国古方志考》,见于著录的宋代方志 600 多种,数量上远胜唐代。诸多的宋代方志除记载地理民情之外,还特别关注各地的文化。二是宋人习惯于以地域来划分学派和文学流派,如学术中的蜀学、洛学、关学、闽学、永嘉学派,文学中的江西诗派、永嘉四灵等。三是宋人对编选地域性文学总集、选集充满热情,如孔延之编的《会稽掇英总集》、朱熹编的《南岳

---

①　刘师培:《刘申叔遗书》,江苏古籍出版社 1997 年版,第 559 页。

②　汪国垣:《近代诗派与地域》,《汪辟疆文集》,上海古籍出版社 1988 年版,第 291 页。

③　袁行霈:《中国文学概论》,高等教育出版社 1990 年版,第 46 页。

④　同上书,第 33 页。

唱酬集》、李庚等编的《天台前集》、林师蒇等编的《天台续集》、林表民编的《赤城集》等。

宋代文人地域认同感的强化密切了宋代文学与地域文化之间的关系，对宋代文学的地域性研究也取得了丰硕的成果，既有理论的探讨，又有个案的分析，① 其中王水照先生的研究成果《北宋洛阳文人集团与地域环境的关系》首次将文人群体活动与地域文化相结合进行考察，② 论述了以钱惟演、谢绛为首的北宋洛阳西京留守府僚佐文人群体活动与洛阳地区的地域文化、自然环境的关系，对文人群体活动与地域文化关系的考察具有开创的意义。

就宋词领域而言，唐圭璋先生的《两宋词人占籍考》开启了对宋词的地域性研究，文中运用历史地理学中的地理分布理论来研究两宋词人的占籍，"考两宋词人之籍历，按省分列，藉以觇一代词风之盛，及一地词风之盛"③。对词学的地域性研究无疑具有方法论的意义。同一时期的宛敏灏先生亦有意识地以地域为范围来研究词，他以词人占籍为限定，撰写了的一系列以"休、歙宋人之能词者"为对象的研究论文。④ 此后以地域为视角研究词学者，有日渐增多之势，研究主要从以下几个方面进行：

一是从地域视角研究宋词的文体特征。如清代谢章铤《赌棋山庄词话续编》中就曾指出南方地理环境对南宋词风格特征的影响："予尝谓南宋词家，于水软山温之地，为云痴月倦之辞，如幽芳孤笑，如哀鸟长吟，徘徊隐约，洵足感人。"⑤ 杨海明先生的《唐宋词史》从地域文化角度研究词体特征，提出了"词为南方文学"的论断，"唐宋词在其整体上表现

① 有关宋代文学地域性研究的成果，可参见王祥《宋代文学地域性研究述评》，《沈阳师范大学学报》（社会科学版）2006 年第 1 期。

② 王水照：《北宋洛阳文人集团与地域环境的关系》，《文学遗产》1994 年第 3 期。

③ 唐圭璋：《宋词四考》，江苏古籍出版社 1985 年版，第 1 页。

④ 以《休歙十词人》为代表，华东师范大学中文系古典文学研究室编《词学研究论文集（1911—1949）》，上海古籍出版社 1988 年版，第 279—291 页。

⑤ 谢章铤：《赌棋山庄词话续编》卷五，唐圭璋《词话丛编》第 4 册，中华书局 1986 年版，第 3561 页。

出了相当明显的南方文学特色，它所呈现的主体风格是属于'柔美'类型的"。"唐宋词人大多数都是南人和在南方久逗过的人。"① 研究中不仅关注词人的籍贯，同时也强调词人的履历对词创作的影响。金净的《宋词综论》着重从历史上南北经济文化变迁及地域文化特点等方面阐述词的体制风格特征和源流发展演变过程，指出"词是一种典型南方文化风情的文学体裁"②。

二是对宋代词人地理分布的研究。文化地理学家陈正祥撰写的《诗的地理》《中国文化地理》两书，对这一时期的地域文学研究有较大影响。《中国文化地理》中第一章"中国文化中心的迁移"对唐代诗人、北宋词人和宋代诗人地域分布进行了定量分析。③ 王兆鹏先生《宋词作者的统计分析》一文，通过数量统计，对宋词作者的地域分布和时代分布等状况进行了分析，统计结果显示，宋词的作者地域分布极不平衡，宋词作者80%以上是南方人，78%的作品是南方人写出来的。"宋词作者地域分布的密集区是在南方的浙江（含上海）、江西、福建、江苏、四川、安徽和北方的河南、山东八省。这南北八省的词作者共有813人，占作者总人数的92.4%；其词作量为16774首，占作品总量的93.5%。几乎可以说宋词并不是'宋代'全境的人写出来的，而是宋代八省的人写出来的。"④ 钱建状《南渡词人的地理分布与南宋文学发展的新趋势》一文以南渡词人的分布为研究对象，探讨宋室南渡所导致的南宋乃至整个中国文学格局的根本性变化，以及因南中国文学生态变化而导致南渡文人文化心理的变化及其词作意象的更新。⑤

此外，曾大兴《中国历代文学家之地理分布》、叶忠海《南宋以来苏浙两省成为中国文人学者最大源地的综合研究》等论文也涉及对宋代词人的地域分布的研究。曾大兴《中国历代文学家之地理分布》一文详细

---

① 杨海明：《唐宋词史》，江苏古籍出版社1987年版，第10、12页。
② 金净：《宋词综论·引言》，巴蜀书社2001年版。
③ 陈正祥：《中国文化地理》，生活·读书·新知三联书店1983年版。
④ 王兆鹏、刘学：《宋词作者的统计分析》，《文艺研究》2003年第6期。
⑤ 钱建状：《南渡词人的地理分布与南宋文学发展的新趋势》，《文学遗产》2006年第6期。

探讨了中国历代文学家的分布格局、分布重心、分布成因和分布规律问题;① 叶忠海《南宋以来苏浙两省成为中国文人学者最大源地的综合研究》一文从自然地理因素、政治区位因素、社会安定与开放因素、经济因素、文化因素等方面着重考察了南宋以后苏浙两省成为中国文人学者最大源地的原因。②

三是地域与词创作关系之研究。夏承焘先生的《西湖与宋词》,将空间限定在著名的景点西湖,专论宋代的西湖词。③ 唐圭璋先生的《唐宋两代蜀词》,以唐宋蜀地词人的创作为研究对象,着眼于具体的地域与词创作的关系。④ 近几年来,将宋词置于地域空间维度下的研究正受到越来越多的关注,主要专著和博士学位论文如:王毅的《南宋江西词人群体研究》(华东师范大学,2006 年) 对南宋江西词人重要群体的酬答唱和活动予以考察,并从江西地域文化的角度对词作的发展特质给予一种文化上的观照;薛玉坤《宋词与江南区域文化——人地关系的视角》 一书,运用区域文化视角,将唐宋词置于江南文化的视域下进行审视,并选取了金陵、镇江、苏州、湖州、杭州等江南文化中心区进行个案分析;⑤ 陈未鹏的《宋词与地域文化》从地名、自然层面的地域文化、历史文化传统的地域文化等角度对宋词与地域文化之间的关系加以审视和诠释,探讨了南渡、北行、贬谪三种情况引发的地域文化的转换变迁对宋词创作的影响,并以江西词人群体为例,探讨地域文化对词人群体的形成、发展的影响;⑥ 马俊芬的《宋词与苏杭》(苏州大学,2011 年) 将苏杭的现实影像与宋词中影像加以比照,从时空角度再现了词人在苏杭的行踪,论述宋词与苏杭的相互影响;姚惠兰《宋南渡词人群与多元地域文化》

---

① 曾大兴:《中国历代文学家之地理分布》,湖北教育出版社 1995 年版。

② 叶忠海:《南宋以来苏浙两省成为中国文人学者最大源地的综合研究》,《华东师范大学学报》(哲学社会科学版) 1994 年第 1 期。

③ 夏承焘:《西湖与宋词》,《夏承焘集》第 8 册,浙江古籍出版社、浙江教育出版社 1997 年版。

④ 唐圭璋:《词学论丛》,上海古籍出版社 1985 年版,第 866—896 页。

⑤ 薛玉坤:《宋词与江南区域文化——人地关系的视角》,中国华侨出版社 2007 年版。

⑥ 陈未鹏:《宋词与地域文化》,中国社会科学出版社 2016 年版。

一书采用文学地域性的研究视角，具体考察了南渡时期浙江、江西、福建、岭南等地词人群体的活动与创作情况；① 台湾学者林佳蓉的《杭州声华——以张镃家族、姜夔、周密之词为探讨核心》，以张氏家族成员张镃、张枢、张炎以及词友姜夔、周密等人的杭州词为探讨文本，分析词中书写的杭州城市景象以及杭州词中的表征意义，亦为探讨南宋浙江词地域色彩的一种实践。②

探究地域与词人创作之关系的单篇论文如：刘荣平《论宋末元初江西词人群》③、高利华《宋季两浙路词人结社联吟之风》④、谢皓烨《论宋末元初浙江词坛的审美取向》⑤、李精耕《论南宋江西遗民词人群体形成的原因及其特质》⑥，等等。

以上学术界以地域为视角的研究，涉及两个概念，即"地域文学"与"文学的地域性"，两者之间的区别主要在于："'地域文学'强调的是文学的空间性（某一区域或某一空间范围内的文学），而'文学的地域性'不仅强调这种空间性，更强调空间性给文学所带来的影响。因此，研究'文学的地域性'首先要关注的不是它的空间范围，而是文学的地域性特征，关注文学与地域之关系以及地域给文学所可能带来的影响；而研究'地域文学'则必须首先限定空间范围，然后再研究此一范围内的文学的表现和特征，尽管在讨论其表现和特征时也会涉及到地域性问题，但显然这不会是它唯一应关注的问题。"⑦ 词这一体裁的南方地域特色、词人地理分布的研究皆可归于"地域文学"研究范畴，目前，"文学

---

① 姚惠兰：《宋南渡词人群与多元地域文化》，东方出版中心 2011 年版。

② 林佳蓉：《杭州声华——以张镃家族、姜夔、周密之词为探讨核心》，台湾学生书局 2011 年版。

③ 刘荣平：《论宋末元初江西词人群》，《集美大学学报》（哲学社会科学版）2004 年第 2 期。

④ 高利华：《宋季两浙路词人结社联吟之风》，《文学评论》2009 年第 2 期。

⑤ 谢皓烨：《论宋末元初浙江词坛的审美取向》，《赣南师范学院学报》2006 年第 5 期。

⑥ 李精耕：《论南宋江西遗民词人群体形成的原因及其特质》，《江西社会科学》2006 年第 12 期。

⑦ 周晓琳：《古代文学地域性研究的回顾与前瞻》，《文学遗产》2006 年第 1 期。

的地域性"研究正成为词学研究的热点，越来越多的学者注意到由地域所造成的词学创作在内容与艺术取向方面的差异性。群体词学交往中的创作与个体的创作相比，因群体互动中的暗示、模仿作用，在题材、艺术风格等方面具有更大的趋同性，而这种趋同性的一个显性表现就是对群体酬唱之场域空间的背景文化的关注或认同，并将之融入词的创作中。

三　研究思路和主要内容

丹纳认为："要了解一件艺术品，一个艺术家，一群艺术家，必须正确地设想他们所属的时代的精神和风俗概况，这是艺术品最后的解释，也是决定一切的基本原因。"① 而风俗一直被视为带有承传性的区域文化特征，严家炎认为："地域对文学的影响，实际上是通过区域文化这个中间环节而起作用的。"② 区域文化不仅影响着词人的性格特质、审美情趣、作品内容、艺术风格等，还孕育出一些特定的文学流派和词人群体，如"花间词""南唐词"等即以区域文化为划分依据。同一区域的作家因受地域文化传统潜移默化的影响，在审美情趣和创作风格上易形成趋同性，创作空间区域文化对词人群体的形成、文学活动的影响常是最直接、最显著的。宋代浙江词人群体唱和现象已受到一些学者的关注，但所关注的词人群体主要活动场域空间在杭州、越州、湖州，而对四明、台州等地的词人群体活动则极少涉及，在浙江词人群体研究中也侧重于群体内部的活动及创作，对群体创作的地域面向意义探究尚有很大的空间。

本书以南宋浙江词人群体活动为考察对象，其中所言之"浙江"，指今日浙江之范围。唐时设立两浙道，北宋时置两浙路，宋室南渡后分两浙东路和两浙西路，两浙东路辖绍兴、瑞安（温州）、庆元（明州）三府，婺、台、衢、处四州。两浙西路辖临安（杭州）、平江（苏州）、镇江、嘉兴四府，安吉、常、严三州，江阴一军；两浙西路中的平江府、

---

① ［法］丹纳：《艺术哲学》，傅雷译，天津社会科学院出版社 2004 年版，第 28—29 页。

② 严家炎：《二十世纪中国文学与区域文化丛书总序》，湖南教育出版社 1995 年版。

镇江府、常州、江阴军等区域不在本书所论范围之内。

　　研究以浙江词人群体活动的地域平台为切入点，将原本作为创作背景的"空间""地方"等因素作为研究视角，选择地域文化特征较为突出且词人群体活动影响力较大的区域作为个案分析的对象，从地区的空间环境、地域传统、时代机缘、核心人物等几个维度，探究以地域为活动平台的南宋浙江词人群体酬唱的真实状态和各区域酬唱词的内在特质，以揭示浙江地域文化在词人群体唱和中发挥的作用，有助于把握浙江地域文化对词人群体活动以及南宋词坛、元明清词坛的走向所产生的深远影响，为词史的发展演变提供多样化的阐释视角。

　　关于词人群体，肖鹏先生认为："是指生活在大致同一时代，相互往来熟识的亲密者所结成的天然形态的词人群体。他们由于社会身份的趋同，政治立场和人脉关系的相近，由于地域同乡因素、交游往来因素、唱和商榷因素、师友僚属因素、社集活动因素等各种人际要素，自然形成词坛上的'文化党人'和'知交群落'，而明显区别于周围其他相对散沙状的词人。"① 词人群体聚合的因素众多，本书采用较为宽泛的认定标准，所论的浙江词人群体指通过交游唱和等活动以及某种社会关系联结起来，在南宋浙江这一特定的时间和特定的环境空间内组成的群体。群体成员既包括浙籍词人，也包括非浙籍而参与本地词人群体活动的外援词人；群体活动既包括以结社方式进行的词学活动，也包括参与者在多人以上较大型的、有一定影响力的非结社词人群体酬唱。重点考察词人群体互动频繁的临安、绍兴、湖州、四明、台州五大区域不同时间段内多个词人群体的词学活动、词学创作，及其鲜明的区域个性特征，揭示不同区域词人群体活动与创作的不同风貌，进而探究这种地方词学特色形成的原因。

　　本书采用时空结合的立体化研究方法，在内容的安排上兼顾时间与空间的两个维度，主要以词人群体活动的地域空间为线索，同时考虑词人群体活动的时间因素，发生在不同区域的词人群体活动，按活动时间的先后安排，如台州、湖州的词人群体活动，发生在宋南渡时期，而都

---

① 肖鹏：《群体的选择——唐宋人词选与词人群通论》，凤凰出版社 2009 年版，第 29 页。

城临安的词人群体活动则发生在南宋中期以后，故将对台州、湖州词人群体的考察放置于临安之前，而绍兴遗民词人群体活动是南宋词的终结，故置于最后一章。

基于以上思路，本书主要从以下几个方面展开：

1. 南宋浙江词人群体活动的地域文化场分析。通过阅读相关的地理、史学、文学、文化等研究著作和地方志史料，对南宋浙江台州、湖州、杭州、四明、绍兴各区域文学生态有一个清晰的把握，尽可能还原这些地域词人群体活动和创作的生态环境。

2. 南宋浙江词人群体的交际网络与词人群体活动。利用各种传记、年谱、词人生平考、行年考及《宋史》、地方志等史料以及词学活动中所创作的词作，对南宋浙江词人群体成员的生平、行踪、交往情况等进行梳理、考证，勾勒出词人群体活动的关系表和词学活动表。

3. 群体酬唱词的地域文化因缘探析。作为词人群体研究，唱和是维系群体存在和紧密关系的重要活动之一，对唱和词的研究是词人群体研究的重要内容，由于词人群体中大部分成员的词作较多，考订一首词是否作于以浙江为地域背景的词人群体活动中，主要依据是词题、词序、词作的具体内容等方面。通过解读词人词作，并利用宋人笔记、词话、词序等，考察词人群体创作特征，重点从区域文化的角度探究词作的题材风格、审美情趣等，以揭示地域文化对词人创作之影响，并将词作回归到南宋词史的流程中，结合词坛风尚、核心人物等因素对群体活动进行多维的考察，对其在词史上所产生的影响进行客观的评价。

4. 余论。重点考察南宋浙江词人群体活动中的"浙江文化元素"以及南宋浙江清雅词风在清代的地域传承。

文学与地域关系之研究，是一个具有多层次、多侧面的系统工程，可有多种切入角度，本书只是截取宋词中富有代表性的一个阶段、区域，作为地域文化视角下词人群体活动微观研究的一种尝试，试图勾勒出南宋浙江词人群体活动的版图和场景。

第一章

宋南渡台州词人群体研究

　　台州，别称赤城，因天台山而得名，在南宋属两浙东路，辖临海、黄岩、天台、仙居、宁海五县，治临海。台州古属越地，僻处东南一隅，负山面海，曾远离文化中心，"秦前弃弗属。唐时犹为贬谪之所，因地处丛山，自昔声教未通，风土迫隘，大都僧寮居之，依山卓锡，遂成风气"①。至唐代仍然是朝廷发配犯人、贬谪官员之所，杜甫诗句"台州地阔海溟溟，云水长和岛屿青"写出了此地的蛮荒之状。自金兵南下，宋高宗驻跸杭州，一向被中原视为偏远之地的台州，因其得天独厚的地理条件，成了北方士人的理想避难地，众多南渡士子寓居于此，公主、驸马、朝政重臣等也寄寓本州，声名不显者寓居此地的则不计其数。外来士人（包括皇室宗支）的大量输入，为台州带来了历史性的发展契机，这些乔寓之人，有较高的政治地位，同时有些人本身就是文坛上有影响力的文人，他们的到来为台州文坛注入了新的因子，并形成了以外来文人为核心的南渡台州文人群体。

第一节　宋室南渡与台州文学生态的新变

　　台州因地处荒僻之所，在宋代以前，佛道文化占主流，儒学的发展相当缓慢，相较于浙江其他区域，台州的教育起步较晚，文学人才也比较匮乏。唐代郑虔在天宝之乱后，被贬为台州司户参军，当他于至德二年（757）到台州时，台郡民风闭塞，文教不兴，礼教不通，处于尚未开

---

① 喻长霖等：《台州府志》卷六〇，台湾成文出版社1970年版，第899页。

化的状态。郑虔诗书画兼擅，且精通天文历法、地理医学，他到任后创办学馆，选民间子弟之俊秀者而教之，为台州的启蒙教化竭尽心力，被誉为"台郡文教之祖"，后人建有祠堂纪念他。宋人陈公辅在重阳节祭奠郑虔祠时作《祝文》称赞郑虔来台后"教以正学，启以民彝。人始知学，去陋归儒。家家礼乐，人人诗书"，其中不乏夸张的成分。郑虔以罪人身份谪居台州时间短暂，且台州的文教起步晚，至南宋初期，台籍作家仅左纬、陈克、吴芾、左誉在当时文坛享有声誉。

左纬（生卒年不详），字经臣，号委羽居士，黄岩人，一生隐居不仕，以诗名著称，黄裳《委羽居士集序》评价其诗："慕王维、杜甫之遗风，甚严而有法。自言：每以意、理、趣观古今诗，莫能出此三字。"① 可知其诗学王维诗的意境，又有杜甫诗的谨严。

陈克（1081—？），字子高，号赤城居士，临海人，诗词兼擅，词尤工，有《赤城词》一卷，存词五十五首。陈振孙《直斋书录解题》评价其："词格颇高，晏周之流亚也。"② 陈克词入选《乐府雅词》三十六首，居入选词数第五位，入选《花庵词选》十三首，与谢无逸、万俟雅言同居第四位，陈克长期侨居金陵。

吴芾（1104—1183），字明可，号湖山居士，仙居人，南宋绍兴二年（1132）进士，曾因揭露秦桧卖国专权被黜，以龙图阁直学士致仕，有《湖山集》二十五卷，长短句三卷。《四库全书总目》称其"诗才甚富，往往澜翻泉涌"，以赠答之诗为多，余者为模山范水、叹老乞归之作，周必大评价其诗词"意远而辞达，使人读之萧然有出尘之想"③。吴芾一生，主要在外地为官。

左誉（生卒年不详），字与言，号筠翁，天台人，徽宗大观三年（1109）进士，官至湖州通判，后弃官为浮屠，"饱经史而下笔有神，名重一时"，"诗句清新妩丽，而乐府之词，调高韵胜，好事者尤所先争先

---

① 林表民：《赤城集》卷一七，文渊阁四库全书本。

② 陈振孙：《直斋书录解题》卷二一，中华书局 1985 年版，第 586 页。

③ 周必大：《吴康肃公芾湖山集并奏议序》，《文忠集》卷五五，文渊阁四库全书本。

快睹"①，曾因所写赠妓词中有"无所事，盈盈秋水，淡淡春山"，"帷云
翦水，滴粉搓酥"之语，当时都人有"晓风残月柳三变，滴粉搓酥左与
言"之对，其子辑有《筠翁长短句》，已佚。从左誉行踪来看，其大量时
间逗留在杭州。

此时的台州本土，以文名者寥寥，文学的氛围并不浓厚。随着宋室
南渡，台州名人文士骈集，有力推进了台州地域文学的发展，掀起了台
州文学诗词酬唱的高潮。

一　"仙源佛窟"的地域文化传统

台郡负山面海，风景优美，有"仙源佛窟"之美誉，是佛教、道教
圣地。其首次走进文人视野就是以道教名区的面目出现的，孙绰《游天
台山赋》曰：

> 天台山者，盖山岳之神秀也。涉海则有方丈蓬莱，登陆则有四
> 明天台，皆玄圣之所游化，灵仙之所窟宅。夫其峻极之状，嘉祥之
> 美，穷山海之瑰富，尽人神之壮丽矣。②

孙绰是东晋有影响的名士，成帝咸康末（340 年前后）曾任临海郡章
安（今台州临海）令，孙绰在任上写下著名的《游天台山赋》，对天台进
行了有效的宣传，使天台逐渐为士人所熟知。南宋台州大学者陈耆卿曾
说过："台以山名州，自孙绰一赋，光价殆十倍。"③ 孙绰以游仙的笔法，
写自己登临天台山的情景，展示了天台风物的神奇秀丽，光怪陆离，此
时的天台，还处在蛮荒的状态，是"皆玄圣之所游化，灵仙之所窟宅"
的道教名区，曾在此修炼的道教名士有王乔（周），茅盈（前汉），徐来
勒、王远（后汉），葛玄（吴），平仲节、王玄甫、邓伯元、任敦、白云
先生、许迈（晋）。东晋后道教在此地发展更甚，有徐则、陶弘景（梁），

---

① 王明清：《玉照新志》卷四，中华书局 1985 年版，第 60 页。

② 萧统编，李善注：《文选》卷一一，中华书局 1977 年版，第 163 页。

③ 陈耆卿：《嘉定赤城志》卷一九"山水门一"，《宋元方志丛刊》第 7 册，中
华书局 1990 年版，第 7424 页。

王远知、司马承祯、谢自然、吴筠、贺知章、张无梦（唐），张伯端（北宋）等名士在此修炼。今传道教十大洞天中，台州占有其三，即黄岩委羽山洞、天台赤城山洞、仙居括苍山洞。著名的刘晨、阮肇遇仙的故事就发生在此。

天台同时也是佛教兴盛之地，据载，东晋兴宁年间（363—366）就有释昙猷来天台传教，南朝时期释智顗来天台山说法，其教遂称天台宗，天台宗堪称中国佛教第一宗，在中国佛教史上有重要的地位。此后丰干、寒山、拾得、沩山禅师、湛然、遗则、幼璋等佛教名家在此传教，天台道释文化因名道高僧而声名远播，天台也因此有了"仙佛之国"的美誉。

天台山"仙佛之国"的形象在文化士人的文学参与中更加彰显，其中京城名公大臣为天台僧徒道士吟诗送行的风气对天台佛道文化是一种有力的宣传，《天台集》《天台别集》《天台续集》等收录了大量此类送行的诗歌。唐代天台道士即与京师之间往来频繁，如唐玄宗的《送司马链师归天台山》、宋之问的《寄天台山司马道士》、孟浩然的《寄天台道士》、李白的《送杨山人归天台》、孟郊的《送超上人归天台》、刘禹锡《送霄韵上人游天台》，等等。至北宋时期，名公大臣为僧徒道士吟诗送行成为一种时尚，且形成了具有一定规模的群体性活动。如北宋诗人送别道士张无梦归天台之诗就有三十余首。张无梦，字灵隐，号鸿蒙子，自幼"好清虚，穷《老》、《易》"，为北宋道教名士，长期修炼赤松子导引之术、安期子还丹之法，先居赤城玉京洞，旋又结庐于琼台，居琼台时，将这些经验写成 100 首韵文，纂编为《还元篇》。宋咸平四年（1001）前后，台州通判夏竦入天台山拜谒张无梦，得《还元篇》献于参知政事王钦若，王奏闻于真宗，真宗见诗，爱不释手，遂召张无梦来京，问道谈玄，授著作左郎官职，并赐金帛。张无梦坚决请辞，还天台山时，真宗赋《送张无梦归天台山》诗送行，和诗的权臣、韵士有王钦若、陈尧叟、钱惟演、查道、初暐、丁谓、马知节、李维、刘筠、孙奭、李建中、陈越、曹古、曾会、姜屿等三十一人，从中可见天台道士与京师名流的亲密关系。此后不久，佛徒梵才大师回归天台之时，钱惟演赋《送梵才大师归天台》，和者有章得象、蒋堂、叶清臣、高竦、黄鉴、吴遵路、张友道、章珉等名公二十三人以上。同时又有丁谓、钱惟演、吕夷简、张士逊、鲁宗道等二十二人赋诗送行某名僧回天台护国寺；钱惟演、杨亿、李宗谔等十人赋诗送行某僧归台州天宁万年禅院等。① 宋室南渡前，士大夫能莅临天台的机会很少，这些送行诗表达众多身不能往之的士大夫们对天台的向往之情，此时的台州地域文化，佛道文化占绝对的主流。据陈耆卿《嘉定赤城志》记载，宋元丰三年（1080），陆佃兄陆佖任黄岩令，陆佃为黄岩妙智院作《妙智院记》，他眼中的黄岩县还完全是一派佛国景象：

> 黄岩远邑也，以邻天台，其俗无贵贱大抵向佛。虽屠羊、履豨、牛医、马走、浆奴、酒保洴澼之家，亦望佛刹辄式遇其像且拜也。以故学佛之徒，饰宫宇为庄严，则吝者施财，惰者输力，伛者献涂，眇者效准，聋者与之磨砻，而土木之功，苍黈赭垩之饰，殆无遗巧。②

南宋时，台州的儒学虽然已开始发达，但佛道文化依然非常浓厚，南宋台州郡守尤袤《僧堂记》中云："天台为邦，仙圣所游。佛法之盛，冠于东州。"③ 陈耆卿《嘉定赤城志》"寺观门"中亦记载："台之为州，广不五百里，而为僧庐道宇者四百有奇。吁，盛哉！今吾儒之孔子、孟子之像设不增，或居仆漫不治，而穷堂伟殿独于彼甘心焉！"④ 并详细记载了三百六十二所佛寺道观的情况，可见佛道文化在台州的影响是何等的深广。

二 宋室南渡与台州文化的发展

宋室南渡后，台州因其得天独厚的地理条件，成了北方士人的理想避难地，人们或乐而游之，或寓而居之，络绎不绝。宋仁宗的第十个女儿秦鲁国大长公主，于绍兴间避地临海，宋高宗即命于临海城内美德坊赐第。另据《嘉定赤城志·人物·侨寓》载，名门高族寓居此地有：吕

---

① 林师蒇：《天台续集》卷七，文渊阁四库全书本。
② 陈耆卿：《嘉定赤城志》卷二八，《宋元方志丛刊》第 7 册，第 7493 页。
③ 同上书，第 7478 页。
④ 同上书，第 7477 页。

颐浩，字元直，济南人，绍兴元年拜左仆射，建炎四年寓临海；綦崇礼，字叔厚，北海人，建炎中寓临海；范宗尹，字觉民，襄阳人，建炎四年拜右仆射，绍兴初寓临海；钱忱，字伯诚，钱塘人，官至少师，绍兴初奉秦鲁国贤穆明懿大长公主寓临海；钱端礼，字处和，钱忱之子，绍兴初自湖广侍父徙居临海；谢克家，字任伯，上蔡人，建炎四年参知政事，绍兴初寓临海；李擢，字德升，奉符人，官至礼部尚书、徽猷阁直学士，绍兴初寓临海；郭仲荀，字传师，洛阳人，官至太尉，绍兴中寓临海……①这些乔寓之人，有较高的政治地位和文化修养，他们给台州带来了历史性的发展契机，为台州文学提供了良好的创作土壤。

南渡后台州文学生态的新变主要表现在：

一是儒学的兴起和政治地位的提高。据《台州府志·风俗志》记载，台郡原为荒僻之地，"宋时台土渐兴，南渡后，台为辅郡，人才始盛……于是荒瘠僻左之地一变而为名臣理学之邦"②。虽然台州的佛道文化依然浓厚，但儒学已在此地兴起，对于此种改变，陈耆卿亦介绍说："自唐以前，颇号僻左。本朝南渡后，陶和染醇，文物滋盛，乃始以盛壤名天下，而官守者亦乐之焉。"③宋室南渡后，台州文教事业振兴，陈耆卿曾具体描绘了南渡后台州人才之盛："接于南渡，文物益振，故其圭衮之炜耀，笔橐之层复，为宰辅者四人，为法从者几十人，其次不为宰辅、法从，而为卿监、郎曹，不为卿监、郎曹而为部使、郡守者，又不知其几人矣。"④ 这也带动了本地士子读书求取功名的热情，根据民国《台州府志》记载，整个北宋一百六十七年，台州考中进士的为三十七人，而南宋一百五十二年，台州中进士者竟达五百五十人，大大提升了台州的政治地位。外来士子的加入，也优化了台州儒学的文化构成。

二是消费水平的提升和文化品位的改变。台州"负山濒海，沃土少

---

① 陈耆卿：《嘉定赤城志》卷三四，《宋元方志丛刊》第 7 册，第 7549—7550 页。

② 喻长霖等：《台州府志》卷六〇，台湾成文出版社 1970 年版，第 899 页。

③ 陈耆卿：《嘉定赤城志》卷一，《宋元方志丛刊》第 7 册，第 7286 页。

④ 陈耆卿：《嘉定赤城志》卷三三，《宋元方志丛刊》第 7 册，第 7529 页。

而瘠地多。民生其间，转侧以谋衣食，寸壤以上，未有莱而不耕者也"①，物质非常贫乏。宋室南渡后，台州的经济得到了快速的发展，且南渡后迁入台州的士族资金雄厚，有免于赋税的特权，士族的高消费带动地方物价不断上涨。陈公辅（1077—1142），字国佐，临海县城人，被列为乡贤祠三贤之一，生活在靖康之变前后，他在所写的《临海风俗记》序言中记载了南渡前后临海生活状况的变化：

> 天台介于东南之陬，方承平时最号无事，斗米不百钱，鱼肉斤不过三十钱，薪炭蔬茹之类绝易得。里无贵游，郡官公事暇，日日把盏，百姓富乐，但食鱼稻、习樵猎而不识官府之严。渡江以来，国家多故，官吏冗沓，军旅往还，取需郡县，供亿不给。寓士有官至宰辅者，而城市百物贵腾，视前时十倍。②

宋室南渡前，台州"斗米不百钱，鱼肉斤不过三十钱"，外来人士的大量涌入使得台州城中物价暴涨，价格甚至十倍于前。

外来士族的到来还改变了台州的文化品位，据鲁訔《台州登科续题名记》载："绍兴大驾南巡，昵迹风化，中州名公巨卿萃于郡市，改肆里，易服，声华文物相摩荡而俗益美。"③

三是文学酬唱活动兴盛。宋室南渡后，外来士人的大量涌入，打破了台州文坛长期沉寂的局面，因外来文人的引领，台州文坛酬唱之风兴盛，如吕颐浩，官至宰相，曾于建炎三年（1129）陪同宋高宗巡幸到台州和章安（今属椒江区），被台州的风景所吸引，罢相后寓居台州，"羡临海佳山秀水，筑退老堂于东郊而居"④，取杜甫"穷老真无事，江山已定居"之意，一时名公卿陆续前来拜访，并写诗相和。《吕忠穆公年谱》记载："绍兴四年甲寅，食洞霄宫禄，寓居台州。旋营小圃于东郊，起居

---

① 陈耆卿：《嘉定赤诚志》卷一三，《宋元方志丛刊》第 7 册，第 7389 页。
② 林表民：《赤城集》卷一，文渊阁四库全书本。
③ 林表民：《赤城集》卷六，文渊阁四库全书本。
④ 《临海吕氏宗谱》，清嘉庆三年（1798）木刻活字印本。

数椽，榜曰'退老堂'，自号退老居士，一时名士皆有篇什，公亦有属和者。"① 与吕颐浩唱和的诗人有李纲、汪伯彦、张守、王绹、李邴、张澂、韩肖胄、黄叔敖、钱伯言等三十二人，据《民国临海县志》《台州札记》《天台续集别编》等记载，有近60首唱和诗作。退老堂和诗，是台州文学的一次盛会，侨寓台州的达官名人，多有参与者，其中台州本土文人陈公辅等人也参与唱和。

随着曾惇任台州太守，台州的文坛再一次掀起了酬唱的热潮，曾惇与通判洪适等人率寓台文人、当地士子在台州的山水名胜间唱和，留下了诸多的作品。此后，仕宦于台州的地方长官，如曾几、尤袤等人继续着台州文坛的风流酬唱之风，并因诗歌酬唱而名扬南宋文坛。

外来士族、官僚的到来打破了台州文坛的沉闷，南渡后的台州衣冠辈出，风雅日盛，文学生态的改变为身在台州的文人提供了良好的创作环境，文人群体活动也兴盛起来。

第二节　乱世僻壤中的词学雅集

以曾惇为首的南渡台州词人群是一个词学互动频繁的群体，这个群体没有固定的组织形式，也没有词学纲领，他们踏名山访胜水，以词酒为乐。群体主要成员有曾惇、曹勋、洪适、贺允中、王之望、朱敦儒、钱端礼、李益谦、李益能等，群体成员皆为外来名流，无一本地词人，② 他们在郡守曾惇、通判洪适等词人的引领、倡导下，此唱彼和，形成了南渡后一个非常突出的地方词人群体，显示了词学创作中心由京城向地方扩展的趋势。宋杜大珪《名臣碑传琬琰之集》下集卷二四张抡撰《李公行状》云："时当轴者方主和议，虑公（李显忠）矛盾，以罪降平海军承宣使。公居丹丘，从容暇豫，与参政钱公端礼、贺公允中、两府曹公勋、郡守萧公振，日为棋酒之乐，徜徉于泉石间，无闲废色。时朱公敦儒亦居是邦，群公每有胜致，朱必以诗词纪之。"这条材料记载的是后期

---

① 《四库全书存目丛书》史部第82册，齐鲁书社1996年版，第44页。

② 宋南渡时，台州本地词人有陈克、吴芾、左誉等，陈克长期寓居金陵；吴芾、左誉皆在外地为官。

台州词学雅集情况，因为萧振知台州在绍兴二十年（1150），罢台在绍兴二十二年（1153），可见，南渡后台州的词学活动一直绵延至绍兴末年。

南渡台州词人群体的酬唱之作，目前留存最多的是洪适和曹勋，洪适存词 137 首，其中涉台之作 20 首，曹勋存词 183 首，其中涉台之作 16 首；词学活动的主持者曾惇现存词作仅 6 首，但根据记载，他在台州任上曾作词 50 余首。有些成员虽未留下词作，如钱端礼、贺允中，李益谦、李益能等，但显然参与了当时的词学雅集，从他人词作中仍然隐现出他们当时词创作之一斑。宋南渡台州词人群体活动频繁，活动的名目繁多，而耽赏山水美景、佳辰良日游乐，是聚会的主要内容。

一　地方风景名胜的游赏

台州“极两浙之东南，其地富山水，玉京、金庭，俱天下胜观，可以乘吏役之休，逃禅访道，从隐君子游”①，是文人士大夫得以尽情清赏的得天独厚胜地。台州的主要景点如倚江亭、玉霄亭、双岩堂、东湖等，成为南渡词人悠游聚会、挥洒文采的绝佳场所。

台州东湖“水光山色，涵映虚旷，为春夏行乐之冠”②，自然成为文人聚集的首选之所，曾惇《题东湖》云：“三年领客醉东湖，欲去犹携竹里厨。谁解挽留狂太守，风荷十顷翠相扶。”东湖的荷花颇有声名，每当荷花盛开之季，曾惇与名流雅士宴饮于东湖之亭，兴之所至，折荷叶以为杯，醉饮于十里荷花之中。洪适词《好事近·东湖席上次曾守韵，时幕曹同集》描写了东湖宴集赏荷之情景，词云：

> 风细晚轩凉，妙句初挥新墨。绿水池中宾佐，对嫩荷擎绿。　　坐看微月上云头，清臂映寒玉。只恐朝来酒醒，有文书羁束。

洪适此词为“次韵”之作，则曾惇在东湖赏荷席上已先行作词。绿水池中对嫩荷擎绿，挥新墨书妙句，词人甚至不愿醒来重遭文书羁束，文人之雅趣展露无遗。

---

① 韩元吉：《天台县题名记》，林表民《赤城集》卷四，文渊阁四库全书本。
② 陈耆卿：《嘉定赤城志》卷二三，第 7458 页。

王之望词《鹧鸪天·台州倚江亭即席和李举之，时曹功显、贺子忱同坐》记录了一次倚江亭宴集：

> 撩乱江云雪欲飞。小轩幽会酒行时。佳人喜得鸳鸯侣，豪客争题鹦鹉词。　　歌舞地，喜追随。歙州端恨外迁迟。谪仙狂监从来识，七步初看子建诗。

从题序可知，此次倚江亭聚会的参与者有王之望、李益能、曹勋、贺允中等。词中"谪仙"李白代赞李益能，"狂监"贺知章代指贺子忱，"子建"曹植代曹勋。本来只是佳人结连理的喜庆会，因为这些雅人的到场而变得极其风雅，飞扬着词人的豪情与文采。

曹勋《鹧鸪天·席上作，劝子忱、李相之酒》写的是同一场倚江亭聚会：

> 雪后疏香一两枝。高轩乘兴访春时。金蕉酌酒应须醉，玉指传觞岂易辞。　　嗟老大，喜追随。南楼宵漏任迟迟。已闻水部神仙语，更诵骑鲸短李诗。

"水部神仙"代指贺子忱，五代后晋有贺充（或曰贺兖）者，为水部，后得道不死。曹勋《松隐集》卷十《和子忱惠八月青梅》诗云："神仙闻水部，妙物与长生。鼎饪元滋味，山樊好弟兄。"亦以"水部"代指贺子忱。"骑鲸"指李白，因李白自署"海上骑鲸客"；而"短李"乃唐代李绅，此处以二李代指李相之〔今案：李益谦字相之，故题中李相之即指李益谦。《全宋词》题作"季相之"，当为"李相之"之误，民国吴兴嘉业堂丛书本《松隐集》正作"李相之"〕。词中对与会者的文采大加赞赏，而"金蕉酌酒""玉指传觞"之语将聚会场景描绘得更为清晰。

二 四时景物的聚赏

四季景物的变化最能引发文人的情思，春日赏花、冬日赏雪为台州词人雅集的主要内容。赏梅、赏牡丹等是台州词人热衷的活动，贺子忱家赏瑞香，乃台州词人活动中的一大雅事。靖康改元，贺子忱"自放于山水至天台，爱其幽深，得地万年山间，结茅种蔬，若无意当世者。而范丞相宗尹以'抱膝'名其庵。地故无泉，公默祷于山，得泉舍下，自名曰应心泉"①。贺子忱在台州的寓所名"抱膝庵"，为前任丞相范宗尹亲自命名。据《三国志·蜀志·诸葛亮传》载："亮躬耕垄亩，好为《梁父吟》。"裴松之注引三国魏鱼豢《魏略》："每晨夕从容，常抱膝长啸。""抱膝吟"寓高人志士吟咏抒怀之意。"抱膝庵"是文人在台州雅集的一个重要场所，赏瑞香这一雅事在曹勋、朱敦儒等人的词作中均有描写，如曹勋《西江月·贺子忱家赏瑞香》云：

> 春绣东风疑早，映檐翠箔低笼。氤氲不是梦云空。叶密香繁侵冻。　　折桂广寒手段，移来点检珍丛。醉归满载紫云浓。抱膝庵中仙种。

朱敦儒《眼儿媚·席上瑞香》共有三首，词云：

> 青锦成帷瑞香浓。雅称小帘栊。主人好事，金杯留客，共倚春风。　　不知因甚来尘世，香似旧曾逢。江梅退步，幽兰偷眼，回避芳丛。

> 叠翠阑红斗纤浓。云雨绮为栊。只忧谢了，偏须著意，障雨遮风。　　瑞云香雾虽难觅，蓦地有时逢。不妨守定，从他人笑，老入花丛。

> 紫帔红襟艳争浓。光彩烁疏拢。香为小字，瑞为高姓，道骨仙风。　　此花合向瑶池种，可惜未遭逢。阿环见了，羞回眼尾，愁聚眉丛。

---

① 韩元吉：《资政殿大学士左通议大夫致仕贺公墓志铭》，《南涧甲乙稿》卷二〇，中华书局 1985 年版，第 402 页。

在极其清幽的"抱膝庵"中，共倚春风，共赏瑞香，该是何等雅致之事。词人以也在极力赞赏瑞香的道骨仙风，以拟人化的手法，借仙女阿环来衬托瑞香的冠绝群芳。

洪适词《鹧鸪天·次曾守游梅园韵》展示了台州词人在曾惇带领下游园赏梅的风雅：

> 领客携尊花底开，薄寒初送雨声来。一声未弄林间笛，几片低飞阁下梅。　　酬酌酥，少迟回。不妨春雪撒银杯。玉肌莫放清香散，更待晴时赏一回。

雨中赏梅，随风雨飘落的梅花，如春雪般别有滋味，词人们期待梅花香气依旧，待晴时再来聚赏。

洪适词《选冠子》则描写了一场以太守曾惇为首的雪后文人雅集：

> 雨脚报晴，云容呈瑞，夜雪萦盈连昼。千岩曳缟，万瓦堆琼，稍稍冷侵怀袖。鹤氅神仙，兔园宾客，高会坐移清漏。想灞陵桥畔，苦吟缓辔，耸肩寒瘦。　　向此际、色映棠阴，香传梅影，寒力更欺尊酒。左符词伯，蛮笺巧思，不道起风飞柳。舞态弓弯，一声低唱，蛾笑绿分烟岫。任杯行激滟，为公沈醉，莫教停手。

在"千岩曳缟，万瓦堆琼"的背景中，"鹤氅神仙，兔园宾客，高会坐移清漏"，堪比"梁园宾客"的聚会，佳词妙句就在这"杯行激滟"、轻歌曼舞中诞生了。

三　与"王事"相关的宴集

台州风景优美，民风醇厚，历来为太平安乐之地，在与"王事"相关的聚会中也充满了文人雅趣，曾惇为太守时期尤为突出。孙觌《与台守曾郎中》夸赞曾惇天台词作"皆以王事从方外之乐"，苏东坡《送杨杰诗序》云："无为子尝奉使登太山绝顶，鸡一鸣，见日出。又尝以事过华山，重九日饮酒莲花峰上。今乃奉诏与高丽僧统游钱塘。皆以王事而从方外之乐，善哉未曾有也。"① 所谓的"方外之乐"指超然于世俗之外的游乐，称曾惇的台州词作"以王事从方外之乐"，指出曾惇将公事与宴游之乐相融合。谢伋《曾使君新词序》称曾惇的台州词作："变叹息愁恨之音为《乐职》、《中和》之作，合乐府五十一转而上闻。则安静平易，无烦苛迫急，办治于谈笑之间。"② 所谓乐职、中和，来自汉代王褒《四子讲德论》："浮游先生陈丘子曰：'所谓《中和》、《乐职》、《宣布》之诗，益州刺史之所作也。刺史见太上圣明，股肱竭力，德泽洪茂，黎庶和睦，天人并应，屡降瑞福，故作三篇之诗，以歌咏之也。'"③《乐职》《中和》后遂成为颂扬太守之典，宋王楙《野客丛书·中和乐职诗》云："今人颂太守治政，往往有中和乐职之语。"南渡台州词人的雅集中，多有对曾惇政绩的颂扬。

曾惇注重地方文化的建设，守黄州时重建了栖霞楼、东坡雪堂；在台州任上建玉霄亭、修葺双岩堂。洪适词《望海潮·题双岩堂》即写双岩堂建成后的一场庆贺性宴会，词云：

> 重溟倒影，五芝含笑，神仙今古台州。山拥黄堂，烟披画戟，双岩瑞气长浮。前事记鳌头。有百年台榭，千室嬉游。墨宝凄凉，风凌雨蠹尽悠悠。　　规恢共仰贤侯。当政成五月，景对三秋。飞栋干云，虚檐受露，放怀不减南楼。宾燕奉觥筹。妙绮笺琼藻，声度歌喉。只恐棠阴成后，趣去侍凝旒。

据地志记载，"双岩堂，前踞两崖之间，独得地胜"，"庆历八年，元守绛建。绍兴十七年，曾守惇增修之"④。"墨宝凄凉""风凌雨蠹"的百年台榭经由"贤侯"曾惇的规划扩建而"飞栋干云"，重放光彩。"棠阴"指甘棠树之阴，传说周武王时召伯巡行南国，在甘棠树下休息，还处理诉讼，后人作《甘棠诗》以颂其德。一场庆贺性的宾燕歌舞盛会中

---

① 苏轼：《苏轼诗集》卷二六，中华书局 1982 年版，第 1374 页。

② 谢伋：《曾使君新词序》，林表民《赤城集》卷一七，文渊阁四库全书本。

③ 萧统编，李善注：《文选》卷五一，中华书局 1977 年版，第 712 页。

④ 陈耆卿：《嘉定赤城志》卷五，《宋元方志丛刊》第 7 册，第 7318 页。

充满了对郡守惠行的称颂。

洪适《减字木兰花·太守移具饯行县偶作》则更充分地体现了曾惇"办治于谈笑之间"的治政特点，将官员的政务与文人的雅集紧密结合起来。

> 使君情素。念我明朝行县去。一醉相留。和气欢声到小楼。暂时南北。莫唱渭城朝雨曲。此去农郊，收拾童儿五袴谣。

州郡长吏巡行所辖县，以督促耕作，称"行县"。通判洪适"行县"，台守曾惇移具为其设宴饯行。"五袴谣"即襦袴之歌，东汉廉范为蜀郡太守，有政绩，百姓作歌曰："廉叔度，来何暮？不禁火，民安作，平生无襦今五袴。"后世遂以"襦袴之歌"比喻惠民的德政，此词歌颂了郡守曾惇的政绩恩德。

与政事相关的聚会中，也包括了迎来送往的仪式和官员名望的寿辰庆贺等。

王之望《虞美人·石光锡会上席和李举之韵》作于绍兴十九年（1149），写台州通判石光锡满秩去官之时，人们设宴为其送行的场景，词云：

> 鸳鸯碧瓦寒留雪。玉树先春发。小楼歌舞夜流连。月落参横、一梦绕梅边。　尊前酒量谁能惜。都是高阳客。十分莫厌羽觞传。半醉娉婷、云鬟掸金钿。

虽是送行的宴席，却不见难舍的依依之情，宴席上主客的豪饮、歌舞表演成了宴会的中心。

为地方长官所写的祝寿词中多涉及地方治理的内容，如曹勋《江神子·铉父生日》词云：

> 南丰诗将驻灵江。下明光，惹天香。十雨五风，连岁致丰穰。初夏清和才四日，开寿席、宴华堂。　严宸已奏二南章。眷循良，比龚黄。玉笋班联，宜冠紫微郎。从此锋车宣室召，摅相业、寿

而康。

灵江是流经台州境内的一条河流，"南丰诗将驻灵江"指曾惇任台守一事。词中称誉曾惇任太守期间，"十雨五风，连岁致丰穰"，对曾惇在台州任上的政绩大加赞颂。曹勋《江城子·竑父以昔年梦诗寄为长短句，因韵叙谢》一词中有"帝俞赓载下方壶。雨随车，旷时无"之语，"雨随车"为颂扬地方官之典；洪适的《朝中措·曾守生辰》有"今代天台太守，声名已达岩廊"之语，均在文人的聚会中渲染了太守的政绩。

台州文人的宴集名目繁多，除以上所述，另有节日的聚会，如王之望《菩萨蛮·和钱处和上元》展示了上元节宴饮场景："华灯的白乐明金碧，玳筵剧饮杯馀湿"；有时是一座小阁的落成，如洪适的《减字木兰花·曾竑父落成小阁，次其韵》描绘文人聚集："疏帘披绣。共看横云晴出岫"；有时则是纯粹的文学聚会，如洪适《浣溪沙·席中答钱漕》写主客文采风流："投辖风流今复见，开尊礼数自来宽。更看宝唾写乌阑。"南渡台州词人宴集的场景就这样在词作中被不断地展示着。

第三节　台州词人群体的聚合与政治的疏离

宋南渡台州词人群体源于政治外力因素而生成，却在创作上群体性地与政治保持着疏离的状态，显示出与政治既结合又背离的态势，以不同于南渡词坛主流声音的创作，丰富了宋代词学的繁荣。

一　南渡台州词人群体的聚合

南渡台州词人群体成员有因躲避战乱而居住于此的高门望族，也有因卷入主战与主和的政治旋涡中，导致与秦桧或亲近或背离的关系而升迁或贬谪来到台州的官员。

随宋室南渡来此避难的有钱端礼、李益谦、李益能等。

钱端礼（1109—1177），字处和，号松窗，临安人，其家族乃"本朝望族之望"的"两浙钱氏"。钱端礼为惟演四世孙，少师忱之子。北宋末年，钱忱奉母命随宋室南迁，绍兴初年定居台州，端礼随父定居台州。绍兴十五年，提举淮东茶盐，改两浙转运判官，后又于绍兴十六年

（1146）四月至绍兴十七年（1147）三月主管台州崇道观，政治上属于秦桧党人。

李益谦、李益能兄弟为李擢之子，前丞相李挺之外孙。李擢身居高位，官至礼部尚书、徽猷阁直学士。兄李益谦，字相之，累官吏部侍郎；弟李益能，字举之，官大宗正丞。李氏兄弟皆能诗词，益谦"词句温丽"，益能"诗语益奇"，益能尤为出色，孙觌相许甚高，"公诗语丰融赡丽，皆谈笑而成者，固当命岛可为诗奴矣"①。绍兴初年，李氏兄弟随其父居台州。曾惇为守时，他们亦居留于此。

台州词人群中有因谀颂秦桧而仕途升迁来到台州，如郡守曾惇。曾惇，字弘父，南丰人，曾布之孙、曾纡之子，因向秦桧献诗而擢知台州，对于此事，吴曾《能改斋漫录》中有较为详细的记载："绍兴壬戌（1142），朝廷既罢三大将，息兵议和。曾郎中惇时守黄州，献《书事十绝句》于秦益公，秦缴进于上，上喜，与升擢差遣，任满，除台州。诗云'黄泥坂下雪尤深，赤壁矶头江欲平。驿吏西来闻好语，蕃人已出蔡州城。''和戎诏下破群疑，无复旄头彗紫微。屈已销兵宜有报，先看长乐版舆归。''吾君见事若通神，兵柄收还号令新。裴度只今真圣相，勒碑十丈可无人。'……"②吴曾的政治立场与曾惇相同，笔记以褒扬的口气来记载此事。《建炎以来系年要录》卷一五一中亦载："绍兴十有四年六月辛巳朔，检校少保奉国军节度使知金州郭浩辞行，右朝奉郎曾惇知台州。惇尝献秦桧诗，称为圣相，故以郡守处之。"③曾惇以十首诗的篇幅对秦桧歌功颂德，甚至比秦桧为裴度，并称其为"圣相"，"自桧擅权，凡投书启者，以皋、夔、稷、卨为不足比拟，必曰'元圣'或曰'圣相'"④。可见彼时对秦桧的谀颂并非个例，一些支持和议或政治上的投机分子，也与曾惇一样对秦桧歌功颂德。曾惇善于揣摩上层政治意图，并用具有文学意味的语言将其表现出来，赢得秦桧、宋高宗的赏识，因此得以升迁。孙觌《与台守曾郎中》亦云："天台为内郡，朝廷专用一时之

---

① 孙觌：《内简尺牍》卷九，文渊阁四库全书本。
② 吴曾：《能改斋漫录》卷一一，上海古籍出版社 1979 年版，第 339 页。
③ 李心传：《建炎以来系年要录》卷一五一，中华书局 1956 年版，第 2438 页。
④ 同上。

望。吾宏父又以文章翰墨，首被甄擢。"① 关于曾惇任职台州的时间，据陈耆卿所编《嘉定赤城志》卷九《秩官门·国朝郡守》记载："曾惇，绍兴十六年四月十七日以右朝散郎知。建昌人。""十八年五月二十七日替"，在此任职时间二年一月余，其前任吴以绍兴十四年四月任，后任宗颖绍兴十八年五月任，上所引的《系年要录》中载曾惇绍兴十四年知台州，时间有误。

因忤逆秦桧来台州的有洪适、贺允中、曹勋、朱敦儒等。

洪适（1117—1184），字景伯，绍兴年间，因受父洪皓牵连被贬为台州通判，《宋史》记载："甫数月，皓归，忤秦桧，出知饶州，适亦出为台州通判。"② 洪皓于建炎三年（1129）奉命出使金国，金人迫仕刘豫，不从，被流放，直到绍兴十三年（1143）被放归南宋。洪皓从金归国不久就因主张恢复，反对偏安，得罪了秦桧，九月被贬知饶州，洪适也于绍兴十四年以秘书省正字出任台州通判，十五年到任。《嘉定赤城志》卷十《秩官门·添差通判》载，"洪适绍兴十五年四月，以左宣教郎至"，"绍兴十七年五月替"，在台州任通判时间二年余。

贺允中（1090—1168），字子忱，蔡州汝阳人，北宋政和五年（1115）进士，为官"清介刚直，凡所谏议，皆中机宜"，"靖康改元，选户部，不复拜命，遂以某官致仕"。③ 祸乱既作，公因自放于山水至天台。绍兴八年，起为江西安抚制置司参议官等，后因忤秦桧，于绍兴十三年，降职主管台州崇道观，居台州。绍兴十八年，为福建安抚使参议官，任满后复主崇道观。

曹勋（1098—1174），字公显，阳翟人，曹组之子，于绍兴十五年请祠归隐天台。曹勋在绍兴十二年出使金国不辱使命，得请徽宗及两后梓宫并慈宁太后以归，受权臣嫉恨，功高眷渥之际选择了奉祠闲居天台。楼钥《工部郎中曹公墓志铭》有载："始忠靖既奉梓宫、太后以归，功高

---

① 孙觌：《内简尺牍》卷六，文渊阁四库全书本。

② 脱脱：《宋史》卷三七二，中华书局1977年版，第11563页。

③ 韩元吉：《资政殿大学士左通议大夫致仕贺公墓志铭》，《南涧甲乙稿》卷二〇，中华书局1985年版，第401页。

眷渥，见忌于权臣。因丐外祠，卜居天台。"① 这个"权臣"就是秦桧，《建炎以来系年要录》也称曹勋"旧久为秦桧所逐"②。绍兴二十五年，秦桧死，才重回临安任职。

朱敦儒（1081—1159），自希真，号岩壑老人，河南人。朱敦儒属于积极主战的一派，是"赵鼎之心友"③，因汪勃弹劾其"专立异论，与李光交通"，遂于绍兴十六年罢职守祠，主管台州崇道观，寓居台州临海，赵鼎、李光皆为反对议和的名臣。绍兴十七年，他为王铚《雪溪集》作序时曾对王铚之子王明清说，"敦儒与先丈皆秦桧之所不喜"④，十九年致仕，二十年秋冬离开台州，退隐嘉禾岩壑。

王之望（1103—1171），字瞻叔，襄阳谷城人，为人博学多闻，"居常无他嗜好，奉养甚薄。手未尝释卷，博学无所不通，谈论英发，听者忘倦。为词章下笔立就，豪瞻宏博，切于事理"⑤。绍兴三年，"授右迪功郎、昌化军判官，改辟监台州支盐仓，因家焉"⑥。绍兴十四年至绍兴十八年为太学博士。绍兴十八年秋"出守荆门，以图襄奉"⑦，绍兴二十年始至官。从其任职情况看，似与台州词人群体活动无缘，但曾以台州为家，也常往来台州，有词《虞美人·石光锡会上即席和李举之韵》为证。石光锡，绍兴十七年通判台州，十九年卒，王之望写有《故左朝请郎石君墓志铭》，称"绍兴十九年夏六月庚申，通判台州石君满秩去官……予与送君西郊慷慨别言"⑧。王之望因晚年政治态度倾向于主和，屡遭他人贬斥，但早年是抗金志士，且卓有成效，"金人渝盟，军书旁午，调度百出，之望区画无遗事"，在"秦桧时，落落不合，或谓其有守"⑨。

---

① 楼钥：《工部郎中曹公墓志铭》，曾枣庄《全宋文》卷五九九七，上海辞书出版社、安徽教育出版社 2006 年版，第 67 页。

② 李心传：《建炎以来系年要录》卷一六九，中华书局 1956 年版，第 2774 页。

③ 同上书，第 2773 页。

④ 王明清：《挥麈录·后录》卷一一，中华书局 1961 年版，第 214 页。

⑤ 马曙明、任林豪：《临海墓志集录》，宗教文化出版社 2002 年版，第 7 页。

⑥ 同上书，第 4 页。

⑦ 王之望：《汉滨集》卷一六，文渊阁四库全书本。

⑧ 王之望：《汉滨集》卷一五，文渊阁四库全书本。

⑨ 脱脱：《宋史》卷三七二，中华书局 1977 年版，第 11538—11539 页。

二　政治倾向的弱化与朋党身份的消解

一个文学群体中的成员往往具有相近的生活态度、政治倾向，在仕途上荣辱与共。从对台州词人生平资料的梳理可知，这是一个因政治外力影响而聚合在一起的词人群体，在他们频繁的酬唱中，却几乎触摸不到时代的政治脉搏，他们的台州词作群体性选择对政治缄默不语，呈现出对政治的一种集体性疏离。

1. 政治立场的消解

宋室南渡后，主和还是主战一直是政坛的争论焦点，绍兴十一年（1141），南宋政府与金签订了"绍兴和议"，此后的十五年间，秦桧独揽朝政，权倾一时，秦桧为彻底抑制主战派的势力，大肆结交朋党，纠集势力，对不附议和议之事者，则无情地打压。南宋政坛主要表现为和战双方的激烈争论，后更演化为秦桧集团与整个主和派之争。以参政主体为主要角色的南渡文人几乎都卷入和战之争，并因政治分野而引发文学群体的重组。南渡台州词人群的特殊性在于他们分属于不同的政治阵营，其政治立场不同，有的甚至完全对立，又因共处同一僻壤而结成文学群体。他们在行动上与政坛保持着紧密联系，曾惇因写诗谀颂秦桧升任台守，在台州任上，曾惇继续充当秦桧的帮凶，迫害前宰相吕颐浩家人，"甲戌，直秘阁吕摭除名、梧州编管。秦桧追恨颐浩不已，使台州守臣曾惇求其家阴事，送狱穷治，摭惧罪阳暗，乃以众证定罪。于是一家破矣"①。而在其台州词作中没有政治倾向的流露。南渡台州词人中，政治斗争最为激烈的当数郡守曾惇和通判洪适了，据《宋史全文》记载："适通判台州，与守臣曾惇不相能。"② 绍兴十七年（1147），洪适台州任满之时，其父洪皓再次因忤逆秦桧被授壕州团练副使，英州安置，"台守观望，拟弹公文纳当路，转示言者，以为风闻，公免官"③。因曾惇的弹劾，洪适被免官，可见，他们之间的政治斗争并未停歇。在台州词人的雅集

---

① 佚名撰，李之亮点校：《宋史全文》卷二一下，黑龙江人民出版社 2004 年版，第 1427 页。

② 同上书，第 1429 页。

③ 周必大：《丞相洪文惠公神道碑》，《文忠集》卷六八，文渊阁四库全书本。

中，洪适与曾惇之间的唱和却又是最多的，达十三首，词题直接点明与曾惇唱和的就有《减字木兰花·曾竑父落成小阁，次其韵》《好事近·东湖席上次曾守韵，时幕曹同集》《减字木兰花·太守移具饯行县偶作》《清平乐·次曾守韵》《鹧鸪天·次曾守游梅园韵》《浣溪沙·以鸳鸯梅送曾守，是日，曾守携家游南园》《清平乐·以千叶粉红牡丹送曾守》《朝中措·曾守生辰》等，从内容来看是写给曾惇或参与曾惇组织的文学活动的有《蝶恋花》（漠漠水田飞白鹭）、《浣溪沙》（邦伯今推第一流）、《朝中措》（江西文派有新图）、《望海潮·题双岩堂》、《选冠子》（雨脚报晴），其中《朝中措》（江西文派有新图）是专门歌咏曾惇献十首诗于秦桧之事，称"江西文派有新图，诗律嗣东湖。十首齐安书事，君王曾问相如"。从唱和词中来看他们之间的关系是如此亲近和谐，甚至洪适到县里巡游，曾惇也要设宴送行，"使君情素。念我明朝行县去。一醉相留。和气欢声到小楼"，"暂时南北。莫唱渭城朝雨曲"。在曾惇、洪适的引领下，南渡台州词人将政治身份消解，以"摇首出红尘"之姿出现在雅集上，写文人间词酒风流聚会之雅兴。

2. 对抗金、涉金主题的疏离

时代的巨变，会触动文学这根最敏感的时代神经，南渡初期，士人饱经苦难，在他们的手里，词已不再是供娱乐享受的形式，抗金、涉金为南渡词坛的重大主题，南渡词多抒写抗金御辱的理想、英雄失路的苦闷、漂泊者的苦痛、流寓他乡寄人篱下之屈辱。"自金兵南侵，二帝北狩，江山仅余半壁，繁华尽付流水。一时慷慨悲歌之士，莫不攘臂激昂，各抱恢复失地之雄心，藉展'直捣黄龙'之素愿。"① 南渡初期动荡不安的社会局势和颠沛流离的生活，让词人们深切关怀民族安危和国家的统一，以爱国忧时和怀念家国为题材的唱和词作成为南渡词坛的主流。而在诸多南渡台州词中仅两首词与此主题有关涉。

其一为朱敦儒的《苏武慢》，词云：

枕海山横，陵江潮去，雉堞秋风残照。闲寻桂子，试听菱歌，

---

① 龙榆生：《龙榆生词学论文集》，上海古籍出版社 2009 年版，第 268 页。

湖上晚来凉好。几处兰舟，采莲游女，归去隔花相恼。奈长安不见，刘郎已老，暗伤怀抱。　　谁信得、旧日风流，如今憔悴，换却五陵年少。逢花倒趁，遇酒坚辞，常是懒歌慵笑。除奉天威，扫平狂虏，整顿乾坤都了。共赤松携手，重骑明月，再游蓬岛。

据邓子勉《樵歌校注》，该词作于寓居台州时期，枕海山、陵江（即灵江）皆在台州境内。"奈长安不见，刘郎已老，暗伤怀抱"，词人借刘禹锡被贬之事写宋室南渡，难见旧都。"逢花倒趁，遇酒坚辞""懒歌慵笑"皆为词人恢复之志不得实现之苦衷的外化，"除奉天威，扫平狂虏，整顿乾坤都了"之语，表达了收复中原之望。

其二为曾惇的《念奴娇·送淮漕钱处和》，钱处和即钱端礼，绍兴十七年（1147），钱端礼由两浙转运判官改淮东转运副使，曾惇送钱端礼扬州赴任，词云：

绣衣直指，问凌风一笑，翩然何许。诏出层霄持汉节，千里秋风淮浦。鉴远江山，竹西歌吹，曾被腥膻污。须君椽笔，为渠一洗尘土。　　休厌共倒金荷，翠眉重为唱，渭城朝雨。看即扬鞭归骑稳，还指郁葱深处。宝带兼金，华鞯新绣，直上云霄去。回头莫忘，玉霄今夜风露。

词中"竹西歌吹"指扬州，杜牧有"谁知竹西路，歌吹是扬州"诗句，"曾被腥膻污"指扬州曾被金兵侵占之事，这首送行词对社会现实有一定的关注，此外的台州词作中，丝毫不见涉金之语。

其实这个群体中的成员大都经历了靖康之变，虽然对亡国之痛的感受程度有不同，但这场乱离让他们经历了漂泊逃亡的生活，体验了悲凉、孤苦和感伤的情绪。高门望族者失去往日优裕的生活条件，寓居此僻远之地，内心的失落自不必言。而对亡国之痛感受最为深刻的当数曹勋和朱敦儒了。曹勋曾有随徽宗北狩、南渡后奉命出使金国的特殊经历，在靖康之乱中，曹勋随徽宗等人一同被掳北上，因曹勋是随徽宗北迁的近侍中最年轻的一个，身份为武吏，故徽宗命其持密旨并韦贤妃、邢夫人信，潜回见康王。曹勋奉密诏南还，间关千里，忠心不二，"从间道昼伏夜动，山行草宿，憔悴饥渴。了无生理，邻于死者，殆以百数，仅得生还"①。其写于晚年的《挂冠说》对靖康乱离中随徽宗北狩和奉密旨潜回南京的经历有较为详细的记载："洎随从徽宗北狩，死于贼手而复生。又被密旨，令间道携劝进书及二后的信，间行北道，夜行昼伏，或饥渴并日，或卧于污湿，一己百恐，朝不保夕。既得上达，又困于桂玉，劳于千虑，闻鼙鼓之音，犹疑有变；惊鸣笳之响，尚思困房；闻足音之众，则惕然慑惧。"② 后又奉命出使金国，请求归还徽宗梓宫及高宗生母慈宁太后，在经历了亡国之痛后又饱受了求和之辱。在他的作品中，也有不少描写黍离之悲、亡国之痛的，但在台州词作中却几乎没有涉及这一主题。

朱敦儒在北宋生活了四十五年，以"清都山水郎"自居，在洛阳过着诗酒美人的疏狂岁月。金人入主中原后，他成了千百万难民中的一员，度过了七年的漂泊生涯，在动乱中挣扎着求生存，"胡尘卷地，南走炎荒，曳裾强学应刘"（《雨中花·岭南作》），深刻体验了"旅雁孤云""回首中原泪满巾"的乱离之苦，还不得不奔走于他人门下，对轻狂的承平公子而言，向人"曳裾"的经历是何其不堪，何其痛楚。他曾写下不少怀念故国、感慨山河巨变的词，如《苏幕遮》（酒壶空）："独倚危楼，无限伤心处"，"故国山河，一阵黄梅雨"；《风流子》（吴越东风起）："有客愁如海，江山异，举目暗觉伤神。空想故园池阁，卷地烟尘。"陈廷焯《白雨斋词话》云："二帝蒙尘，偷安南渡，苟有人心者，未有不拔剑斫地也。南渡后词，如……朱敦儒《相见欢》云：'中原乱，簪缨散，几时收，试倩悲风，吹泪过扬州。'……此类皆慷慨激烈，发欲上指。词境虽不高，足以使懦夫有立志。"③ 王鹏运评价朱敦儒南渡词风："忧时念乱，忠愤之致，触感而生，拟之于诗，前似白乐天，后似陆务观。"但朱敦儒在台州期间，对抗金这一主题却极少涉及。

靖康之变时，洪适虽尚年幼，但其父洪皓出使金国，被金羁留长达十五年，洪适作为家中长子，小小年纪就深刻体验了乱离中生活的艰辛。

这些词人在台州聚集时期，距靖康之变仅二十来年，战争的硝烟尚

---

① 曹勋：《进后十事札子》，《松隐文集》卷二六，民国吴兴刘氏嘉业堂丛书本。

② 曹勋：《挂冠说》，《松隐文集》卷三七，民国吴兴刘氏嘉业堂丛书本。

③ 陈廷焯：《白雨斋词话》卷六，唐圭璋《词话丛编》第4册，第3913页。

未散去，对多数词人来说，颠沛流离的经历还记忆犹新。当南渡词坛回想着抗金御辱之音时，台州词人唱酬群体却选择了对这一重大主题的回避，转而沉醉在优美的山水中寻找林泉之趣。

三 地方长官的有意引导和佛道文化的影响

南渡台州词人群体雅集的政治消解，是地方官员和台州佛道文化双重作用的结果。

曾惇本是颇具文学才华而又喜好聚赏的太守，洪适曾力赞曾惇文采："邦伯今推第一流。几因歌席负诗筹。一时文采说台州。"（《浣溪沙》）与曾氏家族前三、四代人严肃慎重的家族主体性格不同，曾惇有着贵公子的风流倜傥，其外甥王明清曾评价："舅氏曾纮父，生长绮纨，而风流酝藉，闻于荐绅。长于歌诗，脍炙人口。"[①] 曾惇热衷山水清赏，守黄州时，就有许多风流之举，孙觌《内简尺牍》卷六《与台守曾郎中》云："自公守齐安，栖霞、雪堂遂起废；名章俊语，藉藉满淮吴士大夫之口。"[②] 他在黄州任上重建了栖霞楼、东坡雪堂，并效仿苏东坡的诗酒文会风流，写有《栖霞会饮诸僚》《栖霞偶作》《和何麒子应雪堂》《点绛唇·重九饮栖霞》等诗词，皆脍炙人口，更有崇苏的标新立异之举动，"有双鬟小鬟者，颇慧黠，宏父令诵东坡先生《赤壁》前后二赋，客至代讴，人多称之"[③]。

曾惇在台州任上也有许多文人的风流之举，如在东湖折荷叶为酒杯，建玉霄亭，并请尤袤作记，而他本人亦为此亭写下《次韵李举之玉霄亭》《再用前韵》等诗多首。台州偏僻的地理位置和独特的地域文化恰好为曾惇的风流之举提供了舞台。台州风景优美，民风醇厚，历来为太平安乐之地。黄远《台州通判厅题名记》曰："临海之为郡，去朝廷虽远，而江山潇洒，讼狱简希，来莅官者，往往号为乐国。"[④] 洪适《台州添差通判

---

① 王明清：《挥麈录·后录》卷一一，中华书局1961年版，第216页。
② 四川大学古籍整理研究所编：《宋集珍本丛刊》第36册，线装书局2004年版，第41页。
③ 王明清：《挥麈录·后录》卷一一，中华书局1961年版，第216页。
④ 林表民：《赤城集》卷二，文渊阁四库全书本。

厅壁记》亦云:"天台之为郡,环山枕海。壤僻民愿,牒诉简少,输调有常,平时从容,见谓无事,故分曹授政,绝赘冗者。"① 正因此,地方官员有更多的闲暇来组织当地的文人聚会,其中郡守曾惇在这方面所做的努力尤多,曾惇任台守期间也是台州词人群体活动最为频繁时期。孙觌《内简尺牍》云:"曾宏父寄近诗,可见宾客之盛,然德齿之尊则莫有出公右者。又示长短句一轴,樽俎风流追继前修,想寓公不复赋《式微》矣。某尝谓天下之乐无穷,而意适则为乐,何必据虎背而坐,而使道傍人指以为仙者而谓之乐乎。"② 可见曾惇本人热衷于组织当地文人的聚会,其地方最高长官的政治地位和文学才华使得一次次的聚会成为当地文人的一场场文学盛会。曾惇在仕宦台州期间曾写过五十余首词,《直斋书录解题》著录云:"《曾弦父诗词》一卷,知台州曾惇弦父撰,纡之子也,皆在台时所作。"③ 谢伋曾为其词集作序,谢伋,字景思,乃谢克家之子,自绍兴五年起寓居台州,长达二十年,与曾惇交往密切。曾惇秩满离任时,门生故吏编辑成集,并请谢伋为《曾使君新词》作序,序曰:

> ……及十三年,岁在丙寅,弦父来守临海,四方无事,屡丰穰,不鄙夷其民,教以礼乐,老者安而少者怀矣。于是以少日之所自乐而与斯民共乐之。变叹息愁恨之音为乐职中和之作,合乐府五十一转而上闻。则安静平易,无烦苛迫急,办治于谈笑之间,殆将于此乎?④

曾惇台州词大部分都已散佚,但从谢伋的词序中可知其创作概貌,因"四方无事",便有闲暇组织文人的聚赏,在任上着力营造"官民同乐"的氛围,其中一个重要举措就是将往日作为个人享受的娱乐形式即宴集填词变为"与民同乐"的形式。在曾惇的主导下,台州词坛总体呈

---

① 林表民:《赤城集》卷二,文渊阁四库全书本。

② 四川大学古籍整理研究所编:《宋集珍本丛刊》第 36 册,线装书局 2004 年版,第 20 页。

③ 陈振孙:《直斋书录解题》卷二〇,中华书局 1985 年版,第 575 页。

④ 谢伋:《曾使君新词序》,林表民《赤城集》卷一七,文渊阁四库全书本。

现出一种和乐的风貌。而能够与曾惇宴集填词的最佳人选自然是这些流寓至此的才识富赡之士，而非当地的平民百姓，这就使曾惇首先要抛却朋党之见。曾惇本人是秦桧的党羽，而当时在台州的大部分词人却是忤逆秦桧的，曾惇不仅没有排挤、打压与秦桧有过节的词人，反而不断与他们雅集、唱和，个中原因与曾惇本人的喜好有关。

台州词人群体活动表现出政治倾向的弱化和朋党身份的消解，也有其产生的地域文化土壤，面对台州深厚的佛道文化，外来文人皆深受其影响。曹勋居台期间，与佛道人士多有往来，并作了大量的道教词。与天台桐柏住庵王道录就有多首酬唱诗，所作道教词以《法曲·道情》为代表，"法曲"即道观所奏，"其音清而近雅"的"道士曲"，曹勋所写的《法曲》共十一首，包括散序、歌头、遍第一、遍第二、遍第三、第四攧、入破第一、入破第二、入破第三、入破第四、第五煞，共十一曲，刘永济先生评论"今存古曲，惟此曲首尾完足"[1]，这十一支曲子详细记叙了道家修炼之事。黄昇评价朱敦儒"天资旷远，有神仙风致"[2]。朱敦儒居台时以佛道中人自居，其作于台州时期的《沁园春》（七十衰翁）就记录了他在台时的道教修炼活动，"爱静窗明几，焚香宴坐，闲调绿绮，默诵黄庭"，所谓"黄庭"即道家经典《黄庭经》的简称，言养生之道的典籍。

经历了宦海风波的词人来到台州这佛道氛围浓厚的乐土，对他们伤痛的心灵是一种很好的抚慰，加之地方长官的宽松政策，使他们能暂时逃离险恶的政治风波，获得一个重新享受安定生活的机会，他们的心境趋于平和，主动将朋党身份消解，转而在优美的山水中寻找林泉之趣。

当然这也是南渡词人在南方生存发展的一种策略，这些出生名门望族的外来者需要在台州立稳脚跟，亦需消除朋党之见，将词作为社交的媒介，通过交游唱和来拉近彼此之间的关系，以获得在台州这片土地上的生存和发展。

---

① 刘永济辑录：《宋代歌舞剧曲录要》，古典文学出版社 1957 年版，第 45 页。

② 黄昇：《花庵词选·中兴以来绝妙词选》卷一，中华书局 1958 年版，第 179 页。

第四节　雅的追求与时代呼应

　　词本起于民间，当其进入文人创作的领域后，便不断受到雅文化的熏陶和改造。宋室南渡，国势发生剧变，词坛掀起尚雅之风，理论界、批评界皆高举鲜明的复雅旗帜，文人们纷纷以编选雅词选本的方式来"崇雅黜俗"。建炎三年，黄大舆编选《梅苑》，收录咏梅词四百余首，宋人咏梅蔚然成风，反映出宋人集体性追雅的审美情趣，《梅苑序言》中明确提出以诗骚为归、以清雅为则的主张。绍兴十二年，鲖阳居士编选了《复雅歌词》五十卷，序文中对五代以来的浮艳享乐词风进行了鞭挞，旗帜鲜明地提出了倡雅黜郑的词学主张。绍兴十六年，曾慥编辑《乐府雅词》，其编选原则，涉谐谑则去之，当时艳曲，谬托欧阳修者，悉删削不取。他们先后推出，正是南宋朝廷诏解乐禁之初，他们的词学观念可视为对时人创作的一种理论反映。倡导"骚雅之趣"为曲子词的最高标准，是南渡选家的共识。吴熊和先生曾准确总结为："在《复雅歌词》、《乐府雅词》等倡导之后，作词务求雅正，确实成为南宋新的风尚。"① 绍兴十九年，王灼完成了宋代词史上重要的论著《碧鸡漫志》，认为"中正则雅，多哇则郑"，王灼崇苏黜柳、去俗倡雅的评价标准，与曾慥的去取标准颇有共通之处。《乐府雅词》《复雅歌词》《碧鸡漫志》共同树立起了南渡词坛"复雅"的风向标。

　　南渡台州词人群体的创作在内容上呈现出与南渡词坛主流声音的背离，但因群体成员与外界的紧密联系，在艺术格调上却能把握词坛最新创作动态，与南渡词坛复雅的思潮相呼应，共同推进宋词由俗向雅的转变。

　　创作环境的变化对词作尚雅倾向的诱发作用不容忽视。台州词人群体领袖人物曾惇的词创作风格有一个从俗到雅的转变，促成这种转变的一个重要的原因就是词创作环境的变化。谢伋《曾使君新词序》云：

---

　　① 吴熊和：《吴熊和词学论集》，杭州大学出版社 1999 年版，第 94 页。

临海使君南丰曾侯惇，字兹父，以故相孙习知台阁，工为文辞。年逾二十，当全盛时，官中都，诸公贵人一口称荐，王邸戚里、名胜豪侠，莫不愿交。而兹父亦善与人交，笑言霏靡，各适其意，名声一日满京师。酒酣耳热，遗簪堕珥之前，滑稽放肆之词，播在乐府。下至流传平康诸曲，皆习歌之。①

北宋末年创作于"酒酣耳热，遗簪堕珥之前"的是滑稽放肆之词，这种词流传得很广，平康皆习歌之。而到台州之后，词皆作于公私宴集之所，参加者或为有文化修养的僚属，或为寓居此地的高门望族。我们虽不能睹其台州词的全貌，但读过其词的孙觌评价是"词句高雅，不自凫鹥行中来"②，词风由年轻时的"滑稽放肆"转向台州时期的高雅。

除却创作环境的影响，南渡台州词人尚雅的倾向亦不乏个人的因素，其中曹勋对雅的艺术追求显得尤为自觉。曹勋之父曹组为北宋俳谐词名家，曹组当时流行于词坛的多为浅俗艳冶之作，因而受到了主流文坛的排斥，曹勋也因此受到世人奚落。据王灼《碧鸡漫志》记载："元祐间，王齐叟彦龄，政和间，曹组元宠，皆能文，每出长短句，脍炙人口。彦龄以滑稽语噪河朔。组潦倒无成，作《红窗迥》及杂曲数百解，闻者绝倒，滑稽无赖之魁也。""今之士大夫学曹组诸人鄙秽歌词，则为艳丽如陈之女学士狎客，为纤艳不逞、淫言媟语如元白，为侧词艳曲如温飞卿，皆不敢也。"后曹勋"尝以家集刻板，欲盖父之恶"③，南渡初年战乱频仍之时，宋高宗下诏到扬州，命销毁曹组文集刻版。社会舆论的压力和父亲的遭遇促使曹勋在词的创作中刻意趋雅避俗。同时，曹勋崇雅的词学观或许也受到了曾慥的影响，曹勋在洪州提举玉隆观之时与曾慥相识，曾慥作词讲究醇雅，选词也以此为标准，在他所编的词选《乐府雅词》中还保留了曹组的一些雅词。

---

① 林表民：《赤城集》卷一七，文渊阁四库全书本。
② 四川大学古籍整理研究所编：《宋集珍本丛刊》第 36 册，线装书局 2004 年版，第 41 页。
③ 王灼：《碧鸡漫志》，唐圭璋《词话丛编》第 1 册，中华书局 1986 年版，第 84—88 页。

朱敦儒词风"清隽谐婉"①，以清气见长，汪莘称朱敦儒为词坛"三变"中之一变，"（朱希真）多尘外之想，虽杂以微尘，而清气自不可没"②，汪莘所说的变，指对酒色、艳科之变。洪适，为南宋初年的四六文大家，用语典雅，在词的创作上也有雅化的自主追求。

多种因素的共同作用，使"以雅为尚"的审美趣尚得到了南渡台州词人的共同体认，成为他们在此期间共同遵循的创作原则，具体表现如下。

一 内容上表现士大夫的高情雅韵

宋代社会最大的文化特点是具有"士大夫文化"的特征，即重视内敛精致、尚雅排俗。"爱雅而排俗，这是要求士大夫具备的最起码的资格"③，南渡台州词人诗酒风流的生活状态正是这种士大夫文化的体现。南渡台州词虽多创作于游赏宴饮之所，但与北宋词多流连于声色歌舞不同，词人将笔触转向书写文人士大夫风流儒雅的生活，外在的感官享受转变为内在的精神享受，东湖赏荷、贺子忱家赏瑞香、双岩堂建成庆贺性聚会、倚江亭小轩幽会、踏雪寻梅、看横云出岫等都是台州词人品味高雅的日常生活。词人宴集中仍不乏歌妓的声影："妙绮笺琼藻，声度歌喉"（洪适的《望海潮·题双岩堂》）、"舞态弓弯，一声低唱，蛾笑绿分烟岫"（洪适《选冠子》）、"休厌共倒金荷，翠眉重为唱，渭城朝雨"（曾惇《念奴娇·送淮漕钱处和》）、"烦玉腕，举琼舟"（洪适《江城子》）、"半醉娉婷，云鬓卸金钿"（王之望《虞美人·石光锡会上席和李举之韵》）等，但她们已然不是宴集关注的中心，而只是文人风雅生活的一种陪衬。

在宴集时，这些词人往往更喜好展示自己的文学才华、精湛的书法

---

① 王鹏运：《樵歌拾遗跋》，施蛰存《词籍序跋萃编》，中国社会科学出版社1994年版，第185页。

② 汪莘：《方壶诗余自序》，施蛰存《词籍序跋萃编》，中国社会科学出版社1994年版，第270页。

③ ［日］村上哲见：《唐五代北宋词研究》，杨铁婴译，陕西人民出版社1987年版，第226页。

甚至粲花之论。洪适《鹧鸪天·次李举之见寄韵》云："报答风光思更新。安排好语续阳春。罗胸玉藻英华别,信手银钩点画匀。　　歌妙曲,想光尘。相望尺五叹参辰。曲终强对红颜笑,欠我高谈惊座人。""罗胸玉藻"是说胸罗锦绣文章;"信手银钩"是形容字写得漂亮;"高谈惊座"是说口才佳,善于演说。其《朝中措》:"牙签缥架,银钩落纸"则是称赞对方藏书丰富,书法潇洒。王之望《临江仙·赠贺子忱二侍妾》词亦云:"对客挥毫惊满座,银钩虿尾争新。数行草圣妙如神。从今王逸少,不学卫夫人。""对客挥毫"用黄庭坚《病起荆江亭即事》"闭门觅句陈无已,对客挥毫秦少游"句,谓文思敏捷;"银钩虿尾"谓其书法遒劲有力,而且是草书,甚至掩盖了卫夫人,这自是过分夸奖。而诗歌之妙,有洪适《减字木兰花·曾纮父落成小阁,次其韵》:"粲斗分星。诗句当年汗简青";《蝶恋花》:"金匮词人新得句"。王之望《鹧鸪天·台州倚江亭即席和李举之,时曹功显、贺子忱同坐》:"谪仙狂监从来识,七步初看子建诗。"这是称赞同座诗才纵横。洪适《浣溪沙·席中答钱漕》:"投辖风流今复见,开尊礼数自来宽。更看宝唾写乌阑。"则是说钱端礼十分好客,觥筹交错之后便向宾客展示他写在乌丝栏上的诗行。所以,这样的雅集,更如曹勋《水调歌头》所描述:"绣帘卷,开绮宴,翠香浮。邹枚宾从俱咏,韵闲出嘉谋。"有邹阳、枚乘之类的宾客参加绮宴,吟咏、雅韵便成为主导风格。

个人高洁的清修生活、静净环境的描写以及东山雅志的表达,是台州词另一重要内容。朱敦儒《沁园春·辞会》是解释自己不能参加宴会的"小笺",上阕说自己年老衰弱,华发苍颜,不便参与,下阕云:"岩扃。旧菊犹存。更松偃、梅疏新种成。爱静窗明几,焚香宴坐,闲调绿绮,默诵黄庭。莲社轻舆,雪溪小棹,有兴何妨寻弟兄。如今且、躲花迷酒困,心迹双清。"显然以陶渊明式的隐人自居,而弹琴焚香、访友读经的惬意生活,栽松种竹、静窗明几的环境,直如世外。曹勋《武陵春》下阕云:"我在天台山下住,松菊占深幽。归趁梅花映小楼。应问久迟留。"几如朱敦儒。其《满庭芳》所写:"老不求名,心惟耽静,旧缘历过艰难。杜门无事,一味放痴顽。只藉炉香上彻,与天地、平直交关。真人喜,扶晨遣客,时暂下仙班。"则是一种典型的文人清态。

二 艺术格调上的崇雅黜俗

嗜雅的生活情趣，又普遍怀有"崇雅黜俗"的审美趣味。南渡台州词人在创作上善用雅令之笔，写清雅之景、脱俗之人，显示出高雅的格调。

在南渡台州词人的词作中，所写意象多呈雅之品性。聚集所赏、所咏对象以花卉居多，皆是花香清馨、色泽高雅的如梅花、荷花、水仙、瑞香等，看重花的神韵以及堪与人品的高洁相媲美的物性。

梅花因与宋人的审美情趣高度契合，成为台州词人欣赏、吟咏最多的花卉。如洪适《清平乐·次曾守韵》："横枝有意先开，玉尘欲伴金罍"，《鹧鸪天·次曾守游梅园韵》："玉肌莫放清香散，更待晴时赏一回"，《浣溪沙·以鸳鸯梅送曾守，是日，曾守携家游南园》："水边疏影弄清香，风流更有小鸳鸯"；曹勋《酒泉子》："竹外斜枝初璀璨，仙风吹堕玉钿新"，《鹧鸪天·席上作，劝子忱、李相之酒》："雪后疏香一两枝。高轩乘兴访春时"；等等。

菊花、瑞香等花卉也颇得台州词人的喜爱，朱敦儒《眼儿媚·席上瑞香》："香为小字，瑞为高姓，道骨仙风"，曹勋《西江月·贺子忱家赏瑞香》："氤氲不是梦云空，叶密香繁侵冻"；写菊花的则有曹勋《武陵春·重阳》："今岁重阳经闰早，金蕊粲繁枝"，《武陵春》："红叶黄花满意秋""我在天台山下住，松菊占深幽"；等等。

曾惇所存六首词，皆作于台州时期，其中《朝中措》两首被收在《全芳备祖》前集卷二十一"水仙花门"中，原为咏水仙之作，"幽芳独秀在山林，不怕晓寒侵"，"绿华居处渺云深，不受一尘侵"。晶莹冰洁的水仙，在作者的眼里是那般纯洁高雅、一尘不染，竟似那远离尘世喧嚣、居于烟波浩渺云海深处的仙子，词人对花卉的描写含蓄有致，颇得空灵淡约的旨趣。

在曾惇所存词中，有一首《浣溪沙》，词云：

> 无数春山展画屏，无穷烟柳照溪明。花枝缺处小舟横。　　紫禁正须红药句，清江莫与白鸥盟。主人元自是仙卿。

况周颐评价:"曾纮父《浣溪沙》云:'紫禁正须红药句,清江莫与白鸥盟。'寻常称美语,出以雅令之笔,阅之便不生厌。此酬赠词之别开生面者。"① 称誉该词能将寻常之语表达得富有雅韵。

曹勋的《酒泉子》《谒金门》两首词,一为咏梅之词,一为伤春之词,从这两首词的具体内容来看,当作于台州时期,词云:

> 霜护云低,竹外斜枝初璀璨,仙风吹堕玉钿新。度清芬。
> 叹寒冰艳了无尘。不占纷纷桃李径,一庭疏影冷摇春。月黄昏。
> (《酒泉子》)
> 春待去。帘外连天飞絮。老大心情慵纵步。草迷池上路。
> 春去不知何处。欲问谁能分付。但有清阴遮院宇。晚莺和暮雨。
> (《谒金门》)

朱敦儒有跋语,曰:"读二词,洒然变俚耳之焰烟,还古风之丽则,婉转有余味也。"② 肯定了这两首词所具有的典雅之致。

在南渡台州词人笔下,哪怕是吟咏歌妓或描写女性的传统艳情题材,亦能化俗为雅,显示出高雅的情趣和境界。王之望《临江仙·赠贺子忱二侍妾二首》最有代表性:

> 霓作衣裳冰作面,铅华不浣天真。临风几待逐行云。自从留得住,不肯系仙裙。　对客挥毫惊满座,银钩虿尾争新。数行草圣妙如神。从今王逸少,不学卫夫人。
> 家在蓬莱山下住,乘风时到尘寰。双凫偶堕网罗间。惊容凝粉泪,愁鬓乱云鬟。　人世风波难久驻,云霞终反仙关。虚无仙路拥归鸾。却随烟雾去,长向洞天闲。

词中将贺子忱二侍妾比作误堕凡间的仙女,显得高凡绝尘,丝毫没

① 况周颐:《蕙风词话》卷二,唐圭璋《词话丛编》第 5 册,中华书局 1986 年版,第 4431 页。
② 唐圭璋:《全宋词》,中华书局 1999 年版,第 1592—1593 页。

有世俗之气。给客人留下深刻印象的也非高超的歌艺舞技，而是"对客挥毫惊满座，银钩虿尾争新。数行草圣妙如神"的文人雅趣。

得台州道教文化沾溉，台州风物浸染了佛道的气息，词中的人与物皆带上了仙气，如具有"道骨仙风"的瑞香，宛若仙子的水仙等。词中的人物也多有神仙风致，如"尽道南丰，仙骨秀而都"的曾惇（曹勋《江神子·铉父以昔年梦诗寄为长短句，因韵叙谢》），"主人来自，清都碧落"的太守（曾惇《水龙吟·秋寿太守》），"家在蓬莱山下住，乘风时到尘寰"的贺子忱侍妾（王之望《临江仙·赠贺子忱二侍妾》）等，道教文化的渗透越发彰显出词作雅致脱俗的格调。

宋室南渡，政局的大动荡带来了文学的大变革，南渡词人的心理状态、创作观念也必然会随之发生改变。王兆鹏先生《宋南渡词人群体研究》一书根据主体的角色身份、行为出处及其创作环境、词风特点将南渡时期的词人分为三大词人群体：一为志士词人群，核心人物是李纲、吕本中、张元幹；一为隐逸词人群，以杨无咎、周紫芝为代表；一为宫廷应制词人群，以曾觌、史浩、康与之等为代表。[①] 南渡台州词人群体则属于这三大主流群体之外的另类词人群体，他们的词作中没有表现出抗敌御辱、恢复中原的愿望，也很少表现彻底的归隐之趣，而是在世外桃源般的台州沉醉于词酒风流的文人雅集中。

不同地理环境下创作的文学，其总体风貌存在不同，这已是一个共识。台州词人群体的创作实践，形象地演绎着地域文化对词学创作所发生的作用，生存状态的改变能深刻地影响文人的创作心态和价值取向。台州相对偏僻的地理位置、浓厚的仙佛文化消解了词人的政治身份，促成了不同政见的文人不断雅集，也促使他们的创作疏离了政治，走向艺术的雅化。

---

① 王兆鹏：《宋南渡词人群体研究》，凤凰出版社 2009 年版，第 12 页。

第二章

宋南渡湖州词人群体研究

湖州，古称吴兴、雪溪、苕溪，三国时期吴国孙皓在此设立吴兴郡，祝穆《方舆胜览》述湖州的建制沿革曰："吴置吴兴郡，隋平陈，废吴兴郡，置湖州，取太湖为名。唐及皇朝因之。钱氏纳土，升昭庆军。太平兴国析归安置乌程县。宝庆二年改湖州为安吉州，领县六，置乌程、归安两县。"① 湖州在南宋时属于两浙西路，辖乌程、归安、安吉、长兴、德清、武康六县。与台州的僻远闭塞不同，湖州自三国时期孙皓设立吴兴郡以来，即为东南名郡，兼具山水之美与人文之胜。

唐代时期是湖州的一个黄金期，李直方《白蘋亭记》云："吴江之南、震泽之阴，曰湖州。幅员千里，棋布九邑。卞山屈盘，而为之镇；五溪丛流，以导其气。其土沃，其候清，其人寿，其风信实。"② 随着经济的繁荣，湖州成为众多文人词客的聚居之所。唐代诗人顾况《湖州刺史厅壁记》云："江表大郡，吴兴为一……其野星纪，其薮具区，其贡橘柚、纤缟、茶纻。其英灵所诞，山泽所通，舟车所会，物土所产，雄于楚越，虽临淄之富不若也。其冠簪之盛，汉晋以来，敌天下三分之一。"③ 顾况此言虽有夸张的成分，但从中可见湖州在唐时已成为东南地区的重镇，物产丰富，人才辈出。

宋南渡时期，湖州与都城临安近在咫尺，《嘉泰吴兴志》云："高宗皇帝驻跸临安，实为行都辅郡，风化先被，英杰辈出，四方士大夫乐山

---

① 祝穆：《方舆胜览》卷上，中华书局2003年版，第76页。
② 董诰等：《全唐文》卷六一八，中华书局1983年版，第6244页。
③ 董诰等：《全唐文》卷五二九，中华书局1983年版，第5372页。

水之胜者，鼎来卜居。"① 北方移民大量迁入这块乐土，移民者中不乏地位显赫的宗室成员，据《宋史》记载，宋孝宗生父赵子偁便寓居湖州，孝宗即位后，"归附从军而廪于湖者众"②。同时湖州"当干戈之际，岿然独存"，是少数"不被寇"的江南府州之一，加之当时知州葛仲胜采取保境安民和赈济饥民等措施，"傍郡之饥者，闻公荒政，咸襁负而来，至无以容"，"蒙全活者不可胜计"。③ 湖州因此成为"五方杂处，户口繁庶"的地区。④

随着大量词人或仕宦、或避难湖州，徙居词人与土著词人频繁酬唱，主要成员有叶梦得、葛胜仲、沈与求、刘一止、刘焘、许亢宗、富直柔等。受湖州地域文化的泽溉，群体活动以游赏山水居多，词作多本地风物的描绘和隐逸情怀的抒写，呈现出清雅的风貌。

第一节　清远之地与文人酬唱的历史传统

湖州山水佳胜，以"清远"闻名，据《太平寰宇记·湖州》记载："（乌程县雪溪）凡四水合为一溪，自浮玉山曰苕溪，自铜岘山曰前溪，自天目山曰余不溪，自德清县前北流至州南兴国寺前曰雪溪，东北流四十里合太湖。"⑤ 名山则有卞山、何山、昇山、玲珑山、杼山、道场山等，如杼山，因夏王杼巡狩至此而得名，为乌程山水绝胜之所，唐时，颜真卿、陆羽、皎然等著名文人常在杼山活动，颜真卿《湖州乌程县杼山妙喜寺碑铭》云："其山胜绝，游者忘归，前代亦名稽留山。寺前二十步跨涧有黄浦桥，桥南五十步又有黄浦亭，并宋鲍昭送盛侍郎及庾中郎赋诗之所。其水自杼山西南五里黄蘗山出，故号黄浦，俗亦名黄蘗涧，即梁

① 谈钥：《嘉泰吴兴志》卷二〇"风俗"，《宋元方志丛刊》第5册，第4857页。
② 脱脱：《宋史》卷二四四《赵子偁传》，第8689页。
③ 葛仲胜：《丹阳集》卷二四《葛公行状》，文渊阁四库全书本。
④ 谈钥：《嘉泰吴兴志》卷二〇"风俗"，《宋元方志丛刊》第5册，第4858页。
⑤ 乐史：《太平寰宇记》卷九四，中华书局2007年版，第1884页。

光禄卿江淹赋诗之所。"① 宋代的文人士大夫更是极力称赏此地风光，苏东坡尝言："余杭自是山水窟，仄闻吴兴更清绝。"② 在被委以湖州知州时，写下了《湖州谢上表》，称赞湖州"风俗阜安，在东南号为无事；山水清远，本朝廷所以优贤"③。叶适曾称："天下山水之美，而吴兴特为第一。"④ 乡人韦居安《梅磵诗话》云：

> 吾乡地濒具区，故郡以湖名。叶水心为赵守希苍作《胜赏楼记》，有"四水会于霅溪，镜波蓝浪"等语，然直斋为吴守子明记重建碧澜堂，亦云"镜波蓝浪，万顷空阔"。以是观之，则水晶宫之称非浪得也。环城数十里，弥望皆菰蒲芰荷。城中月河莲花庄一带亦然。余赏爱杨廷秀《过霅川大溪》诗数语，形容最佳。诗云："菰蒲际天青无边，只堪莲荡不堪田。中有一溪元不远，折作三百六十湾。正如绿锦衣地上，玉龙盘屈于其间。"味此诗，则霅之胜概大略可见。⑤

湖州自古号为人文繁盛之渊薮，《吴兴志》序评价说："吴兴东南最盛处，于今为股肱郡，山水清远，人物贤贵。"⑥ 湖州境内众多山水胜迹，是文人诗酒风流的乐土。张方平曾云："吴兴南国之奥，有佳山水，发为秀人。自江左而清流美士、余风遗韵相续也。"⑦ 湖州是一个文风盛极的江左名邦，东晋谢安、王羲之，梁代柳恽，唐代杜牧、颜真卿、顾况，宋代苏轼都曾出守此州，宦游此地者也深受其地域文化的浸润与影响。苏轼《墨妙亭记》论其风俗云："吴兴自东晋为善地，号为山水清远。其民足于鱼稻蒲莲之利，寡求而不争。宾客非特有事于其地者不至焉。故

---

① 颜真卿：《颜鲁公集》卷四，上海古籍出版社 1992 年版，第 19 页。
② 苏轼：《将之湖州戏赠莘老》，《苏轼诗集》卷八，中华书局 1982 年版，第 396 页。
③ 苏轼：《苏轼文集》卷二三，中华书局 1986 年版，第 653—654 页。
④ 周密：《吴兴园圃》，《癸辛杂识·前集》，中华书局 1988 年版，第 8 页。
⑤ 丁保福辑：《历代诗话续编》卷中，中华书局 2006 年版，第 541 页。
⑥ 谈钥：《嘉泰吴兴志》序，《宋元方志丛刊》第 5 册，第 4679 页。
⑦ 张方平：《乐全集》卷三三，文渊阁四库全书本。

凡守郡者，率以风流啸咏、投壶饮酒为事。"① 足见其地之风流雅韵。湖州的山水胜迹为文人提供了理想的创作环境，为文人墨客流连的宝地，晋宋以来，湖州便形成了很好的文人酬唱传统，其中最为著名的当数唐代颜真卿组织的湖州文人唱和与宋代李常、张询组织的以苏轼为核心的前后六客词雅集。

一　渔父词唱和之盛况

中国文学作品中的渔父形象源于先秦时代的《庄子·渔父》和《楚辞·渔父》，而渔父词的唱和发端于湖州。唐代颜真卿于唐大历七年（772）九月受命为湖州刺史，大历十二年（777）四月奉诏入京为刑部尚书，在湖州首尾共六年。颜真卿是著名书法家，其诗文也有相当造诣，公务之余，召集文士修撰典籍，唱和赋诗，形成了以其为核心的文人集团，殷亮《颜鲁公行状》记载：

> 公初在平原未有兵革之日，著《韵海镜源》，成一家之作。始创条目，遂遇禄山之乱，寝而不修者二十余年。及至湖州，以俸钱为纸笔之费，延江东文士萧存、陆士修、裴澄、陆（鸿）渐、颜祭、朱弁、李莆、清河寺僧智海、善小篆书吴士汤涉等十余人，笔削旧章，该搜群籍，撰定为三百六十卷。②

颜真卿在《湖州乌程县杼山妙喜寺碑铭》中记述修书过程，涉及人员远非《行状》中所列十余人，达 56 人之多。这些文士聚集在颜真卿周围，既切磋书艺，亦相互酬唱，以颜真卿为中心的湖州诗歌集会除前文提到的杼山妙喜亭集会外，另有集会如下。

岘山集会。据《嘉泰吴兴志》记载："唐开元中，李适之为湖州别驾，南岘山有石觞可贮五斗酒，适之每携其所亲友登山酣饮，望帝乡，时以一醉，士民呼为李相石樽。颜真卿及门生弟侄多携酒舣楫以游，作

---

① 苏轼：《苏轼文集》卷一一，中华书局 1986 年版，第 354 页。
② 殷亮：《颜鲁公行状》，《全唐文》卷五一四，中华书局 1983 年版，第 5229 页。

《李相石樽宴集联句》。"① 参与联句的有颜真卿、刘全白、裴循、张荐、吴筠、强蒙、范缙、王纯、魏理等30人。

张志和访颜真卿集会。张志和拜访颜真卿湖州任所，有一场规模宏大的文人集会，参与者达六十余人，据颜真卿《浪迹先生玄真子张志和碑铭》载："大历九年秋八月，讯真卿于湖州，前御史李崿以缣帐请焉。俄挥洒横拖而纤纩霏拂，乱抢而攒毫雷驰，须臾之间，千变万化。蓬壶仿佛而隐见，天水微茫而昭合，观者如堵，轰然愕贻。在坐六十余人，玄真命各言爵里、纪年、名字、第行，于其下作两句题目，命酒，以蕉叶书之，援翰立成。潜皆属对，举席骇叹。竟陵子因命画工图而次焉。"② 后颜真卿又与门客唱和张志和之《渔父词》。

潘氏书堂集会。颜真卿有《竹山联句题潘（氏）书（堂）》一首，被收录在《中国历代书法墨迹大观》，参与联句的有18人之多。③

水亭咏风联句。颜真卿《颜鲁公文集》卷一二收《与耿沣水亭咏风联句》，参加者十二人，分别为颜真卿、裴幼清、杨凭、杨凝、左辅元、陆士修、权器、陆羽、皎然、耿沣、乔（失姓）、陆涓。④

以颜真卿为中心的湖州酬唱活动中，产生最大反响的当数颜真卿与张志和等人之间的渔父词唱和。张志和，字子同，别号玄真子，婺州金华人。其父张游朝"清真好道"，精通道家思想，著道教书十余卷，张志和兄弟受其父影响颇深。志和少年及第，因事被贬后无复宦情，遂"扁舟垂纶，浮三江，泛五湖"⑤，性迈不束，自谓"烟波钓徒"。南唐沈汾《续仙传》描绘了渔父词唱和的风流盛况：

> 真卿为湖州刺史，与门客会饮，乃唱和为《渔父词》。其首唱即志和之词，曰："西塞山边白鹭飞，桃花流水鳜鱼肥。青箬笠，绿蓑

① 谈钥：《嘉泰吴兴志》卷一二《古迹》，《宋元方志丛刊》第5册，第4734页。

② 《全唐文》卷三四〇，第3448页。

③ 谢稚柳：《中国历代书法墨迹大观》三，上海书店1987年版，第102—131页。

④ 《全唐诗》卷七八八，中华书局1960年版，第8881—8882页。

⑤ 《全唐文》卷三四〇，第3448页。

衣，斜风细雨不须归。"真卿与陆鸿渐、徐士衡、李成矩共和二十五首，递相夸赏。而志和命丹青剪素，写景夹词，须臾成五本，花木禽鱼，山水景像，奇绝踪迹，今古无伦。而真卿与诸宾客传玩，叹伏不已。①

由此可知，当席参与《渔父词》唱和的就有五人共二十五首，张志和多才多艺，诗画兼通，其为首唱，颜真卿、陆鸿渐、徐士衡、李成矩各和五首。惜除张志和五首外，余皆不传。

由颜真卿和张志和所引领的渔父词唱和现象经历代而不衰，参与唱和的除了众多文士，还有历代帝王。在张志和之后不久，唐宪宗曾访求张志和的渔父词而不得，后赖李德裕之力才得以见到，据李德裕《玄真子渔歌记》一文记载："德裕顷在内廷，伏睹宪宗皇帝写真，求访玄真子《渔歌》，叹不能致。余世与玄真子有旧，早闻其名，又感明主赏异爱才，见思如此，每梦想遗迹，今乃获之，如遇良宝。"② 李煜《题供奉韦贤〈春江钓叟图〉》中有渔父词二首。宋孝宗为宋高宗的《蓬窗睡起图》册页题写了《渔父词》。宋高宗有《渔父词》十五首，他在序言中说作词缘由："绍兴元年七月十日，余至会稽，因览黄庭坚所书张志和《渔父词》十五首，戏同其韵，赐辛永宗。"张志和的渔父词还远播日本，日本皇室亦有和作。据《日本填词史话》记载，在张志和写成《渔歌子》四十九年后（823 年，即日本平安朝弘仁十四年），这五首词传到日本，当时的嵯峨天皇读后倍加赞赏，亲自在贺茂神社开宴赋诗，与会的皇亲国戚、学者名流，皆随嵯峨天皇唱和张志和的《渔歌子》，共有十二首流传下来，③ 可见渔父词已传播至异域，这无疑扩大了湖州词的国际影响力。

---

① 张君房：《云笈七签》卷一一三下，中华书局 2003 年版，第 2481—2482 页。
② 金启华等主编：《唐宋词集序跋汇编》，江苏教育出版社 1990 年版，第 3 页。
③ ［日］神田喜一郎：《填词的滥觞》，参见夏承焘《域外词选》中所载译文，书目文献出版社 1981 年版，第 85—91 页。

二 六客雅集的流风余韵

湖州词人雅集酬唱之风至北宋时再掀高潮,北宋词人群体酬唱最负盛名的是以苏轼为中心的前后六词客。苏轼一生多次到过湖州,并曾任湖州太守,其在任期间,与僚佐文士遍游湖州名胜,彼此诗词唱和。湖州有古迹"六客堂",乃苏轼等人酬唱之所,据《嘉泰吴兴志》卷一三《宫室·六客堂》:

> 六客堂在湖州府郡圃中。熙宁中,知州事李常作《六客词》。元祐中,知州事张询复为六客之集,作《六客词序》曰:"昔李公择为此郡,张子野、刘孝叔在焉,而杨元素、苏子瞻、陈令举过之,会于碧澜堂,子野作《六客词》,传于四方。今仆守此郡,子瞻与曹子方、刘景文、苏伯固、张秉道过,与仆为六。向之六客,独子瞻在,复继前作,子野为《前六客词》,子瞻为《后六客词》,与赓和篇,并刻墨妙亭。"后人歆艳,遂以名堂。①

"六客堂"因前后六客在此雅集而得名,宋代湖州,生活着众多文人墨客,因苏轼的到来,很快便聚集成一个整体,相互酬唱。前六客雅集在神宗熙宁七年(1074),此事给苏轼留下了深刻的印象,苏轼到达密州后,即给在杭州的周邠(字开祖)写了《与周开祖》,信中记此事:"寻自杭至吴兴见公择,而元素、子野、孝叔、令举皆在湖,燕集甚盛,深以开祖不在坐为恨。"② 其写于谪居黄州期间的《书游垂虹亭》中对此事记之甚详:③

---

① 谈钥:《嘉泰吴兴志》卷一三,《宋元方志丛刊》第 5 册,第 4738 页。
② 苏轼:《苏轼文集》卷五六,第 1668 页。
③ 夏承焘先生《唐宋词人年谱·张子野年谱》中认为:苏轼《书游垂虹亭》中谓"在松江垂虹亭上所作",而张先在此次聚会中作词《定风波》,自注"霅溪席上",疑为苏轼事后误记。查《嘉泰吴兴志》卷一三《宫室·六客堂》条可知,前、后六客之集都是在湖州郡圃中的碧澜堂(即"六客堂"),据《观林诗话》,当时苏轼和张先等人是"由苕霅泛舟至吴兴"。苏轼"后六客词"谓:"月满苕溪照夜堂。""苕溪"指霅溪,"夜堂"即碧澜堂。

余昔自杭移守高密，与杨元素同舟，而陈令举、张子野皆从吾，过公择于湖，遂与刘孝叔俱至。夜半月出，置酒垂虹亭上。子野年八十五，以歌词闻于天下，作《定风波令》，其略曰："见说闲人聚吴分，试问，也应旁有老人星。"坐客欢甚，有醉倒者。此乐未尝忘也。今七年耳，孝叔、令举皆为异物。而松江桥亭，今岁七月九日，海风驾潮，平地丈余，荡尽无复孑遗矣。追思曩时，真一梦耳。元丰四年十月二十日，黄州临皋亭夜坐书。①

前六客雅集指苏轼离杭州赴密州任，与被诏回朝任翰林学士的杨绘（字元素）同舟离杭，同行的有陈舜俞（字令举）、张先（字子野），道经湖州，时知湖州的李常（字公择）尽地主之谊，大张盛宴欢迎苏轼一行，刘述（字孝叔）等人参与的聚会事。其中张先、陈舜俞和刘述均为湖州人，时张先已八十五岁高龄，兴致甚高，作《定风波令》，此词被称为"六客词"代表作而盛传于世：

雪溪席上，同会者六人，杨元素侍读、刘孝叔吏部、苏子瞻、李公择二学士、陈令举贤良

西阁名臣奉诏行。南床吏部锦衣荣。中有瀛仙宾与主。相遇。平津选首更神清。　溪上玉楼同宴喜。欢醉。对堤杯叶惜秋英。尽道贤人聚吴分。试问。也应旁有老人星。

后六客雅集在元祐六年（1091），即"六客之会"后十七年，② 苏轼离杭赴京路过湖州，前六客中唯有苏轼尚在，在湖州太守张询盛邀之下

---

① 苏轼：《苏轼文集》卷七一，第2254页。
② 前六客雅集在神宗熙宁七年（1074），朱祖谋据苏轼"凡十五年"之语，定为元祐四年（1089），误。苏轼《定风波》词序云："再过吴兴，而五人者皆已亡矣。"而李常卒于元祐五年（1090），《嘉泰吴兴志》卷一八记载："东坡《六客词》，在墨妙亭，元祐六年撰。"据此，则后六客聚会时间当为元祐六年。苏轼言"凡十五年"，是约举成数。

会于湖州府之碧澜堂，而成"后六客词"。苏轼《定风波》自序记曰：

> 昔余与张子野、刘孝叔、李公择、陈令举、杨元素会于吴兴。时子野作《六客词》，其卒章云："见说贤人聚吴分。试问，也应旁有老人星。"凡十五年，再过吴兴，而五人者皆已亡矣。时张仲谋与曹子方、刘景文、苏伯固、张秉道为坐客，仲谋请作《后六客词》。

"后六客"指苏东坡、张仲谋、曹子方、刘景文、苏伯固、张秉道六人。苏轼有感于前六词客的旧游往事，复继前作而为后六客词，仍用《定风波》词牌，词云：

> 月满苕溪照夜堂，五星一老斗光芒。十五年间真梦里，何事，长庚配月独凄凉。　　绿发苍颜同一醉，还是，六人吟笑水云乡。宾主谈锋谁得似，看取，曹刘今对两苏张。

湖州"六客之会"是词学史上的一段佳话，日本学者村上哲见认为，词中唱和之风即始于张先。吴熊和先生评价了六词客交游的词史意义："神宗熙宁时期，柳永与晏、欧一时俱逝，张先则作为词坛耆宿，与初濡词笔、尚属新进的苏轼唱酬，又成为维系北宋前期至北宋中期这两代词人的纽带，代表了其间词风嬗变的趋向。"① 通过交游酬唱，张先与苏轼的词风相互影响，进而影响了词坛的风气。"六客之会"奠定了湖州在宋代词坛的地位，使之成为当时重要的词作中心之一，湖州郡中设"六客堂"以纪其事，"六客堂"经过苏轼前后雅集，成为湖州城市文化的一个代表和地标，六客堂之会影响了文坛数百年，王十朋于乾道三年（1167）知湖州，曾与客饮于六客堂，并作诗怀及六客雅集之事；清代吴绮亦曾知湖州府，也有六客堂《定风波》词和东坡原韵。

湖州文人酬唱的盛况引发了后世寻求知音者的向往，在这片山水清远之地，应社式的酬唱之风历数代而不绝。随着葛胜仲、叶梦得等词人

---

① 吴熊和、沈松勤：《张先集编年校注·前言》，浙江古籍出版社 1996 年版，第 6 页。

的到来，湖州词坛掀起了新一轮的酬唱高潮。

第二节　宋南渡湖州词人群体的交际网络

　　湖州在两宋时期是词坛中心之一，据唐圭璋先生《两宋词人占籍考》，浙籍词人共 216 人，湖州籍的词人就有 27 人，仅次于杭州的 30 人。① 湖州土著词人众多，张先、沈蔚、刘一止、李莱老、李彭老等本地词人皆有声名。湖州独特的地域优势又吸引了外来词人在此寓居。宋室南渡前，湖州就聚集了叶梦得、葛胜仲、刘焘等人在此清游宴集、相互酬唱。宋室南渡后，大批北方士民纷纷南迁，湖州再次成为词人聚集之地，迁徙而来的词人与土著词人词学互动频繁，形成了一个富有地域特色的词人群体。

　　宋代湖州词坛交游圈以叶梦得和葛胜仲为中心，呈放射状，四库馆臣称："胜仲与叶梦得酬唱颇多，而品格亦复相埒。"② 以下通过对叶梦得、葛胜仲在湖州交游圈的梳理，对该词人群体的概貌作一勾勒：

　　葛胜仲（1072—1144），字鲁卿，江苏江阴人。葛氏家族为江阴望族、文学世家，葛胜仲与其子葛立方、其孙葛郯皆有词集传世，唐圭璋先生称之为"江阴三葛"。葛胜仲曾两知湖州，宣和四年（1122）七月，知湖州，在任二年。建炎二年（1128），葛胜仲携家避乱居湖州，寓菁山寺。建炎四年（1130）七月，复集英殿修撰再知湖州。绍兴元年（1131）十月奉祠退隐，筑室湖州宝溪之景山。绍兴十四年（1144）卒，谥文康，著有《丹阳集》《丹阳词》。葛胜仲仕宦、寓居湖州时间长达十八年之久。葛胜仲宦绩、文采皆出色，"与宾客登临宴赏，即席援笔立成，文不加点，坐者莫不惊异嗟服"③，与本地词人沈与求，寓居于此的叶梦得、富直柔等人诗词往来，俨然湖州交游圈里的中坚人物。

---

① 唐圭璋：《宋词四考》，江苏古籍出版社 1985 年版，第 1 页。

② 永瑢等：《四库全书总目》卷一九八《丹阳词提要》，中华书局 1965 年版，第 1812 页。

③ 章倧：《宋左宣奉大夫显谟阁待制致仕赠特进谥文康葛公行状》，葛胜仲《丹阳集》附录，文渊阁四库全书本。

　　叶梦得（1077—1148），字少蕴，苏州吴县人，居乌程，① 绍圣四年（1097）登进士第，政和四年（1114），"葬先君，于卜之麓，遂将终焉，因以卜筑"②。因所居乌程卜山奇石林列，梦得耽好山水，在祖业基础上兴建了石林园，自号石林居士。叶梦得为两宋之交政治、文化名人，一生仕宦沉浮，几度归隐湖州卜山：宣和三年（1121）秋回到卜山，宣和七年（1125）四月离开卜山，辗转各地任职。建炎三年（1129）二月任尚书左丞，因"与宰相朱胜非议论不协，会州民有上书讼梦得过失者，上以梦得深晓财赋，乃除资政殿学士、提举中太一宫，专一提领户部财用，充车驾巡幸顿递使，辞不拜，归湖州"③，卜居湖州卜山。绍兴初复出，绍兴十四年（1144）十二月，落职奉祠退隐，次年春天，回湖州卜山山居，终老于卜山。

　　叶梦得和葛胜仲为同年进士，当葛胜仲两知湖州之时，叶梦得正居于卜山，他们之间交往频繁。以叶、葛为中心的交游圈中主要人物有：

　　沈与求（1086—1137），字必先，一字和仲，号龟溪，湖州德清（今浙江德清）人，政和五年（1115）登进士第，南渡后官至参知政事，著有《龟溪集》。宣和五年（1123），与求授湖州司录，与叶梦得、刘一止等人皆有诗词唱和。南渡后，沈与求不时回乡居住，建炎四年（1130）八月，沈与求自侍御史罢知台州，然至绍兴元年（1131）七月癸丑尚未赴任，以至朝廷令其"疾速之任"，绍兴元年正月与石林等唱和，与求当居故乡湖州德清县，其时又有与石林唱和诗，与葛胜仲亦关系密切。

　　刘焘（1071？—1131？），字无言，号静修，湖州长兴人，约生于熙宁四年（1071），卒于绍兴元年（1131）后。④ 刘焘少有才，哲宗元祐初年入太学，有"俊杰"之声，与曹纬、瞿执柔、刘正夫在太学号"四俊"⑤。又有与人合称"八俊"之说，"未冠游太学，与陈亨伯俱以'八

　　① 《宋史》本传中称叶梦得为苏州吴县人，王象之《舆地纪胜》卷四、谈钥《嘉泰吴兴志》卷一七、《湖州府志》《乌程县志》等都称叶梦得为乌程人。

　　② 叶梦得：《建康集》卷四《祭净山主文》，文渊阁四库全书本。

　　③ 脱脱：《宋史》卷四四五，第13134页。

　　④ 王兆鹏、王可喜等：《两宋词人丛考》，凤凰出版传媒集团2007年版，第84页。

　　⑤ 章定：《名贤氏族言行类稿》卷一九，文渊阁四库全书本。

俊'称"①，工书法，以草书名世。元祐三年（1088）登进士第，其文颇为苏轼所赏识。曾任枢密院编修、监察御史、淮南东路提点刑狱等职，宣和元年（1119）被降职，此后五年，居家乡长兴。宣和七年（1125），除秘阁修撰，不久因擅离官守，为李光所弹劾，以秘阁修撰致仕，居家乡长兴。在家乡期间，与葛胜仲、叶梦得交往密切。

许亢宗（？—1135），字干誉，饶州乐平人（今山西），叶梦得妹婿，许昌诗社的成员。叶梦得《避暑录话》卷二"今予所居，常过我者许干誉"，许干誉是时亦隐居卞山，常到叶梦得处做客。韩元吉《祭许舍人干誉文》亦云绍兴五年，"公隐卞峰，我守霅川，公来访我，一笑欢然"②。许干誉于绍兴五年（1135）七月起知信州（今江西上饶），当是从卞山居所赴任，同年八月卒。

富直柔（？—1158），字季申，号洛滨，河南洛阳人，宰相富弼之孙，少敏悟，有才名。靖康初（1126），晁说之荐举他入朝，诏赐同进士出身，授秘书省正字一职，历任右谏议大夫、给事中、御史中丞等职。绍兴元年（1131）十一月，富直柔罢同知枢密院事后，即携家赴湖州宝溪寓居，与葛胜仲来往频繁。葛立方《韵语阳秋》："先公（鲁卿）晚年寓居湖州之宝溪，季申既罢枢管，亦挈家来寓，一觞一咏，必与之俱。"③

刘一止（1078—1160），字行简，号太简居士，湖州归安（今浙江吴兴）人，与刘焘为族兄弟关系，④ 宣和进士，累官中书舍人、给事中，与叶梦得有酬唱。同时刘一止与沈与求一生相善，刘一止为沈与求撰《知枢密院事沈公行状》云："一止从公游逾三十年，自乡校至立朝，虽有出处契阔之异，而相厚之意不少衰。"⑤

莫彦平：即莫砥，生卒年不详。莫氏是湖州有名的家族，莫砥之父莫君陈，神宗皇帝熙宁六年三月己巳有《试中刑法人酬奖诏》云："试中

---

① 谈钥：《嘉泰吴兴志》卷一七，《宋元方志丛刊》第 5 册，第 4826 页。

② 韩元吉：《南涧甲乙稿》卷一八，中华书局 1985 年版，第 369 页。

③ 葛立方：《韵语阳秋》卷一八，中华书局 1985 年版，第 146 页。

④ 刘一止《苕溪集》中有《虞美人·族兄无言赴诏》《和族兄无言题能仁寺当云轩一首》等题。

⑤ 刘一止：《知枢密院事沈公行状》，《苕溪集》卷三〇，文渊阁四库全书本。

刑法莫君陈迁一官，为刑法官。"① 曾巩有《韩晋卿莫君陈刑部郎中制》②，天启《吴兴备志》卷十一《莫君陈传》云："熙宁中，新置大法科，首中其选，其为王安石器重。御家严整，如官府然。东坡有《西湖跳珠轩诗赠莫同年》。"综合可知：莫君陈嘉祐二年（1057）中进士，与苏轼为同年，曾官刑部郎中。莫君陈子莫彦平家住乌程，与叶梦得为邻，与葛胜仲、叶梦得等交游，叶梦得有《申大元帅府乞差新江东提刑莫朝议权湖州状》，称：当时湖州知州赵中大到任旬日身死，见任通判冯奉议为患中风，在假多日，湖州知州、通判一时两缺，而湖州通连太湖，又与宣州、徽州接壤，刚刚遭受方腊之乱，又有陆行儿啸聚千余人，以致烦王师诛讨，人情惊疑不安；临近不远的严州遂安县倪从庆聚众惊劫；四月初七日，承太平州等处关报到江宁府被群贼在府钉上城门放火，杀人作过，与湖州最为邻近，等等，形势严峻，如果等候差到正官知州，窃虑目今深怕眼下防托有失措置，必致误事，所以，本州士民经诸司陈状，想差寄居湖州的朝议大夫、新江东路提点刑狱莫砥逐急权摄。而文章开篇即交代："勘会，岨大元帅府参议都总管宝文牒：今后四方州郡凡有事宜，并申兵马大元帅康王行府与决施行。"③ 据知宋高宗身为兵马大元帅尚未登基时，即建炎，莫砥刚刚为江东路提点刑狱，官阶为朝议大夫，叶梦得向赵构荐举莫砥权知湖州，当时，莫砥正寄居湖州，所以，与叶梦得等人唱和。

叶梦得、葛胜仲湖州交游圈中参与词学唱和活动的人物尚有：

薛昂，字肇明，杭州人，元丰八年（1085）进士，汪藻《浮溪集》卷二十一《祭薛大资文》中称薛昂"蘋洲寥湾，诗酒陶写，渔樵往还"，"蘋洲"指湖州，湖州人周密号蘋州，其词集《蘋州渔笛谱》。而绍兴元年（1131）九月至绍兴五年（1135）初，汪藻知湖州，二人有交往。薛昂寓居湖州期间，曾拜访过葛胜仲，互有诗词唱和，薛昂也参与了湖州词人群体的活动。

① 宋神宗：《试中刑法人酬奖诏》，《全宋文》第 113 册，第 308 页。

② 曾巩：《韩晋卿莫君陈刑部郎中制》，《全宋文》第 57 册，第 45 页。

③ 叶梦得：《申大元帅府乞差新江东提刑莫朝议权湖州状》，《全宋文》第 147 册，第 231 页。

章几道，具体情况不详，叶梦得诗《章几道将归小饮怀谢城父》云："中年甚畏别交亲，况复云山旧结邻。涧谷何时同笑语，干戈已老更风尘。"可知章几道旧日与叶梦得同居卞山，为结邻之好。

徐度，字惇立（一作敦立），钦宗朝宰相徐处仁之子，睢阳（今河南商丘）人，累官至吏部侍郎，曾得叶梦得举荐，追随叶梦得，为叶梦得门生，著有《却扫编》等。叶梦得《避暑录话》云"今春徐度自临安来"，"卞山从石林游学"①，《避暑录话》撰于绍兴五年（1135），则徐度于是年从临安来卞山从石林游。

林彦振，生卒年不详，崇宁中赐进士出身，善书，服丹砂死，曾与叶梦得等人游卞山玲珑山。

陈彦文，生卒年不详，字经仲，陈睦之子，莆田县人，崇宁中赐进士出身，曾官户部侍郎、显谟阁直学士，知庆、洪、楚、江四州。建炎初，除江淮制置使。曾与叶梦得、葛胜仲游湖州骆驼桥。

毛开，生卒年不详，字平仲，号樵隐居士，信安（今浙江常山）人，"为人傲视自高，与时多忤"②，与南宋著名诗人陆游、尤袤等交谊甚厚，仕至宛陵、东阳通判，有《樵隐诗余》，参与了湖州词坛元夕词的唱和。

强少逸、朱三、才卿等里籍不详，曾参与了湖州词人群体活动。

南渡湖州词坛的交游圈以地方长官为组织者，参与者大多为本地词人或寓居此地的名流，他们的交游活动自宣和年间即已开始，一直延续到南渡后，活动的高峰期在绍兴元年（1131）至绍兴六年（1136）。

第三节 "浮家泛宅"的隐逸文化效应

词人群体唱和活动，有共同的空间载体和相近的话题，如何构建唱和活动的话语平台，地域文化场在这其中充当着重要的角色。湖州拥有独特的地理环境、深厚的历史人文资源，当文人身临湖州，受地域文化

---

① 叶梦得：《避暑录话》，中华书局1985年版，第84页。

② 毛开：《樵隐词》卷首，毛晋《宋六十名家词》，上海古籍出版社1989年版，第239页。

的触发，他们在湖州的创作自然会向区域文化倾斜。得湖州山水与人文的滋养，叶梦得、葛胜仲等人的湖州酬唱，地域文化效应明显，此地秀美的山水荡涤了文人的名利尘世之心，他们的酬唱词多表现出对湖州山水风光的欣赏和对隐逸生活的向往。

一　"浮家泛宅"的隐逸文化传统

湖州山水清佳，湖山环绕，水路发达，有"水云乡"之称，周密《泛舟》诗序云："吾乡自昔号水晶宫，盖苕、霅二水交汇于一城之中，此他郡所无。"湖州乡人韦居安的《梅磵诗话》记载："蜀僧居简号北磵，忆霅诗云：'梦忆湖州旧，楼台画不如。舟从城里过，人在水中居。闭户防惊鹭，开窗便钓鱼。鱼沉犹有雁，不寄一行书。'前数句言霅城景物，他乡所无也。"① 赵孟𫖯《吴兴山水清远图记》以写实的手法描绘了吴兴山水全景，其中有"春秋佳日，小舟溯流城南，众山环周，如翠玉琢削，空浮水上，与舡低昂"之语，② 正是"吴兴城阙水云中，画舫青帘处处通"（杨汉公《明月楼》），驾舟出游成为此地文人赏玩山水的特有方式。而舟游的游览方式被张志和发挥到了极致，据记载，颜真卿刺湖州，张志和造谒，颜以张志和之"舴艋既蔽，请命更之，答曰：'傆惠渔舟，愿以为浮家泛宅，沿溯江湖之上，往来苕霅之间，野夫之幸矣。'"③ 苕溪与霅溪为湖州境内的主要河流，张志和得此小船，可以继续他浮家泛宅的浪迹生活。皎然曾以诗记此事云："沧浪子后玄真子，冥冥钓隐江之汜。刳木新成舴艋舟，诸侯落舟自兹始。"（《奉和颜鲁公真卿落玄真子舴艋舟歌》）张志和所作的《渔父词》词共有五首，其第二、三首云：

　　钓台渔父褐为裘，两两三三舴艋舟。能纵棹，惯乘流。长江白浪不曾忧。

　　霅溪湾里钓鱼翁，舴艋为家西复东。江上雪，浦边风。反著荷衣不叹穷。

① 丁保福辑：《历代诗话续编》卷中，中华书局 2006 年版，第 541 页。
② 赵孟𫖯：《吴兴山水清远图记》，《松雪斋集》卷七，文渊阁四库全书本。
③ 颜真卿：《浪迹先生玄真子张志和碑铭》，《全唐文》卷三四〇，第 3448 页。

词中的"舴艋为家西复东"乃"浮家泛宅"之谓,"浮家泛宅"遂成为一种隐逸的象征,渔隐山水成一时之风气,渔父词就是宋词地域文学性特征的最佳体现,并成为湖州地域文化中重要的文化符号之一。

以渔父词为代表的"渔隐"文化对湖州文学产生了深远的影响,因着张志和的事迹和渔父词,湖州境内的苕溪、霅溪成为理想的隐居地和隐逸文学创作的生发地。陆羽,号竟陵子,与颜真卿、张志和交好,在其师智积禅师去世后,哭之甚哀,作诗以寄情,诗云:"不羡白玉盏,不羡黄金罍;亦不羡朝入省,亦不羡暮入台,千羡万羡西江水,曾向竟陵城下来。"① 遂隐居苕溪。南宋初,胡仔辞官后长期卜居苕溪,过着隐士生活,自号"苕溪渔隐"。南宋山水画家李结(字次山)曾卜居于霅溪,以张志和故事为题材作《西塞渔社图卷》(现存于美国大都会博物馆),构建心中理想的隐居之地,并请好友范成大、洪迈、周必大、王蔺、赵雄、阎苍舒、尤袤七位文人士大夫题跋。范成大在《西塞渔社图卷跋》中对李结"经营苕霅间"的生活倾慕不已,冀"候桃花水生,扁舟西塞,烦主人买鱼沽酒,倚棹讴之。调赋沿溪词,使渔童樵青辈,歌而和之。清飙一席,兴尽而返。松陵具区,水碧浮天,蓬窗雨鸣,醉眠正佳"。俨然是张志和生活模式的再现。

张志和藐视权贵,淡泊名利,他的《渔父词》表现了隐者超然物外的高情逸致,自此之后,逍遥自在的渔父形象也成为文人寄寓情感的载体,借以表达不求名利、风清云淡的高洁志向。"浮家泛宅"不仅是舟游的生活方式,更是一种超然物外的生活态度。

"渔父词"也成为宋词中的一个重要题材,据统计,《全宋词》以"渔父"为题者有一百多首,高宗赵构十五首,蒲寿晟十五首,张抡十首,朱敦儒十首,惠洪八首,薛师石七首,王谌七首,苏轼六首,周紫芝六首。② 此外,徐积、方资、李纲、向子谭、戴复古、刘克庄、杨泽民、李石、法常、王质、沈瀛、辛弃疾、连久道、孙锐、姚述尧等,都

① 李肇:《唐国史补》卷中,古典文学出版社 1957 年版,第 34 页。
② 邓乔彬:《唐宋词艺术发展史》(下),安徽师范大学出版社 2013 年版,第233 页。

有渔父词。而"浮家泛宅"这一意象也在宋词中反复出现，检索《全宋词》，出现"浮家泛宅"（或"泛宅浮家"）意象的共有十四首，另有仅出现"浮家"或"泛宅"意象的词十三首，这些词作者大多有在湖州生活的经历，兹举几例：

> 绕苕城、水平波渺，双明遥睇无际。就中惟有鱼湾好，占得西关佳致。杨柳外、羡泛宅浮家，当日元真子。溪山信美，叹陈迹犹存，前贤已往，谁会景中意？　萧闲甚，筑屋三间近水。汀洲香泛兰芷。清风明月知多少，肯滞软红尘里？垂钓饵，这春水生时，剩有桃花鳜，烦襟净洗。待办取轻蓑，来分半席，相对弄清泚。（韦居安《摸鱼儿》）

> 几日北风江海立，千车万马鏖声急。短棹峭寒欺酒力。飞雨息，琼花细细穿窗隙。　我本绿蓑青箬笠，浮家泛宅烟波逸。渚鹭沙鸥多旧识。行未得，高歌与尔相寻觅。（胡舜陟《渔家傲》）

> 泛宅浮家，何处好、苕溪清境。占云山万叠，烟波千顷。茶灶笔床浑不用，雪蓑月笛偏相称。争不教、二纪赋归来，甘幽屏。
>
> 红尘事，谁能省。青霞志，方高引。任家风舴艋，生涯筇箬。三尺鲈鱼真好脍，一瓢春酒宜闲饮。问此时、怀抱向谁论，惟箕颍。（胡仔《满江红》）

> 一叶扁舟，浮家来向江边住。这回归去，作个渔樵侣。　不挂征帆，也莫摇双橹。天涯路，云山烟渚，总是留人处。（吕胜己《点绛唇》）

> 问浮家泛宅，自玄真、去后有谁来。漫烟波千顷，云峰倒影，空翠成堆。可是溪山无主，佳处且徘徊。暮雨卷晴野，落照天开。
>
> 老去余生江海，伴远公香火，犹有宗雷。便何妨元亮，携酒间相陪。寄清谈、芒鞋筇杖，更尽驱、风月入尊罍。江村路，我歌君和，莫棹船回。（叶梦得《八声甘州》）

> 钓笠披云青障绕，橛头细雨春江渺。白鸟飞来风满棹。收纶了，渔童拍手樵青笑。　明月太虚同一照，浮家泛宅忘昏晓。醉眼冷看城市闹。烟波老，谁能惹得闲烦恼。（张元幹《渔家傲·题玄真子图》）

浮家泛宅，旧游记雪溪踪迹。此生已是天涯隔。投老谁知，还作三吴客。　　故人怪我疏髯黑。醉来犹似丁年日。光阴未肯成虚掷。蜀魄声中，著处有春色。(张元幹《醉落魄》)

以上所举的词作作者中，韦居安为吴兴人，其在《梅磵诗话》中交代了《摸鱼儿》的写作缘由："乡人钱牧叔谦别墅在西门外，地名张钓鱼湾，即唐人元真子张志和钓游处。水亭三间，扁曰'鱼湾风月'，诸公多有赋咏。余亦有一词，寄声《摸鱼儿》，谩录于此。"[①] 胡舜陟、胡仔为父子，胡舜陟曾于绍兴四年（1134）春至绍兴五年（1135）冬寓居湖州，胡仔在父遭秦桧陷害后，隐居于湖州之苕溪，自云："余卜居苕溪，日以渔钓自适，因自称苕溪渔隐。临流有屋数椽，亦以此命名。"[②] 叶梦得一生中曾有大量的时间居于吴兴卞山，张元幹在金兵南下之时，曾避难湖州，后几度归隐湖州。以上词作皆传达出作者对张志和"浮家泛宅"之生活方式的倾慕，以湖州为地域场的文学唱和活动更是深受渔隐文化的影响。

二　宋南渡湖州词人的隐逸情怀

宋南渡湖州词人大多具有隐逸的情怀，群体中的主导人物叶梦得、葛胜仲二人的经历有许多相似之处，形成了较为相近的人生理想，都经历了宦海风波，对仕途产生了厌倦之意，追慕东晋名士的风流和苏东坡的旷达成为他们人生的主导思想。叶梦得的一生，经历了少年得志、中年归隐和晚年为国效力的曲折路程，二十一岁登第，少年新进，仕途顺畅，历任丹徒尉、祠部员外郎、起居郎、中书舍人、翰林学士等职。中年经历宦海风波，长期赋闲，遂萌生强烈的归隐之心。"今古几流转，身世两奔忙。那知一丘一壑，何处不堪藏。须信超然物外，容易扁舟相踵，分占水云乡。雅志真无负，来日故应长"（《水调歌头·次韵叔父寺丞林德祖和休官咏怀》），其中的"雅志"指隐居东山之志。叶梦得对陶渊明

---

① 丁保福辑：《历代诗话续编》卷中，中华书局 2006 年版，第 574 页。
② 胡仔：《苕溪渔隐丛话》前集卷五五，人民文学出版社 1962 年版，第 373页。

的处世哲学非常推崇，词作中大量吟咏陶渊明，被明人王樵称为"知渊明之真趣者"①。"便何妨元亮，携酒间相陪。寄清谈、芒鞋筇杖，更尽驱、风月入尊罍"《八声甘州》；"故山渐近，念渊明归意，翛然谁论。归去来兮秋已老，松菊三径犹存。稚子欢迎，飘飘风袂，依约旧衡门。琴书萧散，更欣有酒盈尊"（《念奴娇·南归渡扬子江，杂用渊明语》）；"十亩荒园未遍，趁雨却锄犁。敢忘邻翁约，有酒同携"（《八声甘州·甲辰承诏堂知止亭毕工，刘无言相过》）；等等。叶梦得还深受苏轼的影响，在处世态度和词作内容上都有意效仿苏轼。刘扬忠先生认为："苏轼词中占主导地位的那种超旷的情怀、清高的格调和疏淡的韵致，对于中年之后渐生退隐之心，刻意要以啸傲山林为乐、与清风明月为伍的叶梦得更具有吸引力。因此，他的词渐消'雄杰'之气，渐多'简淡'之姿和旷达出世之调，终于由悲壮苍凉转入清旷超逸一派。"② 王兆鹏先生认为："（叶梦得）不仅词的'韵制'得东坡十之六七，其生活态度也同样得其六七。"③ 以上评论准确地揭示了叶梦得的思想倾向。

葛胜仲也是深受陶渊明思想的影响，其在大观年间，以朝奉郎贬知歙州休宁后，曾于南溪上建真意亭，其自述："某自年来，颇知景仰其（指陶渊明）素风，到海宁（休宁之别称），筑亭于南溪之上，取其《杂诗》句，名以'真意'。"④ 其《次韵良器真意亭探韵并序》诗曰：

> 我爱陶渊明，脱颖深天机。丛菊绕荒径，五柳摇幽扉。
> ……
> 自谓处人境，喧无车马骓。心与尘事远，地偏堪遁肥。
> 东篱秋色晚，悠然望翠微。真意不可辨，佳气随鸟飞。
> 诗辞向千载，凛凛犹光辉。我生但晞骥，望之有等威。

诗中极力表达对陶渊明的崇拜之情。其词作中多涉"渊明"，如"心

---

① 王樵：《许龙山七十寿序》，《方麓集》卷二，文渊阁四库全书本。
② 刘扬忠：《唐宋词流派史》，福建人民出版社1999年版，第363页。
③ 王兆鹏：《宋南渡词人群体研究》，凤凰出版社2009年版，第122页。
④ 葛胜仲：《丹阳集》卷一六，文渊阁四库全书本。

远地偏陶令趣。登览处，清幽疑是斜川路"（《渔家傲》）；"菊英露浥渊明径，藕叶风吹叔宝池"（《鹧鸪天·九月十三日携家游夏氏林亭燕集作，并送汤词》）；等等。

叶梦得等人隐逸思想的形成，其实还有湖州地域文化的因缘。叶梦得长期生活在湖州，熟知张志和愿为"浮家泛宅"之事，并深得其情而以自况。其《岩下放言》卷上云：

> 颜鲁公为湖州刺史时，志和客于鲁公，多在平望震泽间。今东震泽村有泊宅，村野人犹指为志和尝所居，后人因取其"愿为浮家泛宅，往来苕霅间"语以为名。此两间湖水平阔，望之渺然，澄澈空旷，四旁无甚山，遇景物明霁，见风帆往来如飞鸟，天水上下一色，余每过（遇）之，辄为徘徊不忍去，常意西塞在其近处，求之久不得。①

叶梦得对张志和所居之地，徘徊不忍离去，表达出对张志和的仰慕之心。叶梦得友人方勺（字仁声），曾居泊宅，泊宅在乌程县之东，为当年张志和系舟之处。梦得《戏方仁声四绝句》中写方勺"戏弄扁舟泊宅村"，诗下注云："仁声旧居城东泊宅村，张志和常所游也。"方勺，婺州金华人，任情适性，因厌倦仕宦生活，辞官回浙东，移家吴兴泊宅村，有意效法张志和，过着隐居生活，"扁舟苕、霅之上，侣婵娟，弄明月，兴之所至，辄悠然忘归"②。著有《泊宅编》《云茅漫录》。梦得与方勺相交甚笃，他本人对方勺的生活方式也极为赞赏，为方勺作《书方勺云茅漫录后》，言方勺"喜交当世名士，遇其所合，倾家资具馔，歌呼饮酒穷日夜，士亦以此乐从之游。家坐是贫，仁声不悔也。既老，结庐吴兴西溪之上"③。

张志和"浮家泛宅"的言行举止与叶梦得的归隐理想有了高度的契合，"浮家泛宅"的生存状态便进入梦得的创作意识，如：

---

① 叶梦得：《岩下放言》卷上，文渊阁四库全书本。
② 洪兴祖：《方氏泊宅编序》，方勺《泊宅编》卷首，中华书局 1991 年版。
③ 叶梦得：《建康集》卷三，文渊阁四库全书本。

青箬笠，西塞山前，自翻新曲。……便细雨斜风，有谁拘束。
（《应天长·自颍上县欲还吴作》）

天末残霞卷暮红，波间时见没凫翁。斜风细雨家何在，老矣生涯尽个中。　　惟此意，与公同。未须持酒祝牛宫。旁人不解青蓑意，犹说黄金宝带重。（《鹧鸪天·与鲁卿晚雨泛舟出西郭，用烟波定韵》）

在词作中流露出对张志和生活方式的认同，表达了词人愿在"斜风细雨"中着"青蓑"，远离纷扰喧嚣的生活理想。

叶梦得亲手打造了带有艺术化的山水园林——卞山石林，作为终身栖隐之地。杜绾《云林石谱》云："湖州西门外十五里，有卞山，在群山最为崭崒……产石奇巧，罗布山间，巉岩礌魂，色类灵璧，而清润尤胜。叶少蕴得其地，盖堂以就其景，因号石林。"① 叶梦得于政和四年（1114）买得卞山石林后，充分利用卞山的自然环境，前后经过三十余年的断续经营，兴造了石林园。石林园是湖州最早的士人园林之一，在湖州园林中最为有名，周密《吴兴园圃》"叶氏石林"条："左丞叶少蕴之故居，在卞山之阳，万石环之，故名，且以自号。正堂曰兼山，傍曰石林精舍，有承诏、求志、从好等堂，及净乐庵、爱日轩、跻云轩、碧琳池，又有岩居、真意、知止等亭。"② 吴坰《五总志》"伊阙杂志"条："叶少蕴既辞政路，结屋雪川山中，凡山中有石隐于土者，皆穿剔表出之，久之，一山皆玲珑空洞，日挟策其间，自号石林山人。"③ 有卞山秀美的景色作伴，词人沉醉其间，悠游度日，忘怀于世事。

石林生活范式具有相当大的磁场效应和示范作用，对于时居湖州，与叶梦得交游的词人来说，受其影响更甚。叶梦得刚刚买到卞山石林时，李纲即写《次韵叶少蕴内翰丈雪川上买得卞山石林二首》诗称赞，其一曰：

① 杜绾：《云林石谱》"卞山石"条，中华书局1985年版，第11页。
② 周密：《吴兴园圃》，《癸辛杂识·前集》，中华书局1988年版，第12页。
③ 吴坰：《五总志》，中华书局1985年版，第19页。

> 翰林风度世间无，炯若清冰置玉壶。
> 暂向霅川谋小隐，未应鲁国舍真儒。
> 平泉草木何须记，杜曲桑麻幸可图。
> 我亦新沾散人号，浮家正欲老江湖。

李纲对叶梦得"暂向霅川谋小隐"的生活方式羡慕不已，并表示要效仿叶梦得，"浮家正欲老江湖"。

葛胜仲曾两知湖州，致仕后又筑室湖州宝溪之景山，过着悠游闲适的生活，章倧《宋左宣奉大夫显谟阁待制致仕赠特进谥文康葛公行状》称："既遂奉祠之请，乃筑室宝溪之上。山水环凑，名人魁士，杖策造门，公为之赋诗饮酒，乐而不厌。客去则观书著文，优游闲适。"[①] 葛胜仲同样深受湖州地域文化的濡养，对石林生活范式也是深为赞赏，如绍兴二年（1132）秋天，葛胜仲到卞山石林拜访叶梦得，写下了《和少蕴石林谷草堂三首》，其一曰：

> 宠辱循环厌宦情，盖头茅屋手亲营。
> 清泉横道疑滋穴，翠袖围居似化城。
> 不拟身名炫俱泰，且图心迹遂双清。
> 半庵闲地如容我，便却徜徉了一生。

葛胜仲还在诗词中大量书写卞山石林的佳景胜事，从中流露出对石林隐于山水的生活方式的羡慕之情。

南渡湖州词人群体中的另一成员刘一止对叶梦得的石林风范亦是倾慕不已，其诗歌《访石林叶少蕴观文二首》（之一）云：

> 卿云覆其上，草木争鲜新。竹露光参差，晴曦破萧晨。
> 万石纷拱揖，静默自主宾。是中有老仙，云霞焕精神。

---

① 葛胜仲：《丹阳集》卷二四"附录"，文渊阁四库全书本。

　　朝暮林壑间，搜抉出怪珍。风欹青箬笠，雨垫乌角巾。

　　山灵指相谓，个是夔龙身。如何轻世累，萧散意许真。

　　了知衮衣贵，未若岩石亲。功名乃弃余，道德受咨询。

　　我来追步趋，且复结胜因。剧谈到羲轩，愧此真天人。

　　"如何轻世累，萧散意许真。""我来追步趋，且复结胜因。"刘一止表示愿意追随叶梦得"萧散"生活的脚步。

　　此外，刘焘致仕后也是在家乡长兴过着闲适自得的生活。

　　隐逸是南渡部分士人的生活选择，经历了家国变迁和宦海风波，他们追切地希望找到一个精神的避难所来化解心灵的痛苦。湖州的山水风光和人文底蕴无疑更加强化了他们这种思想，并为之提供了一个理想的栖身之所。

三　亲和山水的忘世之乐

　　宋代以隐逸为尚，但宋人所崇尚的隐逸并非清苦式的修身炼性，而是悠游享乐的诗酒风流。宋南渡湖州词人群体的隐逸情怀主要体现在沉醉于山水之乐，以张志和、苏轼为仰慕对象，在交游酬唱中钟情于山水文会，多有对张志和隐逸情怀、苏轼洒脱襟怀的认同与追随。

　　叶梦得、葛胜仲等人在南渡前已诗酒往来，过从甚密。王兆鹏先生的《叶梦得年谱》和《葛胜仲、葛立方年谱》中对二人的交游情况有详细的考证。[①] 宣和四年（1122），葛胜仲出知湖州后，叶梦得亦闲居卞山石林，二人开始了密切的交往与酬唱。宋室南渡后，叶梦得因官场波折，多次归卞山闲居，葛胜仲于建炎四年（1130）再知湖州，湖州词坛再次掀起酬唱的风潮。

　　自王羲之始，任职湖州的官吏即有诗酒风流的传统，葛胜仲亦不例外，任职湖州期间，乐于组织文人雅集。叶梦得本身就是风雅文人，喜好吟赏湖山，怡情山水，居于此地频繁举行聚集酬唱活动。南渡湖州词人群体活动以绍兴元年（1131）至绍兴六年（1136）最为活跃，交游酬

---

　　① 王兆鹏：《两宋词人年谱》，文津出版社1994年版。

唱的地点一为湖州境内的自然名胜如苕溪、骆驼桥、法华山、道场山、太湖等，一为叶梦得的卞山石林园。

1. 湖州水乡的游赏酬唱

湖州有"水云乡"之称，其自然风光引人入胜，刘熙载在论及词作可暗用地域风光时曾以张先的湖州词为例："词贵得本地风光，张子野游垂虹亭作《定风波》有云'见说贤人聚吴分。试问。也应傍有老人星'。是时子野年八十五，而坐客皆一时名人，意确切而语自然，洵非易到。"①刘熙载论述的本意是就填词的技巧而言的，词"如能像诗文那样去描写风土人情，就可注入新鲜内容，起到抬高词品的作用，故特重词品的词论家刘熙载看重这一点。这就是用词描写本地风光之所以'贵'的原因"②。湖州优美的自然风光无疑为张先的词作提供了创作的素材，不仅是张先的词多湖州风光的描写，其他湖州词人或到过湖州的词人亦常被此地优美风光所折服，沉醉其间，并加以吟咏。

叶梦得、葛胜仲为山水知音，皆喜结伴旅游，与自然对话。在叶梦得存世的 103 首词中，山水词约占三分之一，且南渡前后的山水词数量相当。葛胜仲的词作中亦多山水之咏，由他们二人引领的交游酬唱活动多重山水，在清风明月、湖光山色中怡然互乐。

游乌程法华山。宣和五年（1123）上巳日，葛胜仲与叶梦得同游乌程法华山。法华山，卞山之别峰，山有法华寺，风景殊美，"寺有偃松、九曲池、流杯亭、望湖亭"③，唐代皎然《七言法华寺上方题江上人禅室》描写道："路入松声远更奇，山光水色共参差。"后人因晋王羲之尝游于此，效其风流，引泉作曲水流觞。葛赋《临江仙·与叶少蕴梦得游法华山九曲池流杯》，词云：

> 小样洪河分九曲，飞泉环绕粼粼。青莲往事已成尘。羽觞浮玉瓒，宝剑捧金人。　　绿绮且依流水调，蓬蓬醽鼓催巡。玉堂词客是佳宾。茂林修竹地，大胜永和春。

---

① 刘熙载：《词概》，唐圭璋《词话丛编》第 4 册，第 3709 页。

② 刘荣平：《论宋代闽词的地域特征》，《集美大学学报》2007 年第 6 期。

③ 谈钥：《嘉泰吴兴志》卷一三，《宋元方志丛刊》第 5 册，第 4749 页。

叶梦得《临江仙·癸卯次葛鲁卿法华山曲水劝酒》，词云：

> 山半飞泉鸣玉珮，回波倒卷粼粼。解巾聊濯十年尘。青山应却怪，此段久无人。　　行乐应须贤太守，风光过眼逡巡。不辞常作坐中宾。只愁花解笑，衰鬓不宜春。

法华山九曲池，飞泉环绕，水声、琴韵交织，羽觞在九曲池中随水漂行，这里一觞一咏的乐趣，胜过永和暮春的兰亭雅集。王羲之组织兰亭雅集是在隐逸之风盛行的背景下，《兰亭诗》共有三十七首，其中就有十二首是抒发隐逸情怀，表达渴望超越世俗、归隐山林的思想。梦得与胜仲等人来此，为曲水流觞之乐，二人之间的唱和表达出文人间的雅趣。"解巾聊濯十年尘。青山应却怪，此段久无人"之语亦表明词人面对仕途的挫折能安之若泰。写于同一年的《石林燕语》序言云"宣和五年，余既卜别馆于卞山之石林谷，稍远城市，不复更交世事，故人亲戚时时相过周旋"[①]，在卞山过着悠然的归隐生活。

月下泛舟。宣和五年（1123）七月十二日夜，叶梦得、葛胜仲、莫彦平等月下泛舟，叶梦得《玉涧杂书》对此事有较为详细的记载：

> 癸卯七月十二日夜，天气稍凉，月色如霜雪。余寓居溪堂，当苕、霅两溪之会。适自山中还，葛鲁卿丞相过，因同泛舟。掠白蘋亭，度甘棠桥，至鱼乐亭。少留步而叩门，呼莫彦平，尚未寝。天无片云，夜气澄彻，星斗烂然，俯仰上下，微风时至，毛发森动。莫居三面临水，为城中居地之胜。夹径老柳参天百余尺，环以莲荡。人行柳影荷气中，时闻跳鱼泼剌水上。复拉彦平刺舟逆水而上。月正午，徐行抵南郭门而还。鲁卿得华亭客饷白酒，色如潼乳，持以饮我。旋呼兵以小舟吹笛相尾，道傍居人闻笛声，亦有起而相应者。酒尽抵岸，已四鼓矣。因谓鲁卿，不知袁宏牛渚、李太白采石，亦

---

① 叶梦得撰，宇文绍奕考异，侯忠义点校：《石林燕语》原序，中华书局 1984年版。

复过此乎？古今胜事但以流传为美，诵咏不暇，安知古人亦人耳，其所登览不在天上，而不能自营之，而况其它？然今夕之景，海内非无，而有湖之地，此乐非吾三人亦不能也。①

三人月夜舟游之趣，可与袁宏牛渚夜吟诗、李太白泛游采石作比，从中可见他们的淡然超脱、追求诗意的人生态度。叶梦得夜归有《临江仙·与客湖上饮归》，词云：

> 不见跳鱼翻曲港，湖边特地经过。萧萧疏雨乱风荷。微云吹散，凉月堕平波。　　白酒一杯还径醉，归来散发婆娑。无人能唱采莲歌。小轩敧枕，檐影挂星河。

在清风明月与湖光山色中，词人心境的淡然与清净已表露无遗。

骆驼桥待月。宣和五年（1123）七月十六日夜，葛胜仲与叶梦得、陈彦文等泛舟于霅溪，并宴集于城东骆驼桥，据《嘉泰吴兴志》卷十九"桥梁"："骆驼桥，在子城东。唐初建，以其形穹崇若骆驼背也。"② 唐皎然与颜真卿等尝于骆驼桥玩月赋诗，留下佳话，后成为文人玩月乐游之处。叶梦得先赋《定风波·七月望，赵倅置酒，与鲁卿同泛舟登骆驼桥待月》，鲁卿继作《定风波·与叶少蕴、陈经仲、彦文燕骆驼桥，少蕴作，次韵二首》，葛胜仲和答后，梦得又赋《定风波·鲁卿见和，答复之》，词云：

> 千步长虹跨碧流，两山浮影转鳌头。付与诗人都总领，风景。更逢仙客下瀛洲。　　袅袅凉风吹汗漫，平岸。遥空新卷绛河收。却怪姮娥真好事，须记。探支明月作中秋。（叶梦得《定风波·七月望，赵倅置酒，与鲁卿同泛舟登骆驼桥待月》）
>
> 千叠云山万里流，坐中碧落与鳌头。真意见嬉吾已领，烟景。不辞捧诏久汀洲。　　老去一官真是漫，溪岸。独余此兴未能收。

---

① 叶梦得：《玉涧杂书》，《石林遗书》本。
② 谈钥：《嘉泰吴兴志》卷一九，《宋元方志丛刊》第 5 册，第 4852 页。

留与吴儿传胜事，长记。赤阑桥上揽清秋。

　　共喜新凉大火流，一声水调听歌头。况有修蛾兼粉领，佳景。谢公无不碍沧洲。　　平昔短檠真大漫，气岸。老来都向酒杯收。云水光中修禊事，犹记。转头不觉已三秋。（葛胜仲《定风波·与叶少蕴、陈经仲、彦文燕骆驼桥，少蕴作，次韵二首》）

　　斜汉初看素月流，坐惊金饼出云头。华发萧然吹素领，光景。何妨分付属沧洲。　　莫待霜花飘烂漫，蘋岸。更凭佳句尽拘收。解与破除消万事，犹记。一尊同得二年秋。（叶梦得《定风波·鲁卿见和，答复之》）

　　原唱、和唱词之意境极为相似，二词皆写面对眼前之景而产生的情感，充满了清净逍遥之趣。叶词写泛舟雪溪山水间及登桥待月、赏月光景，写在"千步长虹跨碧流，两山浮影转螭头"之清丽壮阔景象中徜徉而生发的逸怀浩兴；葛词写面对"千叠云山万里流"的清明寥廓风物景色，词人的心灵被此宁静豁达的世界所感染，对老去为官的生涯产生了厌倦，于是举酒赏景，模仿古人"修禊"之事，一派隐士风范。

　　游道场山。叶梦得曾于八月十三日，[①] 与强少逸等游道场山，放舟中流，命工吹笛舟尾迎月，归作《水龙吟》一阕，词曰：

　　　　舵楼横笛孤吹，暮云散尽天如水。人间底事，忽惊飞堕，冰壶千里。玉树风清，漫披遥卷，与空无际。料嫦娥此夜，殷勤偏照，知人在、千山里。　　常恨孤光易转，仗多情、使君料理。一杯起舞，曲终须寄，狂歌重倚。为问飘流，几逢清影，有谁同记。但尊中有酒，长追旧事，拚年年醉。

　　道场山在湖州城南十二里，旧名云峰山，唐时有僧寓此，更名为道场山。苏轼尝写诗赞曰："道场山顶何山麓，上彻云峰下幽谷。我从山水

―――――――――

　　① 王兆鹏《两宋词人年谱·叶梦得年谱》中未对该词进行编年，从词作具体内容看，当是作于宣和年间。

窟中来，尚爱此山看不足。"（《游道场山何山》）明弘治《湖州府志》称此处："峰峦秀郁，水石森爽，殊为吴兴佳绝，古今游览者皆萃焉。""道场晓霁"为"吴兴八景"之首。叶梦得与友人泛舟作月夜之游，狂歌于明月山水之间，陶醉于起舞清影之中，体验湖州山水如"水晶宫"般的清澄之美。

2. 卞山石林的宴集赏会

湖州人文底蕴深厚，山水景物又适于构建园林，叶梦得精心打造卞山石林，融合山水木石与台榭亭阁，融合自然美景与人工景物的美质，形成了极为清幽雅致的环境，当时即为湖州人工营建的名胜，引得众多文人雅士云集于此审美赏会。

叶梦得在乱世尘嚣中营造了属于自己的安逸之所，身处其中，不离尘世又能遂逸外之志。韩元吉曾称誉卞山石林堪比世外桃源，"一醉石林岩下月，世间无复武陵桃"（《次韵石林见贻绝句四首》之一）。叶梦得每修新亭台，便邀客同游。宣和六年（1124），叶氏在卞山筑承诏堂、知止亭竣工，友人刘无言过来拜访，梦得作《八声甘州·甲辰承诏堂知止亭初毕工，刘无言相过》，词云：

> 寄知还倦鸟，对飞云、无心两难齐。漫飘然欲去，悠然且止，依旧山西。十亩荒园未遍，趁雨却锄犁。敢忘邻翁约，有酒同携。
>
> 况是岩前新创，带小轩横绝，松桂成蹊。试凭高东望，云海与天低。送沧波、浮空千里，照断霞、明灭卷晴霓。君休笑，此生心事，老更沈迷。

据周密《癸辛杂识·前集》载，卞山石林精舍有承诏、求志、从好等堂，又有岩居、真意、知止等亭。此词写其山林诗酒生活之乐，末句"此生心事，老更沈迷"表达词人返璞归真的恬淡心境，把陶渊明那种鸟倦飞而知还、归隐于田园的想法陶写殆尽。

叶梦得在南渡前后均邀约众多友人宴集卞山石林，有词为记的宴饮活动如下：

宣和六年（1124）九月初六，鲁卿移知邓州，离湖州前，叶梦得在卞山山居宴别鲁卿，并作《浣溪沙·与鲁卿酌别席上次韵》，鲁卿作《浣

溪沙·少蕴内翰同年宠速,且出后堂,并制歌词侑筋,即席和韵二首》
答之。席上,鲁卿又作有《浣溪沙·少蕴内翰同年宠速,谴妓隐帘吹笙,
因成一阕》词。

绍兴四年(1134)冬日,叶梦得与许干誉访梅于西园,作《定风
波·与干誉、才卿步西园始见青梅》。

绍兴四年冬至日,梦得与许干誉、章几道小饮,作《采桑子·冬至
日与许干誉、章几道饭积善。晚归雪作,因留小饮作》,许干誉是时亦隐
于卞山,积善即积善寺,在卞山。

绍兴五年(1135)暮春,叶梦得与许干誉、才卿等置酒花下,作
《虞美人·雨后同干誉、才卿置酒来禽花下作》。

绍兴五年(1135)八月中秋前,在南山绝顶作台新成之后,梦得与
朋友登临远眺赏月,作《临江仙》词三首,分别为《临江仙·乙卯八月
九日,南山绝顶作台新成,与客赏月作》《临江仙·明日与客复登台,再
用前韵》《临江仙·明日小雨,已而风大作,复晚晴,遂见月,与客再
登》。

绍兴六年(1136)中秋,叶梦得与客会卞山诏芳亭,继用去秋词韵
赋《临江仙·诏芳亭赠坐客》词,《乐府雅词》卷中录此词,序云:"去
岁中秋,南山台初成,与徐敦立氏昆仲,连三日极饮其上,月色达旦无
纤云。尝作《临江仙》三首。今岁敦立在馆中,招章几道、朱三复会诏
芳亭。追怀去年之集,复用旧韵作。"

卞山石林的游赏酬唱,多写友朋之间悠游闲适的生活方式、饮酒赏
景之趣,体现出南渡湖州词人群体超然世外的洒脱。

3. 隐逸中的家国变迁之忧

与台州南渡词人群体较为彻底地与现实政治疏离不同,湖州南渡词
人群体在享受着世外之乐时,依然对现实有关注。南渡湖州词人群体领
袖叶梦得一生游走在"兼济"和"独善"两端,仕宦时常顾念山水,
退隐时又挂虑国事。靖康之变后,面对着风雨飘摇的时局和民族的苦
难,年过半百的叶梦得还萌发出效命疆场、杀敌复兴的雄心壮志,就在
绍兴元年(1131)九月,起为江东安抚使,知建康府。张元幹赞其
"石林高卧忧苍生"(《叶少蕴生朝》),正指出了叶梦得仕隐两全的人
生观。

　　葛胜仲为官，勤政爱民，宣和四年知湖州之时，"公之未至湖，已闻有黠吏数辈持郡将短长肆为不法，及视事数日，尽得其奸贼，流放之，阖境称快"①。建炎中再知湖州，更是政绩卓著，"时金人蹂江浙，盗贼蜂起，剧贼邵青欲过江入湖。公大修城郭，教阅士卒，贼望风引去。是岁大饥，斗米千钱，饿殍相枕藉，公大发官廪，又输以谷数百斛，遣官吏振给之，民赖全活"②。时为绍兴元年（1131），"再知湖州，遭逢寇乱，复有全城之功"③。葛胜仲为官，愿为利民轻生死，"公在郡，留心庶政，事虽甚微，亦不轻委其属，视其民如恐伤之。有利立行，有害立去，邦人爱公如父母。出境之日，民挽车号泣，祖送数十里不绝。至今言及公，犹以手加额，颂叹不已"④，深得百姓爱戴。

　　以叶梦得、葛胜仲这两位忧念苍生词人为首的南渡湖州词人群体，必然不会置身国事之外，酬唱中对国事的忧念主要体现在那场酬唱规模较大的绍兴元年（1131）正月上元节的唱和活动，参与此次唱和的有叶梦得、葛胜仲、刘焘、沈与求、毛开等，原唱、和唱词如下：

　　　　浮家重过水晶宫。五年中，事何穷。无恙山溪，鬓影落青铜。欲向旧游寻旧事，云散彩，水流东。　　苔花向我似情钟。舞霜风，雪濛濛。应怪史君，颜鬓便衰翁。赖是寻芳无素约，端不恨，绿阴重。（葛胜仲《江城子·呈刘无言焘》）

　　　　飞身疑到广寒宫。玉花中，兴何穷。酒贵旗亭，谁是惜青铜。飘瞥三吴真妙绝，银万里，失西东。　　草堂红蜡暖歌钟。卷帘风，赏空蒙。丰颊修眉，鹤氅拥仙翁。欲作酕醄花底客，清漏永，禁城重。（葛胜仲《江城子·和无言雪词》）

　　　　甘泉祠殿汉离宫。五云中，渺难穷。永漏通宵，壶矢转金铜。

　　① 章倧：《宋左宣奉大夫显谟阁待制致仕赠特进谥文康葛公行状》，葛胜仲《丹阳集》附，文渊阁四库全书本。
　　② 谈钥：《嘉泰吴兴志》卷一四，《宋元方志丛刊》第5册，第4782—4783页。
　　③ 永瑢等：《四库全书总目》卷一五六《丹阳集提要》，第1346页。
　　④ 章倧：《宋左宣奉大夫显谟阁待制致仕赠特进谥文康葛公行状》，葛胜仲《丹阳集》附，文渊阁四库全书本。

曾从钧天知帝所，孤鹤老，寄辽东。　　强扶衰病步龙钟。雪花濛，打窗风。一点青灯，惆怅伴南宫。惟有史君同此恨，丹凤□，水云重。（叶梦得《江城子·次韵葛鲁卿上元》）

华灯高宴水精宫。浪花中，意无穷。十载江湖，重绾汉符铜。应有青藜存往事，人缥缈，佩丁东。　　卧听萧寺响疏钟。渡溪风，转空蒙。月上孤窗，邻唱有渔翁。追念使君清坐久，歌一发，恨千重。（沈与求《江城子·葛使君示书，有元夕寒厅孤坐之叹。昨日石林寄示所和长短句，辄亦次韵和呈，因以自见穷寂之态》）

鱼龙戏舞近幽宫。乱山中，似途穷。绿野堂深，门敞兽铺铜。无限青瑶攒峭壁，花木老，映西东。　　消磨万事酒千钟。一襟风，鬓霜濛。忧国平生，堪笑已成翁。惟有经纶心事在，承密诏，看重重。（沈与求《江城子·和叶左丞石林》）

神仙楼观梵王宫。月当中，望难穷。坐听三通，谯鼓报笼铜。还忆当年京辇旧，车马会，五门东。　　华堂歌舞间笙钟。夕香濛，度花风。翠袖传杯，争劝紫髯翁。归去不堪春梦断，烟雨晓，乱山重。（毛开《江城子·和德初灯夕词，次石林韵》）

由词题内容可知，葛胜仲于绍兴元年上元节作《江城子·呈刘无言焘》，寄于刘焘、叶梦得、沈与求，叶梦得作《江城子·次韵葛鲁卿上元》相和，和词写成后，梦得寄示友人沈与求，与求为之和作二首。而后毛开在和德初元夕词时兼次韵叶梦得元夕词（德初即施元之，浙江长兴人）。葛胜仲又作《江城子·和无言雪词》，系叠前词韵，从词题看，则刘焘应也有作《江城子》，已佚。

葛词写南渡后再知湖州之感，"浮家重过水晶宫。五年中，事何穷"。此"五年"指靖康之变以来到绍兴元年（1131），首尾刚好五年。五年之间，国事剧变，二帝被俘，家国沦丧。葛胜仲于建炎四年再知湖州时，为故人刘焘作《祭刘颁政文》，中有"去职七年，家国俱祸"之语（从宣和六年离任湖州，到建炎四年再知湖州，首尾共七年）。葛胜仲再知湖州，此时山溪虽无恙，但"元夕寒厅孤坐"，往日那些宴集酬唱的风流生活却如东流之水一去不复返了，词中充满了年华老去、家国变迁的无限惆怅。

叶梦得和词，更多是抒写人生体验中的落寞情怀，和词从黍离之悲写起，起句"甘泉祠殿汉离宫。五云中，渺难穷"，借甘泉宫的渺远写北宋灭亡之恨，"曾从钧天知帝所，孤鹤老，寄辽东"用丁令威之典故，表达自己宦海沉浮、重归卞山的复杂心态，据《搜神后记》载："丁令威，本辽东人，学道于灵虚山。后化鹤归辽，集城门华表柱，时有少年，举弓欲射之，鹤乃飞，徘徊空中而言曰：'有鸟有鸟丁令威，去家千年今始归。城郭如故人民非，何不学仙冢累累。'遂高上冲天。"① 就在绍兴元年，叶梦得撰写的《石林家训》中有一段话正表达了他此期的心境："频年多故，匆匆不果，今五十五年矣。去年自浙东归，须发尽白，志意衰谢，复度世间何所觊望。兵革未息，风警日传，既忝重禄，又有此族属。外则岂敢忘王室之忧，内亦以家室为务。危坐终日，百念关心，何曾少释。"② 叶梦得于建炎年间任户部尚书、尚书左丞，一路跟随高宗移跸，曾提出过许多抗敌御侮的良策，也曾为初建的南宋王朝筹划钱财，解除了高宗面临的财经拮据困境，却因靖康元年杭州兵变之事而罢职，回归卞山，本该热闹的元夕佳节，如今却只有"一点青灯，惆怅伴南宫"的凄清景象。

沈与求之和词，词序中表明"次韵和呈，因以自见穷寂之态"，书写的是穷愁之叹。上阕回忆昔日湖州元夕节的欢乐时光，感慨仕途变化，"十载江湖，重绾汉符铜"指葛胜仲再知湖州之事，"汉符铜"指铜虎符，汉时作为统兵将帅的标志，葛胜仲曾于宣和四年（1122）知湖州，到绍兴元年（1131）作词，已有十年。"青黎"则以刘向喻指葛胜仲的独处寂寞，据晋王嘉《拾遗记》载，汉刘向校书天禄阁，没有照明，夜有老人，执青黎杖，吹杖燃火，以助刘向。下阕描写了萧寺疏钟、溪风迷蒙、月照孤窗、渔翁夜唱的清冷之景，表达了词人对人生的种种烦恼和怨恨。《江城子·和叶左丞石林》一词中"忧国平生，堪笑已成翁。惟有经纶心事在，承密诏，看重重"直接点明题旨。

毛开《江城子·和德初灯夕词次石林韵》通过回忆当年汴京元夕节

---

① 陶潜：《搜神后记》，中华书局 1981 年版，第 1 页。

② 叶梦得：《石林家训》卷首，《石林遗书》本。

的盛况，来反衬当前的"烟雨晓，乱山重"的凄冷景象，充满了兴亡之感。

"文变染乎世情，兴废系乎时序"①，湖州词人群体在绍兴元年上元节的这一场多人参与的唱和活动，是词人们经历了靖康之役的徙转流离后，欲借助词作唱和来互求友声，抒发感时伤世之情怀，但这种与国事相关的声音在南渡湖州词人群体酬唱中并未形成一股高亢的洪流。

南渡后湖州词人交游酬唱，延续了南渡前游玩山水、休闲交游的逸趣。受南渡易代痛苦的折磨，南渡词人在漂泊流离中面对山水，常怀"国破山河在"的悲愤，难有赏玩山水的审美愉悦之心。大量的南渡词人，受时代风雷的激荡，南渡前后词风发生了巨变，如向子𬤞《酒边词》以南渡为界，分"江北旧词"和"江南新词"，前者多吟风弄月之作，风格清丽柔婉，后者多伤时忧国之作，风格悲慨凄苦；张元幹的词作在北宋时属婉约一派，南渡后转向了慷慨豪迈；李清照的词亦以南渡为界，前期多闺情相思，风格明快妍丽，后期则写家破国亡的离乱，风格转向沉郁。但从宋代湖州词人的诸多游赏活动以及酬唱词作来看，南渡前后似无大的区别，除了绍兴元年上元节的那场规模较大的酬唱活动中多有家国之感外，余则极少涉及南渡这一重大的历史题材。湖州词人酬唱活动倾情于山水，即便在南渡社会大动荡的背景之下，热情也并未减退，这固然有个人雅好因素，但其中一个重要的原因是受此地自然风光清远旷达的感染和此地张志和"浮家泛宅"文化磁场的强力作用。

---

① 刘勰著，周振甫注：《文心雕龙注释》，人民文学出版社 1981 年版，第 479 页。

第三章

南宋都城词人群体研究

宋室南渡，建都临安，杭州开启了作为全国政治、经济、文化中心的历史时代，日益繁盛的杭城加之秀丽的江南景致，为文人群体酬唱提供了一个理想的活动舞台。杭州是南宋最重要的文学雅集空间，文人结社联吟之风兴盛，演出了宋代文学历史的新场面。南宋都城杭州堪称最佳人文环境城市，聚集了比例最高的文化人口，以杭州作为雅集空间的词人群体活动是最富文学色彩，最注重词体本色的。

第一节　杭州：诗意的都市范型

杭州古称禹杭，相传大禹治水，会诸侯于会稽，至此舍航登陆，故有是名。自秦开始，历经两汉、东吴、东晋、南北朝各代以钱塘为名设县，陈置钱塘郡，隋平陈后废郡设州，始称杭州。经历代的开发建设，杭州一步步走向繁荣，唐时杭州已是江南经济中心，《乾道临安志》记唐贞观中杭州人口，已至十一万。李华写于永泰元年（765）的《杭州刺史厅壁记》中称杭州为东南名郡，"骈樯二十里，开肆三万室"①，可见其时杭州已是繁盛。五代十国时期，钱镠建立的吴越国定都于此，他建水闸，治江流，浚湖泥，治理杭州卓有成效。至北宋时，杭州的城市面貌是"烟柳画桥，风帘翠幕，参差十万人家"，"市列珠玑，户盈罗绮，竞豪奢"（柳永《望海潮》）。宋嘉祐二年（1057），梅挚出知杭州，宋仁宗赵祯特别赐诗，称赞杭州"地有湖山美，东南第一州"（宋仁宗《赐梅挚

---

① 李华：《杭州刺史厅壁记》，《全唐文》卷三一六，第3206页。

知杭州》)。梅挚在杭州置堂，名曰"有美"，欧阳修为之作《有美堂记》：

> 夫举天下之至美与其乐，有不得而兼焉者多矣。故穷山水登临之美者，必之乎宽闲之野、寂寞之乡而后得焉。览人物之盛丽，夸都邑之雄富者，必据乎四达之冲、舟车之会而后足焉。盖彼放心于物外，而此娱意于繁华，二者各有适焉。然其为乐，不得而兼也。……若乃四方之所聚，百货之所交，物盛人众，为一都会，而又能兼有山水之美，以资富贵之娱者，惟金陵、钱塘。然二邦皆僭窃于乱世。及圣宋受命，海内为一，金陵以后服见诛，今其江山虽在，而颓垣废址，荒烟野草，过而览者，莫不为之踌躇而凄怆。独钱塘，自五代时知尊中国，效臣顺，及其亡也，顿首请命，不烦干戈，今其民幸富完安乐。又其俗习工巧，邑屋华丽，盖十余万家，环以湖山，左右映带。而闽商海贾，风帆浪舶，出入于江涛浩渺、烟云杳霭之间，可谓盛矣。而临是邦者，必皆朝廷公卿大臣，若天子之侍从，又有四方游士为之宾客，故喜占形胜，治亭榭，相与极游览之娱。[①]

文中指出，在宋以前，金陵、钱塘两地物盛人众而又能兼有山水之美，金陵饱受战火蹂躏，唯余颓垣废址，荒烟野草；而钱塘，不烦干戈，商贾骈集，民富安乐，人口已达十余万家，公卿大臣，相与游览，成一时之盛。陶谷的《清异录》中论及杭州，言其"轻清秀丽，东南为甲。富兼华夷，余杭又为甲。百事繁庶，地上天宫也"[②]。《枫窗小牍》亦云："汴中呼余杭百事繁庶，地上天宫。"[③] 可见北宋时的杭州，已声名远播，享有"地上天宫"的美誉。虽然北宋时杭州山水秀丽，经济发达，但此时行政中心在北方的汴京，京城的向心力使得大量的人才涌向汴京。

---

① 欧阳修：《欧阳修全集》卷四〇，中国书店 1986 年版，第 280—281 页。

② 陶谷：《清异录·地理》，《宋元笔记小说大观》第 1 册，上海古籍出版社 2001 年版，第 1! 页。

③ 袁褧：《枫窗小牍》卷上，中华书局 1985 年版，第 6 页。

　　杭州真正迎来繁盛是在宋室南渡之后，宋高宗于建炎三年（1129）升杭州为临安府，绍兴八年（1138）三月正式定都临安（当时称"行在所"），杭州自此演绎了12世纪中国都城的富庶、繁华、喧嚣，"在十二世纪的世界上最繁华富盛的大都市里，就首推这南宋半壁江山的首都了。钱镠以来的'东南第一州'，在北宋时期跃升为全国第一州，到南宋这时又跃升为世界第一大都市"①。南宋朝廷在吴越子城的基础上，开始大规模建设皇城，周煇曾记载了南渡后杭州的变化："尝见故老言，（杭州）昔岁风物，与今不同。四隅皆空迥，人迹不到。……自六蜚驻跸，日益繁盛。湖上屋宇连接，不减城中。"②南渡词人曹勋在《仙林寺记》中写道："临安在东南，自昔号一都会。建炎及绍兴间，三经兵烬，城之内外，所向墟落，不复井邑。继大驾巡幸，驻跸吴会，以临浙江之潮，于是士民稍稍来归，商旅复业，通衢舍屋，渐就伦序。至天子建翠凤之旗，萃虎貔之旅，观阙崇峻，官舍相望，日闻将相之传呼，法从之朝会，贡输相属，梯航踵至，翼翼为帝所神都矣。"③杭州的帝都气象随着都城的建设日益浓厚。

　　经过南宋百余年的经营，杭城进入了历史上的黄金时代，耐得翁《都城纪胜》序云："圣朝祖宗开国，就都于汴，而风俗典礼，四方仰之为师。自高宗皇帝驻跸于杭，而杭山水明秀，民物康阜，视京师其过十倍矣。虽市肆与京师相侔，然中兴已百余年，列圣相承，太平日久，前后经营至矣，辅辏集矣，其与中兴时又过十数倍也。"④南渡初年，杭州的繁华即已超过汴京十倍，"中兴"之后，其繁华程度又为南渡时的十数倍，可见南宋定都之后，杭州的发展十分迅速。《都城纪胜》"坊院条"又云："柳永咏钱塘词云：'参差十万人家'，此元丰以前语也。今中兴行都已百余年，其户口蕃息，近百万余家者。城之南西北三处，各数十里，

　　① 夏承焘：《西湖与宋词》，《夏承焘集》第8册，浙江古籍出版社、浙江教育出版社1997年版，第140页。

　　② 周煇：《清波杂志·附别志》，中华书局1985年版，第24页。

　　③ 曹勋：《松隐集》卷三一，民国吴兴刘氏嘉业堂丛书本。

　　④ 耐得翁：《都城纪胜》序，丁丙《武林掌故丛编》第1册，京华书局1967年版，第50页。

人烟生聚，市井坊陌，数日经行不尽，各可比外路一小小州郡，足见行都繁盛。"① 有学者统计，到南宋末年，临安府户籍有三十九万，人口一百二十四万，繁华超过了北宋的汴京。② 意大利人马可·波罗在宋亡后游杭州，还曾为杭城的繁盛所折服，"人处其中，自信为置身天堂"，惊叹其为"最精美最华贵之城"。

作为南宋国都，杭州的繁盛已达到了一个历史的新高度，但杭州的城市性格有别于历史上的其他都城，作为南宋的政治中心，杭州最为世人称道的并不是这座城市的政治强音，而是它那有着优雅人文气质的城市风貌。赵宋朝廷实施崇文抑武的国策，给予文官以前所未有的礼遇，使社会的士大夫族群巨幅地增加，士人文化达到了古代封建文化的极致。大量的文人在都城栖止流连、浅吟低唱，孕育出一种清新脱俗、富有诗意的都市生活，削弱了它作为都城的政治刚性性格。偏安一隅的南宋朝廷，虽然在军事政治上相对弱势，却以绝别于任何时代的优雅气质塑造了一个具有诗意化的国都范型——杭州。

1. 山水之美与人文荟萃

杭州为文人提供的文学活动空间，与其他都市相比，非常突出的特点是此地的湖山之美为他处所不能及。在定为国都之前，杭州山水胜景已闻名遐迩，北宋时是东南工商业经济发达而兼有山水之美的风景城市，其湖山之美屡见于宋人的诗词文集以及笔记当中。杭州的胜景早就为词人们关注，成为词人驻足观赏、流连忘返之所在，北宋时期著名词人潘阆、柳永等人就已经对此加以吟咏。潘阆的《酒泉子》共十首，皆盛赞杭州与西湖之美，是"最早最著名写自然界风景的词"③，词中展示了杭州"不是人寰是天上"的意象。柳永《望海潮》一词，更是将杭州的美景传播到了异域，词言杭州景致"重湖叠巘清嘉，有三秋桂子，十

---

① 耐得翁：《都城纪胜》序，丁丙《武林掌故丛编》第 1 册，京华书局 1967 年版，第 58 页。

② 陈正祥：《中国文化地理》，生活·读书·新知三联书店 1983 年版，第 21 页。

③ 夏承焘：《西湖与宋词》，《夏承焘集》第 8 册，浙江古籍出版社、浙江教育出版社 1997 年版，第 135 页。

里荷花"，传闻金主完颜亮闻此词，起投鞭渡江之想，遣画工入临安，画西湖。杭州美景因词人的吟咏而成为人主争夺的对象，其魅力可想而知。靖康之变中随徽宗北狩的曹勋，在南归后亦曾言："臣在虏寨时，具闻虏人言金国择利便谋江南，又曰：'上界有天堂，下界有苏杭'，其势欲往浙江。"① 可见杭州的美景在金国颇有知名度。而未到过杭州的普通百姓，甚至是妇女儿童，对杭州的美景亦多有耳闻，戴表元曾云："浙东西之山水，莫美于杭。虽儿童妇女，未尝至杭者，知其美也。使之言杭，亦不敢不以为美也。"②

杭州成为南宋的都城，其中一个重要的原因就是此地的美景，杭州并不具备建都的优势，历来偏安之局，大多首选南京，南京比杭州更具备建都的条件，一度成为南方小朝廷的京城。南宋有许多大臣都主张定都建康，如绍兴六年（1136）张浚上疏反对建都临安时曾说："东南形胜，莫重于建康，实为中兴根本，且使人主居此，北望中原，常怀愤惕，不敢暇逸。而临安僻在一隅，内则易生玩肆，外则不足以号召远近，系中原之心，请临建康，抚三军，以图恢复。"③ 高宗执意建都于此，除了与入侵威胁保持适当距离外，更看重了此地令人流连的自然风光。叶绍翁《四朝闻见录》记载了高宗定都临安前的一番言语："高宗六龙未知所驻，尝幸楚，幸吴，幸越，俱不契圣虑。既观钱塘表里江湖之胜，则叹曰：'吾舍此何适？'"④ 定都临安既看中杭州在地势上的安全，更看中杭州的山水之胜。后来甚至有人将宋亡的原因归结于杭州的湖山之美，无名氏跋《钱塘遗事》云："高宗不都建康而都于杭，大为失策。士大夫湖山歌舞，视天下事于度外。卒至丧师误主、纳土卖国。"⑤ 宋亡应当追究责任的是溺于湖山歌舞的士大夫，但此语却也展示了杭州的巨大魅力。

---

① 曹勋：《进前十事札子》，《松隐文集》卷二六，民国吴兴刘氏嘉业堂丛书本。

② 戴表元：《赵子昂诗文集序》，《全元文》第 12 册，江苏古籍出版社 1999 年版，第 97 页。

③ 陈邦瞻：《宋史纪事本末》卷六三，中华书局 1977 年版，第 652 页。

④ 叶绍翁：《四朝闻见录·乙集》"高宗驻跸"，商务印书馆 1937 年版，第 37 页。

⑤ 刘一清：《钱塘遗事》，上海古籍出版社 1985 年版，第 5 页。

杭州为东南形胜之地，"外带涛江涨海之险，内抱湖山竹林之胜"①，"西有湖光可爱，东有江潮堪观，皆绝景也"②。西湖之阴柔静美与钱塘之阳刚雄肆，构成杭州两大绝景奇观。这两大美景多见于宋人笔记，吴自牧《梦粱录》云西湖："春则花柳争妍，夏则荷榴竞放，秋则桂子飘香，冬则梅花破玉，瑞雪飞瑶。四时之景不同，而赏心乐事者亦与之无穷矣。"③《武林旧事》记钱塘江潮："浙江之潮，天下之伟观也。自既望以至十八日为最盛。方其远出海门，仅如银线，既而渐近，则玉城雪岭，际天而来，大声如雷霆，震撼激射，吞天沃日，势极雄豪。"④ 杭州的美景是历代文人极力加以描绘和歌咏的对象。

自然山水之美赋予杭州诗性化的特点，杭州的湖光山水承载着杭城人普通的日常生活，山水游赏成为居住在杭州之人的日常生活，他们与明山秀水、烟柳画桥为友，生活方式普遍艺术化、审美化。

杭州又是一个文化氛围浓郁的都城，山水秀丽，物阜民康，地理环境和经济条件的优越，使之成为"人物之都会"。吴自牧《梦粱录》云："杭州湖光山色之秀，钟为人物，所以清奇杰特，为天下冠。自陶唐至于秦、汉、晋、隋、唐之人物，彬彬最盛；至宋则人物尤盛于唐矣。"⑤ 杭州本地历代英杰辈出，至宋代教育发达，学风鼎盛，造就了比例较高的文化人口。高宗绍兴十三年（1143），以岳飞故宅为址，成立太学，这是南宋的最高学府。到南宋后期，太学校园已具有相当规模，《梦粱录》载其时太学"规模宏阔，舍宇壮丽"⑥。耐得翁《都城纪胜·三教外地》记载了都城内外读书风气之盛："都城内外，自有文武两学，宗学、京学、县学之外，其余乡校、家塾、舍馆、书会，每一里巷须一二所，弦诵之

---

① 潜说友：《咸淳临安志》卷七七，《宋元方志丛刊》第 4 册，第 4058 页。

② 吴自牧：《梦粱录》卷四 "观潮"，浙江人民出版社 1984 年版，第 27—28 页。

③ 吴自牧：《梦粱录》卷一二 "西湖"，第 106 页。

④ 周密：《武林旧事》卷三 "观潮"，浙江人民出版社 1984 年版，第 44 页。

⑤ 吴自牧：《梦粱录》卷一七 "历代人物"，第 151 页。

⑥ 吴自牧：《梦粱录》卷一五 "学校"，第 132 页。

声，往往相闻。"① 南宋时期杭州教育的普及度达到了历史的一个新高度，陈傅良先生就曾称赞："人人尊孔孟，家家诵诗书，未省有宇宙，孰与今多儒。"② 这些由各级学校培养出来的数量众多的知识分子给南宋都城增添了人文的光彩。

临安自为高宗驻跸之地后，各类人才迁居南方，多数寓居于首都。同时每到三年一次的科考期间，"到省士人，不下万余人，骈集都城"③，临安成为全国教育、文化中心，具有一定文化程度的人口又占了城市常住与流动全部人口较高的比例。

文化人口增多，对印刷业的需求就大，杭州印刷业发达，为文化的昌盛提供了有利条件，当时藏书家叶梦得就认为："今天下印书，以杭州为上。"④ 王国维《观堂集林》卷二十一《两浙古刊本考序》云："南渡后，临安为行都，胄监在焉，书板之所萃集……至私家刊刻，在北宋时已亘四部，而宋季临安书肆，若陈氏父子遍刊唐宋人诗集，有功于古籍甚巨。"⑤ 当时杭州刻书的书铺，有名可考的就有十八家。⑥ 其中以陈起之"陈宅书籍铺"为最，经营者陈起、陈续芸父子皆能诗。图书文化的兴盛给杭州这座城市增添了深厚的人文涵养。

湖山之美、文化人口之会聚、学府之骈集、印刷业之发达，无不对临安的城市性格产生影响，诸多因素共同酝造杭州成为最佳人文环境城市。

2. 游乐之风与文人的结社活动

杭州湖山胜概，城市经济繁荣，市民流连湖山、遨游市井，以奢靡游乐为尚，苏轼守杭时即云："三吴风俗，自古浮薄，而钱塘为甚，虽室宇华好，被服粲然，而家无宿舂之储者，盖十室而九。"⑦ 杭州的奢靡游

---

① 耐得翁：《都城纪胜》"三教外地"条，丁丙《武林掌故丛编》第 1 册，京华书局 1967 年版，第 58—59 页。

② 陈傅良：《止斋先生文集》卷三，《四部丛刊》本。

③ 吴自牧：《梦粱录》卷二"诸州府得解士人赴省闱"，第 10 页。

④ 叶梦得：《石林燕语》卷八，上海商务印书馆 1948 年版，第 74 页。

⑤ 王国维：《观堂集林·附别集》卷二一，中华书局 1959 年版，第 1046 页。

⑥ 徐吉军：《南宋都城临安》，杭州出版社 2008 年版，第 410 页。

⑦ 苏轼：《苏轼文集》卷四八，中华书局 1986 年版，第 1402 页。

乐之风至南宋而至空前盛况，"杭人喜邀……今为帝都，则其益务侈靡相夸，佚乐自肆也"①。自绍兴和议后，上至帝王、下至百姓，无不以奢侈宴乐为尚，士大夫但知流连歌舞，啸傲湖山，不复留意于中原，陈亮《上孝宗皇帝第一书》云："钱塘又吴之一隅也……其风俗固已华靡，士大夫又从而治园圃台榭，以乐其生于干戈之余，上下宴安，而钱塘为乐国矣。"②《四库全书总目提要》评价耐得翁的《都城纪胜》云："考高宗驻跸临安，谓之'行在'，虽湖山宴乐，已无志于中原，而其名未改……是书作于端平二年，正文武恬嬉，苟且宴安之日，故竞趋靡丽，以至于斯。"③南宋杭州游观之盛况，《梦粱录》《武林旧事》中的记载最为周详，《都城纪胜》《西湖游览志》《西湖游览志馀》《西湖老人繁盛录》等书中也有较为详细的记载。如《梦粱录》中以下几段文字分别记载了不同时节杭城的游赏之风：

> 正月朔日，谓之元旦，俗呼为新年……士夫皆交相贺，细民男女亦皆鲜衣，往来拜节。街坊以食物、动使、冠梳、领抹、缎匹、花朵、玩具等物沿门歌叫关扑。不论贫富，游玩琳宫梵宇，竟日不绝。家家饮宴，笑语喧哗。此杭城风俗，畴昔侈靡之习，至今不改也。④

> 大抵杭州胜景，全在西湖，他郡无此，更兼仲春景色明媚，花事方殷，正是公子王孙、五陵年少，赏心乐事之时，讵宜虚度？至如贫者，亦解质借兑，带妻挟子，竟日嬉游，不醉不归。此邦风俗，自古而然，至今犹不改也。⑤

> 临安风俗，四时奢侈，赏玩殆无虚日……每岁八月内，潮怒胜于常时，都人自十一日起，便有观者，至十六、十八日倾城而出，

---

① 陈造：《游后山记》，《江湖长翁集》卷二二，《四部丛刊》本。
② 陈亮：《上孝宗皇帝第一书》，《龙川集》卷一，文渊阁四库全书本。
③ 永瑢等：《四库全书总目》卷七〇，第 625 页。
④ 吴自牧：《梦粱录》卷一"正月"，第 1 页。
⑤ 吴自牧：《梦粱录》卷一"八日祠山圣诞"，第 8 页。

车马纷纷，十八日最为繁盛，二十日则稍稀矣。①

周密《武林旧事》亦云：

> 西湖天下景，朝昏晴雨，四序总宜。杭人亦无时而不游，而春游特盛焉。承平时，头船如大绿、间绿、十样锦、百花、宝胜、明玉之类，何翅百余。其次则不计其数，皆华丽雅靓，夸奇竞好。而都人凡缔姻、赛社、会亲、送葬、经会、献神、仕宦、恩赏之经营，禁省台府之嘱托，贵珰要地，大贾豪民，买笑千金，呼卢百万，以至痴儿呆子，密约幽期，无不在焉。日糜金钱，靡有纪极。故杭谚有"销金锅儿"之号，此语不为过也。②

《西湖游览志馀》中有一则广为人知的记载很能反映那时的人情物态："绍兴、淳熙之间，颇称康裕。君相纵逸，耽乐湖山，无复新亭之泪。士人林升者，题一绝于旅邸云：'山外青山楼外楼，西湖歌舞几时休。暖风熏得游人醉，便把杭州作汴州。'"③ 这是对南宋社会耽于安乐的极好写照，战争的阴云并未完全消散，富庶的江南和清秀的山水已令北方移民们流连忘返、乐不思蜀了。"从南宋临安移民的构成情况来看，百分之七十六的移民来自今河南，其中绝大多数又来自东京开封府，并且多是南宋初年随高宗迁入的。"④ 北方移民及其后裔成为杭州人口的主体，数倍于土著，这批东京移民甚至成为左右临安风气的强有力的因素，他们的眷恋和记忆使临安经历了一个"东京化"的过程，汴京的享乐之风在东南形胜之地愈演愈烈，终至成为杭州较为显著的地域风尚。直到明代王士性在《广志绎》中还表现出对杭州风俗的羡慕之情："杭俗儇巧繁华，恶拘检而乐游旷，大都渐染南渡盘游余习，而山川又足以鼓舞之，

---

① 吴自牧：《梦粱录》卷四"观潮"，第27—28页。

② 周密：《武林旧事》卷三，第38页。

③ 田汝成著，陈志明编校：《西湖游览志馀》卷二"帝王都会"，东方出版社2012年版，第13页。

④ 吴松弟：《中国移民史》第四卷，福建人民出版社1997年版，第280页。

然皆勤劬自食，出其余以乐残日。男女自五岁以上无活计者，即缙绅家亦然。城中米珠取于湖，薪桂取于严，本地止以商贾为业，人无担石之储，然亦不以储蓄为意。"①

杭州成为全民赏玩、娱乐的空间，与统治者的推波助澜不无关系，南宋皇室在复国无望、拘于一隅的偏安态势下转向了对感官声色的纵情享受与精致奢华的追求。高宗在位三十六年，禅位孝宗后，退居德寿宫，称尊号为"光尧寿皇太上皇帝"，受养二十四年，是杭城逸乐之风的推动者与实践者。据《武林旧事》载："淳熙间，寿皇以天下养，每奉德寿三殿，游幸湖山，御大龙舟。宰执从官，以至大珰应奉诸司，及京府弹压等，各乘大舫，无虑数百。时承平日久，乐与民同，凡游观买卖，皆无所禁。画楫轻舫，旁舞如织。"②

《武林旧事》还记载了一则与高宗有关的词坛掌故：

> 一日，御舟经断桥，桥旁有小酒肆，颇雅洁，中饰素屏，书《风入松》一词于上，光尧驻目称赏久之，宣问何人所作，乃太学生俞国宝醉笔也。其词云："一春常费买花钱，日日醉湖边。玉骢惯识西湖路，骄嘶过沽酒楼前。红杏香中歌舞，绿杨影里秋千。　　暖风十里丽人天，花压鬓云偏。画船载取春归去，余情付，湖水湖烟。明日重携残酒，来寻陌上花钿。"上笑曰："此词甚好，但末句不免儒酸。"因为改定云"明日重扶残醉"，即迥不同矣。即日宣命解褐云。③

太学生俞国宝，临川人，他的《风入松》词真实展示了杭州生活的歌舞升平和西湖边游春的盛况，同时也抒写了他一个外来的住民在此美景中遨游的浓情豪兴，很符合当时杭州的主流意识，时为太上皇的高宗赵构，称赏此词甚好，又认为词中"明日重携残酒"之句不免有些儒酸味，御笔改为"明日重扶残醉"，高宗之好游和能词，由此可见，而他点

---

① 王士性：《广志绎》卷四，中华书局 1981 年版，第 69 页。

② 周密：《武林旧事》卷三 "西湖游幸"，第 37 页。

③ 同上书，第 38 页。

定俞国宝词,虽仅二字之差,但其审美意趣之闲雅也表露无遗。高宗认同了俞国宝的词,就表示他认同了西子湖畔居民的生活方式,自己也加入了遨游者的行列。上既如此,下必甚焉,在帝王的倡导之下,杭城奢靡赏玩之风盛行,一年四季都是全民娱乐的空间。

杭城的游赏之乐不是一味的奢靡,而是奢中带雅。宋代皇帝崇文抑武,他们大多具有较高文化素养和艺术才情,上引高宗改定俞国宝之词即为明显例证。杭人的游乐生活中,追求品质和趣味,他们将审美融入日常生活,不仅在生活中追求艺术境界,同时也在艺术中追求生活情趣。"宋代士人生存的特殊环境,使得宋代艺术审美在走向精致化的同时也越来越贴近日常生活,艺术与生活的充分接近与融合渐成为宋代的一时审美风尚。""对艺术的把玩关乎到人的诗意生存的维度,这是宋代美学的一个主要特征。"① 都城表现得尤为明显。

在这种酣歌燕舞、雅赏湖山的风气之下,宴游集社成为杭人自乐相夸的重要方式,杭州各行业结社之风兴盛,周密《武林旧事》记载的临安社团就有:绯绿社(杂剧)、齐云社(蹴球)、遏云社(唱赚)、同文社(要词)、角抵社(相扑)、清音社(清乐)、锦标社(射弩)、锦体社(花绣)、英略社(使棒)、雄辩社(小说)、翠锦社(行院)、绘革社(影戏)、净发社(梳剃)、律华社(吟叫)、云机社(撮弄),等等。② 耐得翁《都城纪胜》"社会"条,亦记录了当时京城临安的诸多会社组织:

> 文士则有西湖诗社,此社非其他社集之比,乃行都士夫寓居及诗人,旧多出名士。隐语则有南北垕斋、西斋,皆依江右。谜法、习诗之流,萃而为斋。又有蹴鞠打球社、川弩射弓社。奉佛则有上天竺寺光明会,皆城内外富家助备香花灯烛,斋衬施利,以备本寺一岁之用。又有茶汤会,此会每遇诸山寺院作斋会,则往彼以茶汤助缘,供应会中善人。城中太平兴国传法寺净业会,每月十七日则

---

① 叶朗:《中国美学通史·宋金元卷》,江苏人民出版社2014年版,第313—314页。

② 周密:《武林旧事》卷三"社会",第40页。

集男士，十八日则集女人，入寺讽经听法。岁终则建药师会七昼夜。西湖每岁四月放生会，其余诸寺经会各有方所日分。每岁行都神祠诞辰迎献，则有酒行。锦体社、八仙社、渔父习闲社、神鬼社、小女童像生叫声社、遏云社、奇巧饮食社、花果社。七宝考古社，皆中外奇珍异货；马社，豪贵；绯绿清乐社，此社风流最胜。①

这些社团包括文学的、宗教的、说唱音乐的、游艺玩耍的、饮食的、收藏鉴赏的，等等，涉及杭城社会生活的各个方面。

杭州为"士大夫渊薮"，文人结社之风尤为盛行，有学者推测："宋室南渡以后，文人结社的风气越来越盛行，这大约是受到工商业行社和艺人行社的影响，一些志同道合的文士也各自结成团体，也名之为社。"②欧阳光《宋元诗社研究丛稿》考述宋元时期的诗社有五十六个之多，其中仅南宋中后期活动于临安西湖的诗社就有八个之多。③同时宋代诗赋、明经诸科取士的科考制度，使得士子们必须博学、精于用典与追求声韵文字技巧，结社讨论诗法、考辨音律、分题分韵赋诗填词便成为文人生活中的普遍现象。清人周济曾言："北宋有无谓之词以应歌，南宋有无谓之词以应社。"④南宋应社之词主要发生地就在杭州。

朝廷也正面倡导大型的诗词唱和活动，据《宋史全文》记载：

上（孝宗）宣谕曰："祖宗时，数召近臣为赏花钓鱼宴。朕亦欲暇日，命卿等射弓，饮一两杯。"虞允文等奏："陛下昭示恩意，得瞻近威颜，从容献纳，亦臣等幸也。"上曰："君臣不相亲，则情不

---

① 耐得翁：《都城纪胜》，丁丙《武林掌故丛编》第1册，京华书局1967年版，第56页。

② 萧鹏：《西湖吟社考》，《词学》第7辑，华东师范大学出版社1989年版，第88页。

③ 欧阳光：《宋元诗社研究丛稿》，广东高等教育出版社1996年版，第258—275页。

④ 周济：《介存斋论词杂著》，唐圭璋《词话丛编》第2册，第1629页。

通。早朝奏事，止顷刻间，岂暇详论治道，故思欲卿等从容耳。"①

皇帝与大臣赏花钓鱼赋诗源于南唐，至北宋太宗时期，发展成为宫廷固定的一项大型娱乐活动，据记载，宋太宗于太平兴国九年（984）三月十五日，"召宰相、近臣赏花于后苑。上曰：'春气暄和，万物畅茂，四方无事。朕以天下之乐为乐，宜令侍从词臣各赋诗。'赏花赋诗，自此始"②。可见赋诗唱和是赏花钓鱼会上非常重要的活动项目。孝宗欲重演北宋赏花钓鱼故事，以示君臣同乐，有一定的政治亲和目的，但朝廷的正面倡导对临安文人唱和活动的兴起是有利的促进。

临安作为南宋的政治中心，具有很强的政治向心力，吸引着各地文人会聚于此，文化人口占总人口的比例很高。一方面，杭州的自然风光、发达的经济和都市游乐之风，为这些风雅文人的游赏和群体活动提供了绝佳的舞台，使得杭城的文学群体活动非常兴盛；另一方面，这些文人在杭州通过群体活动形成了有影响力的文化圈，他们相互酬唱的风雅生活和富有文学想象的都城书写，又深深雕琢了杭州的城市风貌，他们将这座帝都的政治气息加以消解，建构起了一座充满文学性的色彩与影像的南宋帝都。

第二节　私家园林的都城弦歌：以张镃 为中心的词人群体活动

在中国历史上，私家园林的营造始于两汉，经魏晋南北朝的发展，至唐代开始盛行，仅洛阳一地就有私家园林千家之多。随着宋人审美趣味的转变，艺术与生活的结合日益紧密，园林成为宋人休闲娱乐的重要场所，两宋时期的皇帝皆热衷于园林修建，园林别业自此进入成熟期，出现了诸多营造精美的园林。北宋时汴京城内遍布众多的公私园林，达

---

① 佚名著，李之亮点校：《宋史全文》卷二五下，黑龙江人民出版社 2005 年版，第 1738—1739 页。

② 李焘撰，黄以周等辑补：《续资治通鉴长编》卷二五，上海古籍出版社 1986 年版，第 217 页。

百余座之多。孟元老《东京梦华录》云"大抵都城左近，皆是园圃，百里之内，并无闲地"①，并对东京城外四郊的多处园林作了简要的介绍。袁褧的《枫窗小牍》记载了东京城内的园林：

> 汴中园圃亦以名胜当时，聊记于此：州南则玉津园，西去一丈佛园子、王太尉园、景初园。陈州门外园馆最多，著称者奉灵园、灵嬉园。州东宋门外麦家园、虹桥王家园。州北李附马园。州西郑门外下松园、王太宰园、蔡太师园。西水门外养种园。州西北有庶人园。城内有芳林园、同乐园、马季良园。其他不以名著约百十，不能悉记也。②

袁褧的记载还有不少的疏漏，但"不以名著约百十"则绝非夸张之辞，有学者统计，北宋"开封有名可举的园苑约八十余处"，"但实际尚不止此数"。③ 可见，北宋时期兴建园林池苑之风已非常兴盛。其中位于城内的艮岳和位于城外的金明池以其规模宏大、景色秀丽而久负盛名。

宋室南渡后，凭借钟灵独秀的江南山水，宋人对山水的喜好更是到了如醉如痴的程度，豪富之家往往在湖山胜处兴建亭台楼阁，而江南一带所产花果如菊、荷、梅、桃等甚多，更适于园艺经营，浙江遂成为园林别业的中心，如周密的《癸辛杂识》中记"吴兴园圃"三十六所，并称"吴兴山水清远，升平日，士大夫多居之。其后秀安僖王府第在焉，尤为盛观。城中二溪水横贯，此天下之所无，故好事者多园池之胜"④。杭州作为南宋的都城，苑囿丛聚，私家园亭为世所称者，据周密《武林旧事·湖山胜概》记载不下四十家。⑤ 与北宋时期相比，南宋私家园林的发展达到了一个新的高度。孟元老的《东京梦华录》是有关北宋都城汴

---

① 孟元老：《东京梦华录》卷六"收灯都人出城探春"，中华书局 1985 年版。

② 袁褧：《枫窗小牍》卷下，中华书局 1985 年版，第 26—27 页。

③ 刘益安：《北宋开封园苑的考察》，《宋史论集》，中州书画社 1983 年版，第560 页。

④ 周密：《吴兴园圃》，《癸辛杂识·前集》，中华书局 1988 年版，第 7—13 页。

⑤ 周密：《武林旧事》卷五"湖山胜概"。

京的重要记录，其中并没有专门辟出章节来记录园林，而南宋时期与杭州有关的舆地类书籍中，一般都列有"苑囿"类别，如《武林旧事》《都城纪胜》《梦粱录》等都有专门的章节介绍园林。作为南宋都城，杭州西湖岸边名园贵邸林立，据《西湖游览志馀·委巷丛谈》记载："前宋时，杭城西隅多空地，人迹不到，宝莲山、吴山、万松岭，林木茂盛，阒无民居。城中僧寺甚多，楼殿相望，出涌金门，望九里松，更无障碍。自六蜚驻跸，日益繁艳，湖上屋宇连接，不减城中，有为诗云：'一色楼台三十里，不知何处觅孤山。'其盛可想矣。"① 耐得翁《都城纪胜·园苑》对杭城内园林有较为详细的记载：

> 在城则有万松岭、内贵王氏富览园、三茅观、东山梅亭、庆寿庵、褚家塘、御东园、清湖北慈明殿园、杨府秀芳园、张府北园、杨府风云庆会阁。城东新开门外，则有东御园、五柳御园。城西清波钱湖门外聚景御园、张府七位曹园。南山长桥则西有庆乐御园、净慈寺前屏山御园、云峰塔前张府真珠园。白莲寺园、霍家园、方家峪、刘园。北山则有集芳御园、四圣延祥御园、下竺寺御园。钱塘门外则有柳巷、杨府云洞园、西园、刘府玉壶园、四井亭园、杨府水阁。又具美园、又饮绿亭、裴府山涛园、赵秀王府水月园、张府凝碧园。孤山路口，内贵张氏总宜园、德生堂、放生亭、新建公竹阁。沿苏堤新建先贤堂园，又有三贤堂园、九里松嬉游园。涌金门外则有显应观、西斋堂、张府泳泽园、慈明殿环碧园。大小渔庄，其余贵府富室大小园馆，犹有不知其名者。城南嘉会门外，则有玉津御园，又有就包山作园以植桃花，都人春时最为胜赏，惟内贵张侯壮观园为最。城北北关门外，则有赵郭家园、东西马城诸园，乃都城种植奇异花木处。②

上文所记乃当时杭州有名气的公私园苑，著名的如权臣韩侂胄之南

---

① 田汝成著，陈志明校：《西湖游览志馀》，第419—420页。

② 耐得翁：《都城纪胜》"三教外地"条，丁丙《武林掌故丛编》第1册，京华书局1967年版，第57页。

园（韩侂胄被诛后，复为御园，改名庆乐），陆游专门为之作《南园记》：
"其地实武林之东麓，而西湖之水汇于其下，天造地设，极山湖之美。公
既受命，乃以禄入之余，葺为南园，因其自然，辅以雅趣……奇葩美木，
争效于前，清流秀石，若顾若揖。于是飞观杰阁，虚堂广厅，上足以陈
俎豆，下足以奏金石者，莫不毕备。……自绍兴以来，王侯将相之园林
相望，莫能及南园之仿佛者。"① 内侍蒋苑使在住宅侧筑一圃，亦十分别
致，并定期向人们开放："亭台花木，最为富盛，每岁春月，放人游玩，
堂宇内顿放买卖关扑，并体内庭规式，如龙船、闹竿、花篮、花工，用
七宝珠翠，奇巧装结，花朵冠梳，并皆时样。官窑碗碟，列古玩具，铺
列堂右，仿如关扑，歌叫之声，清婉可听，汤茶巧细，车儿排设进呈之
器，桃村杏馆酒肆，装成乡落之景。数亩之地，观者如市。"② 在当时，
处于社会上层的贵族世家，拥有富丽的园林，应是一种流行的风尚。临
安的私家园林虽没有洛阳园林的宏大规模，却也别有南方的典雅之胜，
梁思成曾说，临安的园林，"借江南湖山之美，继艮岳风格之后，着意林
石之雅韵，多独创之雅致"③。

　　两宋私家园林别业的兴盛不仅拓展了宋人身心游憩的空间，也成为
文人交游与创作的重要场域。吴自牧《梦粱录》云："杭州园囿，俯瞰西
湖，高把两峰，亭馆台谢，藏歌贮舞，四时之景不同，而乐亦无穷矣。"④
贵胄之家的名园，"藏歌贮舞"，随四时之景不同，俱有游赏宴饮之乐，
为文人雅士的重要文学创作基地。在这诸多贵族的私家园林中，张镃的
南湖园堪称其中的佼佼者，"在钱塘为最胜"⑤，是迄今保存资料最完整的
宋代私家园林。南湖园是文士出入其间最多的私家园林，经过文人长期
的聚会、大量的书写、集体的塑造，成为都城杭州的地景和文学生产
空间。

---

① 叶绍翁：《四朝闻见录·戊集》"阅古南园"，商务印书馆1937年版，第155
页。

② 吴自牧：《梦粱录》卷一九，第176页。

③ 梁思成：《中国建筑史》，百花文艺出版社1998年版，第165页。

④ 吴自牧：《梦粱录》卷一九，第176页。

⑤ 史浩：《题南湖集卷十二后》，《南湖集》附录上，中华书局1985年版，第
204页。

一　风雅文学的生产空间

南湖园在杭州北城，梅家桥东。南湖园园主张镃（1153—1235），原字时可，因慕北宋诗人郭祥正（字功父）之名，遂改字功父，又称功甫，号约斋，又号南湖。历官直秘阁、临安通判、司农寺丞、太府寺丞、司农少卿等。开禧三年（1207）与史弥远等谋诛伐金失败的韩侂胄，后受史弥远疑忌而贬谪广德军，嘉定四年十二月（1211），又坐扇摇国本罪，除名勒停，送象州羁管，卒于象州。有《南湖集》十卷、《仕学规范》四十卷、《玉照堂词》传世。

张镃出生于一个显赫富贵的家庭，曾祖乃高宗朝名将张俊。张俊为秦州三阳人，南渡后其族世居京城临安。张俊以军事起家被封为循王，屡立战功，得高宗厚宠，与韩世忠、刘锜、岳飞并为名将，世称"张、韩、刘、岳"①，享有很高的社会地位。张俊在抗金名将中又以善于敛财而著称，富甲一方，明代田汝成《西湖游览志馀》记载："宋南渡诸将，韩世忠封蕲王，杨沂中封和王，张俊封循王，俱享富贵之极。而俊复善治生，其罢兵而归，岁收租米六十万斛，今浙中岂能著此富家也。"② 张俊积累了庞大产业，其富贵恩荫子孙数代，为张镃的富雅生活提供了物质支撑。

张镃借父祖遗荫，锦衣玉食，一方面广修亭台楼阁，常在湖光山色间设宴歌舞，过着豪奢的物质生活，《四库全书总目提要》评张镃："其席祖父富贵之余，湖山歌舞，极意奢华，亦未免过于豪纵。"③ 另一方面，他又十分讲究精神生活的雅趣，与一般的富贵家子弟不同，张镃所追求并不是纵情声色的享乐，而是脱离了低级趣味的具有清雅审美意味的艺术化生活，追求的是精神的满足。张镃虽为武将之后，但在重文轻武的风气社会风气影响下，其曾祖张俊有意引导家风从武到文的转变，至张氏第二代已具备较高的文化素养，张俊子张子颜，建亭买园、赏梅题壁、

---

① 脱脱：《宋史》卷三六九《张俊传》，第 11475 页。
② 田汝成著，陈志明校：《西湖游览志馀》，东方出版社 2012 年版，第 393 页。
③ 永瑢等：《四库全书总目》卷一六〇《南湖集提要》，中华书局 1965 年版，第 1382 页。

藏画观诗，生活过得相当风雅。洪迈在《元和郡县志》后序中赞之"济美称家，文史声猷，有晋宋胜流风度"，"晋宋胜流风度"即魏晋风度，在此处应指张子颜弘扬家风和其行为中的风流气质。张镃在生活方式、审美趣味、文学创作方面都深受张子颜的影响，在其《南湖集》中，有大量与叔祖张子颜酬赠的诗篇。杨万里曾写过对张镃的第一印象："初，予因里中浮屠德璘谈循王之曾孙约斋子有能诗声，余固心慕之，然犹以为贵公子，未敢即也。既而访陆务观于西湖之上，适约斋子在焉。则深目颦蹙，寒肩臞膝，坐于一草堂之下，而其意若在岩岳云月之外者，盖非贵公子也，始恨识之之晚。"[①] 杨万里眼中的张镃已然超越了贵公子的世俗形象。杨万里继而为张镃画像："香火斋祓，伊蒲文物，一何佛也；襟带诗书，步武琼琚，又何儒也；门有朱履，坐有桃李，一何佳公子也；冰茹雪食，凋碎月魄，又何穷诗客也。约斋子方内欤？方外欤？风流欤？穷愁欤？老夫不知，君其问诸白鸥。"[②] 其中描述的"集佛、儒、佳公子、穷诗客于一身，集'方内'、'方外'、'风流'、'穷愁'于一身的'多侧面'形象，其实就是既富贵、又高雅、既风流、又脱俗的一个南宋士大夫文人的'典型'"[③]。元代夏文彦亦称张镃"清标雅致，为时闻人，诗酒之余，能画竹石古木，字画亦工"[④]，赞其有较高的文学素养和多方面的艺术才能。"古木字画之传世者，有《石壁松杉图》一，《苍涯古木图》二，《石笋修篁图》，《枯槎折竹图》二，《秋山落木图》二，《墨竹图》十三。"[⑤] 高雅的情趣使张镃将日常生活艺术化、审美化，无丝毫尘俗气。其精心构筑的南湖园就是一个高度艺术化的生活、娱乐空间。

张镃构建南湖园，始于孝宗淳熙十二年（1185），时张镃正在临安通判任上，于杭州城北郭外南湖北滨购得曹氏荒圃百亩，开始营建以玉照堂为主要景观的桂隐别墅。朱文藻《书南湖集后》云："循王先封清河郡王，城南清河坊，以其赐第得名，其居近市而隘，公于南湖之滨，得曹

①　杨万里：《诚斋集》卷八一《约斋南湖集序》，《四部丛刊》本。

②　杨万里：《诚斋集》卷九七《张功父画像赞》，《四部丛刊》本。

③　杨海明：《张炎词研究》，齐鲁书社1989年版，第55页。

④　夏文彦：《图绘宝鉴》卷四，世界书局1937年版，第70页。

⑤　王毓贤：《绘事备考》卷六，文渊阁四库全书本。

氏废圃，治宅移居。园中峰石，即撤旧居小假山为之。……南湖之地广百亩。"① 淳熙十四年秋（1187），张镃以疾辞临安通判，得祠禄，归桂隐。其《桂隐纪咏》诗序称："既归桂隐，遂捐故庐为东寺，指新舍为西宅，南湖以经其前，北园以奠其后。"② 张镃倾注无穷心力，投入了大量的人力、物力，前后共花费十四年的时间，构筑了一个规模宏阔、庞大富丽的私家园林。张镃将这片园林当作一生最重要的归属，筹划施工，种植花木都亲自指导，其《桂隐百课》序称："淳熙丁未秋，余舍所居为梵刹，爰命桂隐堂馆桥池诸名，各赋小诗，总八十余首。逮庆元庚申，历十有四年之久，匠生于心，指随景变，移徙更葺，规模始全。"③ 则在淳熙丁未秋（1187），张镃为这座园林各处命名，并各赋小诗八十余首，至庆元庚申年（1200），建筑规模始告全备。

张镃从建立私家园林开始，以建立园林文化为目的，将桂隐构建得极富艺术性，进入一种审美的境界。其《舍宅誓愿疏文》曰："昨倦处于旧庐，遂更谋于别业。园得百亩，地占一隅。幽当北郭之邻，秀踞南湖之上，虽混京尘，而有山林之趣；虽在人境，而无车马之喧。"④ 显然张镃将桂隐园视为桃花源，使其成为欣赏的对象和心灵的憩息之所。张镃在重葺南湖堂馆大功告成时，曾自赋《朝中措·重葺南湖堂馆，小词落成》一首，词云：

> 先生心地等空虚，行处幻仙都。点缀玲珑花柳，翻腾窈窕规模。
> 三杯两盏，五言十字，迟老功夫。受用南湖风月，何须更到西湖。

西湖是杭州最负盛名的地景，张镃言南湖风月可与西湖媲美，个人的园林山水可以取代西湖的自然山水，可见张镃对自己营构的这片空间，充满了自豪、自信。《约斋桂隐百课》《张约斋赏心乐事》二文展现的生

---

① 张镃：《南湖集》，中华书局 1985 年版，第 217 页。
② 张镃：《南湖集》卷七，第 111 页。
③ 张镃：《南湖集》附录上《桂隐百课》，第 197 页。
④ 张镃：《南湖集》附录中《舍宅誓愿疏文》，第 209 页。

活美学，以及实际的物质维度建构的人文空间、诗化的自然空间，都是彰显张氏家族园林文化的重要文本。

桂隐林泉景观在《约斋桂隐百课》中有较为详细的记载：

> 纲举而言之，东寺为报上严先之地，西宅为安身携幼之所，南湖则管领风月，北园则娱燕宾亲。亦庵晨居植福，以资净业也；约斋昼处观书，以助老学也；至于畅怀林泉，登赏吟啸，则又有众妙峰山，包罗幽旷，介于前六者之间。区区安恬嗜静之志，造物亦不相负矣。或问余曰："造物不负子，子亦忍负造物哉？释名宦之拘囚，享天真之乐适，要当于筋骸未衰时。今子三仕中朝，头华齿堕，涉笔才十二旬，如之何则可？"余应之曰："仕虽多，不使胜闲日，余之愿也，余之幸也，敢不勉旃。"①

据此，则桂隐园林景观分东寺、西宅、南湖、北园、亦庵、约斋、众妙峰山七处景观。具体景点如下：

> 东寺：大雄尊阁、静高堂、真如轩。
>
> 西宅：丛奎阁、德勋堂、儒闻堂、现乐堂、安闲堂、绮互亭、瀛峦胜处、柳塘花院、应铉斋、振藻、宴颐轩、尚友轩、赏真亭。
>
> 亦庵：法宝千塔、如愿道场、传衣庵、写经寮。
>
> 约斋：泰定轩。
>
> 南湖：阆春堂、烟波观、天镜亭、御风桥、鸥渚亭、把菊亭、泛月阙、星槎。
>
> 北园：群仙绘幅楼、桂隐、清夏堂、玉照堂、苍寒堂、艳香馆、碧宇、水北书院、界华精舍、抚鹤亭、芳草亭、味空亭、垂云石、揽月桥、飞雪桥、蕊珠洞、芙蓉池、珍林、涉趣门、安乐泉、杏花庄、鹄泉。
>
> 众妙峰山：诗禅堂、黄宁洞天、景白轩、文光轩、绿昼轩、书

---

① 　张镃：《南湖集》附录上《桂隐百课》，第 197—198 页。

叶轩、俯巢轩、无所要轩、长不昧轩、摘星轩、餐霞轩、读易轩、咏老轩、凝熏堂、楚佩亭、宜雨亭、满霜亭、听莺亭、千岁庵、恬虚庵、凭晖亭、弄芝亭、都微别馆、水湍桥、漪岚洞、施无畏洞、澄霄台、登啸台、金竹岩、古雪岩、隐书岩、新岩、叠翠庭、钓矶、菖蒲涧、中池、珠旒瀑、藏丹谷、煎茶磴。①

以上桂隐各处题名，大多具有深刻的寓意或文学的内蕴，可见张镃在为众多景点命名之时，颇费心思。史浩在《题南湖集十二卷后》云："张子卜筑池台馆宇，门墙道路，凡经行宴息处，悉命以佳名，而各有诗。"并题诗赞曰："桂隐神仙宅，平生足未登。新诗中有画，一一见舳舻。"② 南湖园各处极擅园林之胜，有山有水，本属天成，又构筑有堂、轩、阁、亭、桥、池、庵、楼、台等各类景致达百余处之多。园中所植花木也极为丰富，次第行来，美不胜收。张镃以自己的财富和才学极力营造高雅的理想生活空间，作为寄寓其优雅自在生命情韵的载体，也是在营构一个诗意的文学空间，这一空间不仅供其本人栖居游乐，还是一个对外开放的社会交往空间和文学创作空间，可供文人赏花观月、休闲雅集。其中南湖管领风月，北园为娱宴宾亲之所，这两处景观是南湖园文人雅集的主要场所，在园主张镃与名士雅集的过程中成为南宋都城一个具有独特美学意味的文化场域和文学空间。

二　南湖园饮宴与词学酬唱图景

1. 风雅奢华的园林饮宴

张镃喜好交游，常于府中接待四方宾客，其所拥有的优渥俸禄之资和曾祖张俊经商致富累积的庞大产业，为张家长期以来接待宾客提供了经济后盾。绍兴二十一年（1151）十月，高宗曾驾幸张府，张俊接待皇家堪称豪奢至极，其排场阔绰犹如《红楼梦》里接驾的荣、宁二府，令人瞠目。周密《武林旧事》详细记录了张府接待的菜谱和进奉单子，仅"进奉盘合"一项，张俊就向高宗奉上宝器无数，其中玉器若干、金器千

---

① 张镃：《南湖集》附录上《桂隐百课》，第197—204页。

② 张镃：《南湖集》附录上，第204页。

两、珍珠六万九千五百九颗、商周青铜器数件、汝窑瓷器若干以及名家书画若干。① 张镃的南湖园就是当日临安一个富雅生活的空间乐园，一年四季上演着各种奢华的风雅，张镃曾把春夏秋冬四季中的每一季，划分为孟、仲、季三个月，作《张约斋赏心乐事》，以时间为序，排比出一年十二月的宴游次序，兹录于下：

正月孟春：岁节家宴。立春日，迎春春盘。人日，煎饼会。玉照堂赏梅。天街观灯。诸馆赏灯。丛奎阁赏山茶。湖山寻梅。揽月桥观新柳。安闲堂扫雪。

二月仲春：现乐堂赏瑞香。社日社饭。玉照堂西，赏缃梅。南湖挑菜。玉照堂东，赏红梅。餐霞轩看樱桃花。杏花庄赏杏花。群仙绘幅楼前打球。南湖泛舟。绮互亭赏千叶茶花。马塍看花。

三月季春：生朝家宴。曲水修禊。花院观月季。花院观桃柳。寒食，祭先扫松。清明，踏青郊行。苍寒堂西，赏绯碧桃。满霜亭北，观棣棠。碧宇观笋。斗春堂赏牡丹芍药。芳草亭观草。宜雨亭赏千叶海棠。花苑蹴秋千。宜雨亭北，观黄蔷薇。花院赏紫牡丹。艳香馆观林檎花。现乐堂观大花。花院尝煮酒。瀛峦胜处，赏山茶。经寮斗新茶。群仙绘幅楼下，赏芍药。

四月孟夏：初八日，亦庵早斋，随诣南湖放生，食糕糜。芳草亭斗草。芙蓉池赏新荷。蕊珠洞赏荼蘼。满霜亭观橘花。玉照堂赏青梅。艳香馆赏长春花。安闲堂观紫笑。群仙绘幅楼前，观玫瑰。诗禅堂观盆子山丹。餐霞轩赏樱桃。南湖观杂花。鸥渚亭观五色莺粟花。

五月仲夏：清夏堂观鱼。听莺亭摘瓜。安闲堂解粽。重午节，泛蒲家宴。烟波观碧芦。夏至日，鹅炙。绮互亭观大笑花。南湖观萱草。鸥渚亭观五色蜀葵。水北书院采苹。清夏堂赏杨梅。丛奎阁前，赏榴花。艳香馆尝蜜林檎。摘星轩赏枇杷。

六月季夏：西湖泛舟。现乐堂尝花白酒。楼下避暑。苍寒堂后

① 周密：《武林旧事》卷九"高宗幸张府节次略"，第148—149页。

碧莲。碧宇竹林避暑。南湖湖心亭纳凉。芙蓉池赏荷花。约斋赏夏菊。霞川食桃。清夏堂赏新荔枝。

七月孟秋：丛奎阁上，乞巧家宴。餐霞轩观五色凤儿。立秋日，秋叶宴。玉照堂赏荷。西湖荷花泛舟。南湖观稼。应铉斋东，赏葡萄。霞川观云。珍林剥枣。

八月仲秋：湖山寻桂。现乐堂赏秋菊。社日，糕会。众妙峰赏木樨。中秋，摘星楼赏月家宴。霞川观野菊。绮互亭赏千叶木樨。浙江亭观潮。群仙绘幅楼观月。桂隐攀桂。杏花庄观鸡冠黄葵。

九月季秋：重九，家宴。九日，登高把萸。把菊亭采菊。苏堤上，玩芙蓉。珍林尝时果。芙蓉池赏五色拒霜。景全轩尝金橘。杏花庄筹新酒。满霜亭尝巨螯香橙。

十月孟冬：旦日开炉家宴。立冬日，家宴。现乐堂暖炉。满霜亭赏蚤霜。烟波观买市。赏小春花。杏花庄挑荠。诗禅堂试香。绘幅楼庆暖阁。

十一月仲冬：摘星轩观枇杷花。冬至节，家宴。绘幅楼食馄饨。味空亭赏蜡梅。孤山探梅。苍寒堂赏南天竺。花院赏水仙。绘幅楼削雪煎茶。绘幅楼前赏雪。

十二月季冬：绮互亭赏檀香蜡梅。天街阅市。南湖赏雪。家宴试灯。湖山探梅。花院观兰花。瀛峦胜处赏雪。二十四夜，饷果食。玉照堂赏梅。除夜，守岁家宴。起建新岁，集福功德。①

张镃将全部身心投入到休闲当中，按不同的月份安排了密集的休闲活动，达一百三十七次之多，其中大部分休闲活动是在南湖园中进行的。在《张约斋赏心乐事》序中，张镃坦陈了他的清游心态："余扫轨林扃，不知衰老，节物迁变，花鸟泉石，领会无余。每适意时，相羊小园，殆觉风景与人为一。间引客携觞，或幅巾曳杖，啸歌往来，澹然忘归。"②"风景与人为一"即达到物我合一的境界，在张镃手中，生活的空间被高度艺术化了。南湖园不仅是张镃个人休闲悠游的主要场所，也是其与名

---

① 张镃：《南湖集》附录上《赏心乐事》，第187—197页。
② 同上书，第187页。

士交游唱答的主要空间，周密称张镃"有吏才，能诗，一时所交皆名辈"①。张镃自称"我交英彦固不少"②，"延晤尽名侣"③。与张镃交游的有一时政要、文坛名家，也有不少乡野之人，他曾在诗中写道："我家城中烟云乡，秋风晴日千桂香。交游半是渔樵郎，门前水深通潮江。"（《程尧仲以杨秘监所赠诗见示，因走笔次韵，约观园中桂花》）张镃与名士交游往往以文学为媒介，交游是张镃享受生活的一种重要形式，而他精心构建的南湖园成为其享受生活的主要载体。

观上文所引的《张约斋赏心乐事》，其中记述的游乐活动精彩纷呈，令人叹为观止，既有家宴尝饼、食糕吃粽之类的吃喝享乐，更有寻梅扫雪、煮酒斗茶、阅市观灯之类的雅玩活动，且多是一种提升了品位的文人雅士式的高雅的享乐。《绘事备考》云："（张镃）既雄于赀，而复好事。后房数百人，咸极一时之选。风亭月榭，甲于京师。尝作驾云亭，在高松之上，延宾客避暑其中，登者如游云表。南园牡丹，数千本，品目最贵，花时宴客，穷极奢华，衣香鬓影，舞裙歌扇，观者动心骇目，不知其为人世也。"④ 对于张镃在南湖园中的艺术化生活，《齐东野语》中的记载更为详细：

> 张镃功甫，号约斋，循忠烈王诸孙，能诗，一时名士大夫莫不交游，其园池声妓服玩之丽甲天下。尝于南湖园作驾霄亭于四古松间，以巨铁絚悬之空半而羁之松身。当风月清夜，与客梯登之，飘摇云表，真有挟飞仙、溯紫清之意。
>
> 王简卿侍郎尝赴其牡丹会云："众宾既集，坐一虚堂，寂无所有。俄问左右云：'香已发未？'答云：'已发。'命卷帘，则异香自内出，郁然满坐。群妓以酒肴、丝竹，次第而至。别有名姬十辈皆衣白，凡首饰衣领皆牡丹，首戴照殿红一枝，执板奏歌侑觞，歌罢乐作乃退。复垂帘，谈论自如。良久，香起，卷帘如前。别十姬，

---

① 周密：《齐东野语》卷一五，中华书局 1983 年版，第 276 页。
② 张镃：《南湖集》卷三《简虞子建》，第 35 页。
③ 张镃：《南湖集》卷一《自安福过真珠园梅坡》，第 10 页。
④ 王毓贤：《绘事备考》卷六，文渊阁四库全书本。

易服与花而出，大抵簪白花则衣紫，紫花则衣鹅黄，黄花则衣红，如是十杯，衣与花凡十易。所讴者皆前辈牡丹名词。酒竟，歌者、乐者，无虑百数十人，列行送客，烛光香雾，歌吹杂作，客皆恍然如仙游也。"①

薛梦桂《苏壁琐言》则记载了张镃南湖园以"柳"为主题的春宴：

戚里郑君光锡语余："往岁赴张功甫南湖园春燕，置酒听莺亭。亭外垂柳数十株，柔黄初绿。酒半，出家伎十余辈，悉衣鹅黄宫锦半臂，并歌唐人《柳枝词》，作贴地舞。歌竟，又易十余辈，悉衣浅碧蜀锦裙，手执柳枝，唱名流咏柳乐府。送客诸伎笼灯者以百计。"②

于松间作驾霄亭，歌儿舞女云集演唱牡丹名词、柳枝词，以上所记皆为典型的艺术化生活，奢华中体现出对精微细节的讲究，其中诗意的、高品位的享受直追晋宋间人。

林洪曾于宁宗、理宗朝隐居在西湖之畔，其在《山家清供》中记载了与张镃有关的一件逸事：

张约斋镃，性喜延山林湖海之士。一日午酌，数杯后，命左右作银丝供，且戒之曰："调和教好，又要有真味。"众客谓必鲙也。良久出琴一张，请琴师弹《离骚》一曲，众始知银丝乃琴弦也；调和教好，调弦也；又要有真味，盖取陶潜琴书中有真味之意也。③

将琴命名为"银丝供"当是张镃首创，张镃的清雅风采只有魏晋时

---

① 周密：《齐东野语》卷二〇"张功甫豪侈"条，中华书局 1983 年版，第 374 页。

② 冯金伯辑：《词苑萃编》卷一四"南湖园春宴"条，唐圭璋《词话丛编》第 3 册，第 2075 页。

③ 林洪：《山家清供》上卷，中华书局 2013 年版，第 9 页。

的名士可比，所以林洪在文后评价："张，中兴勋家也，而能知此真味，贤矣哉。"对张镃的雅士之风大加赞赏。南湖园中的宴集之所以能让时人倾羡，后人追慕，就是活动的安排别出心裁又充满了高雅的趣味，很符合当时的世风与士风。

宋代自开国之君赵匡胤就倡导追求物质、精神享乐之风，在宋初乾德元年（963），其曾对石守信、高怀德等将领曰："人生驹过隙尔，不如多积金，市田宅以遗子孙，歌儿舞女以终天年，君臣之间无所猜嫌，不亦善乎。"① 宋真宗也"与群臣燕语，或劝以声伎自娱"②，其曾于景德三年（1006）"昭许群臣、士庶选胜宴乐，御史台、皇城司毋得纠察"③。宋代君主们着力构建一种文人政治体系，为了体现对文人们的倚重，对士大夫极为优渥。太祖既然以"高官厚禄夺武臣之权，自不得不以高官厚禄慰文史之心"④，为推行"右文"政策，宋室以优厚的俸禄作为具体的实施方针，清代赵翼曾言："其待士大夫，可谓厚矣。……然给赐过优，究于国计易耗。恩逮于百官者唯恐其不足，财取于万民者不留其有余。"⑤ 宋代士大夫俸禄之高，为历代之最。同时士大夫的闲暇时间还有制度的保证，据现代学者考证，宋代官员的节假日很多："真宗时规定，祠部郎中和员外郎所管全年节假日共 100 天，其中包括旬休 36 天。"⑥ 无论是从物质上还是精神上来说，有宋一代都堪称文人士大夫活得最滋润的时代。物质与闲暇的优厚待遇为士人们追求奢华的生活提供了强有力的支持，追求享乐成为贯穿整个宋代的社会风气。沈括《梦溪笔谈》载："天下无事，许臣僚择胜燕饮。当时侍从文馆士大夫各为燕集，以至市楼酒肆，往往皆供帐为游息之地。""馆阁臣僚，无不嬉游燕赏，弥日继夕。"⑦

---

①　脱脱：《宋史》卷二五〇《石守信传》，第 8810 页。

②　苏辙：《苏黄门龙川别志》卷上，上海商务印书馆 1936 年版，第 5 页。

③　脱脱：《宋史》卷一一三《礼志》，第 2700 页。

④　钱穆：《国史大纲》，台湾商务印书馆 1985 年版，第 404 页。

⑤　赵翼著，王树民校证：《廿二史札记校证》，中华书局 1984 年版，第 534 页。

⑥　朱瑞熙等：《辽宋西夏金社会生活史》，中国社会科学出版社 1998 年版，第 389 页。

⑦　沈括：《梦溪笔谈》卷九，吉林人民出版社 1999 年版，第 164 页。

如北宋大臣寇准"尤好夜宴剧饮,虽寝室亦燃烛达旦"①,并称:"将相功名终若何,不堪急景似奔梭。人间万事何须问,且向樽前听艳歌。"②太平宰相晏殊"惟喜宾客,未尝一日不燕饮。而盘馔皆不预办,客至旋营……每有嘉客必留,但人设一空案、一杯,既命酒,果实蔬茹渐至。亦必以歌乐相佐,谈笑杂出。数行之后,案上已灿然矣,稍阑,即罢遣歌乐,曰:'汝曹呈艺已遍,吾当呈艺。'乃具笔札,相与赋诗,率以为常,前辈风流,未之有比"③。可见,好客的晏殊常在家中招待客人,包括酒菜,也包括妓乐,而"必以歌乐相佐"则清楚地说明了家妓之用是佐酒侑觞、娱宾遣兴。抗金名臣、宰相李纲:"私藏过于国帑,乃厚自奉养,侍妾歌童,衣服饮食,极于美丽。每飨客,看馔必至百品,遇出则厨传数十担。"④宋代士大夫是政治的主体,同时也是主导整个社会文化走向的精英群体,朝廷鼓励士大夫追逐奢华享乐,开始冲决传统儒家"兼济天下""致君尧舜"的社会信仰,对于宋代士人的价值观转变作出了社会导向。《宋稗类钞》记载:宋祁生活过于奢华,其兄宋庠劝诫宋祁不要忘了昔日苦读的艰辛:"闻昨夜烧灯夜宴,穷极奢侈。不知记得某年上元,同在某州州学内吃齑煮饭时否。"宋祁不以为然,反问道:"不知某年同某处吃齑煮饭是为甚底?"⑤明确表示当初寒窗苦读的目的就是有朝一日进身仕途,能够安逸享乐。宋祁的这种理念也代表了宋代文人普遍认同的一种价值观,士大夫享乐嗜欲的生活,不会招致社会严厉的非议。对于那些无需经历"吃齑煮饭"之艰辛即可轻松拥有社会的物质与精神财富,成为社会结构金字塔顶端的豪门弟子来说,享乐自是他们生活的常态。

宋代士大夫们从不排斥对物质享受的追求,但他们更寻求精神的满足,宋人这种精神享乐最为典型的表现方式,是在良辰美景之中,绣幌佳人轻歌曼舞的氛围里浅斟低唱。南湖园为张镃等人充分实践享乐的生

---

① 欧阳修:《归田录》卷一,中华书局1991年版,第13页。
② 丁传靖:《宋人轶事汇编》卷五,中华书局2003年版,第205页。
③ 叶梦得:《避暑录话》卷上,中华书局1985年版,第35页。
④ 熊克:《中兴小纪》卷一八,福建人民出版社1985年版,第216页。
⑤ 潘永因:《宋稗类钞》,书目文献出版社1985年版,第152页。

活方式提供了极佳的场所，张镃以自己的财富和才学极力营造理想的生活空间和生活模式，并邀约众多文人参与其中，联结成欢乐的群体，通过赏梅观月、雅集酬唱等活动，使南湖园成为杭州地方文艺中心舞台。

2. 富雅生活的词学书写

张镃交际广泛，爱好文学，当日南湖园曾集结了南宋杭州重要的文学圈，文学创作活动丰富多彩。张镃《南湖集》中有《园桂初发邀同社小饮》诗，可见张镃结有诗社，其"桂隐堂"为诗社活动的主要场所，欧阳光《宋元诗社研究丛稿》中已有考证，① 以张园为中心的聚会活动在诗中记录颇多，如张镃有一诗序云："锦池芙蓉盛开，与谭德称、何国叔、曾无逸、季嘉、吕浩然、张以道小集，以东坡诗'细思却是最宜霜'，分韵得'却'字。"② 张镃在荷花怒放之际，邀请谭德称等六位名士来桂隐园宴饮赋诗。又如杨万里诗序云："上巳日与沈虞卿、尤延之、莫仲谦，招陆务观、沈子寿，小集张氏北园赏海棠。务观持酒酹花，予走笔赋长句。"③ 上巳日邀约众人于北园赏海棠赋诗。"陆游持酒酹花"的细节在许及之的两首诗中也有描写，其一为《次韵诚斋，饮张园，放翁酹酒海棠花下》，其二为《次韵诚斋醉卧海棠图之什》，其一题下有注"绘放翁醉帽堕地"，可知务观"持酒酹花"之事被人津津乐道，且图绘以传，这样风雅的文学聚会在南湖园中是常有之事。

以张镃宅第为中心的词人雅集活动，自淳熙丁未（1187）始，止于开禧三年（1207），长达二十年之久。据《玉照堂词》词下的小序统计，参与了南湖园雅集的朝野友人有：洪迈（字景庐）、黄子由、曾三聘（字无逸）、李壁（字季章）、辛弃疾、李颐正、楼钥（字大防）、陈傅良（字君举）、黄裳（字文叔）、彭龟年（字子寿）、沈有开（字应先）、陈退翁十二人。

在南湖园诗会中涉及的名流更多，据戴表元《牡丹宴席诗序》云：

---

① 欧阳光：《宋元诗社研究丛稿》，广东高等教育出版社 1996 年版，第 262—263 页。

② 张镃：《南湖集》卷一，第 5 页。

③ 杨万里：《诚斋集》卷一九，《四部丛刊》本。

> 循王孙（注：为"循王曾孙"之误）张功父使君以好客闻天下。当是时，遇佳风日，花时月夕，功父必开玉照堂，置酒乐客。其客庐陵杨廷秀、山阴陆务观、浮梁姜尧章之徒以十数，至辄欢饮浩歌，穷昼夜忘去。明日，醉中唱酬诗或乐府词，累累传都下，都下人门抄户诵，以为盛事。然或半旬十日不尔，则诸公嘲讶问故之书至矣。①

据此，参与南湖园雅集的还有杨万里（字廷秀）、陆游（字务观）、姜夔（字尧章）等十数人。另如陈傅良《张园送客分韵诗序》中言此序为与黄度、彭龟年、章颖、薛季宣、蔡幼学、范仲黼、曾三聘、李谦、吕祖俭、张镃共十一人在张园送别黄灏、石叔访所作。② 可见当日的南湖园就是京城名流会聚之所，参与园中文学沙龙活动的文人不在少数。

桂隐园文人雅集曾名噪一时，以园林为创作空间的词人雅集活动，带有自身明显的特点，应社的互动性，需要具备共同的创作意象作为审美交流的平台，而诗意盎然的园林景观，是众人共同面对的客体，以之作为宴集者吟咏的审美对象更易于得到群体的认同，因此在南湖园词人雅集的酬唱中，往往更侧重于对物的关注和吟咏。南湖园中的玉照堂、桂隐、南湖以及西湖等景点是他们雅集的主要场所，这些景观以及在这些景观中举行的风流闲雅的聚会情景，是他们吟咏的主要对象。许多作于南湖文人雅集的词作都已散佚，目前留存的主要是张镃、姜夔等人词作，张镃存词 86 首，其中描写在南湖园"雅玩"的词作就占了二分之一。南湖园词学群体所书写的主要是园中宴饮和赏花之类的活动，基调风流闲雅。

其一为饮宴酬唱。词乐交辉、娱情宴乐的景象，是张家四季生活中的经常性内容，张镃邀约众多有影响力的词人参与其间。其《木兰花慢》词云：

> 甲寅三月中澣，邀楼大防、陈君举中书两舍人，黄文叔待制彭

---

① 戴表元：《牡丹宴席诗序》，《全元文》第 12 册，第 148 页。
② 陈傅良：《止斋先生文集》卷四〇，《四部丛刊》本。

子寿右史、黄子由匠监、沈应先大著过桂隐即席作

清明初过后，正空翠、霭晴鲜。念水际楼台，城隅花柳，春意无边。清时自多暇日，看连镳、飞盖拥群贤。朱邸横经满坐，紫微渊思如泉。　　高情那更属云天。语笑杂歌弦。向啼鴂声中，落红影里，忍负芳年。浮生转头是梦，恐他时、高会却难全。快意淋浪醉墨，要令海内喧传。

甲寅即光宗绍熙五年（1194），词序中所言的楼大防即楼钥，陈君举即陈傅良，黄文叔待制指黄裳，彭子寿指彭龟年，黄子由即黄由，沈应先即沈有开。桂隐为张镃北园诸处总名，桂隐宴集，高朋满座、群贤毕至，有行乐的弦歌笑语，也有快意的淋浪醉墨，此情此景，正是戴表元所言张镃家"醉中唱酬诗或乐府词，累累传都下，都下人门抄户诵"之盛事的一个印证。"忍负芳年。浮生转头是梦，恐他时、高会却难全"，人生短暂如梦，芳年转瞬即逝，传杯饮酒的、濡墨填词的闲雅生活值得珍惜，这正体现了张镃的生命观。

姜夔《喜迁莺慢·太簇宫功父新第落成》是恭贺张镃府第落成的贺词，描写了张镃府邸的富丽景象：

玉珂朱组。又占了、道人林下真趣。窗户新成，青红犹润，双燕为君胥宇。秦淮贵人宅第，问谁记、六朝歌舞。总付与、在柳桥花馆，玲珑深处。　　居士。闲记取。高卧未成，且种松千树。觅句堂深，写经窗静，他日任听风雨。列仙更教谁做，一院双成俦侣。世间住，且休将鸡犬，云中飞去。

姜夔与张镃弟张鉴交谊深厚，张鉴待姜夔情甚骨肉，姜夔曾依之十年。与张镃的结交在张鉴之后，姜夔与张氏兄弟有不少酬唱诗词。"玉珂"指马勒，色白似玉，故名，"朱组"指显贵者的服饰，"玉珂朱组，又占了、道人林下真趣"称誉张镃虽为世家贵胄，其新第"桂隐"却有着山林野趣。"窗户新成，青红犹润"写新第油漆未干，青红颜色鲜艳的新气象。"柳桥花馆，玲珑深处"指桂隐西宅的"柳塘花院"。"高卧未成，且种松千树"指北园的"苍寒堂"，那里植有青松二百株。"觅句堂

深"指觅句吟咏之所如玉照堂、群仙绘幅楼等。"写经窗静"则指"亦庵"的"写经寮"了。姜夔以词的形式记录了张镃新第的大致轮廓，并赞誉张镃于其中所享受的神仙乐趣。

钟将之《浣溪沙·南湖席上次韵二首》云：

> 鬓髽云梳月带痕。软红香里步莲轻。妖娆六幅过腰裙。　　不怕满堂佳客醉，只愁灭烛翠眉颦。更期疏影月黄昏。
>
> 苹老秋深水落痕。桂花微弄雨花轻。癯仙也解醉红裙。　　太白面君愁满饮，小鸿眉黛爱低颦。尊前一洗眼花昏。

此为南湖席上次韵唱和之作，原唱词不详。钟将之，字仲山，宁宗庆元、开禧年间（1195—1207），历官军器监丞、江西提刑等官。词从佳人的视角写南湖宴集的景象。有"软红香里步莲轻，妖娆六幅过腰裙"的佳人助兴，有"满堂的佳客"在畅饮，希望时间能够停滞，欢乐能够常在，"只愁灭烛翠眉颦。更期疏影月黄昏"，唯恐烛灭，不得尽兴，故期明月当空，点染黄昏。

写南湖园文人雅集的另如"桂隐传杯处。有风流、千岩韵胜，太丘遗绪。玉季金昆霄汉侣，平步鸾坡挥麈。莫便驾、飞帆烟渚。云动精神衡岳去，向君山、帝乐锵韶濩。兰艺畹，吊湘楚"（张镃《贺新郎·陈退翁分教衡湘，将行，酒阑索词，漫成》）；"看了梅花去。要东风、攀翻飞雪，与君同赋。海内从来天际眼，一笑平窥千古。待蕚尽、烛花红吐。久矣南湖无此客，似乔松、万丈凌霄举"（张镃《贺新郎·李颐正路分见访，留饮，即席书赠》）等，在张镃苦心经营的这片空间里，一年四季宴饮不断。

其二为赏花之会。南湖园中所植花木种类繁多，一年四季花讯不断，据《张约斋赏心乐事》描述，园中玉照堂植梅花、丛奎阁种山茶、现乐堂植瑞香、餐霞轩种樱桃花、苍寒堂植碧桃、瀛峦胜处植山茶花、斗春堂植牡丹芍药、芙蓉池种荷花、现乐堂植秋菊……每当花盛之时，张镃便延客赏花酬唱。玉照堂赏梅是南湖园文人雅集的一大盛事，张镃酷爱梅花，其《玉照堂梅品》序曰：

淳熙岁乙巳，予得曹氏荒园于南湖之滨，有古梅数十，散漫弗治。爰辍地十亩，移种成列，增取西湖北山别圃江梅，合三百余本，筑堂数间以临之。又挟以两室，东植千叶缃梅，西植红梅，各一二十章，前为轩楹如堂之数。花时居宿其中，环洁辉映，夜如对月，因名"玉照"。复开涧环绕，小舟往来，未始半月舍去，自是客有游桂隐者，必求观焉。顷亚太保周益公秉钧，予尝造东阁，坐定，首顾予曰："一棹径穿花十里，满城无此好风光。"人境可见矣。盖予旧诗尾句，众客相与歆艳，于是游玉照者，又必求观焉。值春凝寒，又能留花，过孟月始盛。名人才士，题咏层委，亦可谓不负此花矣。①

玉照堂专植梅花，最初有古梅数十株，后经增植，达三百余株。当梅花盛开时节，居宿其中，纯洁素净的梅花环绕辉映在身边，如同面对皎洁的圆月，因而得名"玉照"，游于其中者不禁赞叹"满城无此好风光"。《玉照堂词》便得名于他种梅赏梅的玉照堂。张镃还"审其性情，思所以为奖护之策，凡数月乃得之。今疏花'宜称'、'憎嫉'、'荣宠'、'屈辱'四事，总五十八条，揭之堂上，使来者有所警省"。《玉照堂梅品》列了品梅的"奖护之策"共五十八条，并将其高高张贴在梅园的主体建筑"玉照堂"中，即"花宜称"二十六条、"花憎嫉"十四条、"花荣宠"六条、"花屈辱"十二条。如"花宜称"二十六条云：

澹阴，晓日，薄云，细雨，轻烟，佳月，夕阳，微雪，晚霞，珍禽，孤鹤，清溪，小桥，竹边，松下，明窗，疏篱，苍崖，绿苔，铜瓶，纸帐，林间吹笛，膝上横琴，石枰下棋，扫雪煎茶，美人淡妆簪戴。

"花荣宠"六条云：

---

① 张镃：《南湖集》附录上《玉照堂梅品》，第205页。

烟尘不染，铃索护持，除地镜净落瓣不淄，王公旦夕留盼，诗
人阁笔评量，妙伎淡妆雅歌。①

"奖护之策"对于赏梅之时审美客体的环境背景和审美主体的文化修
养都提出了要求，并对南宋赏梅者各种高雅活动方式做了归纳，传达出
品梅之时忌俗求雅的理念。

张镃是一位儒雅风流的东道主，追求生活的艺术化、审美化，在梅
花盛开的季节，邀约友朋赏梅宴集，"梅雪翻空，忍教轻趁东风老。粉围
香阵拥诗仙，战退春寒峭。现乐歌弹闹晓。宴亲宾、团圆同笑。醉归时
候，月过珠楼，参横蓬岛"（《烛影摇红·灯夕玉照堂梅花正开》）。在其
苦心营造的玉照堂饮酒、赏花、作诗，该是何等的优雅与快意，其酬唱
词写玉照堂赏梅活动的如《满江红·小圃玉照堂赏梅，呈洪景庐内翰》：

玉照梅开，三百树、香云同色。光摇动、一川银浪，九霄珂月。
幸遇勋华时世好，欢娱况是张灯夕。更不邀、名胜赏东风，真堪惜。
盘诘手，春秋笔。今内相，斯文伯。肯闲纡轩盖，远过泉石。
奇事人生能几见，清尊花畔须教侧。到凤池、却欲醉鸥边，应难得。

洪景庐内翰即洪迈，上片描写玉照堂三百梅树同时开放，香满院落，
花月相映的盛况。杨慎《词品》对其中描写梅花之句大加赞赏："玉照堂
以种梅得名，其词多赏梅之作，其佳处如'光摇动，一川银浪，九霄珂
月'……虽不惊人，而风味殊可喜。"② 下片称赞洪迈身居高位能得林泉
之乐，亦表明了自己崇尚风雅的立场。在张镃看来，人生最快意之事莫
过于在"清尊花畔须教侧"，"欲醉鸥边"中优雅地度过日常的当下。张
毅曾评价："张镃是循王之后，生长于勋门富贵之家，然却向往山林江湖
的闲适生活。"③

---

① 张镃：《南湖集》附录上《玉照堂梅品》，第 206 页。

② 杨慎：《词品》卷四，唐圭璋《词话丛编》第 1 册，中华书局 1986 年版，第
495 页。

③ 张毅：《宋代文学思想史》，中华书局 2006 年版，第 175 页。

赏花、品酒、吟诗，如此优雅的生活，如此宴饮的欢乐，多次在玉照堂这片空间中进行着。张镃的《祝英台近·邀李季章直院赏玉照堂梅》一词呈现了其与友人在玉照堂宴游赏梅的景象：

> 暖风回，芳意动，吹破冻云凝。春到南湖，检校旧花径。手栽一色红梅，香笼十亩，忍轻负、酒肠诗兴。　　小亭凭。几多月魄□□，重重乱林影。却忆年时，同醉正同咏。问公白玉堂前，何如来听，玉龙喷、碧溪烟冷。

李季章即李璧，号雁湖居士，眉州丹棱（今四川丹棱）人，有《雁湖集》一百卷，今佚。在词人精心构筑的南湖空间，有花径、红梅、乱林、碧溪等自然景观，有小亭、白玉堂等人为的建筑，词人邀约友人在此酒肠诗兴、同醉同咏。

张镃的《谒金门·赏梅即席和洪内翰韵》一词亦写其与洪迈等一同在玉照堂赏梅的情景，洪迈原词不存，张镃词云：

> 何许住。不属西湖烟雨。雪后偏怜香猛处。全胜开半树。
> 试倩暖云收贮。桃杏尽教羞妒。只把新词林下去。一春休著雨。

爱梅是北宋以来文人高雅情趣的集中表现，至南宋发展到极致。南宋文人大多有梅花情结，都城杭州堪称最重要的赏梅空间，林逋一句"疏影横斜水清浅，暗香浮动月黄昏"，至南宋化为蔚为壮观的植梅、赏梅、画梅、咏梅的时代风尚。张镃的玉照堂是一个优雅的梅花世界，他本人在其中笑林间春风、映竹依松望梅、登树看梅、风前抚掌催花、看花飘落如雪，同时邀约好友在玉照深处欢会，共醉梅边路，诗词遍传都下，代表了南宋都城文人雅文化品位的极佳境界，别具淡雅又世俗的奢华之风，帝京的风月繁华和官民悠游享乐的生活习尚在此得到了充分的呈现。

以张镃为中心的宴饮空间主要以南湖府第为中心，有时也延伸到杭州的其他场所。如姜夔、张镃等人就曾饮于张达可之堂，相约同赋以咏蟋蟀。姜夔《齐天乐》词序云："丙辰岁，与张功父会饮张达可之堂，闻屋壁间蟋蟀有声，功父约予同赋，以授歌者。功父先成，词甚美。予徘徊茉莉花间，仰见秋月，顿起幽思，寻亦得此。蟋蟀，中都呼为促织，善斗。好事者或以三二十万钱致一枚，镂象齿为楼观以贮之。"这首词的词序较长，提供了写作的一些背景信息。张达可，夏承焘先生疑为张镃兄弟，"张功甫旧字时可，慕郭功甫，故易之，达可与时可相连，或功甫昆仲"①。丙辰岁为宋宁宗庆元二年（1196），姜夔与张镃等人在张达可家中宴饮，闻蟋蟀声而欣然同赋，张镃成之在先的《满庭芳·促织儿》是咏物词中的名篇，郑文焯《校白石道人歌曲》批语曰："功父《满庭芳》词咏促织儿，清隽幽美，实擅词家能事，有观止之叹。"词云：

> 月洗高梧，露溥幽草，宝钗楼外秋深。土花沿翠，萤火坠墙阴。静听寒声断续，微韵转、凄咽悲沉。争求侣，殷勤劝织，促破晓机心。　　儿时，曾记得，呼灯灌穴，敛步随音。任满身花影，犹自追寻。携向华堂戏斗，亭台小、笼巧妆金。今休说，从渠床下，凉夜伴孤吟。

词写蟋蟀所处的环境、鸣叫声、求偶、儿时灌穴捉蟋蟀、斗蟋蟀、夜伴孤吟等，可说笔笔紧扣咏物主体，周密评价其为"咏物入神者"②，贺裳亦评价"不惟曼声胜其高调，兼形容处心细如丝发，皆姜词之所未发"③。在对物细致入微的刻画中传递出逝去的美好不可追寻的失落，蕴含着浓重的思旧情绪。

姜夔所作的《齐天乐》词云：

> 庾郎先自吟愁赋，凄凄更闻私语。露湿铜铺，苔侵石井，都是曾听伊处。哀音似诉，正思妇无眠，起寻机杼。曲曲屏山，夜凉独

---

① 姜夔撰，夏承焘笺校：《姜白石词编年笺校》，上海古籍出版社 1981 年版，第 249 页。

② 张宗橚：《词林纪事》卷一二引，中华书局 1959 年版，第 737 页。

③ 贺裳：《皱水轩词筌》，唐圭璋《词话丛编》第 1 册，第 704 页。

自甚情绪。　　西窗又吹暗雨。为谁频断续，相和砧杵。候馆迎秋，离宫吊月，别有伤心无数。豳诗漫与，笑篱落呼灯，世间儿女。写入琴丝，一声声更苦。

姜夔所赋的这首《齐天乐》与张镃之词侧重点不同，姜词不局限于物，而是写听蟋蟀之人的情绪起落，借蟋蟀悲鸣写人生幽恨之情。开头从庾信的《愁赋》写起，为全词定下基调，而后将词人、思妇、逐臣迁客、骚人游子、离宫中的失宠嫔妃融于一篇之中，他们或漂泊远行，或孤寂无欢，以此表达广阔人群的悲伤情绪。这种悲伤情绪在以张镃为中心的词人群体活动中是不多见的。

以张镃园林为中心的词人雅集活动也体现出一种隐藏在愉快生活方式背后的避世思想。张镃所生活的时代，宋金关系处于对峙时期，有志恢复的爱国者在政治上难有作为，更多的人选择回避政治矛盾，将目光转向日常生活，在享乐生活和自然山水中寻求心灵的寄托。罗大经曾称当时士人心态："但居市朝轩冕时，要使山林蓑笠之念不忘，乃为胜耳。"[1] 张镃在《张约斋赏心乐事》中的一段自述可作为这种生活状态的注脚："识南湖之清狂者，必长哦曰：'人生不满百，常怀千载忧，昼短苦夜长，何不秉烛游？'"[2] 人生短暂，不必执意于功业建树，在清雅的享乐中悠游岁月才是明智之举。

三　南湖园的文学风雅与词的雅化

以南湖园为活动空间的词学雅集，在内容与艺术风格上都体现去俗存雅的追求。内容上多表现文人的高情雅趣，或为风流闲雅的聚赏情景，或为悠游湖山的闲雅姿态；艺术上则讲求声律，风格也以闲淡、婉雅为主，促进了南宋中后期词坛的雅化之风。

首先是南湖园的创作环境对词的雅化作用。

词本诞生于花间、樽前，为酒席歌筵间娱宾遣兴的角色，贵族豪门之家很容易成为歌词创作中心。张镃以雄厚的财力营造了南湖乐园，在

---

① 罗大经：《鹤林玉露》丙编卷五，中华书局 1983 年版，第 322 页。
② 张镃：《南湖集》附录，第 187 页。

此经常性举办宴饮歌舞，并邀约众多有影响力的词人参与其间，南湖园既是其享乐之地，同时也是最佳歌词创作基地，张园会饮无疑为词人们提供了创作的理想场所。南湖园中家妓之盛，为一时之冠，乐工之精良，教坊反有不及者。前所述的南湖园牡丹会充分展示了其"园池声妓服玩之丽甲天下"，另如宋陈傅良《止斋集》卷四〇《张园送客分韵诗序》记录了一次南湖诗酒集会的场景："放翁在朝日，尝与馆阁诸人会饮于张功父南湖园。酒酣，主人出小姬新桃者，歌自制曲以侑尊，以手中团扇求诗于翁。"① 由是可知，张镃具有音乐方面的才能，能自度曲，在宴饮活动中命家妓歌其自制的曲子以侑觞，陆游则为歌妓写诗于扇。张镃精通音乐，据说还是海盐腔的创始者："张镃，字功甫，循王之孙，豪侈而有清尚。尝来吾郡海盐，作园亭自恣，令歌儿衍曲，务为新声，所谓海盐腔也。"② 张镃时期，作词虽已不完全依赖于歌儿舞女，但歌舞之会仍是歌词创作的最佳场景。以贵族豪门的私家园林为应歌的环境，与社会上的酒楼歌馆适应于普遍大众的歌唱环境不同，它是针对有相当的文化修养、高雅品位的朋友圈，参与南湖园宴饮的都是一些文人雅士，歌词的市井性大大削弱了。对于王公贵族之家的创作环境与词的雅化之关系，龙榆生先生曾有论述：

> 南宋达官富厚之家，又往往为新曲产生之地，各蓄歌妓以度新声。文士知音从而商订，于是词家文字益求典雅，声律益务精严。③
> 南渡以来，歌词本分二派：姜吴一派，趋于醇雅，其失固有过于艰深晦涩者。而自靖康之乱，歌谱散亡，倚声填词，失其凭藉。于是一二知音之士，乃思所以振兴坠绪，重被声歌，而音律之考求，渐成专门之学。益以歌词之人，悉为王公贵人所蓄之家妓，如张镃、范成大等，各有家妓肄习声歌，又有专门乐家为之订谱。南宋姜张

---

① 周密：《浩然斋雅谈》卷中，中华书局1985年版，第19—20页。
② 李日华：《紫桃轩杂缀》卷三，齐鲁书社1995年版，第80页。
③ 龙榆生：《两宋词风转变论》，《龙榆生词学论文集》，上海古籍出版社2009年版，第274页。

一派之注重音律，而又力求醇雅，实由其环境所造成。①

龙榆生先生以张镃、范成大等人为例，明确指出了王公贵族之家乐妓肄习声歌，且有专门乐家为之订谱。创作环境的变化引发了南宋词坛"注重音律"，"力求醇雅"的词史新变，而姜张一派的词最能代表南宋词的面貌和发展方向。张镃营造的南湖园这个歌词创作环境与南宋词的雅化进程结合起来了。

其次，园主张镃、核心词人姜夔对雅的有意追求。

张镃、姜夔等词人情趣高雅，兼具多种艺术才能，精通音乐、绘画。张镃营造的南湖园宴集场景铺张、奢华，这种贵族做派令一般士大夫们望尘莫及，但他并非一味以豪奢夸耀，其富贵气中寓有精雅的生活品味。桂隐园文人雅集不仅仅停留在世俗感官享乐的层面上，园中亭台楼阁之风韵气度与他们求雅的文化心理异质同构，他们在其间获得的是一种更高的精神层面的愉悦。宋代士大夫的生活普遍趋向文化享乐，"这一代文人既过着纵情欢娱的'酣玩'生活，又不乏对于人生的诗意消遣和精细品尝"②。宴集活动是提升了品位的生活，体现出南宋士大夫生活的精致、奢华。生活的精致化，与艺术上的雅化追求相对应，在生活中融入了艺术的趣味，在艺术意境中引入了日常生活。"张镃所过的奢华的生活并不意味着享乐主义，这只是把中国有关生活的美学思想发挥到了极致。张镃挥霍的最终目的不是为了享乐，而是要追求生活的优雅、艺术的自由以及生存状态的真实与纯净"③。花费十四年的时间苦心营构南湖园，在其间举办牡丹会、于松间建驾霄亭等行为并不是在炫耀自我的高贵和奢华，而是追求一种清雅的情致。

张镃的艺术趣味亦以雅为尚，其词学主张见于为史达祖所作的《梅溪词序》中：

---

① 龙榆生：《研究词学之商榷》，《龙榆生词学论文集》，第108页。

② 杨海明：《唐宋词与人生》，河北人民出版社2002年版，第224页。

③ ［美］林顺夫：《中国抒情传统的转变——姜夔与南宋词》，张宏生译，上海古籍出版社2005年版，第23页。

《关雎》而下三百篇,当时之歌词也,圣师删以为经。后世播诗章于乐府,被之金石管弦,屈宋班马由是乎出。而自变体以来,司花傍辇之嘲,沈香亭北之咏,至与人主相友善,则世之文人才士,游戏笔墨于长短句间,有能瑰奇警迈,清新闲婉,不流于訑荡污淫者,未易以小伎言也。……盖生之作,辞情俱到,织绡泉底,去尘眼中,妥帖轻圆,特其余事。至于夺苕艳于春景,起悲音于商素,有瑰奇警迈、清新闲婉之长,而无訑荡污秽之失,端可以分镳清真,平睨方回,而纷纷三变行辈,几不足比数。……生满襟风月,鸾吟凤啸,锵洋乎口吻之际者,皆自漱涤书传中来,况欲大肆其力于五七言,回鞭温韦之途,掉鞅李杜之域,跻攀风雅,一归于正,不于是而止。①

张镃并未将词作为文人末技来看待,他认为词与《诗经》《离骚》同源,三百篇亦不过是当时的歌词,词可有叙志言怀的风雅之义,游戏于笔墨的小歌词亦有"瑰奇警迈""清新闲婉"者,显然有尊体的意味。具体到史达祖的词,张镃称赏其"辞情俱到",既能"夺苕艳于春景,起悲音于商素",又可"掉鞅李、杜之域,跻攀风雅,一归于正"。南宋词人史达祖向以词风飘逸醇雅著称,薛砺若在《宋词通论》中将他归为风雅派的三大导师之一,评价"其词境之婉约飘逸,则如淡烟微雨,紫雾明霞;其造语之轻俊妩媚,则如娇花映日,绿杨着雨"②。对于这样一位风雅派词人,张镃的称赏即是对其雅词的推崇。张镃称赞史达祖文字自书传中来,内容雅正,音律协美,从中可见张镃作词追求雅正婉美,而张镃的杭州词聚焦在他本人诗意化的生活,语言优美脱俗,格调清新闲雅,正是他崇雅词学观的实践。

姜夔虽长期依人而食,过着清客文人的生活,却不失清高的人格,范成大形容姜夔"以为翰墨人品皆似晋宋之雅士"③。姜夔以雅士之身份

---

① 张镃:《梅溪词序》,金启华、张惠民等编《唐宋词集序跋汇编》,江苏教育出版社1990年版,第238页。

② 薛砺若:《宋词通论》,上海书店1985年版,第275页。

③ 夏承焘校辑:《白石诗词集》,人民文学出版社1959年版,第159页。

被社会所认可，陈郁《藏一话腴》谓其"气貌若不胜衣，而笔力足以扛百斛之鼎。家无立锥，而一饭未尝无食客。图书翰墨之藏汗牛充栋，襟期洒落如晋宋间人"①。姜夔博学多才，精通音乐，是音律高手，尤以自度曲著称，在其现存的 84 首词中，就有 17 首带有曲谱，且多为自创的词调和乐曲。姜夔词风以"清空骚雅"著称，"清空骚雅"一词，语出张炎《词源》："词要清空，不要质实。清空古雅峭拔，质实则凝涩晦昧。姜白石词如野云孤飞，去留无迹。……白石词如《疏影》、《暗香》、《扬州慢》、《一萼红》、《琵琶仙》、《探春》、《八归》、《淡黄柳》等曲，不惟清空，又且骚雅，读之使人神观飞越。"② 朱彝尊更是盛赞"填词最雅，无过石帚"③。关于姜夔作词之雅趣，学术界多有评价，此不再赘述。

四　名人、名园的词坛效应

南湖园为南宋都城著名的私家园林，曾吸引了京城众多名流出入其间。园主张镃是杭州城中极具影响力的文人，在杭州的文化圈里有很高的声望。段炼《杭城遗事》一文记述：在莫克的《南宋诗画中的婉约异见》（哈佛大学出版社 2000 年版）一书中，发现了一幅插图，为南宋宫廷画家马远所绘的《春游诗会图》，图中描绘了张镃桂隐园的文人雅集活动，该画原作现藏美国密苏里州堪萨斯市的纳尔逊——艾金斯美术馆，"这幅画的中心位置，是张滋（即张镃）在园中长案上提笔书写自己的诗作，来宾和侍女们则聚以围观"，"马远的妙笔在于，这不仅是一幅写实绘画，而且更是一幅超现实的作品。画家将张滋贵隐园（即桂隐园）聚会的现实场景，同想象中的仙人来贺、前朝诗人赴会的场面，合而为一；将当时的达官贵人同古时的先贤智者，同置一画。如是，马远借张滋的私家生活场景，以自己非凡的想象，向我们展示了南宋杭州之百鸟朝凤的盛世景观"。④ 马远为南宋宫廷首席大画家，山水画成就最高，人谓"独步画院"，张镃家中的宴集情景，进入了宫廷大画师的视野，足见桂

---

① 陈郁：《藏一话腴》内编卷下，文渊阁四库全书本。
② 张炎：《词源》，唐圭璋《词话丛编》第 1 册，第 259 页。
③ 朱彝尊：《词综·发凡》，上海古籍出版社 2014 年版。
④ 段炼：《杭城遗事》，《黄河》2007 年第 5 期。

隐宴集活动的影响力，亦证明了张镃乃彼时杭城文艺活动的领导人物。南湖园雅集中的另一核心人物姜夔虽未曾仕宦，却是一位在文坛影响深远的词人，他们的审美趣味和创作趋尚，对南湖园群体酬唱的面貌起着极其重要的引领作用，而这个文学圈的创作倾向无疑会成为南宋词坛创作的风向标。

南湖园这一建筑空间为词人雅客提供了精雅的创作场所，上演了一幕幕风雅的文学活动，勾勒出南宋极盛时期的城市景象，彰显出杭州城市浓郁的文学性格。在张镃与名士雅集的过程中，南湖园俨然成为南宋都城词人追求雅情、雅韵的一个缩影。在南湖园文学圈的影响下，杭州文人在生活态度、审美心理和行为模式上都表现出一定趋同性，他们自觉地遵循着张镃等人所建立的风雅生活范式，大倡群体唱和之风，喜娱乐聚，频繁地举行诗酒文会活动，从而使得临安的诗酒文会传统一直承续下去。

在张镃之后，南湖园依然是京城文人活动的重要场所。张镃的生活方式、审美趣味在家族内部被张氏子孙所承继，进而影响南宋词坛风尚。张氏子弟皆情趣高雅，具有较高的文学素养和多方面的艺术才能，是都城风雅文学活动的组织者与参与者，在南宋都城文学圈一直处于中心地位。张镃之孙张枢才华横溢，具有极高的艺术修养，喜与宾客诗酒同欢，他在张镃所建的"群仙绘幅楼"基础上建筑"湖山绘幅楼吟台"专供西湖吟社雅集之用。张枢之子张炎也是南宋词坛的领军人物，为南宋雅词的有力推动者，他们与杨缵、周密等西湖吟社成员悠游湖山、曳裾贵邸，书写了群体酬唱的各种风流闲雅。张氏的私家园林，入元后仍是名人雅士宴集之所，张镃之孙张国器追慕祖父当年在"玉照堂"置酒乐客之风，不惜力气从天目山罗致百余株牡丹归府第，于大德二年（1298）三月九日，在园中大开牡丹宴，"瓶罍设张，屏筵绚辉，衣冠之华，诙谐之欢，咸曰自多事以来，所未易有"①。张国器与客戴表元、永嘉陈某等人，探韵赋诗，得古律若干篇，将之结集，戴表元作序。同年中秋次夕，张模与其族人张焆、张烈等在张园"君子轩"之圃宴客赏月，参与者有戴表

---

① 戴表元：《牡丹宴席诗序》，《全元文》第 12 册，第 148 页。

元、屠约、陈康祖、王润之、戴锡、顾文琛等名士，侍游者有张瑛之子、张焮之子、陈康祖之子等，"客主诸人，谈谑庄谐，啸歌起止，各尽其趣"。"酒半，有歌退之《赠张功曹》长句者，遂取其末章，分韵赋诗以为乐。"并于次日联诗成编，戴表元作序。① 张横又曾于学古斋开桂花宴，参与者戴表元、白珽、屠约、陈康祖等十五人，"时适白露，降之三日，天高气清"，"张仲实氏（注：张横字仲实）学古斋前一枝（丹桂）初吐，香气迸林，相率诸友，就印花下"。作品结集为《学古斋唱和诗》。②

张镃一生以开禧三年（1207）为界，张镃前期生活优渥愉悦、仕途平稳顺畅，其在南湖园中举行的雅集活动较为频繁，个人的创作也很丰富。五十五岁被贬以后，失去南湖园这样高雅的创作环境、优越的生活条件以及词人朋友圈，其酬唱活动和艺文创作也随之消歇。朱彝尊在《紫云词序》中曾指出词适于宴嬉逸乐之特点："昌黎子曰：'欢愉之言难工，愁苦之言易好。'斯亦善言诗矣。至于词或不然，大都欢愉之辞工者十九，而言愁苦者十一焉耳。故诗际兵戈俶扰、流离琐尾而作者愈工。词则宜于宴嬉逸乐，以歌咏太平。"③ 南湖园雅集之词，是都城文人富雅、欢愉的生活写照，也是杭州风雅、繁华、安定的城市风貌的展现。

第三节　西子湖畔的声律之辨：以杨缵 为中心的词人群体活动

南宋都城杭州，外傍钱江天堑，内拥西湖山水，在东南别具形势之胜。西湖是杭州最有代表性的景观，宋人笔记中多有记载，周密形容西湖美景是："青山四围，中涵绿水，金碧楼台相间，全似著色山水。独东

---

① 戴表元：《八月十六日张园玩月诗序》，《全元文》第 12 册，第 149 页。

② 牟巘：《陵阳集》卷一二《张氏〈学古斋唱和诗〉序》，吴兴刘氏嘉业堂刊本。

③ 朱彝尊：《曝书亭集》卷四〇，《四部丛刊》本。

偏无山，乃有鳞鳞万瓦，屋宇充满，此天生地设好处也。"① 吴自牧《梦
梁录》亦云："台榭亭阁，花木奇石，影映湖山，兼之贵宅宦舍，列亭馆
于水堤，梵刹琳宫，布殿阁于湖山，周围胜景，言之难尽。东坡诗云：
'若把西湖比西子，淡妆浓抹总相宜。' 正谓是也。"② 西湖的美景引得杭
人四季游赏不断，西湖也成为文人结社雅集的一个绝佳场所。耐得翁
《都城纪胜·社会》云："文士则有西湖诗社，此社非其他社集之比，乃
行都士大夫及寓居诗人，旧多出名士。"③ 吴自牧《梦梁录》卷十九"社
会"条亦载"西湖诗社"，云："文士有西湖诗社，此乃行都搢绅之士及
四方流寓儒人，寄兴适情赋咏，脍炙人口，流传四方，非其他社集之
比。"④ 据欧阳光考证，《都城纪胜》和《梦梁录》中所言"西湖诗社"
并非仅有一个，"在南宋中后期的临安，或前后、或同时存在着若干个诗
社，他们各自聚集了一批志趣相投的社友，频繁地举行唱和活动。这些
诗社并非有意冠名为西湖诗社，只不过他们都以西湖作为诗社活动的主
要场所，故习惯地以西湖诗社相称罢了"⑤。诸多诗社中，以西湖吟社
（或称杨缵吟社）的影响力为大。南宋词人结社与北宋词人结社有明显的
不同，北宋词社活动注重彼此之间情感和信息的交流，南宋词社更注重
词艺的交流和探讨，西湖吟社以西湖周边为活动地点，社课以词的创作
为主，特别强调词的音乐功能，作词坚持词的音乐性，以雅为旨归。

一　西湖吟社的成员结构

关于西湖吟社成员，没有确切的材料记载，只能从时人的一些相关
材料中去推究。萧鹏《西湖吟社考》认为有二十二人以上：杨缵、张枢、
施岳、李彭老、周密、徐宇、奚濙、毛敏仲、徐天民、徐理、薛梦桂、张
炎、王沂孙、王易简、仇远、冯应瑞、唐艺孙、吕同老、陈恕可、唐珏、

① 周密：《癸辛杂识·续集下》，中华书局 1988 年版，第 203—204 页。
② 吴自牧：《梦梁录》卷一三，第 106 页。
③ 耐得翁：《都城纪胜》"社会"条，丁丙《武林掌故丛编》第 1 册，京华书
局 1967 年版，第 56 页。
④ 吴自牧：《梦梁录》卷一九，第 181 页。
⑤ 欧阳光：《宋元诗社研究丛稿》，广东教育出版社 1996 年版，第 259 页。

赵汝钠、李居仁等。① 欧阳光《宋元诗社研究丛稿》考订为二十五人，在萧鹏考订二十二人的基础上增加了吴文英、陈允平、李莱老三人，② 他们都将入元以后在绍兴的《乐府补题》等唱和活动视为词社的后期活动。虽然西湖吟社的成员与绍兴《乐府补题》唱和活动的成员有重复，但西湖吟社自咸淳三年（1267）六月杨缵辞世后，③ 未见在临安的活动踪迹，他们笔下也未再出现"吟社"的称呼，越中吟社和西湖吟社结社的时代不同、地域背景不同，且越中吟社主题为咏物，与西湖吟社琴词共鸣的活动方式明显不同，不应归入西湖吟社，因此西湖吟社活动时间终于1267 年。而周密于该年组织的三汇游、苏湾游，时间虽在杨缵去世后，但活动的风格与西湖吟社活动一脉相承，故可归入西湖吟社的后期活动。

关于吟社活动开始的时间，夏承焘先生定之于景定五年（1264）夏，依据是周密的《采绿吟》词序："甲子夏，霞翁会吟社诸友逃暑于西湖之环碧，琴尊笔砚，短葛练巾，放舟于荷深柳密间。"甲子为景定五年（1264），从周密的词序看，吟社在该年已经成立且活动频繁，但杨缵与周密及词友间的酬唱活动应开始得更早一些，如景定四年（1263）周密和张矩、陈允平同赋"西湖十景"，杨缵参与改定，这次的和词、改词活动就属于吟社的活动。西湖吟社的活动情况多见于张炎《词源》和周密等人的词序，涉及吟社成员的主要材料有：

> 近代杨守斋精于琴，故深知音律，有《圈法周美成词》。与之游者，周草窗、施梅川、徐雪江、奚秋崖、李商隐，每一聚首，必分题赋曲。（张炎《词源》）
>
> 予疏陋谫才，昔在先人侍侧，闻杨守斋、毛敏仲、徐南溪诸公，商榷音律，尝知绪余。（张炎《词源》）

---

① 萧鹏：《西湖吟社考》，《词学》第 7 辑，华东师范大学出版社 1989 年版。

② 欧阳光：《宋元诗社研究丛稿》，第 272—274 页。

③ 关于杨缵的卒年，通常认为是咸淳元年（1265），该年周密会吟社于西湖上作哀词《秋霁》，被认为是哀悼杨缵的。据郭峰《杨缵卒年新证》，杨缵的卒年为宋度宗咸淳三年（1267）六月初三，详见《文学遗产》2006 年第 4 期。周密词哀悼对象疑为施岳，《武林旧事·施梅川墓》载，施岳辞世后，杨缵在寺后种梅盖亭为其安葬，证明施卒于杨前。

西湖十景尚矣。张成子尝赋《应天长》十阕夸余曰："是古今词家未能道者。"余时年少气锐，谓此人间景，余与子皆人间人，子能道，余顾不能道耶，冥搜六日而词成。（周密《木兰花慢·西湖十咏》小序）

以上材料中提及的吟社成员有：杨瓒（号守斋）、周密（号草窗）、施岳（号梅川）、徐宇（号雪江）、奚淢（号秋崖）、李彭老（字商隐）、张枢（张炎所言"先人"即指其父张枢）、张炎、毛逊（字敏仲）、徐理（号南溪）、张成子（张矩）。另外周密邀陈允平参与"西湖十景"的吟咏，陈允平也为吟社中人，并多次参与词社中同题分韵的活动。吴文英的《踏莎行》题云"敬赋草窗绝妙词"，中有"西湖同结杏花盟，东风休赋丁香恨"之语，"同结杏花盟"是否就是西湖吟社，缺少进一步的佐证材料，但吴文英曾与周密、张枢、王碧山、陈西麓、施梅川、李筼房等共同追随杨瓒左右精研音律，[①] 故也将其视为词社中人。

由以上材料判断，西湖吟社的成员可确定的共有十三人，吟社的组织结构并不严密，每次活动时参与人数多寡不定，参与者都有不同。通过梳理这十三位西湖吟社成员的生平事迹，发现他们之间有一些值得我们关注的特性，而这些特性对吟社的活动与创作面貌起到了决定性的作用。

1. 出身显贵，趣味高雅

西湖吟社的核心人物是杨瓒、周密、张枢，杨瓒有可能就是吟社的社长。他们拥有显赫的身世，是南宋贵胄的代表，可为吟社提供活动经费和活动的场所。杨瓒（1201—1267），字嗣翁、继翁，号守斋，又号紫霞翁。"本鄱阳洪氏，恭圣太后侄杨石之子麟孙早夭，遂祝为嗣"[②]，历官太常寺太社令、司农寺卿、浙东安抚使、湖州知州，因其女进封度宗淑妃而赠少师，贵为外戚，地位显赫。杨瓒是一位高雅的名士，擅琴，诗书画兼工。《图绘宝鉴》记他："好古博雅，善琴，倚调制曲，有《紫霞

---

① 戈载：《周公谨词选跋》，施蛰存《词籍序跋萃编》，第379页。
② 周密：《浩然斋雅谈》卷下，中华书局1985年版，第42页。

洞谱》传世，时作墨竹。"①

周密（1232—1298），字公谨，号草窗，又号四水潜夫、弁阳老人，祖籍山东，居吴兴（今浙江湖州），是吟社中最活跃分子。周密出生于官宦之家，其《弁阳老人自铭》对自己的家世有较清晰的叙述："其先齐人，六世祖讳芳，隐居历山。熙宁间以孝廉征，不就，赐光禄少卿。五世祖讳孝恭；吏部郎中，知同州，赠殿中监。高祖讳位，赠太中大夫。曾大父讳祕，御史中丞，赠少卿，随跸南来，始居吴兴。大父讳秘，刑部侍郎，赠少傅。先君讳晋，知汀州。妣章氏宜人，参政文庄公良能女，老人生于绍庆壬辰五月廿有一日，娶杨氏，匠监伯岩女。"② 周密先祖皆任高官，母亲章氏也出身于官宦之家，为参政文庄公章良能之女，妻子也出自名门。周密的家族还是藏书世家，其《齐东野语》自称家中三世积累，有书四万两千余卷，属于地方上的文化世家。周密一生著述颇丰，传世的有《草窗韵语》《绝妙好词》《蘋洲渔笛谱》《武林旧事》《癸辛杂识》《齐东野语》《浩然斋雅谈》等。周密精通多项艺事，工诗词，擅书画，通音律，是南宋文人崇尚博雅的典型。"家藏名画法书颇多，善画梅竹兰石，赋诗其上。"③ 周密祖上即过着文人雅士的生活，其在论及父辈的休闲生活时称："上世为中兴名从臣，家弁阳，迩京师，开门而仕，则跬步市朝之上；闭门而隐，则俯仰山林之下。其所交皆承平诸王孙，觞咏流行，非丝即竹，致足乐也。"④ 在这种文人雅士的生活方式熏陶下，周密"评砚品，临书谱，笺画史，修茶具"（《满江红·寄剡中自醉兄》），生活极为风雅，宰相马廷鸾称其"雅思渊才"（《题周公谨弁阳集后》），陈存敬称其"盛年美质，趣尚修雅"（《草窗韵语序》），周密一生都在追求风雅清韵，以"志雅"名其堂室，又称其著作为"雅谈"，周密的朋友圈也非俗人，据袁桷《清容居士集》载："（周密）与陈厚、韩翼

---

① 夏文彦：《图绘宝鉴》，世界书局 1937 年版，第 56 页。

② 周密：《弁阳老人自铭》，朱存理《珊瑚木难》卷五，上海古籍出版社 1991 年版，第 142 页。

③ 夏文彦：《图绘宝鉴》，世界书局 1937 年版，第 78 页。

④ 马廷鸾：《题周公谨弁阳集后》，《碧梧玩芳集》卷一五，《丛书集成续编》第 132 册，第 475 页。

甫、李义山咸淳初为运司同僚，俱有吏才，约贵日以字称，禁近俗名号。"① 追求一种高雅的情趣。

张枢，生卒年不详，字斗南，号寄闲，循王张俊的后人，张镃之孙。张枢出生于一个显赫富贵的家族，祖上循王张俊在抗金名将中以善于敛财而著称，死后留给子孙的不仅有显贵的称号，还有不计其数的家产，承祖上恩泽，张枢以雄厚的家资建造了"绘幅吟台"作为吟社活动的场所。张枢也是一位才华横溢的贵胄公子，具有极高的艺术修养，周密赞其"笔墨萧爽，人物酝藉"，"真承平佳公子也"。②

张炎（1248—？），字叔夏，张枢之子，"诗有姜尧章深婉之风，词有周清真雅丽之思，画有赵子固潇洒之意。未脱承平公子故态，笑语歌哭，骚姿雅骨，不以夷险变迁也"③。张炎《满江红·己酉春日》一词回顾了自己的经历，中有"书册琴棋清对仗"句，则张炎琴棋书画也很擅长。其词《浪淘沙》（香雾湿云鬟）题"作墨水仙寄张伯雨"，《临江仙》（剪剪春冰生万壑）题"甲寅秋寓吴，作墨水仙"，则张炎尤擅画水墨水仙。

吟社中的其他成员如李彭老，字商隐，号筼房，湖州德清人，出自湖州大族，家境丰裕，拥有湖山园林之胜，淳祐间（1241—1252）任沿江制置司属官。

陈允平（1205？—1285？），字君衡，号西麓，四明鄞县（今浙江宁波）人，生于书香门第，名宦之后，为博学之士。其祖父陈居仁为当世名宦，官至华文阁直学士，是很有文才的学者。张寿镛《西麓诗稿序》云："祖居仁，既安行先生也，谥文懿，尝受知于魏文节公杞。"④《宋元学案》中载："（陈允平）文懿之孙，清敏之弟之子也。"⑤"清敏"为陈允平伯父陈卓，资政殿大学士。

①　袁桷：《清容居士集》卷三三《先大夫行述》，《四部丛刊》本。

②　周密：《浩然斋雅谈》卷下，第 39 页。

③　舒岳祥：《山中白云词·序》，张炎《山中白云词》，中华书局 1983 年版，第165 页。

④　张寿镛：《西麓诗稿序》，《丛书集成续编》第 166 册，第 693 页。

⑤　黄宗羲：《宋元学案》卷二五，中华书局 1986 年版，第 991 页。

徐宇，约生于嘉定十年（1217），字天民，号雪江、瓢翁，严陵人（今浙江桐庐），能诗词，善书画，被友人誉为"诗画琴三绝，乾坤只一身"（顾逢《寄徐雪江温日观老友》），袁桷《题徐天民草书》云"甲申、乙酉间，余尝受琴于瓢翁"，"瓢翁酒酣好作草书"。① 顾逢《寄徐雪江珦潜山老友》中有"琴中弹自谱，讲外着诗声。岂独笺庄老，犹于翰墨情"之语。

杨缵吟社词人大多出身高贵，有尊显的门第与优越的地位，具备博雅多识的艺术素养，兼工诗、词、文、赋、书法、绘画等多项艺术才能，代表着南宋一代士人的精神特质。他们有相对富裕的物质生活，"千金之装，列驷之聘，谈笑得之，不以为异"②，他们无须以文字为谋生之手段，有闲情雅致，有资格也有资本沉醉于自然湖山、富宅贵邸，沉醉于艺术象牙塔，在衣食无忧中悠游岁月，以从容优雅的态度专心于词艺的研讨，有效促进了词艺的提升和词作的高雅品位。

2. 词人、琴客两翼并展

西湖吟社与一般的文学社团不同，其成员为词乐兼通人员，分属于南宋后期的格律词派和浙派古琴。格律词派和浙派古琴为南宋后期文学和音乐领域中成就突出的艺术流派，前者以周密、张枢、张炎等人为代表，后者以杨缵、徐宇、毛敏仲、徐理等人为代表。

南宋格律词派又称"风雅词派"或"姜派"，以姜夔为灵魂人物，主要词人有史达祖、吴文英、周密、王沂孙、张炎等，此派受北宋周邦彦影响，皆重格律，崇雅词。

吟社的核心人物周密，出身湖州的文化世家，有良好的学词环境，自幼便接受良好的词学教育。其父周晋，博览群书，工诗词书画。周密少时尝侍父于闽、衢州、柯山等地。周晋是一位交游甚广的词人，据周密《长亭怨慢》词序，淳祐六年（1246）至七年（1247）间，周密侍父于衢州，其时周晋与友人"载酒论文，清弹豪吹，笔研琴尊之乐，盖无

---

① 袁桷：《题徐天民草书》，《清容居士集》卷四九，《四部丛刊》本。
② 戴表元：《送张叔夏西游序》，张炎《山中白云词》，中华书局 1983 年版，第162 页。

虚日"①。周密侍奉父亲左右，经常有机会聆听父亲与往来名流之间听曲唱词与切磋词法。周密母章氏，颇知诗书。据他自叙："外大父文庄章公……间作小词，极有思致。先妣能口诵数阕。"② 可见其外祖父章良能也喜作词，而周密的母亲能记诵外祖父的词作，并口授给周密。周密的交游活动对其学词的帮助也很大，早年曾追随杨缵左右叩学音律，"其于词律亦极严谨，盖交游甚广，深得切劘之益"③。杨缵也极力称赏周密词之协律，王桷在《草窗词跋》中云："昔登霞翁之门，翁为予言，草窗乐府妙天下。因请其所赋观之，不宁惟协比律吕，而意味迥不凡。《花间》、柳氏，真可为舆台矣。翁之赏音，信夫。"④

张枢在其家族文化的陶冶之下，妙解音律，"善音律，尝度《依声集》百阕，音韵谐美"⑤。张炎是吟社成员中的词学理论大家，家族的传承使他具有深厚的词学造诣，其曾祖张镃、父张枢异常重视自家诗词传承，张炎自称得到父亲真传，邓牧作《张叔夏词集序》云："盖其父寄闲先生善词名世，君又得之家庭所传者……至酒酣浩歌，不改王孙公子蕴藉。"⑥ 此外张炎又得南宋诸位词家的启发，"昔在先人侍侧，闻杨守斋、毛敏仲、徐南溪诸公商榷音律，尝知绪余。"⑦ "推五音之数，演六律之谱，按月纪节，赋情咏物，自称得声律之学于守斋杨公、南溪徐公"⑧。陆辅之《词旨》也指出了张炎词融各家之长的特点："周清真之典丽，姜白石之骚雅，史梅溪之句法，吴梦窗之字面，取四家之长，去四家之短，此翁之要诀。"⑨ 张炎一生致力于词体创作，承继其曾祖张镃、父亲张枢

---

① 周密：《长亭怨慢》序，唐圭璋《全宋词》，中华书局 1999 年版，第 4143 页。

② 周密：《齐东野语》卷一六 "文庄公滑稽" 条，中华书局 1985 年版，第 301—302 页。

③ 戈载：《周公谨词选跋》，施蛰存《词籍序跋萃编》，第 379 页。

④ 施蛰存：《词籍序跋萃编》，第 373 页。

⑤ 周密：《浩然斋雅谈》卷下，中华书局 1985 年版，第 39 页。

⑥ 邓牧：《伯牙琴》，中华书局 1960 年版，第 31 页。

⑦ 张炎：《词源》，《词话丛编》第 1 册，第 255 页。

⑧ 施蛰存：《词籍序跋萃编》，第 831 页。

⑨ 陆辅之：《词旨》，唐圭璋《词话丛编》第 1 册，第 301—302 页。

填词讴歌传统，不以得丧为怀。其所作《词源》是一部全面、系统的词学理论著作，对音律宫商进行了详细的讨论，与姜夔标注工尺谱的词集一样，是最重要的宋代词乐文献之一，该书上卷介绍了词乐的历史渊源，下卷从词律、词法、词评等各方面进行阐述，尤重音律，其词学理论最核心的思想是在杨缵、周密等人的基础之上发展而来的，《词源》被认为是代表了西湖吟社的共同理论主张。

吟社成员吴文英、陈允平、施岳、李彭老等皆精通音律。吴文英有自度曲十数阕，时人比其词为周邦彦，与周密并称"二窗"。陈允平，《两浙名贤小集》赞其："才高学博，一时名公卿皆倾倒。试上舍不遇，放情山水，往来吴淞淮泗间，倚声之作推为特绝。"① 施岳，字仲山，号梅川，精于律吕，"施梅川音律有源流，故其声无舛误。"②《武林旧事·施梅川墓》载，施岳辞世后，"杨守斋为寺后树梅作亭以葬，薛梯飙为志，李筼房书，周草窗题盖。"③ 从杨缵等人对施岳身后事的重视程度来看，他极有可能是因为精通律吕而成为杨缵等人朋友，并参与了吟社的活动。李彭老也是精通词律之人，周密《浩然斋雅谈》称其"词笔妙一世"④。

西湖吟社的另一部分成员为浙派古琴的代表人物。浙派古琴是中国历史上第一个形成系统的古琴流派，古琴音乐是中国传统音乐中文人音乐的重要组成部分，是文人闲情雅致的一种表现。宋朝对文人高度的礼遇促使整个社会日趋文人化，而南宋都城经济的繁荣又为古琴音乐的发展营造了绝佳的氛围，浙派古琴在此背景下产生。浙派古琴以临安为活动中心，郭沔（字楚望）是浙派古琴奠基人，郭楚望原为韩侂胄党人张岩（字肖翁）的门客，张岩对琴谱非常有研究，他把韩侂胄家传的古谱和自己平时从瓦市上收集来的谱子经过整理，合编为《琴操谱》十五卷、《调谱》四卷。开禧北伐后，韩侂胄被杀，张岩被罢黜，张岩将谱集交给了共同参与编辑的门客郭楚望，郭自此也隐居山林，以琴曲为乐，创作

---

① 陈思:《两宋名贤小集》，文渊阁四库全书本。
② 沈义父:《乐府指迷》，唐圭璋《词话丛编》第 1 册，第 278 页。
③ 周密:《武林旧事》卷五，第 85 页。
④ 周密:《浩然斋雅谈》卷下，第 41 页。

了《潇湘水云》《泛沧浪》《秋鸿》等传世金曲，为浙派琴艺的形成奠定了基石。郭楚望继承、发展了传统琴曲，并通过他的学生刘志芳传授给了徐天民、毛敏仲。而徐、毛为杨缵的门客，杨缵以其高贵的地位和高雅的琴趣，对浙派古琴的形成与兴起作出了举足轻重的贡献，成为浙派古琴的领军人物，有《紫霞洞谱》，已佚。其自制谱今存三曲：《浩然斋雅谈》所载《被花恼》、《草窗词》卷上所载《倚风娇近》、《武林旧事》卷三所记守岁词《一枝春》。

毛敏仲、徐理、徐天民三人因精通琴艺而成为杨缵的门客，"往六十年，钱塘杨司农（缵）以雅琴名于时，有客三衢毛敏仲、严陵徐天民在门下，朝夕损益琴理"①。毛敏仲和徐天民还是宫廷琴师汪元量的琴友。

毛敏仲，生卒年不详，名逊，三衢（今浙江衢州）人。自幼好琴，早年学习江西谱，后转而研奏著名琴师郭楚望传谱。根据明代琴谱中相关的琴曲解题，至少有《列子御风》《山居吟》《禹会涂山》《樵歌》《庄周梦蝶》《清都引》（亦名《广寒游》）《鹤鸣九皋》《渔歌》《佩兰》《幽人折桂》十首琴曲出自毛敏仲之手，其中大部分作品为同时代乃至后世的琴人所推崇。

徐天民参与编辑《紫霞洞谱》，"曾任国史实录院校勘官，丞相江万里表知安吉州，辞不受，归以琴自乐"②，在传授琴艺方面成就极为突出，中国琴史上尊为"浙派徐门"，流传的琴曲有《泽畔吟》，此外，据《琴谱正传》称，他还曾对《清都引》做过删节，并对《秋鸿》做过订润。

徐理，约生于绍定元年（1228），字德玉，号南溪，萧山（今浙江杭州萧山区）人，"越有徐理氏，与杨（缵）同时，有《奥音玉谱》一卷，以进《律鉴琴统》入官。其《五弄》与杨氏亦无异，晚与杨交，杨极重之"③。徐理著有《琴统》《钟律》《奥音玉谱》等琴学著作，对后世影响很大。

西湖吟社由词律家和乐律家共同组成，彼此之间知识的交流与碰撞

---

① 袁桷：《琴述赠黄依然》，《清容居士集》卷四四，《四部丛刊》本。

② 倪谦：《故锦衣卫指挥使徐公墓志铭》，《倪文禧集》卷二八，文渊阁四库全书本。

③ 袁桷：《琴述赠黄依然》，《清容居士集》卷四四，《四部丛刊》本。

使得吟社的面貌别具特色，吟社活动商榷音律、度曲填词，音乐和填词并行，因社员知识结构的特点，吟社活动必然会促进乐律与词律的交流与融合。

"华夏民族之文化，历数千载之演进，而造极于赵宋王朝"①，宋朝推行崇文抑武的国策，使得以文人为主体的士大夫阶层进入了前所未有的黄金时期，与之相随的文人休闲生活诸如琴棋书画、诗词歌赋等休闲生活遂成为引领社会各阶层所崇尚的高雅风尚，并升华为文人士大夫追求深远意趣的方式。活动于都城临安的西湖吟社，是最能代表南宋高度发达文化的群体之一，其中心成员为居住在都城的缙绅之士，深受杭州文化的熏染，兼具文学和音乐的素养，这个群体的活动与创作也是最能代表皇城的词学创作面貌的。

二　悠游湖山、曳裾贵邸的雅集活动

杭州乃繁华都会，西湖从中唐开始就是供人游赏和享乐的胜地，升为南宋的都城后，杭州迎来了历史上最辉煌的时期，有富庶的经济条件和繁荣的文化娱乐为文人雅集作支撑，追求闲情雅致成为风行临安的一种社会风尚，而词学活动，无疑是将这种社会风尚呈现得最深入、细致的。杨缵吟社的活动地点以西湖及周边景物为中心，游湖、探春、赏景、宴饮、填词，流连于西湖的绮山丽水，代表了杭州文人典型的生活方式，他们以生花妙笔展现了西湖的美丽，书写了群体雅集的各种风流闲雅，构筑起了一个由杭州富庶的经济和昌盛的人文所支撑起来的文学世界。

1. 西湖地景的游赏之乐

宋时的西湖俨如唐朝长安的曲江池，成为整个国家的中心花园，骚士雅客云集在此，他们的酬唱之作多描写游赏西湖的情景。周密《采绿吟》序曰："甲子夏，霞翁会吟社诸友逃暑于西湖之环碧，琴尊笔研，短葛练巾，放舟于荷深柳密。舞影歌尘，远谢耳目。酒酣，采莲叶，探题赋词。余得《塞垣春》，翁为翻谱数字，短箫按之，音极谐婉，因易今名云。"词云：

---

① 陈寅恪：《邓广铭〈宋史职官志考正〉序》，《金明馆丛稿二编》，上海古籍出版社1981年版，第245页。

采绿鸳鸯浦，画舸水北云西。槐薰入扇，柳阴浮桨，花露侵诗。点尘飞不到，冰壶里、绀霞浅压玻璃。想明珰、凌波远，依依心事寄谁。　　移棹舣空明，蘋风度、琼丝霜管清脆。咫尺挹幽香，怅岸隔红衣。对沧洲、心与鸥闲，吟情渺、莲叶共分题。停杯久，凉月渐生，烟合翠微。

环碧园"在丰豫门外，慈明皇太后宅园，直柳洲寺之侧，面西湖，于是为中，尽得南北西山之胜。园中堂扁，皆宁宗皇帝御书"①。炎炎夏日，西湖吟社的社员们在盟主杨缵的带领下，避暑于西湖之环碧园，载着琴酒笔砚，荡舟于深荷密柳间，酒酣后采莲叶分题赋词，周密得一《塞垣春》词牌，杨缵为他制订曲谱，以箫伴奏，音极谐婉，一场吟社雅集活动，远离尘俗的喧哗，充满了文人的雅趣。

施岳、周密以《曲游春》为题的酬唱记载了吟社寒食节西湖游赏活动，施岳为原唱，《曲游春》词云：

画舸西泠落，占柳阴花影，芳意如织。小楫冲波，度蘦尘扇底，粉香帘隙。岸转斜阳隔，又过尽、别船箫笛。傍断桥、翠绕红围，相对半篱晴色。　　顷刻，千山暮碧，向沽酒楼前，犹系金勒。乘月归来，正梨花夜缟，海棠烟幂。院宇明寒食。醉乍醒、一庭春寂。任满身、露湿东风，欲眠未得。

词以记游的方式，按时间顺序，自中午游湖写起，至夜半踏月归来，由喧闹而归于寂静，以"欲眠未得"作结，抒爱惜春游之情怀。

周密次韵词《曲游春》云：

禁烟湖上薄游，施中山赋词甚佳。余因次其韵。盖平时游舫，至午后则尽入里湖，抵暮始出，断桥小驻而归，非习于游者不知也。

---

① 施谔：《淳祐临安志》卷六，《宋元方志丛刊》第 4 册，第 3273 页。

故中山极击节余"闲却半湖春色"之句，谓能道人之所未云

　　禁苑东风外，飏暖丝晴絮，春思如织。燕约莺期，恼芳情偏在，翠深红隙。漠漠香尘隔。沸十里、乱弦丛笛。看画船、尽入西泠，闲却半湖春色。　　柳陌，新烟凝碧。映帘底宫眉，堤上游勒。轻暝笼寒，怕梨云梦冷，杏香愁幂。歌管酬寒食。奈蝶怨、良宵岑寂，正满湖、碎月摇花，怎生去得。

　　次韵也称步韵，是宋元之际文人唱和中最为常见的一种和韵形式，按原唱的韵和用韵的次序来唱和，是最为严格的限韵形式。周密词与施岳词所言西泠、断桥、乘月而归等事，皆为当时西湖寒食节之游览盛况，周密的《武林旧事》记寒食节的游赏活动"至花影暗而月华生，始渐散去"①。周密与施岳词作在写法上极为相似，以时间为序，通过游览时景色的转换而表达出时间之推移。上阕重在渲染西湖的歌吹管弦之盛，下阕写堤上游人在柳陌上游赏的情景，结尾表达了词人恋恋不舍的情怀。"看画船、尽入西泠，闲却半湖春色"写出了游湖的真趣，使得施岳击节叹赏，赞为"能道人所未云"。元马臻有《春日游西湖》诗云："画船过午入西泠，人拥孤山陌上尘。应被弁阳模写尽，晚来闲却半湖春。"

　　与一般游人泛泛游湖不同，西湖吟社的成员熟谙游湖之法，周密此词序中称"平时游舫，至午后则尽入里湖，抵暮始出，断桥小驻而归，非习于游者不知也"，他们让游船在午后入里湖歇息，黄昏时分方摇船而出，欣赏断桥一带的风光，至良宵岑寂时，观赏满湖的"碎月摇花"。对于这种雅致的游湖之法，可与史料互参。周密是宋代野史的巨擘，其自中年以后，就居住在杭州癸辛街，关于杭州的野史旧闻、城市风景的笔记杂著甚多，其《武林旧事》记载游湖活动更为详细：

　　都城自过收灯，贵游巨室，皆争先出郊，谓之"探春"，至禁烟为最盛。龙舟十余，彩旗迭鼓，交舞曼衍，粲如织锦。内有曾经宣唤者，则锦衣花帽，以自别于众。京尹为立赏格，竞渡争标。内珰

---

① 周密：《武林旧事》卷三，第 39 页。

贵客，赏犒无算。都人士女，两堤骈集，几于无置足地。水面画楫，
栉比如鱼鳞，亦无行舟之路，歌欢箫鼓之声，振动远近，其盛可以
想见。若游之次第，则先南而后北，至午则尽入西泠桥里湖，其外
几无一舸矣。弁阳老人有词云："看画船、尽入西泠，闲却半湖春
色"，盖纪实也。既而小泊断桥，千舫骈聚，歌管喧奏，粉黛罗列，
最为繁盛。①

在西湖中放舟、采莲、饮酒、谱曲、填词是吟社群体在西湖所特有
的、共有的生活内容。

在杨缵吟社活动中，曾有一次以"西湖十景"为对象的创作活动。
"西湖十景"是杭州最具代表性的景观，吴自牧《梦粱录·西湖》云：
"近者画家称西湖四时景色最奇者有十，曰苏堤春晓、曲院风荷、平湖秋
月、断桥残雪、柳浪闻莺、花港观鱼、雷峰夕照、双峰插云、南屏晚钟、
三潭印月。"② "西湖十景"之名，始于宋代画师的山水题名，据清人陈
文述《西泠怀古集》卷六《西湖十景怀王洧、陈允平》中考证："西湖
十景始于马远水墨之画，人称马一角。僧若芬画之传世者，有西湖十景
图，即祝穆《方舆胜览》所载也。嗣是，陈清波、马麟又为十景写图，
王洧题以十诗，陈允平题十词，十景之名遂相传至今。"其实最早以"西
湖十景"为词题进行创作的是张矩，周密《木兰花慢》词序交代了"西
湖十景"词的写作缘起：

> 西湖十景尚矣。张成子尝赋《应天长》十阕，夸余曰："是古今
> 词家未能道者"。余时年少气锐，谓此人间景，余与子皆人间人，子
> 能道，余顾不能道耶？冥搜六日而词成。

张矩（字成子）以《应天长》为词调咏"西湖十景"，周密为与张
矩一争高下，苦思冥想六日作成，后又邀好友陈允平同赋。陈允平于其
"西湖十咏"后跋曰："雪川周公谨以所作《木兰花》示予，约同赋，因

---

① 周密：《武林旧事》卷三，第38—39页。
② 吴自牧：《梦粱录》卷一二，第230页。

成，时景定癸亥岁也。"景定癸亥即 1263 年。周密词作，皆以《木兰花慢》为调，陈允平以十调咏十景，词调依次为《探春·苏堤春晓》《秋霁·平湖秋月》《百字令·断桥残雪》《扫花游·雷峰落照》《八声甘州·曲院风荷》《蓦山溪·花港观鱼》《齐天乐·南屏晚钟》《黄莺儿·柳浪闻莺》《渡江云·三潭印月》《婆罗门引·两峰插云》，形式上有引有慢。

以写西湖十景之首的"苏堤春晓"为例，词云：

> 曙林带暝，晴霭弄霏，莺花未认游客。草色旧迎雕辇，蒙茸暗香陌。秋千架，闲晓索。正露洗、绣鸳痕窄。费人省，隔夜浓欢，醒处先觉。　　重过涌金楼，画舫红旌，催向段桥泊。又怕晚天无准，东风妒芳约。垂杨岸，今胜昨。水院近、占先春酌。恁时候，不道归来，香断灯落。(张矩《应天长·苏堤春晓》)

> 恰芳菲梦醒，漾残月、转湘帘。正翠崦收钟，彤墀放仗，台榭轻烟。东园，夜游乍散，听金壶、逗晓歇花签。宫柳微开露眼，小莺寂妒春眠。　　冰奁，黛浅红鲜。临晓鉴、竞晨妍。怕误却佳期，宿妆旋整，忙上雕轩。都缘探芳起早，看堤边、早有已开船。薇帐残香泪蜡，有人病酒恹恹。(周密《木兰花慢·苏堤春晓》)

> 上苑乌啼，中洲鹭起，疏钟才度云窈。篆冷香篝，灯微尘幌，残梦犹吟芳草。搔首卷帘看，认何处、六桥烟柳。翠桡才舣西泠，趁取过湖人少。　　掠水风花缭绕。还暗忆年时，旗亭歌酒。隐约春声，钿车宝勒，次第凤城开了。惟有踏青心，纵早起、不嫌寒峭。画阑闲立东风，旧红谁扫。(陈允平《探春·苏堤春晓》)

苏堤春晓因苏堤而得名，为西湖十景之首。"苏公堤，元祐中苏公轼既开湖内，积葑草为堤，相去数里，横跨南北两山，夹植花柳"①，望之如画图，堤上建有映波、锁澜、望山、压堤、东浦、跨虹六座拱桥，每当阳春三月，这里桃红柳绿，群鸟和鸣，一派春光，成为杭城的繁华景点，令游人陶醉不已。三人同咏"苏堤春晓"，有逞才竞技之色彩，三首

---

① 施谔：《淳祐临安志》卷一〇，《宋元方志丛刊》第 4 册，第 3323 页。

词皆有着精雕细琢的语汇，皆从女性之视角，将"苏堤""春""晓"三种事物连接起来。

三人以"西湖十景"为题的词作，论者的评价并不高，对周密"西湖十咏"词的评价尤为不高，陈廷焯《白雨斋词话》曾批评："公谨《木兰花慢》西湖十景十章，不过无谓游词耳。《蓉塘诗话》独赏之，何也？"① 又曰："题咏西湖十景，惟陈西麓感伤时事，得风人之正。草窗《木兰花慢》十阕，泛写景物，了无深意。张成子《应天长》十章，才气不逮草窗，而时有与西麓暗合处⋯⋯"② 周密生于绍定五年（1232），作"西湖十咏"时三十二岁，"年少气锐"，创作的初衷是与张矩一比高下，其西湖十咏以写景为主，俞陛云《唐五代两宋词选释》："草窗十解，靡不工丽熨贴，如小李画之金碧楼台，故备录之。"③ "小李"是指唐代画家李昭道，山水画风继承父亲李思训之作，喜用金碧华美的色彩，人称"金碧山水"。周密词中的西湖和李昭道画中的金碧楼台有异曲同工之美。周密的"西湖十景"词基本是上阕着眼于空间景点的描绘，极具绘画的景趣之美，下阕泛写相关的人事典故。上引《木兰花慢·苏堤春晓》词，以女性探春的闺情为主要线索，描绘杭城大家贵妇在"夜游乍散"后又匆忙"临晓鉴、竞晨妍"，临镜整晨妆探芳的情境，以此来写苏堤春晓的迷人景致和杭城的赏游之风。词中"芳菲""彤墀""台榭轻烟""宫柳微开露眼，小莺寂妒春眠""黛浅红鲜"等词句都显得婉转含蓄，细腻婉媚，是一种典型的女子伤春的氛围，但词境并不显得萧条。周济在《宋四家词选》中选周密《绣鸾凤花犯·赋水仙》之咏水仙花、《瑶花慢》之咏琼花，认为不失为清空之作。其在《花犯》眉批说："草窗长于赋物，然惟此及琼花二阕，一意盘旋，毫无渣滓。他作纵极工切，不免就题寻典，就典趁韵，就韵成句，堕落苦海矣。"④ 若用来评价周密西湖十景词的创作，周济的批评也是极有道理的。

陈允平的《探春·苏堤春晓》一词则笼罩在一种黯淡冷清的氛围中，

---

① 唐圭璋：《词话丛编》第 4 册，第 3806 页。

② 同上书，第 3947—3948 页。

③ 俞陛云：《唐五代两宋词选释》，上海古籍出版社 1985 年版，第 560 页。

④ 周济：《宋四家词选眉批》，唐圭璋《词话丛编》第 2 册，第 1657 页。

上阕写"乌啼""鹭起""篆冷香篝""灯微尘幌",意象冷清,下阕忆往昔游湖时的车马纷繁、游人如织的繁华景象。陈廷焯对陈允平的西湖词作评价,谓其:"多感时之语,时时寄托,忠厚和平,真可亚于中仙。下视草窗十阕,直不足比数矣。"并举出陈允平《探春·苏堤春晓》中"搔首卷帘看,认何处、六桥烟柳",《秋霁·平湖秋月》中"对西风凭谁问取,人间那得有今夕。应笑广寒宫殿窄。露冷烟淡,还看数点残星,两行新雁,倚楼横笛",《扫花游·雷峰夕照》中"可惜流年,付与朝钟暮鼓",《蓦山溪·花港观鱼》中"宫沟泉滑,怕有题红句。钩饵已忘机,都付与人间儿女。濠梁兴在,鸥鹭笑人痴,三湘梦,五湖心,云水苍茫处",《齐天乐·南屏晚钟》中"御苑烟花,宫斜露草,几度西风弹指"等为例证,称"似此之类,皆令人思。读之既久,其味弥长","其有遗世之心"①。称其有亡国之思固然太过,如"搔首卷帘看,认何处、六桥烟柳"之语不过精当地描绘了早晨苏堤朦胧不辨的景色。不过此时距宋亡只有十余年时间,陈允平的西湖十咏词中有感时伤世的情怀流露,但这也是融会于对西湖美景的描绘之中。

　　周密与社友又有水月之游。周密《秋霁》词序云:"乙丑(1265)秋晚,同盟载酒为水月游。商令初肃,霜风戒寒。抚人事之飘零。感岁华之摇落。不能不以之兴怀也。酒阑日暮,怅然成章。"又结合词之内容,可知游览的地点应为西湖,同盟即应是吟社之社友,词中已有末世飘零的悲凉感。

　　2. 富宅贵邸的饮宴之趣

　　西湖吟社的雅集还时常以西湖周边的私家园林为活动场所,张枢的"湖山绘幅吟台"是西湖吟社雅集的主要空间,"湖山绘幅"之名当源于张枢祖父张镃的"群仙绘幅楼",清人江昱《苹洲渔笛谱考证》中认为,张枢所谓的"绘幅堂"可能就在张镃所建的绘幅楼之中,因为"约斋《桂隐百课》云:'群仙绘幅楼,尽见江湖诸山'云云,意'湖山绘幅'即其地。或别有所筑而追溯先世风流,沿以旧名,亦未可定"。杨海明认为,张枢、张炎所居在张镃的南湖府第。②"群仙绘幅楼"为娱宴宾亲之

---

① 陈廷焯:《白雨斋词话》卷二,唐圭璋《词话丛编》第4册,第3806页。
② 杨海明:《张炎词研究》,齐鲁书社1989年版,第12页。

处，是张镃与杨万里、陆游等名流结社赏玩之地，在张镃的《张约斋赏心乐事》中记载了在群仙绘幅楼的一系列赏心乐事："二月仲春，群仙绘幅楼前打球"，"三月季春，群仙绘幅楼下赏芍药"，"四月孟夏，群仙绘幅楼前观玫瑰"，"八月仲秋，群仙绘幅楼观月"，"十一月仲冬，绘幅楼削雪煎茶，绘幅楼前观雪"等。张枢继承祖父张镃之文化教养与生活方式，喜与宾客诗酒同欢，在张家园林建筑"湖山绘幅吟台"专供吟社雅集之用。

周密《瑞鹤仙》是一首湖山绘幅吟台雅集作品，词云：

> 寄闲结吟台出花柳半空间，远迎双塔，下瞰六桥，标之曰，湖山绘幅，霞翁领客落成之。初筵，翁俾余赋词，主宾皆赏音。酒方行，寄闲出家姬侑尊，所歌则余所赋也。调闲婉而辞甚习，若素能之者。坐客惊诧敏妙，为之尽醉。越日过之，则已大书刻之危栋间矣
>
> 翠屏围昼锦。正柳织烟绡，花易春镜。层阑几回凭。看六桥莺晓，两堤鸥暝。晴岚隐隐。映金碧、楼台远近。谩曾夸、万幅丹青，画笔画应难尽。　　那更。波涵月彩，露裛莲妆，水描梅影。调朱弄粉，凭谁写，四时景。问玉奁西子，山眉波盼，多少浓施浅晕。算何如、付与吟翁，缓评细品。

"湖山绘幅吟台"之上，景观视野极佳，可远望西湖双塔，俯视苏堤六桥。词序交代了词人雅集的场景：杨缵引领众人会聚于刚刚落成的吟台上，并命周密赋词，交由张家歌妓演唱侑觞劝酒，后又被"大书刻之危栋间"。此词乃即景之作，记录了这场文人在吟台酣醉畅游的盛会。上阕以韩琦之昼锦堂比喻张枢宅第之富丽，再写吟台所见的六桥、两堤之自然美景，下阕以西子之绝色姿容喻西湖之美。

社友张枢和李彭老曾同赋《壶中天》词，李彭老词称"登寄闲吟台"，张枢词称"月夕登绘幅堂，与赟房各赋一解"，可见词社的活动地点仍在张家的"绘幅吟台"，既是"各赋一解"，便是用同一词调、同一题目，但所用韵可不同，词云：

雁横迥碧，渐烟收极浦，渔唱催晚。临水楼台乘醉倚，云引吟情闲远。露脚飞凉，山眉锁暝，玉宇冰奁满。平波不动，桂华底印清浅。　　应是琼斧修成，铅霜捣就，舞霓裳曲遍。窈窕西窗谁弄影，红冷芙蓉深苑。赋雪词工，留云歌断，偏惹文箫怨。人归鹤唳，翠帘十二空卷。（张枢《壶中天·月夕登绘幅堂，与笕房各赋一解》）

素飙荡碧，喜云飞寥廓，清透凉宇。倦鹊惊翻台榭迥，叶叶秋声归树。珠斗斜河，冰轮辗雾，万里青冥路。香深屏翠，桂边满袖风露。　　烟外冷逼玻璃，渔郎歌渺，击空明归去。怨鹤知更莲漏悄，竹里筛金帘户。短发吹寒，闲情吟远，弄影花前舞。明年今夜，玉樽知醉何处。（李彭老《壶中天·登寄闲吟台》）

词作于秋日，写夜登吟台写诗赏月的情景。张枢之词上片写黄昏时分，醉倚楼台所见之西湖空明澄净之景以及文人酒会的雅兴欢乐；下片写吟台雅集之场景：花前月下，词人赋词逞才，歌妓舞影翩翩，歌声响遏行云，箫声呜咽低回。而在雅集结束后，空中只闻鹤唳之声，吟台一切又归于平静。

李彭老之词，写在吟台所目所感，上阕写吟台空间之寥廓及周遭环境，有清透的凉宇、台榭中鸟鹊的鸣啾、满袖的桂香。下阕"烟外冷逼玻璃"以下五句，以渔歌、鹤声、更漏、竹林点衬，写出西湖上夜深时烟水迷离、幽杳凄清的景致。最后五句，写绘幅堂中歌舞吟咏之乐。"短发吹寒，闲情吟远，弄影花前舞"，足见吟台雅集中他们风流又清脱的情貌。张、李二人词作风格情调相似，以描写绘幅堂周围的景色为主，皆营造了一种凄清的意境，带有一种感伤的基调，这种情感与张镃时代在"群仙绘幅楼"的浪漫欢歌已然不同。

陈允平《木兰花慢·和李笕房题张寄闲家圃韵》也对张枢的吟台进行了刻画：

爱吟休问瘦，为诗句、几凭阑。有可画亭台，宜春帐箔，如寄身闲。胸中四时胜景，小蓬莱、幻出五云间。一掬蘋香暗沼，半梢松影虚坛。　　相看，倦羽久知还。回首鹭盟寒。记步屦寻云，呼灯听雨，越岭吴峦。幽情未应共懒，把周郎旧曲谱新翻。帘外垂杨自舞，为君时按弓弯。

吟台是凭栏吟诗的亭台，词人将"寄闲"二字巧妙融入词中，称赞吟台是可寄身闲、幻出五云仙界的小蓬莱。"幽情未应共懒，把周郎旧曲谱新翻"，写吟台乃聚会宴饮之所，雅丽新词诞生地，"周郎"指周瑜，精通音律，当时有"曲有误，周郎顾"之语，指出吟社成员精通音律，在此翻新词谱的事实。

另如周密《一枝春》词序云："寄闲饮客春窗，促坐款密，酒酣意洽，命清吭歌新制，余因为之沾醉，且调新弄以谢之。"写春天里周密与诸客在张枢家沾醉写作新词，交由家妓演唱的情景：

> 碧淡春姿，柳眠醒、似怯朝来酥雨。芳程乍数。唤起探花情绪。东风尚浅，甚先有、翠娇红妩。应自把、罗绮围春，占得画屏春聚。
> 留连绣丛深处。爱歌云袅袅，低随香缕。琼窗夜暖，试与细评新谱。妆梅媚晚，料无那、弄鞏伴炉。还怕里、帘外笼莺，笑人醉语。

歌妓在云袅袅、香缕缕的环境中演唱，众词客"试与细评新谱"，整个聚会洋溢着笑人醉语的无尽欢乐。

张枢的"绘幅堂"为西湖吟社的雅集提供了绝佳的场所，同时"绘幅堂"这一建筑空间又因吟社词人的书写而供后人借助文字得以重构，去领略昔日吟台上的酣醉畅游和文学风雅。

此外，杨缵的"东园"也是西湖吟社词人兴会流连之所，"东园"为杨缵家园，周密《重过东园兴怀知己》诗云："东园桃李记春时，杖屦相从日日嬉。乌帽插花筹艳酒，碧莲探韵赋新诗。"记录了昔日西湖词人在杨缵家中赋诗游乐的情景。《草窗韵语》卷二有诗题："紫霞翁觞客东园，列烛花外，秋林散影，高堂素壁，皆粲然李成、韦偃寒林画图，发新奇于摇落，前所未有，因作歌纪之。"周密词题《大圣乐·东园饯春即席分题》亦指出在东园举办过词作酬唱活动。周密《齐天乐》记录了一场以杨缵为首的雅致赏花活动，词云：

紫霞翁开宴梅边，谓客曰：梅之初绽，则轻红未消；已放，则一白呈露。古今夸赏，不出香白，顾未及此，欠事也。施中山赋之，余和之

宫檐融暖晨妆懒。轻霞未匀酥脸。倚竹娇鬟，临流瘦影，依约尊前重见。盈盈笑靥。映珠络玲珑，翠绡葱蒨。梦入罗浮，满衣清露暗香染。　　东风千树易老，怕红颜旋减，芳意偷变。赠远天寒，吟香夜永，多少江南新怨。琼疏静掩。任剪雪裁云，竞夸轻艳。画角黄昏，梦随春共远。

杨缵在东园内梅树边举办宴席，称古人咏梅不出其白和香，希望社员们能够从新的角度来咏梅，作者借紫霞翁之言，提出了赏梅的准则：应从梅花初绽时的"轻红"状态赏起，渐次而至梅花全放时的"一白"，这样的赏梅才能真正领略到梅的全部风韵，由此可见吟社词学创作活动追求艺术上的创新。

三　文学与音乐的盛会

中国音乐文学史上，词体与音乐的结合是最密切、最典型的形态。梁启超先生曾说过："凡诗歌之文学，以能入乐为贵。在吾国古代有然，在泰西诸国亦靡不然。以入乐论，则长短句最便。故吾国韵文，由四言而五七言，由五七言而长短句，实进化之轨辙使然也。"[1] 指出词是中国诗歌配合音乐的最佳形式，是诗歌进化的必然结果。词本倚声而作，按谱填词、依曲定体是词体的本色，合乐合歌是词体的基本特征。

宋室南渡，偏安之局既定之后，名门世胄极意声乐，修筑亭台楼馆，文人才士之间，亦联吟结社，无论词之音律文字，都极为推敲精思。龙榆生先生在《两宋词风转变论》中云："南宋迁都临安，凤擅湖山之胜。偏安局定，士习苟安，激昂踔厉之风，恒触时忌。于是名门世胄权相遗贤，异轨同奔，极意声乐。池台亭榭之盛，声色歌舞之娱，燕衎湖山，聊以永日。文人才士既各有所依归，杯酒交欢，联吟结社。于是对于音

---

① 梁令娴：《艺蘅馆词选自序》，广东人民出版社 1981 年版。

律之研索，文字之推敲，乃各竭精殚思，以相角胜。"① 杨缵吟社活动的重心在于词艺及词的曲调和音乐的切磋，显现出词乐相融的特点。吟社对词作音乐性的高度重视，有效促进了词的格律化。

1. 以声律之辨为中心的文艺交流

西湖吟社与格律词派和浙派古琴两大流派皆有深厚的渊源，其中吟社的领袖人物杨缵为格律词派和浙派古琴的代表人物，精于琴，能自制曲，是琴家亦是词家，在吟社作词活动中以音律约束曲子词，字斟句酌，务求音律谐美。周密西湖十景词《木兰花慢》写成后，"异日霞翁见之曰：'语丽矣，如律未协何？'遂相与订正，阅数月而后定。是知词不难作，而难于改；语不难工，而难于协"②。周密填《木兰花慢》十首仅用六天时间，而杨缵为他改词协音竟花了数月的时间，可见他们对音律的琢磨推敲之功夫甚于文字数倍，周密则在对音律反复修改的过程中悟出了"语不难工，而难于协"的经验。语工律协，是吟社作词的标准。张炎《词源》对此曾有论述：

> 近代杨守斋精于琴，故深知音律，有《圈法周美成词》。与之游者，周草窗、施梅川、徐雪江、奚秋崖、李商隐，每一聚首，必分题赋曲。但守斋持律甚严，一字不苟作，遂有《作词五要》。观此，则词欲协音，未易言也。③

杨缵有《圈法周美成词》，郑文焯认为，所谓"圈法"："盖取词中字句融入声谱，一一点定，如白石歌曲之旁谱，特于其拍、顿加以墨圈，故云圈法耳。"④ 周邦彦"博文多能，尤长于长短句自度曲"⑤，在词的格律化方面最为精审，王国维认为读周邦彦的词，"文字之外，需兼味其音律"，"今其声虽亡，读其词者，犹觉拗怒之中，自饶和婉。曼声促节，

---

① 龙榆生：《龙榆生词学论文集》，上海古籍出版社 2009 年版，第 272 页。
② 唐圭璋：《全宋词》，中华书局 1999 年版，第 4129 页。
③ 张炎：《词源》卷下，唐圭璋《词话丛编》第 1 册，第 267 页。
④ 转引自吴熊和《唐宋词通论》，浙江古籍出版社 1985 年版，第 47—48 页。
⑤ 陈振孙：《直斋书录解题》卷一七，中华书局 1985 年版，第 487 页。

繁会相宣；清浊抑扬，辘轳交往"①，并称周邦彦为"词中老杜"，极力称赞周词格律的精严。周邦彦词成为众多词家取法和效仿的对象，甚至出现了以其词代替词谱作为填词标准的情况。杨缵对周邦彦词的音律深造有得，在创作中"一字不苟作"，严辨四声与阴阳轻重。其《作词五要》对词的创作进行了规范：

> 作词之要有五：第一要择腔。腔不韵则勿作。如《塞翁吟》之衰飒，《帝台春》之不顺，《隔浦莲》之寄煞，《斗百花》之无味是也。
>
> 第二要择律。律不应月，则不美。如十一月调须用正宫，元宵词必用仙吕宫为宜也。
>
> 第三要填词按谱。自古作词，能依句者已少，依谱用字者，百无一二。词若歌韵不协，奚取焉。或谓善歌者，融化其字，则无疵。殊不知详制转折，用或不当，即失律，正旁偏侧，凌犯他宫，非复本调矣。
>
> 第四要随律押韵。如越调《水龙吟》、商调《二郎神》，皆合用平入声韵。古词俱押去声，所以转折怪异，成不祥之音。昧律者反称赏之，是真可解颐而启齿也。
>
> 第五要立新意。若用前人诗词意为之，则蹈袭无足奇者。须自作不经人道语，或翻前人意，便觉出奇。或只能炼字，诵才数过，便无精神，不可不知也。更须忌三重四同，始为其美。②

《作词五要》首先是把词作为一种包括音乐要素和文学要素在内的"艺术"，而不是作为一种单纯的文学作品来看待，五要的前四条，都是就词的词乐与声律而言的，只有最后一点才论及词的内容。杨缵所撰的《作词五要》被吟社奉为创作纲领，实际上代表了整个吟社的创作倾向，今人甚至推测此词法为西湖吟社的社规社约。

---

① 王国维：《清真先生遗事》，《王国维文集》卷一，中国文史出版社 1997 年版，第 125 页。

② 张炎：《词源·附录》，唐圭璋《词话丛编》第 1 册，第 267—268 页。

　　吟社的另外一个元老级人物张枢也对音律要求甚严。张炎在《词源》中记载：

　　　　先人晓畅音律，有《寄闲集》，旁缀音谱，刊行于世。每作一词，必使歌者按之，稍有不协，随即改正。曾赋《瑞鹤仙》一词云："卷帘人睡起……"此词按之歌谱，声字皆协，惟"扑"字稍不协，遂改为"守"字，乃协。始知雅词协音，虽一字亦不放过，信乎协音之不易也。又作《惜花春·起早》云"锁窗深"，"深"字音不协，改为"幽"字；又不协，改为"明"字，歌之始协。①

　　张枢教授张炎"雅词协音，虽一字亦不放过"，张枢在作词时，若有音律不协调之状况，即便要改动文意，也一定要使声律和谐。由"深"字改为"幽"字，再改为"明"字，"深"与"明"实为反意，而这样修改的目的，据江顺诒《词学集成》、沈增植《菌阁琐谈》、刘熙载《艺概》等解释，是由于"深""幽"都是阴声字，改为阳声字"明"，就更适合于歌唱了。上文由"扑"字改为"守"字，"扑"字是唇音，而"守"字是齿音，改后易于歌唱，可见在张枢心目中，协律比词意更为重要，当文字的音律与内容发生矛盾时，词人更倾向于牺牲文字内容而成全音律的要求。该则关于张枢填词、改词的材料被广为引用，作为南宋后期西湖词人注重音律的不二铁证。

　　张炎本人对词的协律问题要求也极高，其《词源》就用了大量的篇幅详细讨论律吕宫商和协律问题。张炎曾说过"词以协音为先，音者何，谱是也。古人按律制谱，以词定声，此正声依永、律和声之遗意"，"当以可歌者为工，虽有小疵，亦庶几耳"②。"句法中有字面，盖词中一个生硬字用不得，须是深加锻炼。字字敲打得响，歌诵妥溜，方为本色语。"③并言己"平生好为词章，用功逾四十年"，具体做法："词既成，试思前后之意不相应，或有重叠句意，又恐字面粗疏，即为修改。改毕，净写

----

① 张炎：《词源》，唐圭璋《词话丛编》第1册，第256页。
② 同上书，第255、256页。
③ 同上书，第259页。

一本，展之几案间，或贴之壁。少顷再观，必有未稳处，又须修改。至来日再观，恐又有未尽善者，如此改之又改，方成无暇之玉。"① 而"无暇之玉"一个重要的指标就是协律。

词入士大夫之手后，与音乐的结合日益紧密，夏承焘先生在《唐宋词字声之演变》一文中云："大抵自民间词入士夫手中之后，飞卿已分平仄，晏、柳渐辨上去，三变偶谨入声，清真益臻精密；惟其守四声者、犹限于警句及结拍；自南宋方、吴以还，拘墟过情，乃滋丛弊；逮乎宋季，守斋、寄闲之徒，高谈律吕，细剖阴阳，则守之者愈难，知之者亦鲜矣。"② 词律从分平仄、辨上去、守四声到剖阴阳，显示出词律从宽到严的日益繁复的演变过程。温庭筠、晏殊、柳永、周邦彦等有名的词人皆注重字与声的搭配。而在词人追求词乐融合为一的同时，某些词人努力提高词品，出现了试图摆脱音律束缚的倾向，如苏轼"非不能歌，但豪放不喜裁剪以就声律"③，如辛弃疾以经史子集入词，空前地解放了词体，大大提高了词作的抒情功能。在此过程中，词体的本色渐渐被忽视了，苏、辛一派不甚合乐问题每为人所诟病。至宋末，词之合乐而歌重新受到重视，杨缵、张枢等人辨五音、分阴阳，在词乐结合上起到了关键的作用。词之初起以音乐为重，为了与音乐的特定旋律与节奏相配合，在某些关键处分辨字声的清浊轻重、五音六律，达到美听的效果，这需词的格律化发展到相当成熟阶段方为可能。音律与声律相配合，除了达到美听的效果，更在于突出了歌词本身，即可做到"字正腔圆"，使听者不仅欣赏音乐，更可赏味其词。

西湖吟社的集社活动往往围绕着作词和推敲音律而展开，将协律作为词的第一要义，作为评价优秀词作的标准，是吟社成员的共同趣尚。仇远在《玉田词题辞》中有一段话是对于不协音律之词的批判，很能代表西湖吟社成员的共同态度：

> 又怪陋邦腐儒，穷乡村叟，每以词为易事，酒边兴豪，即引纸

---

① 张炎：《词源》，唐圭璋《词话丛编》第 1 册，第 258 页。

② 夏承焘：《唐宋词论丛》，中华书局 1962 年版，第 53 页。

③ 陆游：《老学庵笔记》卷五，中华书局 1979 年版，第 66 页。

挥笔，动以东坡、稼轩、龙洲自况，极其至四字《沁园春》、五字《水调》、七字《鹧鸪天》、《步蟾宫》，拊几击缶，同声附和，如梵呗，如步虚，不知宫调为何物，令老伶俊娼面称好而背窃笑，是岂足与言词哉！"①

周济《介存斋论词杂著》在论及"两宋词各有盛衰"时曾云："北宋盛产文士，而衰于乐工。南宋盛产乐工，而衰于文士。"② 就西湖吟社的实际创作行为看，的确重声律甚于文辞。

吟社活动钻研声律，表现出专业化的倾向，并有明显的理论建构意识，在词法上获得了丰硕的成果。但对词学理论深入研讨的行为并未带来词学的繁荣，对于词律过分严格的要求，使得"守之者愈难，知之者亦鲜矣"，格律谨严的词作最终成了文化精英阶层孤芳自赏的艺术品。

2. 词与音乐并行的创作方式

杨缵主盟西湖吟社，其音乐造诣为时人所推崇，杨缵历十余年而编成《紫霞洞谱》，据袁桷《琴述·赠黄依然》所述，当时世间流行的是宫廷的阁谱和民间的江西谱，"方杨氏谱行时，二谱渐废不用"，以致"宋季言琴学者，多宗大理少卿杨公缵"③。杨氏家族是宋季外戚世家，身为皇亲，杨缵幼年即有机会出入宫廷教坊，与乐工接触频繁，能了解到许多世间已难以得知的前代秘曲。周密《齐东野语》载："《霓裳》一曲共三十六段，尝闻紫霞翁云，幼日随其祖郡王曲宴禁中，太后令内人歌之，凡用三十人，每番十人，奏音极高妙。"④ 杨缵的琴技也极其高妙，"杨嗣翁琴"为端淳间"荐绅四绝"之一，这"四绝"为"杨嗣翁琴，赵中父棋，张温夫书，赵子固画"⑤。戴表元曾记杨缵抚琴的情景：

---

① 仇远：《玉田词题辞》，张炎《山中白云词》，中华书局1983年版，第164页。

② 周济：《介存斋论词杂著》，唐圭璋《词话丛编》第2册，第1629页。

③ 宋濂：《跋郑生琴谱后》，《文宪集》卷一四，文渊阁四库全书本。

④ 周密：《齐东野语》卷一〇，中华书局1983年版，第187页。

⑤ 陶宗仪：《说郛》第2册，中国书店1986年版，第22页。

今人学琴者推杨司农，司农之琴不用律，以手指抑按弦间。得其碎然者，传于《白云》之曲，曰："此折竹声也。"得其哑然者，传于《夜乌》之曲，曰："此投林声也。"诸为曲皆若是。曲成而合其谱，然后曰某主某弦为某音，为某音而琴成。夫司农之琴，才近于庄生所言籁声，而安得为乐音乎？将司农不以乐予琴，而用无律之音乎？将司农圣于伶伦、后夔，律成于心，而无所事器乎？①

杨缵善在琴上拟声，戴表元称其为"天籁"。吟社是一个文学社团，他们每次聚会都要商榷音律讨论词法，词律是乐律与声律的结合，吟社聚会时也常以音乐相伴。萧鹏《西湖吟社考》云："社课以词的创作为主，特别强调词的音乐功能之研究与整理。"② 周密拜师于杨缵门下，对杨缵的音乐才华记载颇多，《浩然斋雅谈》云：

（杨缵）洞晓律吕，尝自制琴曲二百操。又尝云："琴一弦可以尽曲中诸调"。当广乐合奏，一字一误，公必顾之。故国工乐师，无不叹服，以为近世知音无出其右者。③

《癸辛杂识》后集"记方通律"条记载：

余向登紫霞翁门，翁妙于琴律，时有画鱼周大夫者善歌，每令写谱参订，虽一字之误，翁必随证其非。余尝扣之，云："五凡工尺，有何义理？而能暗通默记如此，既未按之管色，又安知其误耶？"翁叹曰："君特未深究此事耳。其间义理之妙，又有甚于文章，不然安能强记之乎？"④

杨缵善鼓琴，洞晓律吕，能自制曲数百解；广乐合奏之时，一字一

---

①　戴表元：《题赵子昂琴原律略后》，《全元文》第 12 册，第 219 页。

②　萧鹏：《西湖吟社考》，《词学》第 7 辑，华东师范大学出版社 1989 年版。

③　周密：《浩然斋雅谈》卷下，第 42 页。

④　周密：《癸辛杂识》，中华书局 1988 年版，第 89 页。

误皆能辨明；对他人所写之谱，无需按之管色，虽一字之误亦能随证其非。不仅杨缵深识琴韵，毛敏仲、徐天民，亦皆以琴高一世。周密等词人伴随杨缵左右，也比一般的词人更易接触到古音精华。在具体的创作活动中，吟社成员往往先作词，再用音乐来校验新词的协音效果。周密在许多词序中，记述了结社赋词的盛况，并多次提到词社聚会唱新作的情形，如《瑞鹤仙》序云：

> 寄闲结吟台出花柳半空间，远迎双塔，下瞰六桥，标之曰湖山绘幅，霞翁领客落成之。初筵，翁俾余赋词，主宾皆赏音。酒方行，寄闲出家姬侑尊，所歌则余所赋也。调闲婉而辞甚习，若素能之者。坐客惊诧敏妙，为之尽醉。

张枢建"湖山绘幅吟台"，杨缵带领众宾客举行落成仪式，宴席间主客分韵赋词，写成后当场交给歌妓演唱以佐酒，如排练熟习了一般圆熟流畅。

《一枝春》序云：

> 寄闲饮客春窗，促坐款密，酒酣意洽，命清吭歌新制。余因为之沾醉，且调新弄以谢之。

吟社活动时，词作乍成即付之歌喉，除了由美貌动人、歌喉婉转的家妓唱出，有时则通过乐器来校验词作的协音效果。周密《采绿吟》序称："余得《塞垣春》，翁为翻谱数字，短箫按之，音极谐婉，因易今名云。"《采绿吟》本《塞垣春》调，杨缵为周密之词改谱数字以咏荷花，而后求协于笙箫，以求达到音极谐婉的效果。

周密在回忆杨缵时亦言：

> 翁往矣！回思著唐衣，坐紫霞楼，调手制闲素琴，作新制《琼林》、《玉树》二曲，供客以玻璃瓶洛花，饮客以玉缸春酒，笑语竟

夕不休，犹昨日事。①

　　杨缵抚琴而作《琼林》《玉树》二曲，这《琼林》《玉树》二曲可能是杨缵自制琴曲，也可能是杨缵的自度词，无论是琴曲还是自度词，杨缵"调手制闲素琴"之举都可见吟社活动以琴相伴的场景。张枢亦是"每作一词，必使歌者按之，稍有不协，随即改正"②。

　　王炎在《双溪诗余自序》中曾云："予于诗文本不能工，而长短句不工尤甚。盖长短句宜歌而不宜诵，非朱唇皓齿，无以发其要妙之声。……以故家贫清苦，终身家无丝竹，室无姬侍，长短句之腔调，素所不解。"③王炎本意在言自己因家庭条件所限，对长短句之腔调"素所不解"。他也以自身经历指出了精通并创作长短句离不开丝竹和歌妓，"丝竹"指的就是精通乐律，只有精通乐律，才能掌握乐谱的内在规律，进而选择适合音乐的文字。

　　张炎在《词源》中述先人张枢与杨守斋、毛敏仲、徐南溪诸公商榷音律，这商榷音律的四人中，毛敏仲、徐理二人不以词闻，在吟社的唱和中亦少有词作流传，故有学者认为，此处"商榷音律"应解释为商榷以琴律为主的音律较妥。但张炎自称在侍父"商榷音律"之中"知绪余"，"故生平好为词章"，可见吟社中商榷音律和度曲填词并行。"一代填词大师张炎因琴家之手而造就，浙派的《紫霞洞谱》则或尚有张枢等词人参与讨论的功劳。由于社友们兼通乐词，在究研琴律的同时必然也为提高词的音乐性提供重要支持；而对于格律的推敲，则相应提高了他们乐律方面的造诣。"④

　　西湖吟社的成员们就是民间的音律高人，他们以较高的声律修养，将词的创作与音乐紧密结合，有效提高了词体的艺术，使宋词的创作在艺术形式上取得了新的成就。"西湖吟社或多或少，有点像北宋大晟府的

---

① 周密：《齐东野语》卷一八"琴繁声为郑卫"条，第339页。
② 张炎：《词源》，唐圭璋《词话丛编》第1册，第256页。
③ 王炎：《双溪诗余自序》，施蛰存《词籍序跋萃编》，第302页。
④ 周扬波：《南宋格律词派和浙派古琴的渊源——以杨缵吟社为中心的考察》，《文学遗产》2008年第2期。

民间版，审音谐律、讨论琴理、整理词谱，是他们最热衷的内容。文学本身反而退居到第二位了。"①

四　西湖吟社之雅韵的地缘审视

西湖吟社由一群趣味高雅的文士和琴客组成，吟社活动远离政治，优游岁月，以诗酒唱和为乐；钻研文字，以探讨音律为事，为一代雅人群体的代表。西湖吟社词作内容、艺术形式之雅，学者已多有论述，本文仅从地缘角度，对此作一分析。西湖吟社活动的舞台是南宋都城杭州，这是中国历史上少有的文学色彩盖过政治色彩的皇城，是滋生雅文学的最佳地域空间。

1. 晋宋风度的集体追摹

西湖吟社以既富且贵的上层人物为群体核心，代表了南宋社会精英阶层的生活与审美趣味，杭州及周边的山水风光，为西湖吟社的艺术活动提供了舞台；杭城富庶的经济条件和出身显贵、家资雄厚的团员身份，为吟社的风雅活动提供了经济上的支持，故西湖吟社活动多崇雅之举。

南宋建都临安，偏安之局与东晋的政治格局有相似之处，南宋人对晋宋人有更多的认同与共鸣。吟社在活动形式上颇具晋宋风味，杨缵带领吟社词人逃暑于西湖之环碧，"琴尊笔砚，短葛练巾，放舟于荷深柳密间"；杨缵制《琼林》《玉树》二新曲时，"著唐衣，坐紫霞楼，调手制闲素琴"。以"短葛练巾"之打扮游湖，"著唐衣"调手制闲素琴，在着装上刻意古雅，追摹晋宋人物，营造与晋宋人相类的雅士风度，从中即可想知这位"紫霞翁"的风雅高致，群体的交游雅集中更是体现出超尘脱俗的乐趣。

周密等人于宋度宗咸淳三年（1267）、咸淳四年（1268）曾开展了吟社雅玩活动，周密词序中有云：

> 丁卯岁末除三日，乘兴棹雪访李商隐、周隐于徐不之滨。主人喜余至，拥衾曳杖，相从于山巅水涯、松云竹雪之间。酒酣，促膝

---

① 肖鹏：《宋词通史》，凤凰出版社 2013 年版，第 925 页。

笑语，尽出笈中画、囊中诗以娱客。醉归船窗，纨然夜鼓半矣。归途再雪，万山玉立相映发，冰镜晃耀，照人毛发，洒洒清入肝鬲，凛然不自支，疑行清虚府中，奇绝境也。揭来故山，恍然隔岁，慨然怀思，何异神游梦适。因窃自念人间世不乏清景，往往汨汨尘事，不暇领会，抑亦造物者故为是靳靳乎。不然，戴溪之雪，赤壁之月，非有至高难行之举，何千载之下，寥寥无继之者耶？因赋此解，以寄余怀。（周密《三犯渡江云》词序）

　　丁卯七月既望，余偕同志放舟邀凉于三汇之交，远修太白采石、坡仙赤壁数百年故事，游兴甚逸。余尝赋诗三百言以纪清适，坐客和篇交属，意殊快也。越明年秋，复寻前盟于白荷凉月间。风露浩然，毛发森爽，遂命苍头奴横小笛于舵尾，作悠扬杳渺之声，使人真有乘槎飞举想也。举白尽醉，继以浩歌。（周密《齐天乐》词序）

从周密的词序中可见，吟社成员们任情随性，在行为上着意于模仿晋宋人物的名士风度，周密与李彭老、李莱老兄弟在雪中"拥裘曳杖，相从于山巅水涯、松云竹雪之间"，尽情欣赏清丽奇绝的雪景，把玩收藏的金石古玩，效仿王子猷"雪夜访戴"、苏东坡"赤壁赏月"之举。周密与吟社众人放舟邀凉于三汇之交，继太白、坡仙而遨游，意趣是何等的高雅飘逸。词人对此念念不忘，以至第二年有复寻前盟之举。对于丁卯年七月的三汇之游，周密在诗集《草窗韵语》卷二中有精彩的描述：

　　咸淳丁卯七月既望，会同志避暑于东溪之清赋，泛舟三汇之交。舟无定游，会意即止；酒无定行，随意斟酌。坐客皆幅巾练衣，般薄啸傲，或投竿而渔，或叩舷而歌，各适其适。既而蘋风供凉，桂月蜚露，天光翠合，逸兴横生，痛饮狂吟，不觉达旦，真隽游也。

这是西湖吟社活动的场景，是一首避世高人的雅游醉歌，坐客皆幅巾练衣，"舟无定游，会意即止；酒无定行，随意斟酌"，"或投竿而渔，或叩舷而歌，各适其适"，完全是兴之所至，放诞任情，逍遥自得。

南宋人结合时代精神对晋宋风度进行了选择性接受，有两个取向，一为豪迈，一为简远："豪迈取向如范成大、刘过者，皆为力主抗金北伐的主战派；而简远取向者，则相对淡离政事，追求个人的精神自由。"
"南宋中期以后，随着政局的日渐衰颓，豪迈取向者日少，而简远取向者
日众。"① 西湖吟社词人就是这众人中最为显眼的一个群体，活动刻意追
摹晋宋名士风度，吟风弄月，赏玩烟霞，分题赋词，追求一种艺术化的
人生方式，在创作上表现为对现实的一种疏离。陆文圭跋张炎《词源》
云："淳祐、景定间，王邸侯馆，歌舞升平，居生乐处，不知老之将
至。"② 此语正可用于评价西湖吟社群体的生活、心态。文及翁《贺新
郎·游西湖有感》可说是对这一时期京城人们心态及行为的最佳描绘：

> 一勺西湖水。渡江来、百年歌舞，百年酣醉。回首洛阳花世界，
> 烟渺黍离之地。更不复、新亭堕泪。簇乐红妆摇画舫，问中流、击
> 楫谁人是。千古恨，几时洗。　　余生自负澄清志。更有谁、磻溪
> 未遇，傅岩未起。国事如今谁倚仗，衣带一江而已。便都道、江神
> 堪恃。借问孤山林处士，但掉头、笑指梅花蕊。天下事，可知矣。

李有《古杭杂记》载："蜀人文及翁登第后，期集游西湖，一同年戏
之曰：'西蜀有此景否？'及翁即席赋《贺新郎》。"③ 在这位刚刚及第的
蜀中学子看来，令人沉迷的西湖风光麻痹了人们对国事的担忧，新亭堕
泪和中流击楫的悲愤都已不复见，有的只是"簇乐红妆摇画舫"中的
酣醉。

西湖吟社活跃时期，正是南宋社会危机重重时期，宝祐、景定年间，
贾似道当权，政局一片混乱，蒙古攻宋，国势岌岌可危。周密在南宋灭
亡之后追忆了年轻时在杭州的生活：

> 乾道、淳熙间，三朝授受，两宫奉亲，古昔所无。一时声名文

---

① 张剑等：《宋代家族与文学研究》，中国社会科学出版社 2009 年版，第 239
页。

② 张炎：《词源》附录，唐圭璋《词话丛编》第 1 册，第 269 页。

③ 李有：《古杭杂记》，丁丙《武林掌故丛编》第 1 册，京华书局 1967 年版，
第 85 页。

物之盛，号"小元祐"。丰亨豫大，至宝祐、景定，则几于政、宣矣。予曩于故家遗老得其梗概，及客修门间，闻退珰老监谈先朝旧事，辄耳谛听，如小儿观优，终日夕不少倦。既而曳裾贵邸，耳目益广，朝歌暮嬉，酣玩岁月，意谓人生正复若此，初不省承平乐事为难遇也。①

然现实的情况是：宝祐六年（1258），蒙古军大举攻宋，破西川等数州；开庆元年（1259），忽必烈围鄂州，贾似道请划江为界，奉币求和；咸淳四年（1268）蒙古十万大军包围攻襄阳、樊城，宋廷处于生死存亡的关键时期。而此时的西湖吟社，活跃于都城，却退避社会，疏离现实，以杭州富庶的经济条件作为支持与庇护，在飘摇的末世中追寻着名士的风流潇洒，悠游岁月，醉心于艺术，丝毫不见景定、淳熙时期的社会危机。"事有难言惟袖手，人无可语且看山。"周密《隐居》中这两句诗生动地写出了这一群体对待社会现实的态度。他们并不是在艺术的象牙塔里感受不到外界的种种危机，他们应当很清楚当时的社会局势，只是现实难有作为，在狂澜既倒的现实面前，追求自洁自爱，选择了晋宋人的处世态度，在湖光山色中消磨时间，在艺术的天地中精研词艺和琴艺。

2. 宗法姜夔的共同追求

西湖吟社活动追慕晋宋风度，在创作品味上以姜夔为榜样。姜夔的气质中就有晋宋间人的雅韵，其词作的审美品味与晋人有共通之处。魏晋六朝是中国历史上最富有艺术精神的一个时代，宗白华先生《论〈世说新语〉和晋人的美》一文中论述了晋人对于美的标准，那就是"雅"与"绝俗"②。学界对姜夔词作的审美取向有"骚雅""清雅""典雅"等评价。"清空骚雅"四字是姜夔词的标签。姜夔为南宋乐律名家，极为重视词的音乐性，在音律上锱铢计较，精益求精，其《白石道人歌曲》中有十七首自度曲，并注旁谱，是流传至今唯一完整的宋词乐谱资料。"美

---

① 周密：《武林旧事·序》，浙江人民出版社1984年版。

② 宗白华：《美学散步·论〈世说新语〉和晋人的美》，上海人民出版社1981年版，第187页。

成（周邦彦）、尧章（姜夔）以其晓音律，自能撰词调，故人尤服之。"①

姜夔"清空骚雅"词风的形成有地域因素，他的一生与浙江有很深的地缘关系，杭州是汉阳之外，姜夔一生居住最久的地方。自三十多岁起，姜夔结识萧德藻，成为萧的侄婿，开始寓居湖州；后又结识了杨万里、范成大、张鉴等人，他的中晚年，长期定居杭州，活动轨迹以浙江为主。浙江山水优美明媚，加之南宋定都临安，皇家富丽堂皇的气派，影响两浙地域文化，使之趋向于醇雅一路，这样的地域文化更易于培育姜夔这样的词风。

姜夔的词被时人推崇效仿，尚雅是整个南宋词坛风气的主要趋向，京城临安为最，薛若砺的《宋词通论》认为宋末词坛是"姜夔时期的稳定与抬高时期"②，与之有相同创作地域平台的西湖吟社，对姜夔的接受无疑是最为彻底的，他们认同姜夔的人品与词品，将之奉为西湖吟社师法的第一对象，学习姜夔悠游山水的闲适生活，在创作过程中讲究词法，重视声律技巧，在词作的整体风格上亦努力追求"清""雅"之美。吟社核心成员周密、张炎都是姜夔词风的继承人，具有较高社会地位的西湖吟社成为南宋词坛推崇雅词词风的一支劲旅。

周密词源出于姜夔，其《弁阳老人自铭》云："间作长短句，或谓似陈去非、姜尧章。"③ 周密词大量摹写骚雅清空的意境，在刻琢语言上，也多处模仿姜夔。周密所编的《绝妙好词》，非周密个人词选，为西湖词人群所共有，是一部选派型词选，四库馆臣称《绝妙好词》："去取谨严，犹在曾慥《乐府雅词》、黄升《花庵词选》之上。"④《乐府雅词》和《花庵词选》为南宋复雅潮流中的"风向标"，周密所选《绝妙好词》更为谨严，在前两者之上，则意味着更雅。

张炎词源出于姜夔为世人所认同，仇远称誉张炎的《山中白云词》"意度超玄，律吕协洽。……方之古人，当与白石老仙相鼓吹"⑤。张炎的

---

① 陈模撰，郑必俊校注：《怀古录校注》卷中，中华书局1993年版，第61页。
② 薛若砺：《宋词通论》，上海书店1985年版，第40页。
③ 周密：《弁阳老人自铭》，朱存理《珊瑚木难》卷五，文渊阁四库全书本。
④ 永瑢等：《四库全书总目》卷一九九，中华书局1965年版，第1824页。
⑤ 张炎：《山中白云词》，中华书局1983年版，第164页。

词学理论著作《词源》论词以协律、雅正、清空为词学之宗旨，代表了这个群体的共同理论主张。杨缵为姜夔之后的乐律名家，当时人就将他和姜夔并称。张枢、施岳、李彭老等人的词风也显然受到白石词的影响。郑思肖对张炎词有如是之评价："互相鼓吹春声于繁华世界，飘飘征情，节节弄拍，嘲明月以谑乐，卖落花而陪笑。能令后三十年西湖锦绣山水，犹生清响，不容半点新愁飞到游人眉睫之上，自生一种欢喜痛快。"① 一方面刻画出了词人那种远离尘世后的湖山襟怀和骚姿雅骨，另一方面则概括了词境的清空雅正之美，这段话用于评价西湖吟社中诸多词人也是恰当的。清空骚雅成为西湖吟社的共同审美品味，并在词作中时时流露出来。

3. 浙派古琴审美趣味的渗透

西湖吟社中的杨缵、徐宇、毛敏仲、徐理四皆人为浙派古琴的代表人物，浙派古琴以临安为活动空间，以雅正名于宋末，从后世流传的浙派琴曲来看，多为超逸古淡之曲。作为浙派古琴的创始人，郭楚望提出了"黜俗还雅"的主张，其琴曲的特点是清、微、淡、远。明代朱权《神奇秘谱》中收录了郭楚望的代表作《潇湘水云》，其题解曰：

> 是曲者，楚望先生郭沔所制。先生永嘉人，每欲望九嶷，为潇湘之云所蔽，以寓惓惓之意也。然水云之为曲，有悠扬自得之趣，水光云影之兴，更有满头风雨、一蓑江表、扁舟五湖之志。②

郭楚望此曲表达的是文人的高洁情怀和意趣，近于格律派的"骚雅"之趣，郭的其他琴曲表达的也大致如此。据袁桷《琴述·赠黄依然》记载：

> 天民尝言，杨司农与敏仲少年时亦习江西。一日，敏仲由山中

---

① 郑思肖：《玉田词题辞》，张炎《山中白云词》，中华书局 1983 年版，第 164 页。

② 朱权：《神奇秘谱》（下册），中国书店 2001 年版，第 19 页。

来，始弄楚望商调，司农惊且喜，复以金帛令天民受学志芳。①

毛敏仲向郭楚望弟子刘志芳学得郭楚望的《商调》，杨缵听闻后"惊且喜"，因郭楚望所传之调，是非常高雅的，所以杨缵出资令徐天民也受学于刘志芳。

杨缵以雅琴名于时，所创作的数百首琴曲，亦"皆平淡清越，灏然太古之遗音也"②。他在考证古曲百余首之时，因官谱诸曲"此皆繁声，所谓郑卫之音也"，遂将其刌削无余。当杨氏雅声之谱流行时，本来占据乐坛主要地位的宫廷"阁谱"和民间"江西谱"渐废不用，其主要原因就是阁谱"媚熟整雅"，江西谱趋向流俗，"其声繁以杀"，可知杨缵琴学之风貌为尚雅刌俗。

浙派古琴的其他代表人物如刘志芳的《忘机》、毛敏仲的《渔歌》《樵歌》、徐天民的《泽畔吟》等代表作品，大多寄情山水，追求意趣，体现了当时文人士大夫阶层的独特气质。袁桷在《题徐天民草书》一文中，记载了徐天民和毛敏仲的琴学观念：

> 瓢翁（徐天民）酒酣好作草书，尝写前人悲愤之词。一日言中散《广陵散》漫商，君臣道丧，深致意焉。至毛敏仲作《涂山》，专指征调而双弦不复转调，与嵇意合，非深知音者不能。又曰：学琴当先本书传，俗韵自少。③

徐天民认为学琴应本《尚书》《左传》，毛仲敏定调与嵇康意合，都有崇雅弃俗之追求。

杨缵及其门下琴客花费了十三年的时间，以尚雅刌俗的琴学观念对唐宋曲谱做了全面系统的修订，具体表现在：删除重起重煞节奏强烈的新声；斫削繁弦急奏的郑卫之音；汲取俗乐象声、写意的手法等。古琴的雅士文化与词的音乐特性是相通的，浙派古琴"刌俗崇雅"的艺术主

---

① 袁桷：《清容居士集》卷四四，《四部丛刊》本。
② 周密：《齐东野语》卷一八"琴繁声为郑卫"条，第339页。
③ 袁桷：《题徐天民草书》，《清容居士集》卷四九。

张与宋词的典雅化相互影响、相互促进，使得西湖吟社的词作与琴曲皆以雅名于世。

西湖吟社词作语言精美、意象清雅，创作过程，精心锤炼，甚至带有苦吟的味道，如杨缵持律甚严，一字不苟作，花数月时间为周密的西湖词改音协律即为明显例证。一方面，这些词作得到的评价并不高，被论为是"无谓之词"，因词作题材风格相近、缺少个人情感的流露，内容上与现实疏离，词律词法上过于严格，从而隔断了词联系不同文化阶层的通道，受众群体有限，曲高和寡，难以流行。另一方面，吟社词人从容优雅的创作态度、精研艺事的创作行为，使词作的艺术性达到了巅峰的状态，清代吴焯在为厉鹗《秋林琴雅》所作题序中有对南宋雅词的评价："临安以降，词不必尽歌，明庭净几，陶咏性灵。其或指称时事，博征典故，不竭其才不止。且其间名辈斐出，敛其精神，镂心雕肝，切切讲求于字句之间。其思泠然，其色荧然，其音铮然，其态亭亭然，至是而极其工，亦极其变。"① 南宋雅派词人创作中竭尽其才，讲究字句，其形式技巧足以成为后人效法的对象。

第四节　山河异变的恋旧情怀：临安遗民词人对西湖影像的集体书写

一个地方或一座城市，往往有被长期聚焦、大量书写的景观。美国著名城市学家凯文·林奇在其名著《城市意象》中指出："景观也充当一种社会角色。人人都熟悉的有名有姓的环境，成为大家共同的记忆和符号的源泉，人们因此被联合起来，并得以相互交流。为了保存群体的历史和思想，景观充当着一个巨大的记忆系统。"② 西湖在南宋建都临安的承平时代，曾是歌舞繁华之地，是杭州甚至是江南人士宴游雅集的空间场域。宋恭帝德祐二年（1276），元兵铁骑攻入临安，南宋君臣的酣梦由此结束。在南宋灭亡之后，西湖提升为遗民情感归属的象征地景。许多

---

① 冯金伯：《词苑萃编》卷二，唐圭璋《词话丛编》第2册，第1787页。
② ［美］凯文·林奇：《城市意象》，方益萍、何晓军译，华夏出版社2001年版，第95页。

人在宋亡之后，来故都凭吊，写下了许多西湖词，如刘辰翁在宋亡后携子刘将孙专程前往杭州凭吊故都，写下《江城子·西湖感怀》等抒发亡国后的凄凉；柴望写于宋亡后的《念奴娇·山河》词云"登高回首，叹山河国破，于今何有。台上金仙空已去，零落浦梅苏柳。双塔飞云，六桥流水，风景还依旧。凤笙龙管，何人肠断重奏"，借故都景物抒写物是人非的感慨；柴元彪在宋亡二十年后来故都凭吊，写下了《高阳台·怀钱塘旧游》："知心只有西湖月，尚依依、照我徘徊。更多情，不间朝昏，潮去潮来。"唯有西湖的圆月，似还有昔日的温馨，让多情者感慨不已。宋亡之后，此类凭吊词作还有很多，对过去生活的眷恋是那个时代爱国人士共有的情感体验，西湖影像已然成为南宋遗民心中故国的象征。宋亡之初，临安遗民词人周密、王沂孙、李彭老、张炎等寻访前朝旧迹，凭吊吟咏，通过对西湖景致的描写，寄托对往日繁华的留恋，表达朝代更迭后的集体性的哀伤。著名的有周密作《探芳讯·西泠春感》，张炎、李彭老、仇远次韵；周密作《献仙音·吊雪香亭梅》，李彭老、王沂孙次韵。

对地方景物的书写，有地方的特质带给作者的印象和感觉，也有从作者的视角出发感受到的对地方的理解和感受。"'地方'不只是一个客体，虽然相对于主体来说，它常是一个客体；但它更被每一个个体视为一个意义、意象或感觉价值的中心；一个动人的，有感情所附着的焦点；一个令人感觉到充满意义的地方。"① 当人与地方建立了密切的联系，一种对地方的认同、归属感就会油然而生。西湖是杭州客观的景物存在，也是一个可以寄寓情感的对象，临安遗民词人长期活动其中，他们从中感受到的除了自然的地景外，还融入了自我的主观情感色彩。西湖的一草一木，在升平时期看来，件件都是赏心乐事，而时移物换，家国残破之后，当年的胜赏，却处处让人触目伤情，成为忧伤哀痛的源泉，刘永济先生曾云："情接于物，则声音形色常依情而变，故感时则花亦溅泪，恨别则鸟亦惊心。物动其情，则情常因声音形色而起，故闻鼙鼓而思壮

---

① 夏铸九编译：《空间的文化形式与社会理论读本》，台湾明文书局 1988 年版，第 119—120 页。

士，见禾黍则悯宗周。"① 西湖由过去的风流闲雅之地一变而为凭吊逝去
王朝之地，于是西湖词也从舞影笙歌的欢快转至愁容惨淡的哀痛了。

一 西湖春景中的故国情思

春天是一年中最富生机的季节，所有的繁盛都自此开始，西湖的春
天，花柳争春，湖山竞秀，游人如织，乃南宋都城文人热衷于游赏的风
流闲雅之地。蒙古铁骑的入侵，江山变异，让都城原本安定、富裕、繁
华的生活就此中断。宋亡之后，元主以南宋朝野之酣醉歌舞湖山而终至
灭亡，故弃置西湖于不顾，昔日名园，长满了野草，西湖景象日渐萧条。
昔日游宴之所，转变成了凭吊逝去王朝之地，昔盛今衰的西湖地景成为
人们情感的载体，追忆当年西湖之盛赏，哀悼故国之沦亡，成一时风尚。
吴自牧作《梦粱录》以怀念南宋，其序曰："昔人卧一炊顷，而平生事业
扬历皆遍，及觉则依然故吾，始知其为梦也，因谓之'黄粱梦'。矧时异
事殊，城池苑囿之富，风俗人物之盛，焉保其常如畴昔哉！缅怀往事，
殆犹梦也，名曰《梦粱录》云。"周密《武林旧事》记故都之盛，以寓
亡国之恸，"梦里蒿腾说梦华"②，记下故国繁华，无异于梦中说梦。而春
天由繁华而凋谢的过程与遗民词人对故国由存而亡的惨痛历史记忆相契
合，他们将传统的春恨意蕴与家国身世密切结合起来，借助西湖春景抒
发国破家亡后的现实失落感，以"送春""春感"的主题词作为多。刘辰
翁在宋亡后写有大量凄苦的咏春词，厉鹗《论词绝句》就称之为"送春
苦调刘须溪"③。其代表作《兰陵王·丙子送春》词，丙子年即恭帝德祐
二年（1276），此年二月，元兵攻入临安，三月，掳恭帝和太后北去，此
时作"送春"之词，乃是送故国之春，词云：

> 送春去，春去人间无路。秋千外，芳草连天，谁遣风沙暗南浦。
> 依依甚意绪？漫忆海门飞絮。乱鸦过、斗转城荒，不见来时试灯处。

---

① 刘永济：《词论》，上海古籍出版社1981年版，第83页。

② 张炎：《思佳客·题周草窗〈武林旧事〉》，《山中白云词》卷八，中华书局
1983年版，第143页。

③ 厉鹗：《樊榭山房集》卷七，上海古籍出版社1992年版，第513页。

> 春去，谁最苦？但箭雁沉边，梁燕无主，杜鹃声里长门暮。想玉树凋土，泪盘如露。咸阳送客，屡回顾，斜日未能度。　　春去，尚来否？正江令恨别，庾信愁赋，苏堤尽日风和雨。叹神游故国，花记前度。人生流落，顾孺子，共夜语。

词分三阕，每阕均以送春发端，以春喻国，写亡宋之痛。陈廷焯在《白雨斋词话》中评价："题是送春，词是悲宋，曲折说来，有多少眼泪。"刘辰翁后于至元二十一年甲申（1284）春天，到西湖边，写下了《江城子·西湖感怀》词，感西湖昔日热闹繁华之胜景今已一片凄凉，以此凭吊故都。

易代之际的临安词人们拥有摆脱不去的沉重的精神苦痛，他们徘徊于西湖边，共同回望着那些曾经拥有的风流闲雅，在群体酬唱中亦以西湖之春为故国之喻，在共同的回忆中，荆棘铜驼、黍离之感，一寓于词。周密作《探芳讯·西泠春感》，词云：

> 步晴昼。向水院维舟，津亭唤酒。叹刘郎重到，依依谩怀旧。东风空结丁香怨，花与人俱瘦。甚凄凉，暗草沿池，冷苔侵甃。
>
> 桥外晚风骤。正香雪随波，浅烟迷岫。废苑尘梁，如今燕来否。翠云零落空堤冷，往事休回首。最消魂，一片斜阳恋柳。

西泠桥，又名西林桥、西陵桥，是联系栖霞岭和孤山的唯一通道，是词人惯去的地方。周密《秋霁》一词中有"重到西泠"一语，该词小序云"乙丑秋晚，同盟载酒为水月游"，乙丑即度宗咸淳元年（1265），时年临安城尚未陷落，南宋还未灭亡，但词人已有飘零摇落之感。《探芳讯·西泠春感》写在宋亡后的一个春天傍晚，词人乘船重游西湖西泠的感伤。入元后的西湖，时间改写了，空间感也随之改变，以前朝遗民的身份重游故地，词人百感交集，此地曾是词人与吴文英"同结杏花盟"之所，当年周、吴二人携手游湖，曾以"刘郎"相互调侃，"寻芳较晚，东风约、还在刘郎后。凭问柳陌旧莺，人比似、垂杨谁瘦"（吴文英《玲珑四犯·戏调梦窗》），如今举目所见，早春的西湖没有了士女游客，没有莺歌燕舞，没有游船笑声，西湖已是"花与人俱瘦"，成了"东风空结丁香怨""暗草沿池，冷苔侵甃""废苑尘梁""翠云零落空堤冷"的凄凉地。面对着残山剩水，周密等人再也没有了昔日歌咏"西湖十景"时的少年锐气和雅兴。结句"最消魂，一片斜阳恋柳"，以斜阳恋柳为喻，表达出词人眷恋西湖、眷恋杭州、眷恋失去家园的深厚情感，这种对不可忘却的美好家园的眷恋，是一种心理最根本的归属感。

周密是临安词人群中最有领袖意识的词人，具有较高的声望，其所作之词，能够在临安遗民词人群体中得到广泛的唱和共鸣，与之《探芳讯·西泠春感》词相和的有李彭老、张炎、仇远，词云：

> 对芳昼。甚怕冷添衣，伤春疏酒。正绯桃如火，相看自依旧。闲帘深掩梨花雨，谁问东阳瘦。几多时，涨绿莺枝，堕红鸳甃。
>
> 堤上宝鞍骤。记草色薰晴，波光摇岫。苏小门前，题字尚存否。繁华短梦随流水，空有诗千首。更休言，张绪风流似柳。（李彭老《探芳讯·湖上春游，寄草窗韵》）
>
> 坐清昼。正冶思萦花，余酲倦酒。甚采芳人老，芳心尚如旧。消魂忍说铜驼事，不是因春瘦。向西园，竹扫颓垣，蔓萝荒甃。
>
> 风雨夜来骤。叹歌冷莺帘，恨凝蛾岫。愁到今年，多似去年否。旧情懒听山阳笛，目极空搔首。我何堪，老却江潭汉柳。（张炎《探芳信·西湖春感寄草窗》）
>
> 坐清昼。记步幄行春，短亭呼酒。怅湔裙香远，波痕尚依旧。赤阑桥下桃花观，寒勒花枝瘦。转回廊，古瓦生松，暗泉鸣甃。
>
> 山雨夜来骤。便绿涨平堤，云横远岫。细认沙头，还见有落红否。杨花自趁东风去，空白鸳鸯首。劝游人，莫把骄骢系柳。（仇远《探芳信·和草窗西湖春感词》）

词牌《探芳讯》又名《探芳信》，这些和词字字写眼前之景，其中却蕴含着对往日之盛的眷恋，对今日凄零的悲悼，他们都在回忆的世界里保持着一种伤感的精神认同，往日西湖游乐的生活情境在此时遗民的心中，已成为故国往昔时代的美好象征，眼前的西湖在词人眼里不仅仅是一处失去灵魂的景观，更寄托了词人无限的家国情怀。

李彭老、张炎、仇远与周密同咏西湖春景，因为他们之间有着相似的生活经历，有相同的思想情感。相比较而言，宋元易代的历史变迁对周密、张炎的打击更大。周密在湖州拥有安定、富庶的生活，又与杭州长期交织互涉，时时往来杭州游赏西湖。随着蒙古铁骑的入侵，周密弁阳家破，他的家财收藏都在兵火中散去，他失去了原有的财产、社会地位，沦为一无所有的亡国者，只能离开吴兴，往依内弟杨大受，住在杭州的癸辛街，他无法安定的心灵只能借着回忆的力量应对惨淡的生活，杭州的山水草木，无不触动起他思旧之情，他创作《武林旧事》《齐东野语》《癸辛杂识》等大量的野史、笔记、杂文，将杭州美好的回忆融入文字里。他的词作则充溢着亡国遗民的痛苦和悲哀，"周密入元之后所填的词作，即也隐藏着这样一个书写的立场：以无限的眷怀凸显'过去'的美好，正是以消极的沉默否定'现在'的统治，他与赵宋/蒙元的即离关系，透过发声/无声的方式，曲折呈现周密亡国之后沉重的心声"①。

在张炎的身上有着难以消解的西湖情结，张炎家族从六世祖张俊始，一直是临安城中声名显赫的高门望族，曾祖张镃的南湖乐园、父张枢的绘幅吟台建在西湖边，曾是杭州最重要的文艺中心，文人豪客出入其间。张炎在二十九岁以前，一直在祖、父辈的庇荫之下，过着一个承平公子游山玩水、填词讴曲的闲适生活，曾在美丽的西子湖边，享受着迷人的湖光山色，结社吟词，对南湖家园和杭州西湖充满了深厚的眷爱。随着元兵入杭，祖父张濡因在宋亡前镇守独松关时误杀元使廉希贤、严忠范而被元人处以磔刑，父亲张枢下落不明，② 家资全被抄没，女眷入官为奴，张炎所拥有的富丽园林、优雅生活顿时不复存在。与张炎同时代的文友及后世诗人，在为张炎词集作序时，都写到了他的潦倒。舒岳祥记述："宋南渡勋王之裔子玉田张君，自社稷变置，凌烟废堕，落魄纵饮。"③ 其好友戴表元在《送张叔夏西游序》中对张炎入元后的生活状态

---

① 林佳蓉：《杭州声华——以张镃家族、姜夔、周密之词为探讨核心》，台湾学生书局 2011 年版，第 258 页。
② 杨海明先生认为，张炎词《踏莎行》中"水落槎枯，田荒玉碎"之语，暗示了张濡（水）、张枢（木）遇害，以及张炎（玉田）的悲惨命运。详见杨海明《张炎词研究》，第 19 页。
③ 舒岳祥：《赠玉田序》，张炎《山中白云词》，第 165 页。

作了如是描述：“玉田张叔夏，与余初相逢钱塘西湖上，翩翩然飘阿锡之衣，乘纤离之马。于是风神散朗，自以为承平故家贵游少年不翅也。垂及强仕，丧其行资，则既牢落偃蹇。尝以艺北游，不遇，失意叵叵南归，愈不遇，独家钱塘十年。久之，又去东游山阴、四明、天台间，若少遇者，既又弃之西归。”① 飘阿锡之衣，乘纤离之马的佳公子在江山异变后落魄江湖，甚至到摆设卜肆的境地，从云天的缥缈跌落到人间炼狱的经历，其间的苦痛辛酸若非亲历者不能感。张炎《山中白云词》现存词302 首，“其词集中百分之九十是宋亡后之作，充满了故国之思与身世之感”②。他从亡国中体会的感怆也是最深的，词中涉及故园杭州的词作，用情极深，无不幽咽凄楚，“怕说着，西湖旧时”（张炎《尾犯》）、“怕唤起西湖，那时春感”（张炎《法曲献仙音·席上听琵琶有感》），西湖已不仅仅是西湖，而是张炎全部美好生活的回忆。张炎在宋亡后大量写作西湖词，有一首写西湖春感的代表作《高阳台·西湖春感》，词云：

> 接叶巢莺，平波卷絮，断桥斜日归船。能几番游？看花又是明年。东风且伴蔷薇住，到蔷薇、春已堪怜。更凄然，万绿西泠，一抹荒烟。　　当年燕子知何处，但苔深韦曲，草暗斜川。见说新愁，如今也到鸥边。无心再续笙歌梦，掩重门、浅醉闲眠。莫开帘。怕见飞花，怕听啼鹃。

此词借西湖春色的荒芜，抒写亡国之痛。陈廷焯评此词云：“情景兼到，一片身世之感。”③ 唐圭璋《唐宋词简释》云：“此首西湖春感，沉哀沁人。‘接叶’三句，平起，点明地时景物。‘能几番’两句，陡转，叹盛时无常，警动之至。‘东风’两句自为开合，寄慨亦深。‘更’字进一层写景，‘万绿’八字，写足湖上春尽，一片惨淡迷离之景。换头承上，提问燕归何处。‘但’字领两句，叹春去、燕去，繁华都歇。‘见说’

---

① 戴表元：《送张叔夏西游序》，张炎《山中白云词》，第 162 页。
② 缪钺、叶嘉莹：《灵溪词说》，上海古籍出版社 1987 年版，第 565 页。
③ 陈廷焯：《云韶集》卷九，转引自《白雨斋词话足本校注》卷二，第 210 页。

两句以鸥之愁衬人之愁。'无心'两句，实写人之愁态，江山换劫，闭门醉眠，此心真同槁木死灰矣。末以撇笔作收，飞花、啼鹃，徒增人之愁思，故不如不闻不见也。"① 词人所感西湖之春是再无繁华可梦，再无欢乐可寻，家国之感就在"西湖"今昔对比的描写中流露无遗。

张炎在宋亡后写西湖的词另如：

> 梦里䢷腾说梦华，莺莺燕燕已天涯。蕉中覆处应无鹿，汉上从来不见花。　　今古事，古今嗟，西湖流水响琵琶。铜驼烟雨栖芳草，休向江南问故家。(《思佳客·题周草窗〈武林旧事〉》)

> 归去，问当初鸥鹭，几度西湖霜露。漂流最苦。便一似、断蓬飞絮。情可恨、独棹扁舟，浩歌向、清风来处。有多少相思，都在一声南浦。(《长亭怨·别陈行之》)

> 怜我鬓先华，何愁归路赊。向西湖、重隐烟霞。说与山童休放鹤，最零落，是梅花。(《南楼令·送韩竹闲归杭，并写未归之意》)

> 西湖故园在否，怕东风、今日落梅多。抱瑟空行古道，盟鸥顿冷清波。(《木兰花慢》)

在宋亡后，面对现实的残酷，张炎一直以词的方式与过去的生活保持着一种伤感的精神认同，总是隔着一个空间的距离回看杭州，回看往昔在西湖边的美好，当周密唱响了西湖春感的悲音时，张炎深有同感而和。俞陛云《玉田词选释》评周密和张炎的"西湖春感"唱和词云："玉田和草窗《西湖春感》词，则丹心如旧，'忍说铜驼'等句，皆情见乎词，以抒忠爱。和'瘦'字韵与草窗同工。和'柳'字韵草窗有恋阙之忧，玉田有摇落之感，皆长歌之哀也。"②

与周密、张炎二人宋亡前后的人生巨变相比，李彭老、仇远二人在宋亡前后的人生落差似乎没有那么大，但在宋亡前，他们也是结社吟诗、优游江湖，在临安的湖山丽水间吟赏烟霞，但这种雅士的生活都随着南宋王朝的覆亡而告终了。李彭老《探芳讯·湖上春游，寄草窗韵》词从

---

① 唐圭璋：《唐宋词简释》，人民文学出版社 2010 年版，第 256 页。
② 俞陛云：《唐五代两宋词选释》，上海古籍出版社 1985 年版，第 631 页。

两方面入手来写，一写西泠春色依旧妩媚，一写历沧桑巨变后的游人心态。上阕写所见西湖春景绯桃如火，梨花带雨，黄莺儿栖息的枝头又添绿色，湖堤堆满了落花，观景之人怕冷、伤春；下阕追忆昔日游湖之景象，与眼前所见之景形成对比，如今繁华尽失，徒有昔日与词友所作的千百首升平时代的雅唱，令人感慨不已。仇远，钱塘（今浙江杭州）人，好古博雅，能书善画，宋亡前不曾登第，亦无参加科举考试的记载，与当时大多数读书人一样，大部分时间在杭州结社吟诗，优游江湖。宋亡后，仇远落魄江湖，主要在杭州一带与遗民故老在宴集酬唱中缅怀故国。他的这首和词《探芳信·和草窗西湖春感词》，传递出遗民词人面对故国山水时一种群体性的生命体验。

二　聚景园梅的黍离伤悲

宋代是梅花最盛的时期，北宋林逋在西湖孤山宅园种梅，朝夕相伴二十年，恬淡自适，足迹不涉杭城，为"梅妻鹤子"之隐者，其已成为梅品的代名词，梅花成了词人高雅生活的欣赏对象。南宋时期的杭州西湖是中国咏梅史上最重要的时空地域，西湖梅品妙天下，堪称典范。南宋皇宫与中央官署依西湖东南湖畔而建，使得西湖既为游览胜地，又是政治权力中心所在，从高宗、孝宗、理宗到宋末执政的杨太后都雅爱梅花，在其寝宫或处理政务的正殿遍植梅花，在孤山、张镃的南湖园、皇家御苑聚景园等也多植梅花，这种来自最高统治者的好尚，直接导致了都城爱梅、赏梅之风兴盛。

在宋亡后的某年早春，周密、李彭老、王沂孙一同来到皇家旧苑凭吊雪香亭梅花，作词酬唱，共抒赏梅的感受，此番唱和，周密是首唱，李彭老、王沂孙相和，词云：

> 松雪飘寒，岭云吹冻，红破数椒春浅。衬舞台荒，浣妆池冷，凄凉市朝轻换。叹花与人凋谢，依依岁华晚。　　共凄黯。问东风、几番吹梦，应惯识当年，翠屏金辇。一片古今愁，但废绿、平烟空远。无语销魂，对斜阳、衰草泪满。又西泠残笛，低送数声春怨。（周密《献仙音·吊雪香亭梅》）

> 云木槎枒，水荭摇落，瘦影半临清浅。翠羽迷空，粉容羞晓，

年华柱弦频换。甚何逊、风流在，相逢共寒晚。　　　总依黯。念当时、看花游冶，曾锦缆移舟，宝筝随辇。池苑锁荒凉，嗟事逐、鸿飞天远。香径无人，甚苍藓、黄尘自满。听鸦啼春寂，暗雨萧萧吹怨。（李彭老《法曲献仙音·官圃赋梅，继草窗韵》）

层绿峨峨，纤琼皎皎，倒压波痕清浅。过眼年华，动人幽意，相逢几番春换。记唤酒寻芳处，盈盈褪妆晚。　　　已销黯。况凄凉、近来离思，应忘却明月，夜深归辇。荏苒一枝春，恨东风、人似天远。纵有残花，洒征衣、铅泪都满。但殷勤折取，自遣一襟幽怨。（王沂孙《法曲献仙音·聚景亭梅次草窗韵》）

"雪香亭"，在杭州故宋废苑聚景园内，古老梅松甚多。姜夔曾写过一首《卜算子》，其中有"御苑接湖波，松下春风细。云绿峨峨玉万枝，别有仙风味"之语。该词下有白石自注："聚景官梅，皆植之高松之下，芘荫岁久，萼尽绿。夔昨岁观梅于彼，所闻于园官者如此，末章及之。"[1] 知为到临安聚景园观梅而作。词写聚景园中的绿萼官梅，称其"别有仙风味"。聚景园乃皇室宫苑，为孝宗致养之地，《武林旧事·故都宫殿》："聚景园，清波门外孝宗致养之地，堂扁皆孝宗御书。淳熙中，屡经临幸。嘉泰间，宁宗奉成肃太后临幸。其后并皆荒芜不修。"[2] 潜说友《咸淳临安志》卷十三亦记载："（聚景园）在清波门外，孝宗皇帝致养北宫，拓圃西湖之东，又斥浮屠之庐九以附益之。亭宇皆孝宗御扁。尝恭请两宫临幸。光宗皇帝奉三宫，宁宗皇帝奉成肃皇太后，亦皆同幸。岁久芜圮，今老屋仅存者，堂曰'揽远'，亭曰'花光'，又有亭植红梅。"[3] 聚景园为皇家园林，以梅花著称，曾经四朝临幸，继以谏官陈言，园遂芜圮。雪香亭梅花，曾是南宋皇帝、太后赏玩的对象，具有帝都皇家的意蕴，它因此也就和国事盛衰有了关联。西湖边的梅花意象在宋亡后冲破了亡国前咏梅意象的藩篱，不再是词人高雅生活的欣赏对象，而成为帝室衰微的象征，被作为历史沧桑的怀旧咏古突出物象，让宋元文人刻骨

---

① 唐圭璋：《全宋词》第 3 册，中华书局 1999 年版，第 2814 页。
② 周密：《武林旧事》卷四，第 53 页。
③ 潜说友：《咸淳临安志》卷一三，《宋元方志丛刊》第 4 册，第 3490 页。

铭心追忆。吴自牧《梦粱录》中就记录了高似孙的《游园咏》诗，"翠华不向苑中来，可是年年惜露台。水际春风寒漠漠，官梅却作野梅开"①，以聚景园中的梅花抒写黍离之感。

　　盛极一时的皇家名园，随着宋王室的覆灭而衰败，周密与词友徘徊在雪香亭前，古松林下，凭吊故国遗踪，借梅抒写昔日繁华之念与今日衰颓之悲。周密词上阕写梅花在雪寒、云冻、冬深季节开放之景，但是朝代改换，当年衬舞台上，浣妆池边，歌舞管弦之盛，如今都已杳然无踪，留下台荒池冷的一派萧条景象，良辰不再，只能"叹花与人凋谢，依依岁华晚"，词人的吊古之意油然而生。下阕通过东风、斜阳、衰草、残笛等意象来抒写今昔对比，"应惯识当年，翠屏金辇"，指今日之梅"应惯识"当年帝王后妃赏梅之繁华盛事。以前的太平盛世到如今只剩令人愁恨的废绿、平烟，面对斜阳衰草、耳听西泠残笛，词人泪流满面。陈廷焯《词则》评下阕即"杜诗'回首可怜歌舞地'意，以词发之，更觉凄婉"②，"回首可怜歌舞地"为杜甫《秋兴八首》（其六）中的诗句，意为昔日繁华的歌舞之地曲江，如今屡遭兵灾，荒凉寂寞，令人不堪回首。俞陛云则结合雪香亭景点对此词进行了分析：

　　　　雪香亭在西湖葛岭张婉仪之集芳园中，由太后收归，理宗又赐贾平章。殿前古梅、老松甚多，有清胜堂、望江亭等处，而雪香亭梅花尤盛。玉辇临游，朱门歌舞，斯亭阅尽兴亡，老梅尤在，宜弁阳翁百感交集也。起笔写梅亭寒景，便带凄音，由荒亭说到朝市，由朝市说到看花之人，如峡猿之次第三声。后阕言"翠屏金辇"，何等繁华，而贞元朝士无多，惟历劫寒梅，犹亲见当年之盛，与汉苑铜仙、隋堤杨柳，同恋前朝。结句"西泠残笛"，寓余感于无穷矣。③

---

　　① 吴自牧：《梦粱录》卷一九，第 178 页。

　　② 陈廷焯编选：《词则·大雅集》卷三，上海古籍出版社 1984 年版，第 129 页。

　　③ 俞陛云：《唐五代两宋词选释》，上海古籍出版社 1985 年版，第 547—548 页。

显然，词人是借梅花的凋零来强化今昔盛衰的对比，以此抒发国破后的黍离之悲。

李彭老之词，亦是借官圃之荒凉冷落写亡国之哀痛。上阕着重刻画今日梅花之情状。起句"云木槎枒，水荭摇落"指园中古梅枝桠错杂参差，塘中水荭随波飘摇之状，"瘦影半临清浅"写梅花清秀的姿容倒映在水面上。次写梅亭四周的萧条残败之景，慨叹时光迅疾，当年的风流词友，今日相逢，已是换了人间，引出今昔之感。下阕写园中的今昔对比，"念当时、看花游冶，曾锦缆移舟，宝筝随辇"。回忆昔日皇帝游幸曾载着歌女，沿西湖乘船到园中赏梅的热闹场面，由此生发出兴亡之叹，"池苑锁荒凉，嗟事逐、鸿飞天远。香径无人，甚苍藓、黄尘自满。听鸦啼春寂，暗雨萧萧吹怨"。随着南宋的灭亡，园中池沼已荒废，昔日繁华如飞鸿远逝，不可复见，在荒芜的园中，听几声凄厉鸦啼打破这春寂，黄昏时分又下起了萧萧暗雨，词人心中的幽怨就在这情境中被渲染到了极致。

王沂孙之和词，从回顾往昔写起，起句"层绿峨峨，纤琼皎皎，倒压波浪清浅"，追忆了聚景园昔日梅林之盛，"过眼年华"以下句，言旧地重游，回想先朝旧游时唤酒寻芳的风流俊赏，而今只有故老遗民的黍离之悲了。下阕追怀亡宋故国，"夜深归辇"的帝王家盛事让人难以忘怀，而今帝王有似天远，繁华已尽，只能择取一枝梅花，聊以遣忧。

以雪香亭梅花为吟咏对象，周密、李彭老、王沂孙三人酬唱之词皆以梅抒写昔日繁华与今日衰颓之悲，寄寓国破家亡之痛，名为吊梅，实为吊故国。

以上所论临安遗民词人对西湖春景、聚景园梅花的同题赋咏，皆采用了忆旧书写的模式。南宋临安遗民词人在宋亡前都曾在西湖边过着湖山胜赏、歌酒唱酬的风雅生活，改朝换代之后，风流已逝，繁华不再，同样一个西湖，同样一个春天，宋亡前后，经历了宗国倾覆的巨大变动之后早已物是人非，同一个场域空间在宋亡前后却上演了风格迥异的歌舞剧与悲剧，这些词人在宋亡前"互相鼓吹春声于繁华世界，飘飘征情，节节弄拍，嘲明月以谑乐，卖落花而赔笑"①，"湖山歌舞之余视天下事于度外"，此时才体会到故国和往昔的可贵，往日西湖游乐的生活情境此时在他们的感受中，就是故国和整个往昔时代的美好象征。当他们面对着故园山水酬唱之时，内心中充满了悲与爱的情感纠结，他们无一例外地通过回忆过去西湖、御苑风光之迷人和游赏之繁盛，来和眼前现实加以比照。"感时溅泪，恨别惊心，不减读少陵诗"②，高功亮的评价虽是针对张炎《探芳信·西湖春感，寄草窗韵》一词而言，也指出了临安遗民词人在面对故园山水酬唱时的一种共同心态和词作的感人力量。

三　临安遗民词人群体与江西庐陵遗民词人群体的地域差异

临安遗民词人有博雅多识的艺术修养，寄情山水，以艺术化的方式生存着，当生存境遇发生突变，当西湖之"三秋桂子，十里荷花"已然易主之后，这些以晋宋风度徜徉于佳山胜水之间的雅人们，他们的出身、生存方式、审美追求都注定了他们不可能像文天祥那样一变而为以身许国、慷慨就义的忠义之士，也没有林景熙、唐珏、汪元量等人于六陵盗发时收葬骸骨的勇气与胆量。临安遗民词人群体创作代表了浙江地域文化背景下的遗民词风貌，③ 为了更清晰地感受杭州的地域文化对临安遗民词人群体活动与创作的影响，我们不妨和同一时期的江西庐陵遗民词人群体作一比较。

有宋一代，江西词学极为发达，在唐圭璋先生的《两宋词人占籍考》中录有江西籍词人 153 人，仅次于浙江 216 人，占宋代词人总数的百分之十八。宋元易代之际，江西一地遗民词人云集，并形成了富有鲜明地域特色的词人群体，以庐陵为中心的词人群体尤为突出，主要成员有文天

---

① 郑思肖：《玉田词题辞》，张炎《山中白云词》，第 164 页。

② 张炎撰，葛渭君等校辑：《山中白云词》卷三，辽宁教育出版社 2001 年版，第 69 页。

③ 浙江遗民词人活动区域主要在杭州和绍兴，越文化中讲大义、重气节的精神内涵与江西一地的文化有相似之处，且《乐府补题》唱和已标志着浙江词风发生转型，与江西遗民词人的创作有共通点。

祥、刘辰翁、赵文、邓剡、黎廷瑞、罗志仁、谢枋得、王炎午、刘将孙等，几乎都是庐陵籍本地词人。受地域文化的影响，庐陵遗民词人群体在行为出处、词学主张、审美风格等方面都与临安遗民词人判然有别，具体而言：

其一，面对国家覆亡的历史悲剧，临安遗民词人表现出补天无力的消沉，庐陵遗民词人群则多救国之举。

临安遗民词人在亡国前，过着诗酒风流的生活，他们把大量的时间花在对艺术的追求上，他们把有关生活的美学思想发挥到了极致，但是在面对政治苦难时，普遍缺乏与命运抗争的主动行为。大宋、元蒙生活境遇的巨大改变，激发了他们去追寻昔日残梦的心理体验，共同沉湎于往事的回忆中愁苦、哀怨、低徊掩抑而不能自拔，他们以西湖地景为对象，在词作中整齐一致地渲染了对故国生活的迷恋，传递出一种身在乱世却不断回想往昔繁华盛世的悲凉，呈现出共同悲哀而无力反抗的情感基调。这种怀想之悲蕴含了他们绝望的心理，恢复故国的希望已很渺茫，过去那种显赫生活是再也回不去了。

庐陵遗民词人群体是在易代的社会背景下因共同的价值观念而结成的群体，面对南宋的灭亡，他们敢于振臂高呼，普遍选择了奋起抗元的道路，如文天祥在宋恭帝德祐元年（1275）元兵进逼临安时，他尽散家资，在家乡组织数万义军入卫国都，后又率领各路义军在福建、广东等地作战，南宋朝廷覆灭后，以身殉国，其忠义行为对两宋之际的士人尤其是江西的士子产生了巨大的精神感召力；刘辰翁也曾于文天祥起兵勤王期间入其幕府，与文天祥共事抗元大业，后又持节自守，义不仕元；赵文、邓剡等人也是起兵勤王，在国家生死危亡之际大义凛然、视死如归；谢枋得在家乡组织义兵抗元，后被押解北上，终不肯降，绝食而亡。这一群体共同拥有以节义为尚的心理意识，是宋元遗民词人群体中表现出不仕新朝最坚决的一个群体。

其二，在词学创作中，临安遗民词人效法姜夔，重视词的艺术性；庐陵遗民词人以辛弃疾为楷模，重视词的社会功用。

临安遗民词人群体酬唱是西湖吟社的延续，该群体精于词艺，前文多有论述，此处重点分析庐陵遗民词人的词学观和词作风格。

刘扬忠在《唐宋词流派史》中论及遗民词人群体时，曾云："江西这边以咏怀言志为目的，不暇计文字之工拙，音律之抗坠；江东那边却起劲地讲论词法，推敲乐律。"① 指出了浙江、江西遗民词人对词法重视程度的不同。江西庐陵遗民词人在对词的文体特质和地位的认识上，普遍能打破词体界限，对扩大词的表现功能表示赞赏。刘辰翁为庐陵遗民词人中的代表人物，曾言"诗词末技，存江山以不朽"（《小斜川记》），"词至东坡，倾荡磊落，如诗如文，如天地奇观"（《辛稼轩词序》）；其子刘将孙在《胡以实诗词序》中亦云："文章之初惟诗耳，诗之变为乐府。尝笑谈文者，鄙诗为文章之小技，以词为巷陌之风流，概不知本末至此。余谓诗人对偶，特近体不得不尔，发乎情性，浅深疏密，各自极其中之所欲言，若必两两而并，若花红柳绿，江山水石，斤斤为格律，此岂复有情性哉，至于词，又特以涂歌俚下为近情，不知诗词与文同一机轴。"② 认为词与诗、文同源同构，词不应是精雕细刻的艺术品，而是抒发情志的重要手段，将词提升到与传统诗文比肩的高度，重视词言志存史的功能。

　　基于对词的功能的认识，庐陵遗民词人群体推崇稼轩词风。辛稼轩虽不是江西人，但在其南归的四十多年里，有二十年左右的时间隐居在江西，江西的地域文化对他的人格产生了重要的影响，其豪放沉郁之词风也是江西地域文化与特定历史环境的产物。稼轩词风在江西产生了很大影响，被称为辛派词人的刘过、刘克庄等江西词人，他们词中的豪气与辛词相较也毫不逊色。遗民词人赵文在《吴山房乐府序》中论及词的兴衰与朝代的更替之关系时，特别提出对稼轩词风的推崇："美成号知音律者，宣和之为靖康也，美成其知之乎？'绿芜凋尽台城路'、'渭水西风，长安乱叶'，非佳语也。凭高眺远之余，'蟹螯玉液'以自陶写，而终之曰：'醉翁山翁，但愁斜照敛。'观此词，国欲缓亡得乎？……近世辛幼安，跌荡磊落，犹有中原豪杰之气。"③ 江西遗民词人创作多受稼轩词豪杰之气的影响，他们崇尚稼轩词中的英雄气骨，毅然抛弃了醉酒花间的吟风弄月、浅吟低唱，彼此酬唱以抗元救亡为宗旨，以慷慨激昂为

---

① 刘扬忠：《唐宋词流派史》，福建人民出版社 1999 年版，第 546 页。

② 刘将孙：《养吾斋集》卷一一，文渊阁四库全书本。

③ 赵文：《青山集》卷二，文渊阁四库全书本。

主调，形成了豪放沉郁的词风，充满了凛然之气，共同吟唱出宋元之际词坛上的时代最强音。王国维曾评文天祥词说"文文山词，风骨甚高，亦有境界，远在圣与（王沂孙）、叔夏（张炎）、公谨（周密）诸公之上"①，江西遗民词人比临安词人多了一份欲挽狂澜于既倒、重整乾坤的英雄气概。

文天祥《酹江月》词为和邓剡之作，词云：

> 乾坤能大，算蛟龙、元不是池中物。风雨牢愁无著处，那更寒虫四壁。横槊题诗，登楼作赋，万事空中雪。江流如此，方来还有英杰。　　堪笑一叶漂零，重来淮水，正凉风新发。镜里朱颜都变尽，只有丹心难灭。去去龙沙，江山回首，一线青如髪。故人应念，杜鹃枝上残月。

词调慷慨激昂，英雄气十足，有稼轩之气骨，"江流如此，方来还有英杰"，"镜里朱颜都变尽，只有丹心难灭"更表达了其至死不改的复国之决心。

刘辰翁在创作风格上也多有豪气，被归为苏辛豪放词派的后劲，在创作中"好用苏、辛词韵"②，如《金缕曲》（送五峰归九江）用辛弃疾、陈亮鹭鸶林倡和词韵，如《青玉案·用辛稼轩元夕韵》（雪销未尽残梅树）等。上文曾论及刘辰翁送春词《兰陵王·丙子送春》，全篇以春天喻南宋王朝，词中反复渲染春景骤然的可悲可叹，处处流露出难以抑制的深哀剧痛，但此词与临安遗民词人周密、张炎、李彭老、仇远等人同题材唱和词作的低回掩映、隐约朦胧不同，柔中带刚，不乏锋芒。再如，同为咏梅花，江西遗民词人黎廷瑞的《秦楼月》用联章体十阕，分别写梅花的形、神、性，将梅花拟化成节义之士的形象，与周密等人借梅抒写亡国的深哀剧痛相比，少了凄苦颓丧的消沉，多了一份雄健沉郁。

临安遗民词人群体和庐陵遗民词人群体的创作风貌如此不同，其中

---

①　郭绍虞等：《蕙风词话·人间词话》，人民文学出版社 1960 年版，第 236 页。

②　吴熊和：《唐宋词通论》，浙江古籍出版社 1985 年版，第 270 页。

一个重要的因素就是这两地的地域文化差异。词人们的"禀赋气性"是由他们共同生活的土壤滋养而成的，他们的词学崇尚也与本土的文化紧密相关。

浙江临安词人的性格养成深受杭州地域文化的影响。杭州本是诗意化的都市，文人普遍追求生活的艺术化，崇尚文雅而不重武力，北宋庄绰在《鸡肋编》中记载了一则杭人因孱弱而成为取笑对象的材料："世以浙人孱懦，每指钱氏为戏。云：假时有宰相姓沈者，倚为谋臣，号沈念二相公，方中朝加兵江湖，假大恐，尽集群臣问计，云：'若移兵此来，谁可为御？'三问无敢应者。久之，沈相出班奏事，皆倾耳以为必有奇谋。乃云：'臣是第一个不敢去底。'"① 此则材料中的沈相虽不能代表所有杭人，但宋代重文轻武的主导价值观无疑更削弱了都城文人慷慨激昂的豪气。《朱子语类》中也有"浙人极弱"的感叹。② "东南妩媚，雌了男儿"③，山秾水妍的温软之地熏染出了临安遗民词人纤弱的人格，他们有高超的文学技巧，却缺少振臂高呼的豪气。

江西山峭水清的地理环境，孕育出尚义任侠的民风，《宋史·地理志》中记江南东西路民风是："其俗性悍而急，丧葬或不中礼，尤好争讼，其气尚使然也。"④ 其中的江南西路主要是指江西。《吉安府志》载："士相继起者，必以通经学古为高，以救时行道为贤，以犯颜敢谏为忠。"⑤ 吉安庐陵为文天祥故里。江西有"文章节义之邦"的美称，此地多出忠臣志士，北宋欧阳修即大力提倡忠义高节，为江西士人中的典型代表。江西士人中多慷慨激昂之士，极少委曲求全、奴颜媚骨之辈，在国家危亡的现实面前，敢于为国家生存而奋斗。庐陵遗民词人以节义之风相互鼓舞，在异族统治下忠义蹈厉，持节自守，与此地风尚关系密切。江西还是理学重镇，宋理学大家朱熹、陆九渊等皆为江西人，有大量时间在本土从事理学传播。文天祥、刘辰翁、邓剡等人

---

① 庄绰：《鸡肋编》卷下，中华书局 1983 年版，第 94 页。

② 黎靖德辑：《朱子语类》卷一三〇，中华书局 1986 年版，第 3135 页。

③ 陈人杰：《沁园春》（记上层楼）词序，唐圭璋《全宋词》，第 3900 页。

④ 脱脱：《宋史》卷八八，中华书局 1977 年版，第 2192 页。

⑤ 万历《吉安府志》卷一一《风土志》。

为朱熹后学，深受理学熏陶。理学强调忠义气节，崇尚忠君爱国，影响了江西遗民词人的人格精神，也使他们的词学观普遍倾向于词的社会功用。

第四章

南宋四明词人群体研究

四明即今之宁波，因地处四明山麓，古称四明，简称甬。春秋时为越地，在吴越争霸过程中逐渐兴起。秦汉时属会稽郡，置句章、鄞、鄮三县。六朝时随着政治中心南移，本地经济得到了较快的发展。唐武德四年（621），改置鄞州，武德八年（625），改置鄮县，隶越州。唐开元二十六年（738），设明州，辖鄮、慈溪、奉化、翁山四县，从此明、越分置。宋时属两浙东路，领辖六县：鄞县、奉化、慈溪、象山、定海、昌国。宋光宗绍熙五年（1194），朝廷下诏将明州升格为府，改名庆元。

高宗建炎四年（1130），金兵攻占明州，四明各地遭到巨大破坏。建都临安后，昔日的海边小郡成了京畿之地，经济、文化得到快速发展，南宋时期四明地区教育空前繁荣，受过良好教育的儒士数量之众，创历史之最，造就了"群儒辈起，照耀史册"的景象。同时四明优越的地理环境和生活条件吸引着北方高素质移民集团加入此郡，与本土人士文化互动频繁，共同促进了四明地区文化事业的跨越式发展。

文化的繁荣带动了文学的勃兴，在四明这一个特定的场域空间里，庞大的士人阶层始终保持着读书作文的传统。四明是南宋地方重要文学中心之一，文人济济，作品繁多，在近一百五十年的历史中，仅鄞县一县可考的诗文集就超过百部，作者不下80人，余姚有诗文集的作者也有十余家。就词学创作而言，"南宋时期宁波至少拥有25位词家（不包括在鄞县出生的张孝祥），大多为鄞县籍，存词880多首，名列浙省之冠"①。南宋四明学者热衷于在地方上的讲学和唱酬，使得此地文学社

---

① 张如安：《汉宋宁波文学史》，中国文联出版社2001年版，第129页。

团活动频繁，此唱彼和，风雅不断。南宋四明词人群体性酬唱以官员、士绅之间的唱和为主，主要表现为以下几种形式：致仕官员之间的酬唱、雅好文学的地方官员之间的酬唱以及文化家族关系网络中成员之间的酬唱。文学酬唱活动有明显的地域特色，四明重视人伦教化，酬唱亦极少言及时政，重在体现乡邦之间、地方官员之间的人际和谐，词的交际功能、实用功能得到了强化，而文学性则有明显的削弱。

第一节　南宋四明的重学崇礼之风

四明临山靠海，风物清明，发展至南宋时已形成较为独特的地域文化。此地人文兴盛，有庞大的业儒人群，"家诗户书"，其中最主要的特征是重学、崇礼。

1. 重视教育，科举之风兴盛

宋室南渡，全国的政治、经济、文化中心随之南移，南方的文化教育获得了长足的发展，其中四明地区耕读传家的价值取向尤为引人瞩目，"其民……力本务农，好学笃志，尊师择友，弦歌之声相闻。下至穷乡僻户，耻不以诗书课子孙，自农工商贾，鲜有不知章句者"①。

四明地区的教育和学术风气的兴起，始于北宋仁宗庆历时期，庆历四年（1044），宰相范仲淹主持兴学运动，在政府的倡导下，四明地方官员高度重视，四明州县学普遍兴起。庆历七年（1047），王安石任鄞县知县，积极倡导学校教育，上任不久，便将唐元和年间（806—820）建于县东的先圣庙改建为县学，并礼聘居于草野的杜醇、楼郁为县学讲师，教养鄞县子弟。

四明在兴办官学的同时，民间教育之风也开始兴起，有数量众多精通专门之学的乡先生在各家书塾中从事教学。元代学者程端学曾指出："宋当明道、景祐间，天下文物大备，郡国学校犹未建，惟上桥陈家，辟屋储书卷、择明师，教其乡人。"② 四明上桥陈氏可能是庆历兴学之风影

---

① 赵孟頫：《题三氏同宗会谱后》，载《鄞邑城南袁氏三修宗谱》卷首，宁波市档案馆藏本。

② 程端学：《故处士陈继翁墓志铭》，《积斋集》卷五，《四明丛书》本。

响下最早从事私塾教育的一个家族，开启了私家在地方从事教学的风气，许多富家大姓也纷纷开始从事私塾教育。民间师儒的传授往往比官学更为有效和深入人心，袁燮曾言："及庆历兴学之后，虽陋邦小邑，亦弦诵相闻。而课其绩效，乃有愧于私淑诸人者，何耶？道义相与根于中心之诚，而法令从事，则与有司无异，本末故不侔也。虽然，当法严令具之时，能以道义为本，而不规规乎有司之所为，则亦不大戾于古人矣。"① 书院教育与官学相比，既"法严令具"，又不墨守成规，教学形式要生动活泼得多。杨适、杜醇、王说、王致、楼郁等五先生长期以教育乡人子弟为主要职业，教授的内容以传统经史、诗文为主，五先生在乡里的讲学活动，使得四明乡里儒学风气大盛，为明州地区培养了大批人才。全祖望对五先生开启四明学风尤为推崇："夷考五先生皆隐约草庐，不求闻达……年望弥高，陶成倍广，数十年以后，吾乡遂称邹鲁。"② 在五先生的启迪教育下，四明文风逐渐兴盛。

四明地区教育真正的兴盛要在南渡之后，随着四明成为京畿之地，地理环境的优越加之经济的繁荣，明州的文化教育在北宋积累的基础上得到迅速发展，呈现出空前繁荣的局面，一时衣冠文物繁盛，"遂甲东州郡之先进"③。地方官员重视官学，其建设力度远超北宋，私学的兴盛则主要表现在书院教育的昌盛。明州出现了一些著名学者或教育家，如高闶、杨简、史浩、王应麟、黄震等，他们精通专门之学，大多数人都有书院教育的经历。南宋明州重学之风非常普及，无论是高门贵族还是平民百姓，都极为重视对子弟的教育，"非富家大族，皆训子弟以诗书，故其俗以儒素相先，不务骄奢。士之贫者，虽储无担石，而衣冠楚楚，亦不至于垢弊"④。四明遭受建炎兵火之后，百姓生活陷入困顿，仍以教育子女为重，如楼钥称其母"笃于教子，至质贷以供束脩"⑤，徐子寅之父

---

① 袁燮：《四明教授厅续壁记》，《絜斋集》卷一〇，文渊阁四库全书本。
② 全祖望：《庆历五先生书院记》，朱铸禹汇校集注《全祖望集汇校集注》（中），上海古籍出版社 2000 年版，第 1038 页。
③ 罗濬：《宝庆四明志》卷二，《宋元方志丛刊》第 5 册，第 5012 页。
④ 罗濬：《宝庆四明志》卷一四，《宋元方志丛刊》第 5 册，第 5177 页。
⑤ 楼钥：《亡姚安康郡太夫人行状》，《攻媿集》卷八五，文渊阁四库全书本。

"家无儋石储，而笃意教子"①。

南宋明州文教昌盛，为区域文化的繁荣奠定了雄厚的基础，学风的兴盛也直接促进了四明科举仕宦的发展，戴表元还曾论及南宋时期四明地区与行都地理位置距离相对较近，昔日小郡成为近畿之地，有效地激发了士人的进取之心："吾奉化前百数十年时，地理去行都远，士大夫安于僻处，无功名进趋之心，言若不能出诸其口，气若不欲加诸其人，闭门读书，以远过咎，耕田节用，以奉公上。虽无当涂赫赫之名，而躬行之实为有余矣。渡江以来，乡老之书，天官之选，信宿可以驿致，加以中原侨儒裹书而来，卜邻而居，朋俦熏蒸，客主浸灌，编户由明经取第者十有八九，可谓诗书文物之盛。"② 四明地理上的优势和中原侨儒的到来变成促进教育繁荣的一种动力，据吴松弟估算，绍兴和议签订（1141）之前，明州的移民可能有一万乃至数万。③ 同时地域上"去南渡国都为近，故士之显闻于世者甚众"④。自高宗绍兴末年起，四明地区科举仕宦大盛，公卿大夫不计其数，衣冠盛事广为称颂，元人袁桷说："至宋受版图，兴文儒，鄞士在汴始盛，渡江以南，云瀚川涌，几二百年。"⑤《宝庆四明志》云："高宗驻跸吴山，明为甸畿，孝宗命元子保厘，礼俗日盛，家诗户书，科第取数既多，且间占首选。衣冠文物，甲于东南。"⑥《开庆四明续志》称："本府今为二浙衣冠人物最盛之地。"⑦《延祐四明志》卷六"进士录"可以考见宋代四明地区科举兴盛的全部进程，太宗端拱二年（989），四明地区始有 1 人中进士，北宋朝四明进士共有 124 人，到了南宋，进士人数激增，共有 776 人，并且涌现出状元姚颖、傅行简、袁甫，释褐状元宣缯、何大圭和武举状元胡应时等。被《宋史》立传的四

---

① 楼钥：《直秘阁广东提刑徐公行状》，《攻媿集》卷九一，文渊阁四库全书本。

② 戴表元：《董叔辉诗序》，《全元文》第 12 册，第 126 页。

③ 吴松弟：《北方移民与南宋社会变迁》，文津出版社 1993 年版，第 137 页。

④ 方孝孺：《刘樗园先生文集序》，《逊志斋集》卷一二，宁波出版社 1996 年版，第 396 页。

⑤ 袁桷：《任隐君墓志铭》，《清容居士集》卷三〇，《四部丛刊》本。

⑥ 罗濬：《宝庆四明志》卷一"风俗"，《宋元方志丛刊》第 5 册，第 4999 页。

⑦ 吴潜：《开庆四明续志》卷一"科举"，《宋元方志丛刊》第 6 册，第 5938 页。

明人物，北宋与南北宋之际有 11 人，位多不显。南宋时期有 32 人，其中有 4 人位至宰相：史浩、史弥远、郑清之、史嵩之，11 人位至执政：王次翁、史才、魏杞、张孝伯、楼钥、宣缯、袁韶、陈卓、余天锡、应繇、史宅之，名卿大夫不计其数，从而形成了"满朝朱紫贵，尽是四明人"的局面。① 又依戴仁柱（Richard L. Davis）教授的研究，1232 年，四明人口占全国总人口的 1.5%，但进士人口却占 492 人中的 48 人，近 10%。② 四明地区浓厚的重学风气以及科举仕宦的兴盛，造就了大量的文学人才，该地区的文人结盟活动频繁，且有着较为浓重的儒素气息。

2. 崇尚礼仪，推行人伦教化

四明是一个尚礼之邦，《宝庆四明志》多处提及此地的风俗，"邑有董孝子之遗风，人知孝爱，乐循理"③，"俗多醇厚"④。祝穆的《方舆胜览》亦称四明"风俗尚礼淳庬，人才比他郡为冠"⑤。南宋初年，四明士族社会形成了浓厚的讲求礼学、注重躬行的风气。高闶担任礼部侍郎时，"患近世礼学不明，凶礼尤甚"⑥，修《厚终礼》，被朱熹修《家礼》时多加采用。高闶为鄞县人，绍兴元年（1131）进士，历任礼部员外郎兼史馆校勘、著作佐郎、礼部侍郎，后遭秦桧嫉恨，挂冠致仕，教授乡里，又著有《乡饮酒仪》。

"乡饮酒礼"本是盛行于周代的一种嘉礼，起初是一种饮食的礼仪，由德高望重的老人主持举行，后来亦指地方官按时在儒学举行的一种敬老仪式，向民众昭示上下尊卑的礼仪，旨在对人进行道德伦理教育。《礼记·射义》云："乡饮酒之礼者，所以明长幼之序也。"⑦ 秦汉以来，乡饮酒礼曾长期为士大夫所沿用。隋唐以来，乡饮酒礼的仪式只在科举时举行，影响力不大。宋廷规定各地在举办科考之年，同时举行乡饮酒礼，

---

① 张端义：《贵耳集》卷下，文渊阁四库全书本。

② 参见黄宽重《宋代四明士族人际网络与社会文化活动——以楼氏家族为中心的观察》，《家族与社会》，中国大百科全书出版社 2005 年版，第 364 页。

③ 罗濬：《宝庆四明志》卷一六，《宋元方志丛刊》第 5 册，第 5200 页。

④ 同上书，第 5226 页。

⑤ 祝穆：《方舆胜览》卷七，中华书局 2003 年版，第 121 页。

⑥ 李心传：《建炎以来系年要录》卷一五二，中华书局 1956 年版，第 2445 页。

⑦ 郑玄注，孔颖达疏：《礼记正义》卷二六，《十三经注疏》本，第 1686 页。

一般三年举行一次，但也允许每年举行。据《饮礼·乡饮酒礼》，乡饮酒礼的仪节主要有：谋宾、戒宾、速宾、迎宾之礼；献宾之礼；作乐；旅酬；无算爵、无算乐；送宾及其他。① 由于乡饮酒礼的礼制程序相当繁杂，许多地方都无法坚持举行，四明地区是乡饮酒礼最早恢复和举行最久的地方，"明之为州，士风纯古，凡岁之元日、冬至，必相与谒先圣先师，而后以序拜于堂上，行之久矣"②。绍兴七年（1137），仇悆守明州时，重建州学，可能是受了高闶《乡饮酒仪》的启发，再行此礼，并为此仪式提供经费上的支持。对此，乡人王伯庠曾作记曰："明之学者，自是岁时得举盛礼，明长幼、厚人伦、敦庬和辑之化，由此兴起，则受公之赐，岂有穷也。"③ 这是南宋建立后，在四明地区首次施行此礼。对此仪式，《宝庆四明志》记载："旧俗以岁之元日或冬至，太守率乡之士大夫释菜于先圣、先师，而后会拜堂上，长幼有序，登降有仪，摈介有数，仿古乡饮礼。"④ 乡人林保参照其法，制定《乡饮酒仪》，绍兴十一年（1141）加以修改后，定名为《乡饮酒矩范仪制》，礼部奏请遍行天下。绍兴十三年（1143），改定后在明州正式颁行，此后在四明地区多次举行此礼。明州人士高闶、林保对饮酒礼的仪制、仪式进行研究与推动，使之成为四明地区的一种文化传统，在全国推行乡饮酒礼的过程中，明州扮演了先行者和示范者的角色。元代四明士人程端礼在《庆元乡饮小录序》中说："（乡饮酒礼）汉晋唐咸知举行于郡县，盖以道德齐礼，莫重于斯。废坠之久，在宋纯化间，四明独能行之，朝廷取布之天下。绍兴以后，贤守相继，订礼益精，且立恒产，以供经费，风俗之美，文献之盛，遂甲他郡。"⑤ 此后，乡饮酒礼成为四明有特色的文化活动之一，乡人参与热情高，规模大的如淳祐六年（1246）举行的乡饮酒礼，参加人

---

① 参见杨宽《古史新探》，中华书局1965年版，第280页。

② 袁桷：《延祐四明志》卷一四《乡饮酒记》，《宋元方志丛刊》第6册，第6342页。

③ 王元恭：《至正四明续志》卷一一《仇待制乡饮酒置田记》，《宋元方志丛刊》第7册，第6584页。

④ 罗濬：《宝庆四明志》卷二《乡饮酒礼》，《宋元方志丛刊》第5册，第5018页。

⑤ 程端礼：《畏斋集》卷三，《四明丛书》本。

数达到三千人。① 乡饮酒礼能在四明地区长期得以施行，与该地区的历任郡守、地方望族的努力推动是分不开的，而四明通过这一项活动的实施，亦极大地强化了士族及耆老在地方科举、文化方面的角色，有效凝聚明州士人的向心力，创造出四明独具特色的文化风气，从中也可看出当地士人对于人伦教化的重视，这种地域文化特征成为影响当地文人群体活动的一个要素，四明文人群体的聚会之作极少言及时政，更多的是与乡邦们和谐相处，颐养天年，享受清闲之趣。

四明地区士绅阶层发达，在宋代产生了不少在政治、文化领域成就卓著的家族，如史氏、楼氏、袁氏、汪氏等家族。士绅家族在地方文学活动中扮演着十分活跃的角色，家族成员之间诗词酬唱活动比较频繁，但目前流传的酬唱词作并不多，如史浩与其长子史弥大酬和之词《水龙吟·次韵弥大梅词》《好事近·次韵弥大梅花》《临江仙·戏彩堂立石名曰瑞雪，弥大作词，因用其韵》，主要表现史浩与子孙安享天伦以及对子孙的勉励之意。史弥大词今已不存。因可考的词作不多，故该内容在下文中不再论述。

第二节　闲居官员的乡友之睦：以史浩 为中心的词学活动

南宋时期四明文风鼎盛，造就了大量的科举人才，士绅阶层人员众多，当这些士大夫或官员在致仕或卸任乡居之时，往往组成社团，冠以"耆英""真率"一类的名称，属于怡老性质的社团。怡老社自唐代就已出现，有文字记载的最早怡老社是白居易组织的香山九老会，而"真率会"之名始于北宋司马光，据吕希哲《吕氏杂记》记载，司马光闲居洛阳期间，"与楚正叔通议、王安之朝议，耆老者六七人，相与会于城中之名园古寺，且为之约：果实不过五物，肴膳不过五品，酒则无算。以俭则易供，简则易继也，命之曰'真率会'"②。真率乃真诚直率之意，真

---

①　罗濬：《宝庆四明志》卷二《乡饮酒礼》，《宋元方志丛刊》第 5 册，第 5018 页。

②　吕希哲：《吕氏杂记》卷下，中华书局 1991 年版，第 22 页。

率会成员或为致仕官员、或为德高望重的耆宿，活动大多遵循"序齿不序官"的规则，"即诗社排名时，不以传统官阶大小、地位高下为序，而是以年齿长幼为序。显然，在这一规则中体现了一种朴素的平等意识，带有一定的悖离官本位的平民意识，从而确立了一种有别于官场以等级严明为特征的人际关系的新型交游特征"。"活动屏除繁文缛节，不注重排场和形式，追求俭素质朴、率性所行的价值取向。"① 南宋四明地区怡老社团无论数量还是规模都堪称两宋之最，这与此地衣冠人物之盛和崇尚人伦教化的地域风尚有密切关联。

四明怡老社主盟者多曾在朝廷任高官，是四明士绅阶层交游网络的核心群体，在社团活动中常常举行诗词唱和活动。文酒诗会的群体交往成为四明退休官员怡情适性的一种生存形式，他们有相同的生活背景，有共同关怀的乡里耆旧，通过诗词唱和、琴弈交流，达到凝聚团体意识、联络情谊的目的，并借此活动一起度过丰富文化生活的晚年。他们的结社行为推动了四明地区尊老序齿、敦尚礼教的乡里风尚，也浓郁了地方的文学风气。

南宋四明地区的怡老社主要有王珩的五老会、王次翁的八老会、史浩的尊老会、史浩五老会、史浩六老会和汪大猷的真率会。其中最具代表性、有词作流传的是以史浩为中心的尊老会社团活动，目前留下史浩作于尊老会活动期间的《满庭芳》词五首以及《最高楼》词一首。词本言情，考察史浩作于真率会的这几首词，我们发现，词的实用功能得到了强化，在传播人伦教化、推行乡饮酒礼方面发挥了它的作用。

因怡老社团留存的词作极为有限，难以考证具体词学活动面貌，故对这些有诗词唱和活动的怡老社作一勾勒。

一 五老会与八老会

五老会是南宋四明地区首次出现的老人社团，楼钥曾记述云："吾乡旧有五老会……皆太学旧人，宦游略相上下，归老于乡，俱年七十余，

---

① 欧阳光：《宋元诗社研究丛稿》，广东教育出版社 1996 年版，第 42—43 页。

最为盛事。"①"四明四先生"之一的袁燮亦曾说过:"绍兴间,吾乡德高年劭者有五人焉,其学问操履,俱一邦之望,时时合并,有似乎唐之九老,本朝之耆英,故谓之五老。绘而图之,传之至今。"② 可见五老会于高宗绍兴年间组成,五位成员皆为年龄在七十岁以上,归老于乡的太学旧人,楼钥曾具体指出这"五老"是"宗正少卿王公珩、朝议蒋公璿、郎中顾公文、衡州薛公朋龟、太府少卿汪公思温外祖也"③,其中汪思温为楼钥的外祖父。这五老都是进士出身,又曾为官,在地方上有一定的影响力,致仕之后,效仿唐代以白居易为首的洛阳"九老会",在彼此的园林中,弈棋倾榼,赏花赋诗,畅叙幽情,闲适地度过晚年的生活。

继五老会之后成立的是八老会。五老会成立之时,在四明有声望的高闶、吴秉信因年龄尚轻,无法加入,后王珩、薛朋龟离世,而参知政事王次翁致仕,回乡寓居,仰慕五老会的义风,倡议将原来的五老会改为八老会,参加的人员除了原五老会中的蒋璿、顾文、汪思温外,又加入了王次翁、高闶、吴秉信、徐彦老和布衣陈先五人。八老会的成员资历不等,不像五老会的成员那样都是进士,还吸收了布衣成员陈先,表明其中加强了乡谊的成分,变为更具乡友之睦的交谊聚会。

"五老会"与"八老会"虽没有作品流传,但引导了四明地区的结社风气,在四明文化建设中起到了推手的作用。

二　史浩与尊老会

最能体现乡友之睦的是史浩组织的尊老会的出现。史浩(1106—1194),字直翁,明州鄞县人(今浙江宁波),绍兴十五年(1145)进士,孝宗朝以中书舍人迁翰林学士、知制诰,累官右丞相,有《鄮峰真隐漫录》《鄮峰真隐词曲》。据《宋史》本传,史浩于隆兴元年(1163)拜尚书右仆射,不久后因事罢职家居,淳熙五年(1178)三月复召为右丞相,其间除有四年左右断续出任地方官外,退居乡里达十三年之久。史浩以宰相身份致仕家居,从游者甚众,相互之间觞咏酬唱,尊老会就是史浩

---

① 楼钥:《跋蒋元宗所藏钱松窗诗帖》,《攻媿集》卷七五,文渊阁四库全书本。

② 袁燮:《絜斋集》卷一八,文渊阁四库全书本。

③ 楼钥:《跋蒋元宗所藏钱松窗诗帖》,《攻媿集》卷七五,文渊阁四库全书本。

罢职居家期间所组织的活动。学者们普遍认为，可视史浩的尊老会为文学社团，如周扬波先生认为："尊老会是酒会，内容是为高年乡老作庆劝酒，属于广义意义上的会社范畴。"① 欧阳光先生则将其定性为"怡老诗社"，"怡老诗社活动形式，较北宋时更为繁复，不仅有诗酒唱和，还有舞乐队助兴"。② 许伯卿《宋词题材研究》一书中，将之称为"南宋怡老词社"③。张晓利《南宋词社辑考》一文也将尊老会活动定位为"具有怡老性质的词社活动"④。该会社具体成员与活动情形因文献的缺乏已难详考，但从主盟该会的史浩所写的《四明尊老会致语》和相关词作中，可略知一二，《四明尊老会致语》（旁注小字"癸巳"，可知作于乾道九年，1173 年）云：

> 荧煌玳席萃鹤发之群仙，缥缈兽烟祝龟龄之千岁。懿兹雅宴，宜有欢谣。恭惟合郡耆英，满筵硕望。或缙绅贤君子，或场屋老先生。学成行尊，则周公其人也。年高德邵，是孔氏之徒欤。缓乘豹隐之安车，来作龙门之重客。开府相公，荣归故里，相晤少效于二疏；判府显学，治最此邦，敬老尤高于九牧。喜是宾朋之集，共推德齿之尊。觞举霞流，偏上松椿之寿；舞翻回雪，克谐丝竹之音。千古美谈，一时盛事。⑤

可见，尊老会活动的目的是敬老和"推德齿之尊"，尊老会的主要活动形式是饮酒赋诗，共叙乡情，具有文学社团的特点，其中有词作唱和的内容。在尊老会的词学活动中，目前流传下来的词作有史浩《满庭芳》词五首，分别是：《四明尊老会劝乡大夫酒》《劝乡老众宾酒》《代乡大夫报劝》《代乡老众宾报劝》《代乡老众宾劝乡大夫》。另有《最

---

① 周扬波：《南宋四明地区耆老会概述》，《宁波大学学报》2006 年第 5 期。
② 欧阳光：《宋元诗社研究丛稿》，广东高等教育出版社 1996 年版，第 240 页。
③ 许伯卿：《宋词题材研究》，中华书局 2007 年版，第 307 页。
④ 张晓利：《南宋词社辑考》，《古籍研究》总第 57—58 卷，安徽大学出版社 2013 年版，第 338 页。
⑤ （宋）史浩：《鄮峰真隐漫录》卷三八，文渊阁四库全书本。

高楼》（当年尚父）词一首，其小序云："乡老十人皆年八十，淳熙丁酉（1177）三月十九日，作庆劝酒。"可知亦作于怡老社群体活动之时，词题中出现的"乡大夫""乡老""众宾"等都是古代乡饮酒礼中的角色，劝酒、报劝也都是这一礼仪的组成部分，可知尊老会将乡饮酒礼推行到会中，使之成为专门的尚老仪式。是否有词人与史浩相唱和，目前已难以考证。

史浩的这些词作，更多的是表达乡友聚会时谈笑醉饮，安享太平的闲居之乐，兹录几首于下：

> 鲸海波澄，棠阴日永，正宜坐啸雍容。岁丰民乐，无讼到庭中。试数循良自古，龚黄外、谁可追踪。那堪更，恩均耄寿，良会此宵同。　　璇穹。占瑞处，荧煌五马，璀璨群公。盛笙歌罗绮，共引髦翁。只恐芝泥趣召，双旌展、猎猎飞红。须知道，君王渴见，名久在屏风。（《满庭芳·四明尊老会劝乡大夫酒》）

> 十载江湖，一朝簪组，宠荣曷称衰容。圣恩不许，归卧旧庐中。慨念东山伴侣，烟霞外、久阔仙踪。今何幸，相逢故里，谈笑一尊同。　　吾州，真幸会，湖边贺监，海上黄公。胜渭川遗老，绛县仙翁。纵饮何辞烂醉，脸霞转、一笑生红。从今后，婆娑化国，千岁乐皇风。（《满庭芳·劝乡老众宾酒》）

> 复拥旌麾，重歌襦袴，满城长自春容。搢绅耆旧，欢溢笑谈中。尽道邦君恺悌，逍遥遂、湖海退踪。今朝会，公真乐善，屈意与人同。　　恩勤，东道主，挥金汉傅，怀绶朱公。引群仙环拱，欲寿吾翁。春瓮初澄盎绿，春衫更、轻染香红。持杯愿，归登绛阙，花萼醉春风。（《满庭芳·代乡老众宾劝乡大夫》）

三　汪大猷与真率会

史浩的尊老会之后，还有汪大猷主盟的四明真率会，汪大猷（1120—1200）字仲嘉，号适斋，汪思温次子，官至吏部侍郎，兼权尚书。淳熙二年（1175）因茶商赖文政之乱而被贬，五十六岁便赋闲在家，后退居乡里。汪大猷自幼诵读经书，曾与乡人史浩同中进士乙科，富有文才又勤于著述，是四明地区文化活动的主要推动者，有《适斋存稿》

二十卷，已佚。

楼钥为汪大猷外甥，南宋名士，字大防，号攻媿主人，庆元元年 (1195)，因罪奉祠返乡，追随舅父，参与了真率会，并成为真率会的中坚力量。真率会历时较长，先后参与真率会的成员众多，赵粹中、周模、袁章、赵伯圭、朱南剑、高仲远等人都曾先后参与真率会活动。

楼钥对举真率会一事知之甚详，其《攻媿集》卷六之《适斋约同社往来无事形迹次韵》云：

> 舅氏年益高，何止七十稀。神明曾未衰，发黄齿如儿。
> 义概同古人，间里咸归依。度量海深阔，仁爱佛慈悲。
> 居然三达尊，后生愿影随。为作真率集，率以月为期。
> ……
> 但欲客长满，痛饮真吾师。乡党既恂恂，朋友亦偲偲。
> 凡我同盟人，共当惜此时。间或造竹所，宁容掩柴扉。
> 耆英古有约，不劝亦不辞。此意岂不美，谨当守良规。
> 达哉杜陵客，从它人见嗤。凡我同盟人，共当惜此时。①

楼钥还在其他诗作中言及真率会的活动情况，如《次适斋韵十首》之《棋会》云："归来乡曲大家闲，同社仍欣取友端……琴弈相寻诗间作，笑谈终日有余欢。"② 在为舅父汪大猷所撰的行状中，楼钥也提及真率会活动和自己追随舅父参加活动之情景："真率之约，觞咏琴奕，未尝以爵齿自居。……六年之间，有行必从，有唱必和，徒步往来，殆无虚时，剧谈倾倒，其乐无涯。"③

从以上材料可推知，真率会以月为期开展活动，活动时间至少在六年之上，主要内容为品茗闲聊、觞咏琴奕、闲游赋诗等，会员地位平等，活动氛围轻松。汪大猷以白居易的闲适人生为追慕对象，作为主盟人物，汪大猷的创作偏好必然会影响到真率会的创作偏好，真率会的诗词唱和

---

① 楼钥:《攻媿集》卷六，文渊阁四库全书本。
② 楼钥:《攻媿集》卷一二。
③ 楼钥:《敷文阁学士宣奉大夫致仕赠特进汪公行状》，《攻媿集》卷八八。

也以闲适为上，不注重作品的雕饰，"赓唱本求闲燕乐，莫夸末路费精神"①，白居易式的闲适之风在他们的创作中得到了充分的体现。

五老会、八老会、真率会等群体活动中诗词唱和活动频繁，但却没什么作品流传，有学者推测："大致以田园闲适、应酬娱老为宗旨，只是封闭在个人生活的圈子里吟诵着林泉风月中的逍遥自在，作品缺乏鲜明的时代感和现实感，所以作品很少流传。"② 所言有一定道理。以史浩为中心的文人群体活动，其中的词学活动是为年高德劭的乡老作庆劝酒，将词作为传播乡里尊老尚齿、敦尚礼教的地域风尚的工具，"在推动以诗词抒怀、联谊的真率会、诗社之类的集会的同时，也推行一项以尊老、序齿，具有团结、建立集体意识的礼教活动，就是'乡饮酒礼'的实施"③。词的致用功能得到了充分的发挥，词的艺术性则被淡化。

第三节　地方文官的社交酬唱：以吴潜 为中心的词人群体活动

吴潜是南宋末期政坛重要人物，宝祐四年（1256）四月，以观文殿大学士、沿江制置大使判庆元府。治鄞期间，以其为中心形成了一批地方文官，相互唱和，基本形式是属官原唱，吴潜和韵，他们将词作为地方官员公务之余沟通交流情感的社交手段，语言呈现出口语化的特征。

太守吴潜（1195—1262），字毅夫，号履斋，宣城人，一说德清人，④出身官宦家庭，父吴柔胜及兄吴渊俱闻名于时。南宋嘉定十年（1217）举进士第一，理宗朝曾两度为相，仕宦时间达四十余年。吴潜不仅富有政治才华，同时还是一位文坛名家，诗、词、文创作颇丰，著有《履斋遗集》四卷，《履斋诗余》三卷，《四库全书总目》评价吴词艺术风格：

---

① 楼钥：《次适斋韵十首》（其六），《攻媿集》卷一二。

② 张如安：《汉宋宁波文学史》，中国文联出版社 2001 年版，第 94 页。

③ 黄宽重：《宋代的家族与社会》，国家图书馆出版社 2009 年版，第 151 页。

④ 《钱塘遗事》中"吴潜入相"条记载："又自铭其棺云：'生于雪川，死于龙水'"，"雪川"在湖州境内；况周颐《历代词人考略》引《德清新志》云："吴渊、吴潜皆生长德清，非流寓也。""生在湖州新市镇，死在循州贡院中。"德清应为其出生地，而宣城为其祖籍。

"其诗余则激昂凄劲，兼而有之，在南宋不失为佳手。"① 《全宋词》收其词作 256 首，其中在四明创作的词达 118 首，吴潜任职四明期间，掀起了四明文官唱和的热潮。

吴潜任职四明的时间，《宋史》本传中没有具体记载，学界有不同的说法，一说吴潜于宝祐四年（1256）四月至开庆元年（1259）八月判庆元府，开庆元年八月后判宁国府。② 一说宝祐四年（1256）四月，吴潜授沿海制置使，判庆元府，宝祐五年（1257）至开庆元年（1259）八月，判宁国府。③ 这两种说法的分歧点在于，吴潜何时移判宁国府？梅应发等撰的《开庆四明续志》跋中有"大使丞相履斋先生吴公三年治鄞"的说法。④ 梅应发是吴潜任职期间的属官，《续志》中大量的内容是书吴潜治鄞期间的政绩，其中对于吴潜任鄞时间的记录应该是可靠的。吴潜宝祐四年四月上任，任期三年则正好是到开庆元年。而《宝庆四明志》中对吴潜在宝祐四年至开庆元年的行踪记载比较清晰：

> 吴潜，以宝祐四年四月二十三日，奉御笔，依旧观文殿大学士，沿海制置大使，判庆元军府。已于九月初九日到任，交割两司职事。至五年正月初六日，奉御笔，吴潜特转一官，职任依旧。当年四月□□日，蒙恩予告还里。当月十五日起离。至闰月二十六日备奉圣旨指挥，比以海闽重地，付吴潜弹压，威惠所浃，鲸波晏然。今已及假满之期，所合申趣还之命，可令宁国府守臣宣谕就道，具起发日时闻奏，已于五月初三日祗拜恩命。及承守臣赵采到家宣谕指挥，即已遵奉圣旨消假。五月十二日起离宁国府，迤逦回任，至当月二十一日抵庆元府，交领两司牌印。续于宝祐六年九月初三日，备奉御笔，吴潜分阃四明，已书再考郡，纲振饬，海道肃清，可特转一

---

① 永瑢等：《四库全书总目》卷一六三《履斋遗集提要》，中华书局 1965 年版，第 1398 页。

② 朱孝臧《履斋诗余跋》中有"《四明志》所载乃丙辰至己未先生守庆元时所作"之语，宛敏灏《吴潜年谱》（《合肥师范学院学报》1963 年第 1 期）也持此论。

③ 孙广华《吴潜及其词》（南京师范大学硕士学位论文，2005 年）、吴承林《吴潜综论》（安徽大学硕士学位论文，2007 年）均有此说法。

④ 梅应发：《开庆四明续志》序，《宋元方志丛刊》第 6 册，第 5929 页。

官，令再任。累辞不获，于当月十七日，望阙祗受诰命。至开庆元年八月十七日，再疏乞归田里。奉御笔，吴潜三年海闽，备竭勤劳，累疏丐归，高节可尚，可依旧观文殿大学士，判宁国府，特进封崇国公，令学士院日下降制，于当月二十八日离任。①

以上材料显示，宝祐五年（1257）四月至五月，吴潜曾短暂离开庆元府回宣城老家，宣城为宁国府的治所，宋祝穆《方舆胜览》卷一五记载："东汉立宣城郡……唐昭宗时号宁国军。皇朝为宣州，仍为宁国军节度。继以孝宗潜藩，升宁国府，今领县六，治宣城。"② 故有宁国府守臣"赵采到家宣谕"之说，并非其转判宁国府，并在当年的五月二十一日回到庆元府任职，直到开庆元年八月二十八日离任。《宝庆四明志》中也记载了下一任郡守余晦赴任时间为开庆元年（1259）十月。此外，吴潜的许多诗词都在题序中注明创作的时间和地点，我们也可通过分析这一类词作，进一步确定其任职四明的时间，如《满江红·戊午二月十七日四明窗赋》一词可为佐证材料，戊午指宝祐六年（1258），词题中的四明窗为四明景点，词中有"空怅望、昭亭深处，家山桃李""问此翁、不止四宜休，翁归未"等句，"昭亭"是吴潜家乡宣城的景点之一，从"空怅望""翁归未"等语可以推知宝祐六年时吴潜还在判庆元府任内。再如《青玉案·己未三月六日四明窗会客》《满江红·己未四月九日会四明窗》等词作，己未为宝祐七年（1259），词中"归去来兮，不如归去，铁定知今是""芳草凄迷归远路，子规更叫黄昏月""怕转头、天际望归舟，江山隔"等句都流露出回归家乡的迫切心愿。吴潜在鄞期间创作、有时间记载最晚的一首词是《水调歌头·和梅翁韵预赋山中乐，己未中秋中浣书于老香堂》，"老香堂"在明州府堂后，由此可推断他判宁国府的时间在己未八月十五日以后（注：宝祐七年又改开庆）。在吴潜词作中，像这样标明创作地点在四明，且有具体创作时间的词作还有很多，这些词作皆可作为推断吴潜任职四明的时间证据。

吴潜判庆元府期间，在其身边聚集了众多能诗善词的地方文官，吴

---

① 罗濬：《宝庆四明志》卷一，《宋元方志丛刊》第 5 册，第 5008 页。
② 祝穆：《方舆胜览》卷一五，中华书局 2003 年版，第 271 页。

潜与地方文官的唱和活动兴盛一时，这种现象在各地文坛尤其是词坛都是不多见的。吴潜曾以孟尝君自比，"生愧孟尝挽一日，叹三千、客汗挥成雨"（《贺新郎·和刘自昭俾寿之词》），虽然作者的本意是说自己无所作为，但也说出了自己周围的门客人才很多，这得益于南宋四明人才之盛。关于南宋四明多士，文献多有记载，陈造说："夫四明多士之地，凡昔之光贲史册，今之辉映缙绅、标表士林者，不知其几。"① 主要表现为受到良好教育的儒士众多，文学活动也成为四明儒士诗性生存的方式。

一 以公务为核心的诗歌唱和

四明以吴潜为首的文官唱和包括诗歌唱和与词唱和两类，诗歌唱和以公务为主要内容，体现出地方官员以诗歌为主要社交手段和这一群体对地方政务的共同关怀。吴潜不但有经世济民之心，而且有超凡的政治才能，判庆元府三年，卓有政绩，吴潜这段时间的政绩大体被记载于《开庆四明续志》，其序云："《四明志》作于乾道，述于宝庆，详矣，然则何续乎？所以志大使丞相履斋先生吴公三年治鄞，民政兵防，士习军食，兴革补废，大纲小纪也。其已作而述者，不复志。"② 吴潜治鄞的主要政绩：一是修路建桥、兴修水利。庆元百姓饱受旱涝之灾，吴潜在地方财政拮据的情况下，兴修了平桥水、洪水湾、练木碶、黄泥埭、新堰、西渡堰、林家堰二十余处水利；致力于架桥铺路，修建了广利桥、王家桥、慈溪新路等。二是减免赋税，对贫苦百姓，吴潜为之输纳赋税，减轻了人民的负担。三是注重学校建设，积极修缮校舍，注重对文化人才的培养。

吴潜在四明的唱和诗与政务相关的居多，涉及农业和水利问题尤多，明人梅鼎祚《宛雅》诗话引《牧津录》云："吴履斋在宁波有'数茎半黑半丝发，一寸忧晴忧雨心'之句，自古牧民未有二者。"其唱和诗体现出作为地方太守亲民勤政、忧农爱民的思想。其中数量最多的是写雨雪旱涝、关心民瘼的诗歌，"喜雨"诗51首，"喜雪"诗32首，"苦雨"诗11首，占其诗歌总数的三分之一强。《开庆四明续志》卷八《祈祷》记

---

① 陈造：《答刘秀才书》，《全宋文》卷五七五四，第 168 页。
② 梅应发：《开庆四明续志》序，《宋元方志丛刊》第 6 册，第 5929 页。

载了吴潜任职四明期间因旱涝为民祈祷之事：

> 宝祐五年夏六月，不雨，大使丞相焦劳请祷，靡所不至。乃延广仁院白衣大士，若灵应庙神祠山城隍诸像，列公堂而祈焉。一日亭午，骄阳如焚，公方露香祷于庭，俄密云起南方，有黑龙见，蜿蜒飞动，万目骇视，雨随下如注，四郊霑足，岁事独稔于旁郡。六年三月，种未入土，弥月旱亢，人情皇皇。公斋心祷祈如前，望日迎天井山蜥蜴神，虽间霹雳，卒未大应。公谓民命近止，雨少缓则不及事，即斋宿真隐观，设碧玉醮以告于帝。时夜半焚章，雷雨沛然，彻旦未休。黎明，公还府，夹道呼相公雨，欢声如雷，河流洋溢，农皆荷锸，乃亦有秋。民不乏绝者，公之力也。开庆元年五月，苦淫潦不止，低田凡三莳，秧淹没而偃，民抟手无策，祷禳无所不用其极。公曰："虚文非所以格天也。"乃命僚佐决府县三狱讼，出系囚，尽蠲五年以上苗税，减放诸酒库一分息，著为额。令下，百姓鼓舞，阴云解驳，天日清明。公又虑积水之害禾也，委官周行田野，遍启诸闸，有碍堰所不能泄者则决之。水既疏，苗之仆者兴焉。越两月，雨复愆期，公祷辄霁，岁卒大熟。盖三年之间，常旸苦雨无岁无之，公一忱所格，如响斯应。民虽至迫切，亦恃公以无恐。公诗有云："数茎半黑半丝发，一片忧晴忧雨心。"念虑未尝不在畎亩间也。传曰：闵雨者，有志乎民者也。喜雨者，有志乎民者也。其公之谓乎？[①]

以上记载将吴潜忧农爱民的拳拳之心表露无遗，闪耀着仁爱的光芒。吴潜唱和诗歌多涉及农事之作，面对淫雨绵绵，吴潜的内心焦虑不已，《苦雨吟十首呈同官诸丈》其一云：

> 旧雨连今雨，南鸠唤北鸠。
> 声声肠寸断，点点泪交流。

---

① 梅应发：《开庆四明续志》卷八，《宋元方志丛刊》第 6 册，第 6016 页。

历耳风来处，凝眸天尽头。

衷情如此苦，造物亦怜不？

其四云：

早晚遣长须，行田西北隅。

稻禾都旺否，庐舍莫淹无？

高仰为何碛，低洼是某都？

水痕如退落，分寸要相符。

而当遇久旱之甘霖、久雨之初阳、寒冬之瑞雪，他便似农人般欣喜不已，忍不住对着同僚吟唱出满心的欢喜。其《久雨喜晴，检阅计院纪以春容之篇，敬用韵为谢》直言道："乐天何爱咏，尧夫非好吟。愧乏康济术，粗怀饥溺心。"吴潜表示自己并非好吟，只是以诗为表达济世情怀的工具，忧农之情朴素而真挚。《和谢惠计院》二首（其一）云：

插种如云四月头，代他田畯阅耕畴。

意行不敢烦君重，诗到偏能写我忧。

占谷喜看连岁熟，丽琛闻说十分收。

各家官事随宜了，尊酒相过莫外求。

诗中感谢惠计院代他巡行农田，并欣喜地预测农田将有好的收成。把百姓的疾苦时刻装在心中，将大自然的阴晴雨雪与忧心农事相连，正如《开庆四明续志》论及吴潜诗时所说："若夫切切畎亩，盼盼雨晴，一游一咏，可以观焉。"① 这种以农业为关注焦点的唱和诗体现出对百姓真诚的关爱，与一般士大夫的风花雪月情怀判然有别。

二　群体酬唱的成员结构和酬唱地点

吴潜判庆元府期间，是其词作的高产期，所作和韵词就有 60 余首。

---

① 梅应发：《开庆四明续志》卷八，《宋元方志丛刊》第 6 册，第 6016 页。

吴潜倾向于"诗言志，词言情"的区分，他在四明的词学唱酬活动具有社交娱乐的性质，唱和词极少涉及政事，主要记录休闲生活及内心情感，以词作为地方官员之间沟通交流情感的社交手段，他们的酬唱活动也促成了四明词坛的兴盛。惜众多原唱词今已不存，我们只能以吴潜的和词为考察对象，尽力去还原这个群体词学活动的本来面目。吴潜和词题目中蕴含着唱和时间、唱和对象、唱和地点等诸多信息，也有一些题序，暗示词作的群体性创作形式，为方便展示群体酬唱的面貌，特将吴潜部分四明和词词题列于下表：①

序号	词　　题
1	《浪淘沙·戊午中秋和刘自昭》
2	《水调歌头·夜来月佳甚，呈景回、自昭二兄。戊午八月十八日》
3	《满江红·戊午秋半，偕胡景回、刘自昭二兄小饮待月》
4	《水调歌头·戊午九月，偕同宫延庆阁过碧址》
5	《满江红·戊午九月七日，碧沚和制几韵》
6	《满江红·景回计院行有日，约同官数公，酌酒于西园，取吕居仁〈满江红词〉"对一川平野，数间茅屋"九字分韵，以饯行色，盖反骚也。余得对字，就赋》
7	《柳梢青·戊午十二月十五日安晚堂和刘自昭》
8	《宝鼎现·和韵己未元夕》
9	《满江红·己未四月九日会四明窗》
10	《满江红·己未庚李制参直翁俾寿之词》
11	《霜天晓角·己未五月九日，老香堂送监薄侄归，和自昭韵》
12	《秋夜雨·己未八月二日新桃源和韵》
13	《生查子·己未八月二日四明窗和韵》
14	《南乡子·和韵，己未八月十日郊行》
15	《行香子·开庆己未八月十夜，同官小饮逸老堂，李直翁制参出示东坡钓台行香子，走笔和韵》
16	《水调歌头·和梅翁韵预赋山中乐，己未中秋中浣书于老香堂》
17	《青玉案·和刘长翁右司韵》

① 表中将能确定唱和时间的和词按时间顺序排列在前，不能确定时间的排列在后。吴潜和词中还有一韵多和现象，本表不予列出。

序号	词　题
18	《贺新郎·和翁处静桃源洞韵》
19	《贺新郎·和刘自昭俾寿之词》
20	《隔浦莲·和叶编修士则韵》
21	《隔浦莲·会老香堂，和美成》
22	《满江红·和刘右司长翁俾寿之词》
23	《八声甘州·赓叶编修俾寿之词》
24	《谒金门·和赵参谋》
25	《谒金门·和刘制几》
26	《谒金门·和自昭木香》
27	《浣溪沙·和谦山》
28	《霜天晓角·和叶检阅仁叔韵》
29	《霜天晓角·和刘架阁自昭韵》
30	《霜天晓角·和赵教授韵》
31	《蝶恋花·和处静木香》
32	《朝中措·和自昭韵》
33	《朝中措·老香堂和刘自昭韵》
34	《虞美人·和刘制几舟中送监薄韵》
35	《清平乐·和刘制几》
36	《渔家傲·和刘制几》
37	《秋夜雨·和韵刘制几立秋夜观月，喜雨》
38	《糖多令·答和梅府教》
39	《南乡子·答和惠计院》
40	《浣溪沙·和桃源韵》
41	《谒金门·老香堂和韵》
42	《谒金门·和韵赋茶》
43	《水调歌头·奉别诸同官》
44	《贺新郎·和惠检阅惜别》

　　从上表可知，戊午（宝祐六年）、己未（宝祐七年）是吴潜和词创作的高峰期，而宝祐四年、宝祐五年和词数量则很少，也许是他在任职初期与属官之间的关系还不够密切，酬唱活动相对较少。检视吴潜唱和词

题，可推知参与词学唱和的具体词人，词题中具体言明的酬唱对象有刘长翁、翁元龙（字处静）、胡景回（计院）、刘制几（字自昭）、梅府教（应发）、李直翁（制参）、叶士则（编修）、赵参谋、赵丞相、赵教授、叶仁叔（检阅）、惠计院、谦山等，以与刘自昭唱和词最多。唱和对象中大部分是其属官，直接以官职来称呼，涉及的官职有"架阁""计院""检阅""府教""制参""编修"等，据《宋史·职官志》，这些官职皆为地方上的文官：架阁，原指储存档案的木架，宋设立架阁库，"掌储藏帐籍文案以备用，择选人有时望者为之"，相当于现在的图书档案管理人员；计院，"（盐铁、度支、户部）三部勾院，判官各一人。以朝官充，掌勾稽天下所申三部金谷、百物出纳帐籍，以察其差殊而美防乡"，主要职责是审计；检阅，属史官类，掌点校书籍；府教，为府学教授省称；制参：宋制置司参议省称，"大使置属参谋、参议、主管机宜、书写文字各一员"，相当于现代的秘书。

与吴潜四明唱和的清客、属官原唱之词皆已佚，大多词人的生平也难以考证，以下简述之：

刘长翁，即刘震孙，字长卿、长翁，号朔斋，官右司，曾知宛陵县，理宗嘉熙元年（1237）知湖州。宝祐三年（1255）提举广东常平，景定二年（1261）提举江东常平。刘震孙与吴潜交往频繁。据周密《齐东野语》记载："刘震孙字长卿，号朔斋，知宛陵日，吴毅夫潜丞相方闲居，刘日陪午桥之游，奉之亦甚至。尝携具开宴，自撰乐语一联云：'入则孔明，出则元亮，副平生自许之心；兄为东坡，弟为栾城，无晚岁相违之恨。'毅夫大为击节。刘后以召还，吴饯之郊外，刘赋《摸鱼儿》一词为别，末云：'怕绿野堂边，刘郎去后，谁伴老裴度？'毅夫为之挥泪。继遗一价，追和此词，并与小衾侑之，送数十里外。启之，精金百星也。前辈怜才赏音如此，近世所无。"[①] 可见吴潜与刘震孙二人秉性相投，吴潜对长翁赏识有加。吴潜任职四明后，两人仍交往不断，《开庆四明续志》卷一〇载有吴潜诗《和刘右司震孙见寄六绝一律》。吴潜与刘长翁的唱和应该是书信往来的唱和，刘原词已佚。

---

① 周密：《齐东野语》卷二〇，中华书局 1983 年版，第 369 页。

翁元龙，生卒年不详，字时可，号处静，四明（浙江宁波）人，著名词人吴文英之弟。[①] 理宗朝曾为右丞相杜范门下客，在宋末词坛亦称名家。周密《浩然斋雅谈》卷下云："翁元龙时可，号处静，与吴君特为亲伯仲，作词各有所长。世多知君特，而知时可者甚少。"[②] 沈义父《乐府指迷》云："壬寅秋，始识静翁于泽滨。癸卯，识梦窗。暇日相与倡酬，率多填词，因讲论作词之法。"[③] 可见翁元龙与兄吴文英同时活跃于当时，沈义父通过认识翁元龙后再认识吴文英，曾与翁氏兄弟共同切磋词艺，频繁唱和。吴潜与翁元龙的交往或与翁逢龙有关，翁逢龙字际可，号石龟，为元龙之兄，与吴潜同为嘉定十年（1217）进士，理宗嘉熙中逢龙任平江通判，吴潜此期亦恰知平江，故二人有交谊。吴潜与元龙三兄弟皆交好，判庆元府期间，与元龙来往颇多，且有"惟处静，解吾志"之语，可见二人关系密切。吴潜与元龙的和词有《蝶恋花·和处静木香》《贺新郎·和翁处静桃源洞韵》《贺新郎·再和翁处静桃源洞韵》《贺新郎·三和翁处静桃源洞韵》等。

刘自昭，即刘制几，字自昭，生卒年不详，吴潜和刘自昭之词中有"君逾五十我成翁"之语（《浪淘沙·戊午中秋和刘自昭》），吴潜判庆元府时已 62 岁，则吴潜比刘自昭年长十余岁。自昭曾官制置使机宜文字、尚书省架阁。据吴潜等人的诗词，刘自昭亦曾写有不少诗词，可惜失传。《广志绎》卷四中有一处记载，"又有太学王炎午、布衣刘子俊、彭震龙、刘自昭、张云，皆信国门客，始终以死报信国者"[④]，"信国"指文天祥，因他曾被封为"信国公"，据此记载，则刘自昭曾为文天祥门客，为忠贞之士。吴潜与刘自昭关系亲密，视刘为可以倾吐心声的挚友。吴潜与刘自昭的唱和词也是我们推知其任职庆元府时期心态的极好文本。

叶士则，即叶隆礼，字士则，号渔林，嘉禾（今浙江嘉兴）人。理宗淳祐七年（1247）进士，淳祐十年（1250）通判建康府，十二年

---

① 关于翁元龙、翁逢龙、吴文英三兄弟的排序，学界有不同的看法，可参见肖鹏《宋词通史》，凤凰出版社 2013 年版，第 850 页。

② 周密：《浩然斋雅谈》，《词话丛编》第 1 册，第 228 页。

③ 沈义父：《乐府指迷》，《词话丛编》第 1 册，第 277 页。

④ 王士性：《广志绎》，中华书局 1981 年版，第 85 页。

（1252）除国子监。宝祐年间叶隆礼在临安任国子监，开庆元年（1259）为两浙运判、军器少监兼知临安府，历官见《两浙金石志》卷十二。奉诏撰有《契丹国志》，官编修。

梅府教，即梅应发，字定夫，号昃翁，广德（今属安徽）人。理宗宝祐元年（1253）进士，开庆元年（1259）以迪功郎授庆元府学教授，从吴潜学。梅应发对吴潜十分敬重，编《开庆四明续志》记录吴潜三年治鄞的功绩，且收录了吴潜此期创作的诗词。

胡景回，生平事迹不详，据吴潜诗题《小至三诗呈景回制干并简同官》，可知胡曾官庆元府制干，吴潜词中称景回计院，可知亦官计院，与吴潜关系密切。

李直翁，生平事迹不详，吴潜判庆元府时为制参。

叶仁叔，生平事迹不详，据《四明续志》卷八记载，宝祐五年（1257）前为四明检阅。

其他成员赵参谋、赵教授、惠计院、谦山等生平事迹皆难以考证。

从吴潜唱和词中所描绘的地点来看，吴潜与属官的酬唱地点主要是当地的园林风景名胜。逸老堂、老香堂、苍云堂、安晚堂、桃源洞等都是他们闲暇观景、修养身心的场所，而这些场所几乎都与吴潜有关，为吴潜任职时创建或修葺的。

逸老堂：因李白称贺知章为"逸老"而得名，供祀贺知章和李白。逸老堂年久坍圮，开庆元年（1259）吴潜加以重修，其《重建逸老堂记》云：

逸老堂者，绍兴十四年郡守莫侯将所创，并为文以记之者也。其义盖摘李太白所云"四明逸老贺知章"之语。按：贺公，字季真，唐开元十三年为礼部侍郎、集贤院学士，肃宗升储副，授秘书监、太子宾客。天宝初，移疾请为道士还乡里，诏赐剡川居焉。剡隶越，鄞故越封部，公亦自号四明狂客，故侯缔堂妥灵于是邦之月湖，且合太白而纪之，谓二公皆抱气识之全者也。然以予观之，太白初见明皇，倨傲鲜腆，待高力士辈若奴仆，其气真可以挥斥八极，驱役群动。而其末也，乃陷于永王璘之党，毋亦气有余而识未足耶？季真遭时遇主，弹指可都显位，忽飘然引去，人知其为高而不知其所以高也……是堂之建，迨今一百十五年矣，屋老圮坏，屡葺屡颓，片瓦尺椽，几无存者。予领郡之三年，始克鼎新之，规模宏敞，视昔稍异。因求季真之像于越，绘而龛之，且诔以词，述以赞，用诏永久，俾邦之人士景清风而企芳躅，或少裨于风教云尔。①

贺知章，字季真，尝为秘书监，据称贺知章晚归四明月湖，自号"四明狂客"②，与李白交好，李白有"四明有狂客，风流贺季真"之语。吴潜将李白与贺知章进行对比，认为李白入李璘幕府，"气有余而识未足"；而"季真遭时遇主，弹指可都显位，忽飘然引去"，能洞悉世情，不为暂时的蝇头小利所缚，懂得急流勇退。逸老堂深得吴潜喜爱，由此可见词人向往隐逸，厌倦官场争斗的思想。

桃源洞、老香堂、四明窗、苍云堂等景观在梅应发所撰的《开庆四明续志》卷二"郡圃"中均有记载，兹录于下：

> 新桃源：郡圃旧总名桃源洞。求其义，桃源，鄞乡名也。凿子城通隙地，故以洞名之耳。今既合郡圃于堂后，又不欲尽捐旧额，遂以"新桃源"榜之。

> 老香堂：在府堂后，面北，前植百桂，取"山头老桂吹古香"之句以名。先是燕居之地多隘塞，自敞斯堂，大使丞相日坐其间，静观万物，俯仰夷犹。前筑一坛，名"月地"，可坐三十客，月天露席，若将忘世，而堂扁则丞相自题。

> 苍云堂：直郡圃之北，自老香堂为步廊数十间，周回而至堂后，为牖，临小教场。前有古桧数本奇甚，旧守垒山佐之，倾圮不治，而后之来者，不知"苍云"取义于此，易以他名。大使丞相既辇石增旧观，择空地以桧补之。搜"苍云"旧扁犹在，前守章大醇建，而历阳张即之书。

> 四明窗：公既增浚旧池，跨两虹其上，而辟虚堂于中。客请名

---

① 梅应发：《开庆四明续志》卷二，《宋元方志丛刊》第 6 册，第 5945 页。
② 初建"逸老堂"的郡守莫侯将称贺知章为乡贤，贺知章籍贯实为越州永兴人。

之，公谓四明洞天为石窗，此堂作新窗户，玲珑四达，遂亲题斯扁。①

从方志记载来看，吴潜或对原景观加以复原，但沿用旧名，如"逸老堂""苍云堂"；有的对原景观加以拓展，另起新名，如"老香堂""新桃源""四明窗"等。这些场所经吴潜的修葺与改造，成为他与众多属官在公务之余诗词酬唱，度过休闲时光的主要场所。

另安晚堂、碧沚亭等也是吴潜与词客们消遣时光的场所，如《柳梢青·戊午十二月十五日安晚堂和刘自昭》《水调歌头·戊午九月，偕同官延庆阁过碧沚》《满江红·戊午二月二十四日，会碧沚，三用韵》《满江红·戊午九月七日，碧沚和制几韵》等词。安晚堂，南宋丞相郑清之之园，在当时县治东南半里左右。郑清之，字德源，晚号安晚。安晚堂前有大池，跨池有左右两桥，一曰"积善桥"，一曰"余庆桥"，园中有梅树三百余株，郑清之诗集即命名为《安晚堂集》，亦曾有诸多诗人对此园加以歌咏。碧沚亭乃史弥远所建，在月湖中，月湖在鄞县西南。

三 多元化情感的倾诉

文学唱和活动"既是文人重要的活动方式和文学创作模式，也是文人心态的重要表征"②，吴潜被罢相后任官庆元府，这一时期他的情绪是比较低落的，在尚礼之乡，吴潜视属官、清客为知己，与之频繁唱和，唱和的主题围绕着此期词人的内心情感纠结，在彼此的词学互动中，将内心复杂的情感倾诉于对方，借以排遣满腔的抑郁之情，此期唱和词记录了一个遭贬谪的封建士大夫的心灵轨迹。

1. 倦宦思归之意

吴潜父吴柔胜时号"大儒"，学识渊博，非常注重对儿子的教育。吴潜少年始就深受儒家思想的影响，胸怀大志，科举考试一路顺畅，嘉定十年（1217）状元及第，此后凭借自己的才能，逐渐地升迁进入南宋政

---

① 梅应发：《开庆四明续志》卷二，《宋元方志丛刊》第 6 册，第 5941—5943 页。

② 陶然：《宋金遗民文学研究》，浙江大学出版社 2014 年版，第 241 页。

府的统治中枢，这更激发了他的用世之心。但是南宋末年政治黑暗，残酷的事实粉碎了他的政治理想，其《满江红·送李御带祺》词有"报国无门空自怨，济时有策从谁吐"句，谢章铤《赌棋山庄词话》评曰："吴毅夫《满江红》'报国无门'、'济时有策'，其自负何如！"[1] 职务频繁更换，政治难有作为，判庆元府时已是六十二岁高龄，身处末世又屡遭贬谪，吴潜的救世理想已走向破灭，归隐之心愈加强烈。"闵劳三载，正倦倦归士之情"[2]，判庆元府三年中，曾数次上章乞归田里，颐养天年，《本传》称："久任丐祠，且累章乞归田里。"[3] 此期的唱和词中反复倾诉着年华易逝，渴望归隐的倦宦思归之情，其中"老""衰"之类的字眼在词中出现的频率较高，这正是他壮志难酬的一种曲折表现。吴潜以《贺新郎》为题，和翁处静桃源洞韵共有三首：

　　　　拍手阑干外。想回头、人非物是，不知何世。万事情知都是梦，聊复推迁梦里。也幻出、云山烟水。白白红红虽褪尽，尽倡条、浪蕊皆春意。时可醉，醉扶起。　　瀛洲旧说神仙地。奈江南、猿啼鹤唳，怨怀如此。三五阿婆涂抹遍，多少残樱剩李。又过雨、亭皋初霁。惭愧故人相问讯，但一回、一见苍颜耳。谁念我，鹔鹴志。
（《贺新郎·和翁处静桃源洞韵》）

　　　　宇宙原无外。问当年、渠缘底事，强逃人世。争似刘郎栽种后，长恁玄都观里。何用羡、武陵溪水。一见桃花还一笑，领春工、千古无穷意。儿女恨，且收起。　　洞中空阔多闲地。但人闲、羊肠九折，未能如此。我已衰翁君渐老，那复颠张醉李。看翻覆、雨阴风霁。捱得清和时候了，舣扁舟、只待归来耳。惟处静，解吾志。
（《贺新郎·再和》）

　　　　了却儿痴外。撰园林、亭台馆榭，谩当吾世。红楯朱桥相映带，人在百花丛里。更依约、垂杨衬水。桧柏芙蓉橙桂菊，也还须、收拾秋冬意。闲坐久，忽惊起。　　繁华寂寞千年地。便渊明、桃源

---

①　谢章铤：《赌棋山庄词话》，《词话丛编》第 4 册，第 3465 页。

②　梅应发：《开庆四明续志》卷一，《宋元方志丛刊》第 6 册，第 5933 页。

③　脱脱：《宋史》卷四一八《吴潜传》，第 12518 页。

记在，几人知此。双手上还银菟印，趁得东风行李。看鄮岭、鄞江澄霁。从此归欤无一欠，但君恩、天大难酬耳。嗟倦鸟，投林志。（《贺新郎·三和》）

桃源洞，乃郡圃之总名，经吴潜修整后，改名为"新桃源"。吴潜与翁元龙交谊深厚，"惟处静，解吾志"，视其为知己。二人在此唱和，桃源洞触发了吴潜年老归隐之心，"惭愧故人相问讯，但一回、一见苍颜耳""我已衰翁君渐老，那复颠张醉李"，词中充满了对年华老去的哀叹，既想"舣扁舟、只待归来耳""从此归欤无一欠"，又觉得"但君恩、天大难酬耳"。吴潜经常陷入君恩与归隐两者之间，挣扎难决，这三首唱和词抒写了他内心那种欲归隐而不能的纠结。

再如《柳梢青·戊午十二月十五日安晚园和刘自昭》词：

绿野平泉，古来人事，空里飞花。月榭风亭，荷漪藓石，说郑公家。　　老梅傍水茶牙。人那得、光阴似他。万种思量，百年倒断，付与残霞。

作者感叹古来人事，如空里飞花，虽美丽绚烂一时，最终都将归为尘土，消失无踪。纵使词人有非凡的政治才干，纵使词人心系国计民生，但难以抵挡时间的流逝和人事的消亡。

在吴潜的四明唱和词中，频频抒发着这种时光流逝的哀叹：

吾老矣，难从仙客，采丹丘李。（《满江红·戊午二月十七日四明窗赋再和》）

试问平生，几番见、中秋明月。今老矣，一年紧似，一年时节。（《满江红·戊午秋半，偕胡景回、刘自昭二兄小饮待月》）

叹吾今老矣，两难追逐。（《满江红·戊午八月二十七日进思堂赏第二木樨》）

欲插黄花身已老，强倾绿醑心先醒。（《满江红·戊午九月七日，碧沚和制几韵》）

但恨流光抹电，假使年华七十，只有六番秋。（《水调歌头·戊

午九月，偕同官延庆阁过碧沚》)

捻黄花，怜白首，恨难收。(《水调歌头·戊午九月，偕同官延庆阁过碧沚，再用前韵》)

念昔时豪杰，犹难辟阖，如今老大，却更迟留。(《沁园春·己未翠山劝农》)

正年华晚，露华潇，月华明。(《行香子·开庆己未八月十夜，同官小饮逸老堂，李直翁制参出示东坡钓台行香子，走笔和韵》)

年华老去，却身处异乡，壮志难酬，词人在洞悉了世事名利、经历了宦海浮沉之后生发出归隐之心，他不断地抒写着对田园生活的向往，《望江南·家山好》十四首，尽情讴歌乡居生活的甜美与惬意，构筑了一个充满自然情趣的田园世界。《水调歌头》将田园生活的恬淡闲适写得让人心驰神往：

若说故园景，何止可消忧。买邻谁欲来住，须把万金酬。屋外泓澄是水，水外阴森是竹，风月尽兜收。柳径荷漪畔，灯火系渔舟。

且东皋，田二顷，稻粱谋。竹篱茅舍，窗户不用玉为钩。新擘黄鸡肉嫩，新斫紫螯膏美，一醉自悠悠。巴得春来到，芦笋长沙洲。

吴潜笔下的田园充溢着浓厚的生活情趣，在这里可以获得观览自然景物的欢乐，在这里，竹篱茅舍，品黄鸡、紫蟹，一醉悠悠，乐在其中，这种田园生活与陶潜笔下的世外桃源是何其相类。吴潜家乡宣城有名山胜水，风物宜人，吴潜将宣城当成了自己退隐闲居的理想场所，精神世界的"桃源"，在与友人酬唱中反复表达他对故园的思念，如：

今日愁颜回笑颊。飞赝，且将萱草归插。(《隔浦莲·和叶编修士则韵》)

最苦今朝离夕，未卜今年归日。(《谒金门·和赵参谋》)

投老未归真左计，久阴得霁且舒怀。(《浣溪沙·和谦山》)

便明朝、烟水挂征帆，还相忆。(《满江红·刘长翁右司席上》)

老夫从此归隐，耕钓了余生。(《水调歌头·奉别诸同官》)

春去情怀怎说，却喜不闻啼鸩。月夜时来闲蹀躞，故园三载别。（《谒金门·和自昭木香》）

归去来兮，不如归去，铁定知今是。（《青玉案·己未三月六日四明窗会客》）

短棹双溪，么锄三径，归计犹难托。（《念奴娇·戏和仲殊己未四月二十七》）

杭州直北还乡路。想山中、猿呼鹿啸，鹭翔鸥舞。（《贺新郎·和惠检阅惜别》）

归隐家乡是此期吴潜的生活理想，但是"君恩重，算何能报国，未许归田"（《沁园春·戊午自寿》），像吴潜这样一位心怀天下的士大夫，根本不可能退隐田园，不问世事。虽然这个时期的唱和词中反复渲染他的退隐之心，但是他却无法毅然转身离去，从而陷入痛苦挣扎之中，这种矛盾的心态是此期吴潜和属官、清客们唱和的一个最重要的题材。

2. 闲适欢愉之情

吴潜的一些四明唱和词记录了地方官员的休闲生活。南宋王朝奸臣主政，忠臣良将屡遭迫害，吴潜罢相后被贬谪到庆元府，其心态总体是愁苦的，但因远离了政治旋涡的中心，在他的唱和词中，也流露出闲适欢愉的一面。吴潜任职庆元府期间，政绩显著，造福一方，乃至百姓为其修建生祠。在他治内的庆元府可相对说是"国泰民安"，"服勤半载，凋弊之郡渐无捉襟见肘之形，夺攘之民粗著卖剑买牛之习"[①]。"又积钱百四十七万三千八百有奇，代民输帛，前后所蠲五百四十九万一千七百有奇。"[②] 吴潜判庆元府时曾屡次上章乞归，其中在宝祐五年（1257）四月二十二日所上的《奏乞休致及蠲放官赋摊钱见在钱米增积之数》中称："臣自去秋领郡……今官无拖俸，军无欠粮，朝廷诸司无稽违纲解。而库中之积，比元交割，尚增会子一百余万贯，见钱五万贯。元交割米，止一千八十三石，今仓中及见在平江收籴在路之米，共管二万余石。继臣

① 吴潜：《以变生同气丐祠札子》，《履斋遗稿》卷四，文渊阁四库全书本。
② 脱脱：《宋史》卷四一八《吴潜传》，第 12518 页。

之后者，自可卧而治之。"① 即此可见吴潜任职一年来府库丰盈、百姓安居乐业的景象。吴潜在治理四明地方政务中小有作为，在一定程度上实现了自己的政治主张，在政事之外，他的生活较为安适，经常与属官、友人游玩于亭堂之间，饮酒唱和。

《霜天晓角·和赵教授韵》词云：

> 新词唱彻，字字珠玑屑。更有张颠草圣，何止是、成双绝。
> 金粟如霏雪，扫地为芳席。且令诸公一笑，怕明夜、无此月。

"张颠草圣"指唐代书法家张旭，张旭善草书，常饮醉挥毫大呼，以头投水墨中，时人呼为"张颠""醉张颠"，此处用以赞誉赵教授书法之精湛。这一场聚会，有满地飘香的桂花，有歌妓献艺樽前，吟唱着动听的新词，有赵教授之精绝的书法助兴，展示了四明官员们风雅的一面。

又如《朝中措·老香堂和刘自昭韵》词云：

> 衰翁老大脚犹轻，行到净凉亭。近日方忧多雨，连朝且喜长晴。
> 谩寻欢笑，翠涛杯满，金缕歌清。况有兰朋竹友，柳词贺句争鸣。

吴潜被贬到庆元府时已六十余岁，在此期的词作中多有年华老大的哀叹，而这首词一扫往日的衰颓之感，写词人迈着轻盈的步伐行到老香堂的净凉亭，雨后连日的晴天给他带来了好心绪，有酒有歌，有兰竹为友，又有柳永、贺铸词句为伴，生活是何等惬意！

作为地方长官，吴潜的唱和词也有展示四明繁华景象的，如《宝鼎现·和韵己未元夕》写甬城元夕喜庆的节日氛围和地方长官与民同乐的情景，词云：

> 晚风微动，净扫天际，云裙霞绮。将海外、银蟾推上，相映华

---

① 吴潜：《许国公奏议》卷四，中华书局1985年版，第99—100页。

灯辉万砌。看舞队、向梅梢然昼，丹焰玲珑玉蕊。渐陆地、金莲吐遍，恰似楼台临水。　　老子欢意随人意。引红裙、钗宝钿翠。穿夜市、珠筵玳席，多少吴讴联越吹。绣幕卷、散缤纷香雾，笼定团圆锦里。认一点、星球挂也，士女桃源洞里。　　闻说旧日京华，般百戏、灯棚如履。待端门排宴，三五传宣禁侍。愿乐事、这回重见，喜庆新开起。瞻圣主、齐寿南山，势拱东南百二。

吴潜这首和词以慢词长调的形制层层铺写了上元佳节狂欢的场景："银蟾"与彩灯交映生辉，民间舞队在彩灯辉映下尽情舞蹈，词人则引领着戴金钗钿翠、穿罗裙的女眷们穿街走巷，与民同乐。词人还穿越时空，将今日甬城元宵之狂欢与昔日汴京的元宵盛况加以类比，进一步衬托了四明元宵节的盛况，在欢乐的氛围中，词人也深受感染，暂时获得了心理的满足。

此外，己未元夕的盛况在吴潜的其他和词中也多有展示，如《永遇乐·己未元夕，二和》："绣户珠帘，锦坊花巷，戏队将媪母。月扇团圆，星球灿烂，路遍市三街五。升平事，牙旗铁马，且还旧家藩府"；《永遇乐·己未元夕，三和》："万户千门，六街三市，绽水晶云母。香车宝马，珠帘翠幕，不怕禁更敲五"；等等，我们可以想见，吴潜任职庆元府三年来，百姓安居乐业的太平景象。

《水调歌头·戊午九月，偕同官延庆阁过碧沚》写重阳节与同官登楼赏景之雅兴："重九先三日，领客上危楼。满城风雨都住，天亦相邀头。右手持杯满泛，左手持螯大嚼，黄菊互相酬。徙倚阑干角，一笑与云浮。"在美景中，词人会暂时抛却愁苦，心情变得欢愉，如《满江红·碧沚月湖，四用韵》词云："一笑相携，且休管、兔升乌坠。那更是、可人宾客，未饶崔李。金叵罗中醽醁莹，玉玲珑畔歌珠缀。望湖光、一片浸韶光，真双美。"词人在月湖碧沚亭上，见湖光中浸染了韶光，迷人的美景让词人忘却了时光的流逝，"且休管、兔升乌坠"，暂且把那些年华老大、功业无成的苦恼抛之脑后吧，让眼前的美景扫除他心中的阴霾。

吴潜为人坦诚，忠亮刚直，为官清廉，爱民如子，在受到宵小谗言的打击后，更加激发了他对理想人格的追求，这种高尚人格的追求表现在唱和词中就是对不俗花卉的称赏和对澄明月亮的吟咏。其《蝶恋花·

和处静木香》词云：

> 澹白轻黄纯雅素。一段风流，欹枕疏窗户。夜半香魂飞欲去，伴他月里霓裳舞。　　消得留春春且住。不比杨花，轻作沾泥絮。况是环阴成幄处，不愁更被红妆妒。

木香花浓香玉洁，木香之魂伴明月而起舞，不学杨花堕地沾染泥絮，体现了词人对美好人格、高尚情操的追求。

对澄明月亮的吟咏如《水调歌头·夜来月佳甚，呈景回、自昭二兄。戊午八月十八日》，"扫尽乌云黑雾，放出青霄碧落，恰似我情怀""安得高飞去，长以月为家"，以月亮的澄澈来比自我的情怀。

3. 亲民勤政的忧农之心

吴潜在任官庆元府的三年中，虽然归隐之心强烈，却未尝一日能忘君忘民。吴潜这一时期热切关注农人生活，表现出难掩的济世之心，其唱和诗中有关政务的题材居多，唱和词中这类关注农事的作品数量相对比较少，如《沁园春·己未翠山劝农》，鼓励农人勤劳耕作，《水调歌头·喜晴赋》关心天气对农事的影响，词云：

> 屯结海云阵，奋击藉雷公。忽然天宇轩豁，杲日正当空。照出榴花丹艳，映出栀花玉色，生意与人同。闲纵一翻手，造化不言功。　　想平畴，禾簌簌，黍芃芃。老农拍手相问，相劳笑声中。办取黄鸡白酒，演了山歌村舞，等得庆年丰。此际莼鲈客，倚楫待西风。

天空本来阴云密布，雷声隆隆，却骤然转为朗日当空，映照得石榴花分外红艳，栀子花洁白如玉，一片盎然的生机，作者由此联想到禾黍丰收、农人嬉笑相问的田园景象，进而悬想乡村农家以"黄鸡白酒""山歌村舞"庆祝丰年的和乐融融的热闹场景。大自然的一晴一雨无不牵动着吴潜的心，想必当时一定是久涝未晴，当"杲日当空"之时，词人不禁替农人们感到喜悦，忧农之心是如此的真诚。结尾两句典出刘义庆《世说新语·识鉴第七》："张季鹰辟齐王东曹掾，在洛见秋风起，因思吴中菰菜羹、鲈鱼脍，曰'人生贵得适意尔，何能羁宦数千里以要名爵！'

遂命驾便归。"词人在此以"莼鲈客"自比，表达出对乡村田园生活的向往，作者正倚船等待的西风，已然没有了原典中的悲凉、萧瑟之感，而是秋天到来时的丰收喜悦。

在吴潜的唱和词中，也有这种喜雨、喜晴之类的内容，如《清平乐·和刘制几》中有"轻轻却暑，只是些儿雨。喜看新抽麻与苎"；《满江红·戊午二月二十四日会碧沚，三用韵》中有"喜知时、好雨夜来稠，秧青未"；等等，吴潜在休闲的时光，在欣赏自然时，不忘对民生休戚的诚挚关怀，是典型的忧国忧民封建士大夫形象。

四　雅俗兼济的语言艺术

以吴潜为核心的四明文官唱和，因众多原唱词作的佚失，我们已难知其唱和词的原貌。一般来说，地方最高长官的创作趣尚往往会成为群体创作的风向标，成员们会自觉揣摩长官的创作喜好，并以之为创作导向。通过对吴潜和词艺术的探析，或可窥知这一群体创作风貌之一二。

吴潜作词博采众长、转益多师，受辛弃疾、姜夔、吴文英等多人影响。"履斋词学稼轩，颇能得其是处。"[1] 有辛派词雄浑沉郁的特点。吴潜又与姜夔、吴文英多有交往，吴文英为吴潜门下幕僚，而吴潜与姜夔的交游时间更是长达十余年，吴潜曾在《暗香》小序里记述了他与姜夔的交往："犹记己卯、庚辰之间，初识尧章于维扬。至己丑嘉兴再会。自此契阔。闻尧章死西湖，尝助诸丈为殡之，今又不知几年矣。"吴潜词受姜夔、吴文英的影响，有姜、吴词的骚雅之风。四明唱和词在吴潜所有的词作中，艺术成就相对逊色，这些和词充当了他与属官之间情感交流的媒介，语言已洗去早期词作中的绮艳之色，雅俗兼济，既有辛弃疾以散文入词的特点，又有姜、张清雅词风的影响。

吴潜状元出身，学识丰富，精通经史子集，其酬唱词语言充满了文人雅趣，体现在用语求新、求异，不落窠臼。况周颐在《历代词人考略》中曾言："宋吴潜词《念奴娇》咏白莲云：'天然缟质，想当年此种，来从太素。'自注：'太素，国名，出荷花。'此国名甚新，殆即所谓香国

---

① 薛若砺：《宋词通论》，上海书店 1985 年版，第 308 页。

耶?《满江红》为苍云堂后桂树作云：‘刘安笑，淹留耳；吴猛约，何时是?’吴猛即吴刚也。《青玉案》四明窗会客云：‘归去来兮，不如归去，铁定知今是。’‘铁定’字入词，亦新。”① 在吴潜的四明和词中，不乏这样新奇的用字，如：“问我年华旬并七，异乡时景春巴二”（《满江红·景回计院行有日，约同官数公，酌酒于西园，取吕居仁〈满江红词〉“对一川平野，数间茅屋”九字分韵，以饯行色，盖反骚也。余得对字，就赋》）中的“巴二”是“盼望着二月”之意，为其自创的新词，有一种陌生化的效果。还有从古书中化用，例如，“一笑流行还坎止，算陈陈、往事俱灰土”（《贺新郎·和刘自昭俾寿之词》）中“流行还坎止”源于《汉书·贾谊传》中“乘流则逝，得坎则止”之语，比喻依据环境的逆顺确定进退行止；再如，“闭纵一翻手，造化不言功”（《水调歌头·喜晴赋》）中“闭纵”一词源于《汉书·董仲舒传》：“故求雨，闭诸阳，纵诸阴，其止雨反是”，董仲舒以《春秋》中记载的灾异变化来推究阴阳错行的原因，故求雨时闭阳纵阴，止雨时闭阴纵阳。此处以“闭纵”指天气的阴晴变化，契合词意，又给人以新奇之感。

吴潜还喜欢对一平常事物冠以多种文人气十足的称呼，如“且招呼，麹生为友”（《八声甘州·赓叶编修俾寿之词》）中以“麹生”代指酒；“金叵罗中醽醁莹，玉玲珑畔歌珠缀”（《满江红·碧沚月湖，四用韵》）中以“醽醁”称呼酒；“谩寻欢笑，翠涛杯满，金缕歌清”（《朝中措·老香堂和刘自昭韵》）中又以“翠涛”代酒，指代酒的词还有“浊贤清圣”“绿醑”“春醪”“芳醑”等；此外，以“蟾穴”“银盘”“银蟾”“玉环”“月扇”等指称月亮，以“王姚”“后魏”指称牡丹，以“姝翠蛾绿”指美女等，可见吴潜用语喜求变，不喜重复，且体现了其丰富的学识。

但吴潜的和词又非文人间的文才卖弄，而是重在情感的交流，故大量使用浅近自然的语言，以拉近唱和者彼此之间的距离。如《清平乐·和刘制几》词云：

---

① 况周颐撰，屈兴国辑注：《蕙风词话辑注》，江西人民出版社2000年版，第623页。

轻轻却暑，只是些儿雨。喜看新抽麻与苎。他家烟水墅□。

晚山放出青青，是谁簸弄阴晴。老子何时去也，只应露湿金茎。

词中"只是些儿雨""放出青青""簸弄阴晴"等都是方言口语，词风显得亲切活泼。

再如《水调歌头·夜来月佳甚，呈景回、自昭二兄，戊午八月十八日》词云：

过了中秋后，今夜月方佳。看来前夜圆满，才自阙些些。扫尽乌云黑雾，放出青霄碧落，恰似我情怀。把酒自斟酌，脱略到形骸。

问渠侬，分玉镜，断金钗。少年心事，不知容易鬓边华。千古天同此月，千古人同此兴，不是旋安排。安得高飞去，长以月为家。

全词语言自然浅近，生动贴切，显得亲切感人。"千古天同此月，千古人同此兴"又充满了对人生的思考，极具文人趣味。全词看似不着意雕琢，却自有雅趣。

口语化的语言在吴潜的和词中比比皆是：

三五阿婆涂抹遍，多少残樱剩李。(《贺新郎·和翁处静桃源洞韵》)；

争似刘郎栽种后，长恁玄都观里。(《贺新郎·再和翁处静桃源洞韵》)；

休问坤牛乾马，大率人生且且。(《谒金门·和刘制几》)；

每日困慵当午昼。出来便解双眉皱。(《渔家傲·和刘制几》)

便都把，升平旧曲，腔儿旋补。(《永遇乐·再和己未元夕》)

汤怕老，缓煮龙芽凤草。七碗徐徐撑腹了。(《谒金门·和韵赋茶》)

……

我们或许可以作这样的猜测：吴潜雅俗兼济的语言特色极有可能就是以其为核心的四明地方文官唱和群体的用语追求。

吴潜任职庆元府三年的心路历程都流露在他与属官、清客的唱和词中，地方长官能如此敞开心扉，向属官、朋友们倾诉着自己被贬庆元府三年中复杂而纠结的心路历程，可见这个词人群体的关系是非常和谐的，他们之间的酬唱活动既不同于一般官场上的应酬，亦不以推敲词艺为主题、不以逞才竞技为目的，虽然属官们的唱和词皆已不存，但通过对吴潜酬唱词的分析，可以想见他们之间的交游是真诚的，这也是四明地区尚礼之风熏染之下人际关系和谐的一个体现。

第五章

南宋绍兴词人群体研究

绍兴为春秋于越国都，公元前 210 年，秦始皇南巡到越地，更名大越为山阴。北宋时称越州，南宋初期，升州为府，更名为绍兴。绍兴府辖山阴、会稽、诸暨、上虞、嵊县、新昌、余姚、萧山八县。宋高宗赵构迫于金兵南侵，曾前后两次驻跸于越州，在建炎三年（1129）下半年逃离临安，渡过钱塘江，分别在当年十月、建炎四年（1130）四月至次年十二月两次以卧龙山南麓原州治为行宫，驻跸时间长共计一年零八个月又二十八天，越州成为当时的临时首都，此举提高了越州在南宋历史乃至中国历史上的地位。宋室迁都临安以后，绍兴府号称三辅之地，皇陵亦置于此，绍兴的地位仍然与众不同，"要非余郡可比"①，陆游《嘉泰会稽志序》云："大驾既西幸，而府遂为股肱近藩，称东诸侯之首"，"朝谒之使，舻衔毂击，中原未清，今天下钜镇，惟金陵与会稽耳。荆、扬、梁、益、潭、广，皆莫敢望也"。② 靖康之难，北方的仕宦世家和文化精英追随宋室南下，作为京畿地区的越地，其中有不少名门望族、文人雅士移居于此，成为名家荟萃之地，绍兴文坛曾一度繁盛，绍兴词学活动在南宋中后期兴盛，南宋灭亡后更是成为遗民词人的活动中心。

越中山水之美，在魏晋时已为文人激赏，曾经是中国文人山水审美的发祥之地，东晋永和九年（358）那场影响深远的兰亭雅集，将"晋宋风流"推向了极致。然活跃于此地的南宋词人群体，酬唱的主题不再是赏玩山水的雅致，更多关注自然景观中深厚的历史文化积淀和国家的命

---

① 施宿：《嘉泰会稽志》，《宋元方志丛刊》第 7 册，第 6771 页。

② 同上书，第 6712 页。

运，群体酬唱多与国事相关。偏安江左的南宋时期，越文化中卧薪尝胆、十年报仇的雪耻精神在南宋词人群体酬唱中得到回响，这也是南宋浙江词人群体中与国事结合最为紧密的群体。

第一节　越地文化特质与文人结社联吟之风

在浙江各区域中，绍兴的地域文化内涵最为独特，绍兴是外来移民较多的地区，永嘉南渡、安史之乱时期都有大量名士涌入，个性鲜明的本土文化在与外来文化相激荡的过程中，既保持了原有文化的因子，又接纳了外来文化的进步因素，在刚烈的文化底蕴上又增添了浓厚的人文色彩，达到了一种刚柔矛盾中的和谐。

一　越文化的精神内涵

越文化历史久远，大禹和勾践是越地的两个文化标签。大禹治水不避艰难，勾践复国忍辱负重，两者构成了越人的"文化基因"和"集体无意识"，共同完成了对越人文化个性的塑造。鲁迅先生对这两位故乡杰出人物充满了崇敬之情，他说："于越故称无敌于天下，海岳精液，善生俊异，后先络绎，展其殊才；其民复存大禹卓苦勤劳之风，同勾践坚确慷慨之志，力作治生，绰然足以自理。"①

大禹这个形象的塑造源于越人生存环境的险恶。越地在古代曾经被认为是不宜生存的地方，春秋时期，管仲曾云"越之水重浊而洎，故其民愚极而垢"②，视越地为穷山恶水，在当时中原人看来，生活于越地的人民是肮脏、愚昧且多生疾病的。"越人断发文身，以避蛟龙之害"③，越地原始的习俗折射出生存环境的艰险。越地濒江临海，境内多为草泽丘陵，"地属海隅，南至山，北临海。地势南高而北下，江流溪源下注，海

---

① 鲁迅：《〈越铎〉出世辞》，《鲁迅全集》卷七，人民文学出版社 1958 年版，第 267 页。

② 江瑔：《管子新注》，齐鲁书社 2006 年版，第 315 页。

③ 班固：《汉书·地理志》，中华书局 1959 年版，第 1669 页。

潮怒激，江与海相通，吐纳无节，本天然一泽国耳"①。大自然给越人得天独厚的地理环境，也给越人带来无穷的灾难，生活在沼泽中的越人经常受水患困扰，不得不与潮汐、湖水搏斗，文献中有不少越人与水斗争的记载，大禹治水的传说在越地广为流传，维柯《新科学》认为，是人按照自己的形象创造了神，神话是"真实的叙述"②。于越先民凭借自己的思维方式创造了大禹这个人物形象，他们将越人艰难的生存中所需要和崇尚的这种坚忍不拔、勤劳克制的精神凝聚在创造出来的"大禹治水"的神话传说之中。大禹治水十三年，胼手胝足，三过家门而不入，折射出越人为改造自然，勇于挑战自身所处的恶劣自然环境，为自己求得生存和发展所做的不懈努力。"大禹治水"的故事实际上是越人敢同天地斗争精神的写照，这种精神已融入越人血脉之中，成为构成越人文化个性的源泉之一。

长期与环境的抗争也磨砺出了越人勇武善战的文化人格。《越绝书》对越人的评价："水行而山处，以船为车，以楫为马，往若飘然，去则难从，锐兵任死，越之常性也。"③ 如公元前496年著名的吴越檇李之战中，越王勾践认为吴军阵容严整，不易突破，在派出敢死队无果的情况下，派出三队死因在阵前自刎，以震慑吴军，最终大败吴军。较之他人，越人之"尚勇"更显示其刚烈之特征。

越人重大义，讲气节，报仇雪耻成为越地一个令人注目的文化特征。《国语·越语》云："子而思报父母之仇，臣而思报君之仇，其有敢不尽力者乎。"④ 与燕赵之士慷慨悲歌式的侠义之风不同，越人看重的不是锄强扶弱或为知己两肋插刀的义，而是在国家乡邦处于危难之际对民族的忠，忠爱家国是吴越文化中最本质、最有生命力的成分，这正可解释为什么当国家民族危难之际，越地多慷慨赴难之士。《吕氏春秋》道："先君有遗令曰：无攻越，越，猛虎也。"⑤《绍兴府志》云："吴粤（越）之

---

① 李镜燧：《越中山脉水利形势记》，绍兴县地方志编纂委员会1992年重印本。
② ［意］维柯：《新科学》，朱光潜译，商务印书馆1989年版，第199页。
③ 袁康：《越绝书》卷八，商务印书馆1937年版，第39页。
④ 左丘明：《国语》卷二〇《越语上》，上海古籍出版社2015年版，第428页。
⑤ 吕不韦著，高诱注：《吕氏春秋》卷九，上海书店1986年版，第88页。

君皆好勇，故其民至今好用剑，轻死易发。"① 说明一旦外敌入侵，善战的吴越君民将会誓死卫国。明末王思任宣称："会稽乃报仇雪耻之乡，非藏垢纳污之地。"此地民性刚烈、敢于复仇。勾践是一位有雄才大略的国君，曾因兵败亡国，充当吴王夫差的奴仆，在国族濒于危亡的时刻，卧薪尝胆，依靠"十年生聚，十年教训"的励精图治，使国势由弱转强，终于兴越灭吴，报仇雪恨，支撑他们信念的正是对家国深深的爱。鲁迅曾说："浙东多山，民性有山岳气。"② 越地历史上有这种山岳气的名士比比皆是，卧薪尝胆的越王勾践之后，有因刚肠嫉恶为司马昭所不容而被杀害的嵇康；有疾恶如仇，严斥严嵩父子，终被罗织罪名而处死的沈炼；有怒斥奸相马士英，拒绝与清合作，绝食而亡的王思任；等等。

宋代王十朋作《会稽风俗赋》，对绍兴精神有很精到的概括，王十朋为温州乐清人，但与绍兴很有渊源，绍兴可说是他的第二故乡，绍兴十八年（1148）起，他就在嵊县周瑜创建的渊源堂义塾长期执教，期间赴临安读书，应考中曾多次经过并居留绍兴，后又在绍兴二十七年（1157）至绍兴二十九年（1159）任绍兴府签判，深受绍兴地域文化的熏陶和滋养，他的为人、为官方式都有绍兴地域文化的烙印。在《会稽风俗赋》中，王十朋把绍兴精神概括为"慷慨以复仇，隐忍以成事"。吴大兴《论绍兴精神》对此进行了阐释："勇敢的精神、义烈的精神、竞争的精神、开拓的精神、复仇雪耻的精神、发愤图强的精神，便是绍兴精神中'慷慨以复仇'的刚性的一面"；"忍耐的精神、坚韧的精神、疏让的精神、等待的精神、忍辱负重的精神、迂回缓进的精神，便是绍兴精神中'隐忍以成事'的柔性的一面"。③ 在越人身上，特别是越地名士的身上，表现出一些富有地域特征的共同的文化心理和价值取向，文人们多有尚武的豪气，看重经世致用，少有两耳不闻窗外事的书呆子，当面临民族危机时，越地士人身上的豪气和复仇的意识便会迸发出来。

---

① 张元忭：《绍兴府志·风俗志》，台湾成文出版社 1983 年版，第 945—946页。

② 徐梵澄：《星花旧影——对鲁迅先生的一些回忆》，《鲁迅回忆录》散篇下册，北京出版社 1999 年版，第 1317 页。

③ 章玉安：《绍兴文化杂识》，中华书局 2001 年版，第 279—280 页。

靖康之变后，越中曾一度为临时首都，绍兴精神几为南宋君民最后的精神支柱，许多有识之士认为南宋应"以越事为法"，如真德秀极力称赞勾践的精神：越国被吴灭之后，越王勾践"卧薪尝胆，未尝一日忘会稽之耻，故虽屈辱一时"但终"能伸其志"。① 南宋建炎三年（1129）金兵大举南下，宋高宗由临安渡江，经越州、明州出奔东海，建炎四年（1130）当高宗赵构再次返回驻跸越州时，越地臣民纷纷上书上表，呼吁重振河山。高宗受越地民风的感召，应群臣之请，宣布"绍奕世之宏休，兴百年之丕绪"的大赦文，意思是说要继承先辈创立的福荫，完成国家未竟的功业，并取这两句的首字将年号由"建炎"改为"绍兴"，将建炎五年（1131）改为绍兴元年，以示中兴之决心。

南宋偏安东南以后，宋金关系构成了此后南宋近百年的主要民族矛盾，强烈的民族意识和恢复情结成为国人精神的主导。越文化中悠久的自强不息的爱国主义传统在南宋时期又掀起高潮，爱国主义精神在这个时期绍兴文人群体身上有着最集中、最崇高的表现。人们的日常交往，言谈举止都与当时的社会现实息息相关，陆游有对父辈爱国言行的记述，其于开禧丁卯（1207）正月所作的《跋周侍郎奏稿》云："一时贤公卿与先君（指陆宰）游者，每言及高庙盗环之寇，乾陵斧柏之忧，未尝不相与流涕哀恸。虽设食，率不下咽引去。先君归，亦不复食也。伏读侍郎周公论事榜子，犹想见当时忠臣烈士忧愤感激之余风。"② 其《跋傅给事帖》云："绍兴初，某甫成童，亲见当时士大夫，相与言及国事，或裂眦嚼齿，或流涕痛哭。人人自期以杀身翊戴王室。"③ 李光以不附和议忤秦桧，罢政归山阴故里，常访陆游父陆宰剧谈，"每言秦氏，必曰'咸阳'，愤切慨慷，形于色辞"④。陆宰为人正直、坚守气节，素来关心国事并不畏权贵，在北宋末年，他敢对权倾朝野的蔡京之劣行进行直言不讳的嘲讽。南渡后，陆宰是坚定的抗战派，所交游的多为主战派人士，在被迫退居山阴时常为国事而慷慨流涕、食不知味。绍兴三十一年（1161）

① 真德秀：《戊辰四月上殿奏札》，《真西山文集》卷二，《四部丛刊》本。
② 陆游：《陆放翁全集·渭南文集》卷三〇，中国书店 1986 年版，第 188 页。
③ 陆游：《陆放翁全集·渭南文集》卷三一，第 194 页。
④ 陆游：《跋李庄简公家书》，《陆放翁全集·渭南文集》卷二七，第 165 页。

十月，陆游罢归山阴，时曾几客寓会稽，曾几为陆游师辈，陆游屡往拜谒，其《跋曾文清公奏议稿》中曾记："绍兴末，贼亮入塞，时茶山先生（注：曾几自号茶山居士）居会稽禹迹精舍。某自敕局罢归，略无三日不进见，见必闻忧国之言。"① 可见师生谈论的内容皆为国事。陆氏家族这种忧国忧民之心、力图恢复之志正代表了越地长期积累凝聚而成的文化性格。

二 越文化场的结社联吟之风

绍兴地区自古以来就以山水绝胜著称，东晋以后，越中山水一直是文人心向往之的地方。王羲之描述说："山阴道上行，如在镜中游"，王献之称赞为："山川自相映发，使人应接不暇。"东晋画家顾恺之对越中山水进行了经典的概括，《世说新语·言语》载："顾长康从会稽还，人问山川之美，顾云：'千岩竞秀，万壑争流，草木蒙茏其上，若云兴霞蔚。'"② 唐代慕名前来越中寻觅山水的文人络绎不绝，给予越中山水高度评价："东南山水越为首""天下风光数会稽"。叶绍翁《四朝闻见录》记载刘德秀之言："奔走东南湖、湘、闽、广、江、浙之间，历尽览矣，山水之秀，无如越地，盖甲于天下者也。"③

越中历史悠久，人文荟萃。越中人文发达的契机更多依赖于历史上的人才迁徙。在古代，文化交流基本上是通过移民来实现的。历史上的永嘉之乱、安史之乱和靖康之变三次大变故给越文化带来了重要的转机。永嘉之乱，帝室东迁，浙东会稽郡以优越的自然条件和人文环境，吸引了大量北方移民，其中多文化层次高的移民和文化名人，论及永嘉南渡越地人物之盛时，越人不无自豪地说："晋迁江左，中原衣冠之盛，咸萃于越，为六州文物之薮。高人文士，云合景从，声名遂为江左之冠。"④ 南渡的北方名士非常欣赏越地的自然环境，并把它们作为独立的审美对象而加以观照，他们与本土文人流连山水，相与酬唱，颇有竹林七贤的

---

① 陆游：《陆放翁全集·渭南文集》卷三〇，第 187 页。
② 刘义庆：《世说新语·言语第二》，上海古籍出版社 1996 年版，第 107 页。
③ 叶绍翁：《四朝闻见录·丁集》，商务印书馆 1937 年版，第 123 页。
④ 《绍兴府志》卷一二，康熙五十八年刊本。

遗韵，越中充溢着浓厚的探讨文学艺术、进行玄学思辨的氛围。越文化在历史变迁中获得了新的文化特质，杨义先生在《古越精神与现代理性的审美错综》一文中曾言：东晋衣冠南渡后的书文化与古越特色剑文化堪与并列为于越文化的千古二绝。①

对山水的雅赏促进了越地的结社联吟之风。两浙一带自古以来就有文人雅集的风气，东晋会稽的兰亭雅集可为两浙结社之风的滥觞，王羲之《兰亭集序》曰："永和九年，岁在癸丑，暮春之初，会于会稽山阴之兰亭，修禊事也。群贤毕至，少长咸集。此地有崇山峻岭，茂林修竹；又有清流激湍，映带左右。引以为流觞曲水，列坐其次，虽无丝竹管弦之盛，一觞一咏，亦足以畅叙幽情。是日也，天朗气清，惠风和畅，仰观宇宙之大，俯察品类之盛，所以游目骋怀，足以极视听之娱，信可乐也。"② 晋永和九年（353 年）三月初三，王羲之集谢安、孙绰等共四十二人，"会与会稽山阴之兰亭，修禊事也"。众人曲水流觞、同题赋诗，创作了《兰亭诗》三十七首，汇为诗集，王羲之赋《兰亭集序》一篇。兰亭雅集不仅诞生了《兰亭集序》这样的名篇，更成为后人无限追慕的一种生活方式、一种风雅和风流的典范。王十朋《会稽风俗赋》指出："晋王右军为越内史，雅会兰亭，流觞曲水，临池墨妙，辉映千祀，能使遗文，感慨君子，故其俗始尚风流而多翰墨之士……故其俗至今好吟咏，而多风骚之才。"③ 此后，每到三月上巳，越州多有修禊。王羲之等人的流风余韵影响深远，越州也因此成为全国的文学中心。

唐代在越地设置浙江东道，治所在越州。浙东远离政治中心，社会环境稳定，经济繁荣，是唐代重要产粮区，而六朝以来形成的山水文化吸引了众多文人来此。唐天宝十四年（755），爆发了安史之乱，大批诗人逃至江东，越地遂成为众多文人寓居的首选。陆晓冬《浙东唐诗之路形成的社会经济动因分析》一文对走过浙东唐诗之路并留下诗作的 448 位唐代诗人进行过统计，其中属于安史之乱前的诗人为 83 位，约占总数的 18.5%；属于安史之乱后的诗人为 365 位，约占总数的 81.5%，后期

---

① 杨义：《杨义文存》卷五，人民出版社 1998 年版，第 550 页。

② 邹志方：《会稽掇英总集点校》，人民出版社 2006 年版，第 43—44 页。

③ 王十朋撰，周世则注：《会稽三赋》，中华书局 1991 年版，第 30 页。

诗人数量是前期诗人数量的近 4.5 倍。① 安史之乱后，越中几乎成为当时文人安顿身心的一方乐土，使越地的文学与山水相得益彰。中唐以后，越地的本土文人和寓居于此的文人组成文会诗会，酬唱不绝。

唐大历年间，鲍防和严维等在浙东越州组织了规模盛大的诗歌联唱活动，汇为《大历浙东联唱集》。时鲍防任浙东观察史薛兼训的从事，是当时浙东地区很有实权的人物，鲍防还是一位儒雅之士，诗文兼擅，喜欢结纳文友，在文坛也有号召力，穆员《鲍防碑》称："公之佐兼训也，令必公口，事必公手。兵兼于农，盗复于人。自中原多故，贤士大夫以三江五湖为家，登会稽者如鳞介之集渊数，以公故也。"② 当时士大夫因鲍防的雅好诗文而纷至沓来，聚集于越州。

严维是越州地方名士，交游颇广，《嘉泰会稽志·严维传》记载："严维，字正文，越州人，为秘书郎。大历中与郑概、裴冕、徐嶷、王纲等宴其园宅，联句赋诗，世传'浙东唱和'。"③ 南宋桑世昌在《兰亭考》录《经兰亭故池联句》全诗，注云："鲍防、严维、刘全白、朱迪共二十五人，具姓名。大历中唱（和）五十七人。"从中可知，鲍防等人的联唱当不止一次。《嘉泰会稽志》云："兰亭古池，在县西南二十五里，王右军修禊处。唐大历中鲍防、严维、吕渭而次三十七人联句于此，云：'曲水追欢处，遗芳尚宛然。名从右军出，山在古人前。赏是文辞会，欢同癸丑年。'"④ 浙东联唱诗人将其"文辞会"与东晋王羲之等人的"癸丑年"之会等同，表达了对王羲之等人"兰亭之会"的仰慕之情。据贾晋华在《唐代集会总集与诗人群研究》中考证，浙东联唱活动参加人数达57 人，唱和作品目前存诗 38 首，偈 11 首，序 2 首。⑤ 唱和规模之大与产生作品之丰富，为前代少有。《大历浙东联唱集》流传甚广，直接影响了中晚唐的多次联唱活动。

---

① 陆晓冬：《浙东唐诗之路形成的社会经济动因分析》，《浙江社会科学》2006年第 3 期。

② 穆员：《鲍防碑》，《全唐文》卷七八三，第 8190 页。

③ 施宿：《嘉泰会稽志》卷一四，《宋元方志丛刊》第 7 册，第 6978 页。

④ 施宿：《嘉泰会稽志》卷一〇，《宋元方志丛刊》第 7 册，第 6900 页。

⑤ 贾晋华：《唐代集会总集与诗人群研究》，北京大学出版社 2001 年版，第 78页。

在浙东文人联唱活动中，地域文化发挥了极大的作用，浙东联唱的诗题法华寺、云门寺、镜湖、若耶溪、五云溪等为越中山水胜处，他们为浙东文人的创作活动提供了优雅的自然环境和创作的题材。

"靖康之乱"造成了大规模北人南迁的移民浪潮，其所导致的士人南迁规模超过了前两次，给越文化带来了又一次发展的机遇，靖康之难后越地一度成为全国的政治中心，它不仅为南宋绍兴地区文人群体的繁盛创造了条件，更成为南宋绍兴地区文人群体活动的重要背景。在前两次北方文化南移之中，越文化受到很大影响，地域代表文化从"剑文化"向"书文化"转型，但在这种转型过程中，本土文化并未因异地文化的冲击而消亡，而是与异地文化交融，达到文化上的一种超越。这种交融而成的越地文化在宋室南渡后文人群体活动中表现得非常明显，南宋绍兴词人的酬唱活动将关注点拉回到残酷的现实，越文化中刚烈的、忠君爱国的精神在词人聚集吟唱中得以展现。

第二节　越地历史文化的情感触发：以辛弃疾
为中心的词人群体活动

宋宁宗嘉泰三年（1203），辛弃疾被起用为绍兴知府兼浙东安抚使，绍兴治所会稽是千年古城，相传大禹治水至此记功，秦始皇统一南北，登会稽望海。会稽也是历史上吴越争霸之地，勾践、范蠡、文种等人事迹更是触发了在此任职的爱国词人对南宋朝廷恢复中原的诸多思考。辛弃疾是坚决的主战派，一直为收复失地奔走呼号，在退隐九年之后被重新起用，绍兴自古以来形成的尚勇强悍、刚硬不屈的民风和历史上的英雄人物事迹与辛弃疾被压抑的情感相碰撞，在绍兴的地域平台上，辛弃疾敏锐地感受到越地文化的特色，他以词作为陶写之具，在怅望越中山川、缅怀历史遗迹时，以《汉宫春》为词牌，一口气写下了四首词，另有一首《上西平·会稽秋风亭观雪》。同时辛弃疾的到来，也掀起了绍兴词坛的唱和高潮，为浙东文坛带来了一股昂扬向上之气。

辛弃疾在绍兴任职期间，重建秋风亭并赋词，登临蓬莱阁赋词，原唱一出，应和者甚众，张镃、李浃、姜夔、丘崈、刘过、陆游、赵蕃等都参与了唱和。以越地的历史古迹为主题的唱和活动与一般的文人群体酬唱不同，它并非文人聚集一地而进行的现场文学活动，而是众多词人与辛弃疾词作的隔空唱和。如姜夔作《汉宫春·次韵稼轩》之时，正居于杭州。① 张镃和词，词题称："稼轩帅浙东，作秋风亭成，以长短句寄余，欲和久之。偶霜晴，小楼登眺，因次来韵，代书奉酬"（《汉宫春》），辛词写就后寄给张镃，张镃并未当即作和词，而是时隔数日，偶遇霜晴之日，才有感而和。梅新林先生曾说过："需要特别关注的是文坛领袖的区域流向，因为文坛领袖所在往往就是文学中心所在。文坛领袖的迁徙往往会引发文学中心的迁徙。以文坛领袖为中心的网络有虚实两个通道。实者，即表现为以其为中心的交游唱和；虚者，则表现为以其为中心的书信往还，诗作赠答。"② 众多词人与任职会稽的辛弃疾唱和为梅先生所说的"以文坛领袖为中心的网络通道"中的"虚""实"两者。辛弃疾在中年以后，以他在士林的强大声威和杰出的创作才能，已然成了词坛公认的领袖人物，他每到一个州郡，都要组织诗人词客们的文酒之会，与下属、同僚及友人们诗词唱和，并引发词坛不小的反响。宋宁宗嘉泰三年（1203）以会稽秋风亭为主题的唱和，乃辛弃疾为官绍兴时一场声名远播的词学群体活动。群体酬唱紧扣会稽文化谈古论今，充满了对国事的关注与忧虑，词风慷慨豪放。

一　秋风亭上的壮志难酬之悲

宋宁宗嘉泰三年（1203）夏，朝廷委任外戚韩侂胄用事，欲图北伐，于是起用废居瓢泉九年之久的辛弃疾为绍兴知府兼浙东安抚使，据《宝庆会稽续志》卷二《安抚题名》载："辛弃疾以朝请大夫集英殿修撰知，嘉泰三年六月十一日到任，当年十二月二十八日召赴行在。"③ 辛弃疾在绍兴任职只有短短的半年时间，当年十二月被宋宁宗召见，征询用兵之策，辛弃疾即上疏详细陈述他的方略，筹措北伐。

---

① 姜夔著，夏承焘笺校：《姜白石词编年笺校·行实考》，上海古籍出版社 1981 年版，第 234 页。

② 梅新林：《中国古代文学地理形态与演变》（下册），复旦大学出版社 2006 年版，第 20 页。

③ 张淏：《宝庆会稽续志》卷二，《宋元方志丛刊》第 7 册，第 7101 页。

　　辛弃疾为官绍兴期间，已六十四岁高龄，此时朝廷并未赋予他更多的权力，他在公事之余便招揽文士，酬赠唱和，以秋风亭为主题的唱和活动即为其一，据《宝庆会稽续志》卷一《古迹》："秋风亭在观风堂之侧，其废已久。嘉定十五年，汪纲即旧址再建。纲自记柱云：'秋风亭，辛稼轩曾赋词，脍炙人口，今废矣。余即旧基，面东为亭，复创数椽于后，以为宾客往来馆寓之地，当必有高人胜士如宋玉、张翰来游其间，游目骋怀，幸为我留，其毋遽起悲吟思归之兴云。'"① 此处望去风景壮观，颇能引发壮志男儿的凌云之志。《稼轩词》中的《汉宫春·会稽秋风亭怀古》（亭上秋风）即为此作［案：此词原题为《汉宫春·会稽秋风亭观雨》，题作"观雨"，然词中却无雨中景象。辛另有一首《汉宫春·会稽蓬莱阁怀古》（秦望山头），该词上片正写雨中景象。由此可见，词题"观雨"与"怀古"前后颠倒，当系错简。《汉宫春》（亭上秋风）一首当题作《会稽秋风亭怀古》，而《汉宫春》（秦望山头）一首题应为《会稽蓬莱阁观雨》。唐圭璋先生特意提及是钟麟所告，刚好用以订正辛词所误，不至掠人之美②］。词云：

　　　　亭上秋风，记去年袅袅，曾到吾庐。山河举目虽异，风景非殊。功成者去，觉团扇、便与人疏。吹不断、斜阳依旧，茫茫禹迹都无。
　　　　千古茂陵词在，甚风流章句，解拟相如。只今木落江冷，眇眇愁余。故人书报，莫因循、忘却莼鲈。谁念我，新凉灯火，一编太史公书。

　　此词作于嘉泰三年（1203）秋天，辛弃疾一生系念抗金北伐，收复失地，无奈现实残酷，帅守浙东前，已在家乡过了九年的退隐生活。词从秋风生悲写起，想念江西的故居和北方失地。"山河举目虽异，风景非殊"典出《世说新语》"言语门"："过江诸人，每至美日，辄相邀新亭，藉卉饮宴。周侯中坐而叹曰：'风景不殊，正自有山河之异！'皆相视流泪。"词人借典抒发风景依旧，江山易主的感慨。"功成者去"典出《战

────────────

① 　张淏：《宝庆会稽续志》卷一，《宋元方志丛刊》第 7 册，第 7099—7100 页。
② 　唐圭璋：《词学论丛·读词续记》，上海古籍出版社 1986 年版，第 670 页。

国策》，蔡泽对范雎说，"四时之序，功成者去"，意思是说一年四季按次序运行，每一个季节完成了它的使命就自动退去，这里借用其语。"觉团扇"句，出于汉代班婕妤《怨歌行》，以秋天气候转凉时，圆形的纨扇被弃置一旁，喻女子被弃，借指功成后被弃。"吹不断、斜阳依旧，茫茫禹迹都无"三句借登临之机缅怀大禹，大禹是神话传说中的人物，其一生与治水相关，"禹是南方民族的神话中的人物"，"这个神话的中心点在越（会稽）"①。诸多的典籍都记载了禹与越的地域因缘，如大禹治水和集会在会稽山，大禹娶涂山氏为妻在会稽涂山，大禹葬在会稽之山，等等。"斜阳依旧"，斜阳与往古无殊，可是大禹的踪迹却渺茫难寻了，词人借大禹之事暗喻南宋朝廷当权者埋没人才的用人路线。

下阕写作者孤独和矛盾的心情，由秋风而联想到《秋风辞》，《秋风辞》为一代英主汉武帝所作，中有"欢乐极兮哀情多，少壮几时兮奈老何"之语。词人盛赞汉武帝的英雄业绩，昔日江山一统，国运昌明，而今偏安江左，国运日蹙，如"木落江冷"，凄凉萧瑟，像汉武帝那样有作为的人已不复存在，自然也无人赏识当今的司马相如了，表现出英雄失路的悲慨。"故人书报，莫因循、忘却莼鲈"，说老朋友来书劝他退隐，不要留恋官场延误自己，词人以"谁念我，新凉灯火，一编太史公书"作答，司马迁的《史记》被誉为"无韵之离骚"，其中寄寓了太史公满腔的悲愤，而词人在冷冷凄凄的秋夜挑灯夜读《史记》，满怀志士失意之恨和壮志难酬之悲。

此词因其中爱国情感浓郁，在词坛引起了不小的反响，张镃、姜夔、丘崈等人深受感染，起而赓和，姜夔《汉宫春·次韵稼轩》词云：

> 云日归欤，纵垂天曳曳，终反衡庐。扬州十年一梦，俯仰差殊。秦碑越殿，悔旧游、作计全疏。分付与、高怀老尹，管弦丝竹宁无。
>
> 知公爱山入剡，若南寻李白，问讯何如。年年雁飞波上，愁亦关予。临皋领客，向月边、携酒携鲈。今但借、秋风一榻，公歌我亦能书。

次韵之作，韵及句意均与原作有关联，白石此词步其原韵。"稼轩原唱有'故人书报，莫因循、忘却莼鲈'。是才经起废，而归兴已浓，故白石和词首起亦有'归欤'与'终反衡庐'之句。"① 白石和作从归家写起，提炼出"终反衡庐"主题统率全篇。"归欤"语出《论语·公冶长》："子在陈曰：'归欤！归欤！'"后为归隐的惯用语。"垂天曳曳"为庄子笔下大鹏高飞之状，常用来比拟前程远大，"衡庐"即衡山、庐山，指代退隐之地。该词前三句意思是说，纵然万里鹏程，前途远大，也终有一日回归家园。"扬州"二句，化用杜牧《遣怀》诗句"十年一觉扬州梦"，写自己往年的游乐生活，将自己与辛弃疾比况，说辛弃疾有鲲鹏的垂天之志，而自己十年扬州，在辛弃疾面前"俯仰差殊"。"秦碑越殿"指绍兴境内的文物古迹，"秦碑"指会稽秦望山的碑刻，秦始皇登秦望山，曾令李斯刻石；"越殿"即越王宫殿，这些都已化为历史的陈迹。"秦碑越殿，悔旧游、作计全疏"三句表达出词人对往日耽于游乐，虚度了光阴，以至于功业无成的悔恨。以下将笔锋转换到对方，"老尹"指辛弃疾，"尹"为官名，时辛弃疾任职绍兴知府兼浙东路安抚使。"分付与"三句写稼轩公游赏山水风流潇洒，以应和稼轩词意。

下阕"知公爱山入剡，若南寻李白，问讯何如"切绍兴山水，李白曾畅游绍兴剡山，辛弃疾也曾邀游剡中，此处把大诗人李白想象成稼轩诗友。"临皋领客"二句，指苏轼领客游览黄州之事，《后赤壁赋》云："是岁十月之望，步自雪堂，将归于临皋，二客从予……仰见明月，顾而乐之。……于是携酒与鱼，复游于赤壁之下。"白石通过追怀剡中名山李白逸兴，东坡临皋领客携酒携鲈等古迹史事，来称颂辛弃疾才情气度，"年年雁飞波上，愁亦关予"两句与辛词中"只今木落江冷，眇眇愁余"相应，都暗用汉武帝《秋风辞》中"秋风起兮白云飞，草木黄落兮雁南飞"句意，说的是两人同感的家国之耻、救国大事。结句"今但借、秋风一榻，公歌我亦能书"对应稼轩原唱起句"亭上秋风"，越中的山水激发出了词人的创作冲动，今借秋风亭一席之地，你我开怀酬唱，直接在

---

① 夏承焘、吴无闻：《姜白石词校注》，广东人民出版社1983年版，第151页。

情感上予以回应。"歌""书"指吟词写词，姜夔除诗词、音乐之外，还擅书法，为宋代书法名家。

与辛弃疾《汉宫春·会稽秋风亭怀古》唱和的除姜夔词外，另有张镃、丘崈、李浃等人的词，李浃词今已不存。张镃时在杭州，作《汉宫春·稼轩帅浙东，作秋风亭成，以长短句寄余，欲和久之。偶霜晴，小楼登眺，因次来韵，代书奉酬》相和，词云：

> 城畔芙蓉，爱吹晴映水，光照园庐。清霜乍凋岸柳，风景偏殊。登楼念远，望越山、青补林疏。人正在、秋风亭上，高情远解知无。
>
> 江南久无豪气，看规恢意概，当代谁如。乾坤尽归妙用，何处非予。骑鲸浪海，更那须、采菊思鲈。应会得，文章事业，从来不在诗书。

丘崈《汉宫春·和辛幼安秋风亭韵，癸亥中秋前二日》词云：

> 闻说瓢泉，占烟霏空翠，中著精庐。旁连吹台燕榭，人境清殊。犹疑未足，称主人、胸次恢疏。天自与、相攸佳处，除今禹会应无。
>
> 选胜卧龙东畔，望蓬莱对起，岩峦屏如。秋风夜凉弄笛，明月邀予。三英笑粲，更吴天、不隔莼鲈。新度曲，银钩照眼，争看阿素工书。

张镃之词上阕写景，下阕抒情，对辛弃疾始终如一的抗金报国气节和英雄抱负给予了高度的评价，"骑鲸浪海，更那须、采菊思鲈"句期望辛弃疾充分施展自己的文才武略，收复失地，为国家统一作出贡献。字里行间流露出词人对国事的深切关注。"江南久无豪气"既是对辛弃疾业绩壮志的赞颂，也是赞扬辛弃疾把豪放词风带到了浙江词坛，使浙江词人的清新词风带上豪壮色彩。张镃的词风雅正婉美，此和作沾染了稼轩词的豪放之气。

丘崈于嘉泰癸亥三年（1203），任职庆元府，与辛弃疾唱和。丘崈（1135—1209），字宗卿，江阴人，历任浙东刑狱、两浙转运副使、刑部尚书、江淮宣抚使、枢密院同知等职，死后谥忠定。丘崈工诗善词，有

《丘文定集》十卷、《拾遗》一卷。丘崈是抗金名臣，《宋史·丘崈传》言其："仪状魁杰、机神英悟。尝慷慨谓人曰：'生无以报国，死愿为猛将以灭敌'，其忠义性然也。"尝进言于孝宗曰："恢复之志不可忘，恢复之事未易举，宜甄拔实才，责以内治，遵养十年，乃可议北向。"① 第二年韩侂胄倡议北伐，他和辛弃疾都是被召的人物。该词对于时局，却只字未提，显得较为平淡。词从听闻到的稼轩瓢泉风景之胜入手，说辛弃疾以前在铅山退居固然好，但毕竟不能尽其才，如今在绍兴担当一方，胜景不殊，公务之余既可朋友相聚，又有闺房乐趣，自应陶然其中。

从辛弃疾《汉宫春·答李兼善提举和章》一词来看，李浃也应该参与了唱和，李浃（1151—1209），字兼善，吴兴人。据《会稽续志·浙东提举》载，李浃于嘉泰三年（1203）十月以朝散大夫提举浙东。李浃和词已佚，稼轩复答李浃，词云：

> 心似孤僧，更茂林修竹，山上精庐。维摩定自非病，谁遣文殊。白头自昔，叹相逢、语密情疏。倾盖处，论心一语，只今还有公无。
>
> 最喜阳春妙句，被西风吹堕，金玉铿如。夜来归梦江上，父老欢予。荻花深处，唤儿童、吹火烹鲈。归去也，绝交何必，更修山巨源书。

该词缺少了之前的慷慨豪放之词风，在长时间退隐带湖、瓢泉之后，辛弃疾深受佛教思想的影响，这首和词以佛家空寂、虚无来对待大千世界诸多烦恼，归隐之心甚浓，这也反映出辛弃疾被重新起用后的复杂心态。

志士悲秋，自古皆然，公元1203年这场以"秋风亭"为主题的唱和活动，稼轩原词句句紧扣秋风，却借着用典使事不断穿越回历史典故和典故所暗示的情境语境中去，用以观照自己此时于建功与归去间的抉择。相和者则紧扣稼轩词意，表达自己对稼轩或仕或隐的看法。

---

① 脱脱：《宋史》卷三九八《丘崈传》，第12113页。

二 蓬莱阁上的兴亡之感

嘉泰三年（1203）岁暮，辛弃疾登会稽蓬莱阁，赋《汉宫春·会稽蓬莱阁观雨》，词曰：

> 秦望山头，看乱云急雨，倒立江湖。不知云者为雨，雨者云乎。长空万里，被西风、变灭须臾。回首听、月明天籁，人间万窍号呼。
>
> 谁向若耶溪上，倩美人西去，麋鹿姑苏。至今故国人望，一舸归欤。岁云暮矣，问何不、鼓瑟吹竽。君不见、王亭谢馆，冷烟寒树啼乌。

蓬莱阁是江南名胜之一，处于会稽卧龙山下，登高远眺，江天空阔，风景独特。《会稽续志》云："蓬莱阁，在设厅后卧龙之下，吴越钱镠所建。……其名以蓬莱者，盖旧志云：蓬莱山正偶会稽。元微之诗云：谪居犹得小蓬莱。钱公辅诗云：后人慷慨慕前修，高阁雄名由此起，故云。自元祐戊辰，章楶修之，又八十七年，钱端礼再修，又四十八年，汪纲复修，纲自记岁月于柱云：'蓬莱阁，登临之胜，甲于天下。'"① 此处望去风景壮观，颇能引发壮志男儿的凌云之志。王十朋任绍兴府签判期间，曾于绍兴二十八年（1158）中秋，与文友登上蓬莱阁，赋诗赏月、把酒论文，写下了《蓬莱阁赋》，周密、张炎等词人也曾于此处作词吟咏。

辛弃疾写词，擅长隐括用事，《会稽蓬莱阁观雨》这首词运用象征寄托手法，上片写景，下片因地怀古，其中融合了《吴越春秋》《越绝书》《战国策》《世说新语》《宋书·谢灵运传》等书中越地历史文化典故。上片写景，也是借景抒情。秦望山，一名会稽山，在会稽东南四十里处，《史记》曰："秦始皇登之以望东海。"故有秦望之名。这里曾是秦始皇南巡时望大海、祭大禹之处。词人登阁望山，以"看"字领起，写所见的乱云急雨和阴晴变换的自然景象，登楼观雨亦从风雨之中观时代气象，由此词人悟出了事物皆处于变化之中，隐晦可以转为晴明，晴明又含着

---

① 张淏：《宝庆会稽续志》卷一，《宋元方志丛刊》第 7 册，第 7098 页。

风起云涌的因素；失败可以转为胜利，胜利了又会起风波。

　　词的下片因地怀古抒情，由眼前的"乱云急雨"和雨后的"万窍号呼"进入古越大地风云变幻的历史，借吴越二国的兴亡史浇自己胸中之块垒，"谁向若耶溪上，倩美人西去，麋鹿姑苏？"《嘉泰会稽志》云："若耶溪在会稽南二十五里，溪北流与镜湖合。"① 传说为西子浣纱地。吴越争霸，范蠡利用美人计将西施送与夫差，夫差建姑苏台以迎之，最终导致吴国灭亡。吴国被美人计破灭后，姑苏台一片荒凉，只有麋鹿在其中出入。越国谋臣范蠡苦身勠力，协助越王勾践灭吴，报了会稽之仇。词人面对秦望山，占据他心灵的不是秦始皇，而是范蠡，因为此时的作者正摩拳擦掌，力图恢复，范蠡正是他效仿的榜样。同时词人也在用吴越的历史警告南宋统治者：贪图享乐，沉溺于美人歌舞，必然会破家亡国，只有像越国那样，不忘国耻，卧薪尝胆，才能振兴国势，报仇雪恨。据李心传《建炎以来朝野杂记》记载，辛弃疾至临安见宋宁宗，"言金国必乱必亡，愿付之元老大臣，务为仓猝可以应变之计，侂胄大喜"②。《庆元党禁》亦言："嘉泰四年甲子春正月，辛弃疾入见，陈用兵之利，乞付之元老大臣，侂胄大喜，遂决意开边。"③ 可见词人一直在思考北伐之计。"岁云暮矣，问何不、鼓瑟吹竽。"一年将尽，何不鼓瑟吹竽庆祝一番呢？"君不见、王亭谢馆，冷烟寒树啼乌。"依稀王、谢亭馆，昔日豪华而今衰歇，只见"冷烟寒树啼乌"，已无可行乐之处了。辛词写得壮怀激烈，被评"高唱入云，当以铜琶铁板和之"④。

　　姜夔和词《汉宫春·次韵稼轩蓬莱阁》词云：

　　　　一顾倾吴，苎萝人不见，烟杳重湖。当时事如对弈，此亦天乎。
　　大夫仙去，笑人间、千古须臾。有倦客、扁舟夜泛，犹疑水鸟相呼。
　　　　秦山对楼自绿，怕越王故垒，时下樵苏。只今倚阑一笑，然则

---

　　① 施宿：《嘉泰会稽志》卷一〇，《宋元方志丛刊》第 7 册，第 6880 页。
　　② 李心传：《建炎以来朝野杂记·乙集》卷一八。
　　③ 樵川樵叟：《庆元党禁》，中华书局 1985 年版，第 26 页。
　　④ 俞陛云：《唐五代两宋词选释》，上海古籍出版社 1985 年版，第 385—386页。

非欤。小丛解唱，倩松风、为我吹竽。更坐待、千岩月落，城头眇眇啼乌。

　　此词上片怀古，从吴越国典故入手，缅怀吴国兴亡旧事，"一顾倾吴，苎萝人不见，烟杳重湖"。苎萝人指西施，西施助勾践灭吴后，随范蠡乘舟于太湖隐去，姜词以越地历史上的女子牵出时代的兴衰，与稼轩词立意同而取象异，冲淡了辛词原作中的激烈之情。随后感慨文种功成而身不退，以致招来祸端。而历史上的风云都已成过往云烟，"有倦客、扁舟夜泛，犹疑水鸟相呼"。"倦客"乃词人自谓，写出了"扁舟夜泛"的思古之幽情。"水鸟"用以比拟泛舟五湖的范蠡。词从西施、文种、范蠡而至今日倦客夜游，思路纵横。

　　下片对景抒情，通过描绘眼前景物，写及越王勾践，在词人看来，不论是卧薪尝胆而成功的勾践，还是功成身不退的文种、功成隐退泛舟五湖的范蠡，最终都难免灰飞烟灭，表达出青山依旧而人事已非的无限感慨，充溢人事沧桑之感。"小丛"指盛小丛，唐朝越州著名歌妓，曾因赋《突厥三台》诗而被传为越中文坛佳话。《碧鸡漫志》记载："崔元范自越州幕府拜侍御史，李讷尚书饯于鉴湖，命盛小丛歌，坐客各赋诗送之。"[①] 此处"小丛"指辛弃疾侍女。词的结尾以千岩月落，远闻城头乌啼作结，情景交融，韵味悠长。"白石生当偏安江左的南宋时期，外有强邻压境，内有权臣误国，作为一个敏感的词人，抚事兴悲，触目伤怀，当有不能自已者。结句'更坐待、千岩月落，城头眇眇啼乌'，正是这位多愁善感的词人，终宵耿耿不寐的写照。"[②]

　　辛弃疾任职绍兴期间，以越地景物为题作词，姜夔几次与之唱和，两人可说是精神上的知己，同时他们对越地历史都有着很深的感悟，吴越之事引发了他们对人事沧桑的感慨。俞陛云《唐五代两宋词选释》云："白石学清真，心摹手追，犹觉挽强命中而未能穿札。和辛稼轩二首，则

---

① 王灼：《碧鸡漫志》卷五，唐圭璋《词话丛编》第 1 册，第 116 页。

② 夏承焘、吴无闻：《姜白石词校注》，广东人民出版社 1983 年版，第 154—155 页。

工力相等。宜杜少陵评诗谓材力未能跨越，有'鲸鱼''翡翠'之喻也。"① 白石在自叙中亦云："稼轩辛公，深服其长短句如二卿。"② 姜夔词吸收了辛弃疾的一些长处，周济《宋四家词选》序中言及姜夔受辛弃疾词风的影响："白石脱胎稼轩，变雄健为清刚，变驰骤为疏宕。盖二公皆极热中，故气味吻合。辛宽姜窄，宽故容秽，窄故斗硬。"③ 白石与稼轩的和作《次韵稼轩》《次韵稼轩蓬莱阁》两词，慷慨而深沉，风格豪健、疏宕，这种风格与白石以前词风不同，是有意效稼轩体者。嘉泰四年（1204），辛稼轩建议伐金，旋即差知镇江府，为恢复做积极准备，作《永遇乐》（千古江山）词，以寄其豪情壮志，白石亦作《永遇乐·次稼轩北固楼词韵》。

辛弃疾为官绍兴期间，张镃除了作《汉宫春·稼轩帅浙东，作秋风亭成，以长短句寄余，欲和久之。偶霜晴，小楼登眺，因次来韵，代书奉酬》和辛弃疾《汉宫春·会稽秋风亭怀古》之外，还秋夜赋壮词《八声甘州·秋夜奉怀浙东辛帅》寄稼轩，表达了自己对好友的怀念之情。张镃作词尚雅，与辛弃疾唱和之词亦感染了其豪放之风，增添了刚劲之气。

在词人群体酬唱活动中，除了受地域文化的影响之外，群体中的领袖人物以其自身的人格魅力及在政坛和文坛上的影响力，成为酬唱词风的引领者，他们的审美趣尚和作品风格会成为其他词人效仿的对象，从而使整个词人群体的作品风格呈现出一种趋同性，以客籍词人辛弃疾为中心的绍兴词人群体酬唱活动即为明显例证。受辛词影响，雅派词人张镃、姜夔等人唱和词作风格有了较大改变，他们通过与辛弃疾唱和，相互激发、相互推动，辛词的豪放风格得到了进一步的接受和发扬，在辛弃疾的引领下，该群体词人充分发挥了词的表现功能，"以诗为词""以文为词"，使词与诗文一样可以抒情言志、议论说理，是对词体解放的有益实践，风格趋向沉郁顿挫、雄放豪宕。

辛弃疾为绍兴知府期间，与刘过等人也有过唱和，据岳珂《桯史》

---

① 俞陛云：《唐五代两宋词选释》，上海古籍出版社1985年版，第415页。
② 周密：《齐东野语》卷一二，第211页。
③ 周济：《宋四家词选·目录绪论》，中华书局1985年版。

载："庐陵刘改之（过），以诗鸣江西……嘉泰癸亥岁，改之在中都，时辛稼轩弃疾帅越，闻其名，遣介招之。适以事不及行，作书归辂者，因效辛体赋《沁园春》一词，并缄往，下笔便逼真。……辛得之大喜，致馈数百千，竟邀之去。馆燕弥月，酬倡亹亹，皆似之，逾喜。垂别，赒之千缗，曰：'以是为求田资'，改之归，竟荡于酒，不问也。"① 刘过《龙洲集》中有《呈稼轩》七绝五首，皆为与稼轩交往时所作。

辛稼轩为官绍兴期间，还与当时闲居在镜湖三山的陆游有过往来，稼轩帅浙东时，恰逢七十九岁高龄的陆游退官还乡，两位爱国志士，过从甚密。因陆游所居房屋简陋破旧，辛弃疾欲为其筑一新舍，遭陆游婉拒。陆游《草堂》诗中有"幸有湖边旧草堂，敢烦地主筑林塘"句，陆游自注云："辛幼安每欲为筑舍，予辞之，遂止。"② 辛弃疾应召赴行在，临行前陆游还赋诗送行，辛弃疾任职绍兴期间，未见二人词作唱和。

第三节　山房书院中的兴寄咏物：越中遗民词人的结社联吟活动

至元十六年（1279），崖山之变宣告宋王朝正式终结，一时间，悲宋情绪大规模爆发，遗民们纷纷采用各种方式痛悼，黄潜为方凤诗集作序，称其"遇遗民故老于残山剩水间，往往握手歔欷，低徊而不忍去"③；林景熙"恒与同舍生邑人郑朴翁辈私相嗟悼，以不能死国难报君恩为愧"④；方凤、吴思齐、谢翱三人"无月不游，游辄连日夜。或酒酣气郁时，每扶携望天末恸哭，至失声而后返"⑤；陈则翁"因崖山之变，弃官归里，迁居柏桥，建集善院，奉宋主龙牌，朝夕哭奠，日与林德旸、裴季昌、

---

① 岳珂：《刘改之诗词》，《桯史》卷二，商务印书馆1936年版，第15页。

② 陆游著，钱仲联校注：《剑南诗稿校注》卷六一，上海古籍出版社1985年版，第3488页。

③ 黄潜：《方先生诗集序》，《金华黄先生文集》卷一六，北京图书馆出版社2005年版。

④ 林景熙著，陈增杰校注：《林景熙诗集校注》，浙江古籍出版社1995年版，第384页。

⑤ 宋濂：《吴思齐传》，《文宪集》卷十，文渊阁四库全书本。

林旻渊、曹许山辈，以诗文往来，私相痛悼，作为诗歌，离黍之悲，溢于言外"①；等等。其中最普遍的方式就是创立诗社，通过彼此酬唱寄托亡国之恸。浙东的词人群体结社活动尤为突出，他们抗节遁迹，抒国族之痛、遗民之悲，在交游唱和中得到一种精神上的认同。如浦江的"月泉吟社"，成立于至元二十三年（1286），在同年以"春日田园杂兴"为题征诗四方，得诗稿两千七百三十五卷，方凤等人从中择优选出二百八十名，对第一名到第五十名依次给予奖赏，并将参赛作品选集刊行。月泉吟社的征诗活动实际上是以联络宋遗民为目的，这些作品题为"田园杂兴"，实为借山水田园风光，寓故国之思。清代学者全祖望说："月泉吟社诸公，以东篱北窗之风，抗节季宋，一时相与抚荣木而观流泉者，大率皆义熙人相尔汝，可谓壮矣！"②"义熙人"指晋义熙间不肯屈事刘宋的陶渊明，其中有保持民族气节之意。

越中在宋亡后成为遗民会聚之所，越文化中那种坚忍不拔的文化性格，不畏艰险、忧国忧民的精神在太平盛世之时处于一种隐性的状态，而在发生重大历史变故时，这种精神就凸显出来了。宋亡后，越中地区有大量遗民诗社出现，其中较有影响的是会稽汐社和越中诗社（山阴诗社），前者的主要成员有谢翱、唐珏、王英孙、林景熙等，后者的主要成员有李应祈、黄庚、连文凤等。遗民们通过结社的方式来获得对抗蒙元强权统治的精神力量，如"汐社"，其名就颇有深意，谢翱是该社的组织者，方凤《谢君皋羽行状》云："（翱）大率不务为一世人所好，而独求故老与同志，以证其所得。会友之所名汐社，期晚而信，盖取诸潮汐。"③何梦桂在《汐社诗集序》中对"汐社"之意进行如是解释："海朝谓潮，夕谓汐，两名也。汐社以偏名何？志感也。社期于信，而又适居时之穷，与人之衰暮偶，而犹蕲以自立者，视汐虽逮暮夜而不爽其期，若有信然者类，此谢君皋羽所以盟诗社之微意也。……潮以朝盈，汐不以夕亏，君有取诸此，固将以信夫盟，抑以为夫人之衰颓穷塞，卒

---

① 陈冈：《陈则翁传》，《清颍一源集》卷一，文渊阁四库全书本。

② 全祖望：《跋月泉吟社后》，《全祖望集汇校集注》，上海古籍出版社 2000 年版，第 1439 页。

③ 方凤著，方勇辑校：《方凤集》，浙江古籍出版社 1993 年版，第 75 页。

至陆沉而不能自拔，以死者之深悲也。"① 从何氏的阐述来看，汐社有按时定期结社之意，然更重要的是遗民以结社而相互砥砺，不因时之穷、人之暮而变节，不以衰颓穷塞而丧志，这也是宋亡之后文人结诗社的典型心态。

在汐社等诗社开展活动的同时，又有王易简、唐艺孙、王沂孙、周密等共十四人结吟社于越中，举行了五次大型集社活动，联吟唱和分咏龙涎香、白莲、莼、蝉、蟹五物，共存词作三十七首，辑为《乐府补题》。《乐府补题》刊刻在元代，已无传本在世，汪森编选《词综》时，于长兴一藏书家中购得常熟吴氏抄本，后由朱彝尊抄携至京师，同在京师的蒋景祁"读之，赏激不已"，遂刊刻传于世，朱彝尊、陈维崧为之序。朱彝尊推测，"诸君子在当日唱和之篇，必不止此，亦必有序以志岁月，惜今皆逸矣"②。《乐府补题》是最早的咏物词专集，因其中的词作寄托深沉的故国之思而"为两宋词添上个彗星光尾一样的结束"③。

一　杭、越遗民词人的越中酬唱

《乐府补题》唱和的参与者主要由南宋后期西湖吟社的成员及山阴的遗民词人组成，正因如此，有不少学者视《乐府补题》唱和活动为西湖吟社的后期活动，④ 西湖吟社活动是流连山水、琴词共鸣的风流雅事，越中的《乐府补题》唱和是以咏物寄兴为主体的唱和活动，两者的创作动机、创作题材不同。还有重要的一点，《乐府补题》唱和的地点皆为越中，组织者和发起人为越州人，成员也以越地词人为主，两者不应视为同一词社的活动。

关于《乐府补题》，陈维崧在序中有言："《乐府补题》倡和作者为玉笥王沂孙圣与、蘋洲周密公谨、天柱王易简理得、友竹冯应瑞祥父、瑶翠唐艺孙英发、紫云吕同老和甫、笕房李彭老商隐、宛委陈恕可行之、

---

① 何梦桂：《潜斋集》卷六，文渊阁四库全书本。
② 朱彝尊：《乐府补题序》，《曝书亭集》卷三六。
③ 吴熊和：《唐宋词通论》，浙江古籍出版社1985年版，第267页。
④ 见前文"西湖吟社成员结构"。

菊山唐珏玉潜、月洲赵汝钠真卿、五松李居仁师吕、玉田张炎叔夏、山村仇远仁近，共十三人。又无名氏二人。题为《宛委山房赋龙涎香》、《浮翠山房赋白莲》、《紫云山房赋莼》、《余闲书院赋蝉》、《天柱山房赋蟹》，调则为《天香》，为《水龙吟》，为《摸鱼儿》、《齐天乐》、《桂枝香》，凡五，共词三十七首为一卷。"①《乐府补题》酬唱的地点为越中名流的山房书院，这五题分咏的地点分别是陈恕可的宛委山房、唐艺孙的浮翠山房②、吕同老的紫云山房、王易简的天柱山房四处，外加余闲书院，王树荣《乐府补题跋》推定佚名词人之一为余闲书院主人（陈维崧序言中认为佚名词人有二，但另一佚名词人无词作，无其他信息，学术界一般认为参与《乐府补题》唱和为十四人），夏承焘的《乐府补题考》，断余闲书院主人为王英孙。"其集会之地若宛委山房、天柱山房、浮翠山房、紫云山房，皆以越山得名。"③ 据《嘉泰会稽志》，"宛委山在县东南一十五里。《旧经》云：'山上有石匮，壁立干云，升者累梯而至。'《十道志》：'石匮山一名宛委，一名玉笥，有悬崖之险，亦名天柱山。'""紫云山在县东南五十里。《旧经》云：'昔有游龙憩此山中，常有紫云起，故以为名。'"④ 余闲书院为王英孙的隐居之所。这五位书院的主人除吕同老外，余皆为会稽人。

　　《乐府补题》采用拈题分韵的唱和方式，山房书院主人皆不参加题咏，如宛委山房赋龙涎香，陈恕可不参加赋咏；紫云山房赋莼，吕同老不参与赋咏；天柱山房赋蟹，王易简不参与赋咏；浮翠山房赋白莲，唐艺孙未赋词；余闲书院赋蝉，王英孙未赋词。《乐府补题》所咏之物，除了龙涎香之外，莼、白莲、蝉、蟹等物在江南尤其是在越中，分属不同季节，由此推测，五题赋咏活动当在不同的季节举行。

　　为便于了解《乐府补题》赋咏的参与者创作情况，特列表于下：

---

① 祝尚书：《宋人总集叙录》，中华书局 2004 年版，第 502 页。
② 据王树荣《乐府补题跋》，"浮翠"即唐艺孙之"瑶翠"而讹。
③ 夏承焘：《唐宋词人年谱》，上海古籍出版社 1979 年版，第 379—380 页。
④ 施宿：《嘉泰会稽志》卷九，《宋元方志丛刊》第 7 册，第 6859—6861 页。

赋词数 参与者 \ 赋咏地	宛委山房赋龙涎香,调《天香》	紫云山房赋莼,调《摸鱼儿》	浮翠山房赋白莲,调《水龙吟》	天柱山房赋蟹,调《桂枝香》	余闲书院赋蝉,调《齐天乐》	词作数
周密	1		1		1	3
王沂孙	1	1	2		2	6
王易简	1	1	1	东道主	1	4
冯应瑞	1					1
唐艺孙	1		东道主	1	1	3
吕同老	1	东道主	1	1	1	4
李居仁	1		1			2
唐珏		1	1	1	1	4
赵汝钠			1			1
张炎			1			1
陈恕可	东道主		1	1	2	4
李彭老	1	1				2
王英孙		1			东道主	1
仇远					1	1
总计词(首)	8	5	10	4	10	37

从上表可知,《乐府补题》五次活动中,只有王易简、吕同老全部参与,其中一次作为东道主未题咏,其他词人皆有缺席。王沂孙和陈恕可有在一次活动中题咏两首的情况。以下对词人分别介绍之:

周密长期寓居杭州,为西湖吟社的中坚人物,与吴文英并称为"二窗"。据夏承焘《周草窗年谱》考证,周密后期与越中词人频繁往来,而且还长时间在越中逗留,频繁参与越中的结社联吟活动,成为其中的一个活跃分子,其词作《一萼红·登蓬莱阁有感》《满江红·寄剡中醉兄》《高阳台·寄越中诸友》等可作为周密与越中关联的证据。

张炎早年以贵介公子的身份与父辈们优游于临安的楼台湖山间,宋亡后，他"东游山阴、四明、天台间"①。张炎在词序中注明作于越中的词有十余首，如《渡江云》词序："山阴久客，一再逢春，回忆西杭，渺然愁思"；《湘月》词序："余载书往来山阴道中，每以事夺，不能尽兴。戊子冬晚（1288），与徐平野、王中仙曳舟溪上"；《甘州》词序："辛卯岁（至元二十八年，1291），沈秋江同余北归，秋江处杭，余处越"；《台城路》词序："杭友抵越，过鉴曲渔舍会饮"；《声声慢》词序："与王碧山泛舟鉴曲，王荛隐吹箫，余倚歌而和。天阔秋高，光景奇绝，与姜白石垂虹夜游，同一清致也"；等等。据张炎词作的词序分析，张炎在浙东一带交游唱和的词人主要有王沂孙、陈恕可、徐平野、越僧樵隐、叶书隐（叔昂）等，多为越地的隐逸之士。景炎三年（1278），元僧杨琏真伽盗发宋陵之时，张炎正旅居山阴。

仇远，字仁近，钱塘人，参与了临安遗民词人对西湖影像的群体吟咏活动。《乐府补题》唱和中，仅参与了余闲书院赋蝉活动。

参与唱和的其他成员中，王沂孙、王英孙、王易简、陈恕可等皆出自山阴巨族。

王沂孙（1230？—1291？），字圣与，号碧山，又号中仙、玉笥山人，会稽人，著有《花外集》。王沂孙宋亡前的生平事迹，可考资料很少，不过从他本人的词作和他人的描绘中可看出一些端倪，其《声声慢·催雪》云："茸帽貂裘，兔园准拟吟诗。红炉旋添兽炭，办金船，羔酒镕脂。"张炎悼词《琐窗寒》云其："香留酒斝，蝴蝶一生花里。"周密曾填过一首《踏莎行·题中仙词卷》，言王沂孙是："结客千金，醉春双玉，旧游宫柳藏仙屋。"我们大抵可以推断出王沂孙家资丰厚，在宋亡前过着颇为富庶风流的贵族生活，可能出身山阴巨族。他的会稽家园，让人想起杨缵的环碧园、张枢的湖山绘幅堂，应该也是词人们经常聚集的地方。王沂孙是宋末词人中咏物词最多、最工者，清代常州派词人对其咏物词推崇备至，为《乐府补题》唱和中出席次数较多，赋词数量最多的词人。

王英孙，余闲书院主人，字才翁，号修竹，会稽人，出身于世宦望

---

① 戴表元：《送张叔夏西游序》，张炎《山中白云词》，中华书局 1983 年版，第162 页。

族，为少保端明殿学士王克谦之子。家饶于赀，生性又雅好延致四方贤士，日以赋咏为乐，凡寓居于越中的宋室故老遗民，几乎无不与之游，"若谢翱、郑朴翁、林景熙、唐珏辈，皆慕其义与之友"①。同时代词人陈著说他："朋友西来，必道高谊。主盟清风标致，犹昨日也。"② 王英孙在当时词坛具有号召力，清代会稽人李慈铭曾云："王修竹又为风雅所归，遗民故老，多主其家，所谓王监簿者是也……越为东浙望，前将作监簿修竹王公为越望，可见其坛坫风流，胜游推重矣。"③ 王英孙是众望所归的风雅之士和越中节义之士共同推戴的领袖，为越中词社的实际组织者，其家为越中遗民的集结地。杨琏真伽盗发宋陵后，王英孙组织并参加了搜宋陵遗骨加以重葬的行动。

王易简，生卒年不详，字理得，号可竹，山阴人，尚书佐之曾孙。宋末进士，除瑞安主簿，不赴，隐居城南，"读张子《东铭》，作疏议数百言。唐忠介震、黄吏部虞见而器之，折辈行与交"④。王易简早年曾与周密、戴表元等临安诗人词客交游唱和，著有《山中观史吟》，惜已散佚。

陈恕可，生卒年不详，字行之，一字如心，自号宛委居士，越州（今浙江绍兴）人，据《安雅堂集·陈恕可墓志》，陈恕可还可能是《乐府补题》的编撰者。⑤

参与《乐府补题》唱和的其他几位词人情况简介如下：

唐钰，生卒年不详，字玉潜，号菊山，会稽人。"家贫，聚徒授经，营潃髓以养母。"⑥ 杨琏真伽盗宋六陵，唐珏闻之痛愤，邀里中少年收遗骸而重葬之。由于唐珏在发陵事件中突出的事迹，成为众多节义文士追慕的对象。唐珏的这种声名对遗民词人群体的稳固和壮大有一定作用。

吕同老，字和甫，济南人，生平资料不详，宋亡之际流寓越。

---

① 沈翼机：《（雍正）浙江通志》卷一八八。

② 陈著：《与王监簿英孙》，《本堂集》卷七九，文渊阁四库全书本。

③ 李慈铭：《越缦堂读书记》，商务印书馆1959年版，第656页。

④ 沈翼机：《（雍正）浙江通志》卷一九二。

⑤ 陈旅：《安雅堂集》卷一二，文渊阁四库全书本。

⑥ 陶宗仪：《南村辍耕录》卷四，齐鲁书社2007年版，第45页。

唐艺孙，字英发，会稽人，生平资料不详，著有《瑶翠山房集》。

赵汝钠，字真卿，号月洲，为赵宋皇室后裔，商王赵元份七世孙。

李居仁、冯应瑞二人的生平事迹暂不可考。

从以上对《乐府补题》唱和者的情况梳理中可知，参与唱和的词人大多是宋元易代时期活跃在词坛上的知名人物和社会名流，他们聚集在越州，秉承了此地文人结社联吟之风，创作出一批足以代表宋元之际词坛风气的咏物词。《乐府补题》吟咏活动表现了特定社会背景下越地词人群体活动的文化风尚，反映了宋季绍兴遗民词人群体结社酬唱的基本面貌。

宋亡后，越中对元廷的抵触情绪是比较强烈的，会稽为宋六陵所在地，在越地发生了元僧杨琏真伽盗发越地六陵事件，杨琏真伽，唐兀（党项）人，僧侣，至元十四年（1277）任江南释教都总统，掌江南佛教事务。元僧盗陵之后，"是夕闻四山皆有哭声，凡旬日不绝"①，可见越地人民的悲愤之深。宋端宗景炎三年（1278）十二月，元僧杨琏真伽盗发会稽山的南宋高宗、孝宗、光宗、宁宗、理宗和度宗六代皇帝后妃的陵墓，"发赵氏诸陵寝，至断残肢体，攫珠襦玉柙，焚其骨，弃骨草莽间。……越七日，总浮屠下令哀陵骨，杂置牛马枯骼中，筑一塔压之，名曰镇南"②。攫取金银财宝而弃其遗骸，甚至将宋帝后骸骨与牛马枯骼杂置一处，筑浮屠其上，以示厌胜，截理宗头盖骨为尿壶等对前代帝后极具侮辱性的行为，这无疑是对江南人民感情的最强烈的刺激和最严重的挑衅，此时宋亡不过三年，越中文士思宋之情尚未消退就遭此陵谷之变，这激起了江南人民的愤慨，宋陵所在地的越中遗民对此更是深恶痛绝，词社中王英孙、唐珏等人冒着生命危险，亲自参加了搜宋陵遗骨加以重葬的行动。"及杨琏真伽发宋诸陵，英孙痛愤，出白金，属珏等结少年入山收遗蜕。造石函六，刻纪年一字为号。使景熙收高、孝二陵，珏及诸人收余四陵，或背竹篝为丐者，或持草囊采药。夜事几觉，有逾垣折肱者。竟易真骨以出，瘗之兰亭山天章寺，植冬青识其上，遇寒食，

---

① 周密：《癸辛杂识·别集下》"杨髡发陵"条，中华书局1988年版，第264页。

② 陶宗仪：《南村辍耕录》卷四，齐鲁社2007年版，第45页。

私祭之。"① "及唐珏、林景熙等收遗蜕，（谢）翱为之画策，故有《冬青引》赠珏。"② 可知林景熙等也参与了搜宋陵遗骨的行动。

杨琏真伽盗陵事件也直接促成了越中遗民诗社的大量出现。在特殊的政治背景下，在反抗情绪特别强烈的地域上举行的《乐府补题》唱和，词已脱离了交际功能，充满了亡国的哀思。

二 咏物中的遗民心志

《乐府补题》三十七首词作，带有浓重的故国之思、亡国之恨的情感意绪，关于《乐府补题》的寄托之意，自其清初复出以来，一直众说纷纭，主要围绕着是否与宋元易代之际的一些重要的历史事件相关，主要的论点有：

1. 寄托杨髡发陵之祸。认为越中遗民词人唱和活动因西僧在越中盗发宋皇陵事件而起。为周密《绝妙好词》作笺的清代浙派词人厉鹗，根据参与吟咏的十四人中唐珏曾参与集宋皇陵弃骨之事，首次将乐府补题与发陵事件联系在一起，他在《论词绝句》中说："头白遗民涕不禁，《补题》风物在山阴。残蝉身世香莼兴，一片冬青冢畔心。"其中"冬青冢"即指收拾帝骸遗事。稍后，周济在《宋四家词选》中沿用此说，断定唐珏的几首咏物词皆为杨髡发陵事件而作。王树荣《乐府补题跋》则根据唐珏等人的具体词句，将寄托发陵说坐实："荣前读周止庵《宋词选》，于唐玉潜赋白莲曰：'冰魂犹在，翠舆难驻。'曰：'珠房泪湿，明珰恨远。'以为当为元僧杨琏真伽发宋诸陵而作。又赋蝉曰：'佩玉流空，绡衣剪雾。'曰：'晚妆清镜里，犹记娇鬟。'疑亦指其事。"③ 此后，夏承焘先生发展了清人这一学说，他基于对《乐府补题》寄托的总体推测认为："补题所赋凡五：曰龙涎香、曰白莲、曰蝉、曰莼、曰蟹。依周（济）、王（树荣）之说而详推之，大抵龙涎香、莼、蟹以指宋帝，蝉与

---

① 邵廷采：《宋遗民所知传》，《思复堂文集》卷三，浙江古籍出版社 1987 年版，第 206 页。

② 同上书，第 202 页。

③ 朱祖谋：《彊村丛书》，广陵书社 2005 年版，第 55 页。

白莲则托喻后妃。故赋龙涎香屡屡曰'骊宫'、'惊蜇'。"① 明确指出这组词是诸遗民伤悼陵寝遭到发掘的宋帝。夏承焘《〈乐府补题〉考》使用的方法是将发陵事件与词的文本进行比对分析。周密《癸辛杂识续集》记载发陵事件："……又断理宗头，沥取水银、含珠，用船装载宝物，回至迎恩门。"② 又周密《癸辛杂识别集》云："或谓（理宗）含珠有夜明者。遂倒悬其尸树间，沥取水银，如此三日夜，竟失其首。或谓西番僧回回，其俗以得帝王髑髅，可以厌胜，致巨富，故盗去耳。"③ 夏先生认为《乐府补题》中"记君清夜，暗倾铅水""铜仙清泪如洗，叹携盘远去，难贮清露""骊宫夜采铅水""骊宫玉唾谁捣"等语皆隐指发陵事。

2. 与崖山覆灭、谢太后被掳等史事相关。陈廷焯《白雨斋词话》指实《乐府补题》的寄托与谢太后有关："碧山《天香·龙涎香》一阕，庄希祖云：'此词应为谢太后作。前半所指，多海外事。'此论正合余意"。"（碧山）《咏蝉》首章云：'短梦深宫，向人犹自诉憔悴。'言中有物，其指全太后祝发为尼事乎？"④ 吴则虞先生认为王沂孙《天香·龙涎香》一阕疑指帝昺崖山之事；《水龙吟·白莲》"淡妆不扫蛾眉"一首"暗寓赵昺之南去"，"翠云遥拥环妃"一首指王清惠为女冠事；《齐天乐·蝉》"绿槐千树西窗悄"一首系指发陵事。⑤ 肖鹏先生《乐府补题寄托发疑——与夏承焘先生商榷》一文则对夏承焘先生的观点提出了质疑，认为说者没有任何历史依据，全凭悬测想象，他运用周密《癸辛杂识》中有两条记录发陵事件始末的资料却未提及《乐府补题》寄托之事，否定了《乐府补题》与六陵的联系。肖先生虽然否定寄托"发陵说"，但也同样认为集中诸作有本事可求："从整体上看，词中都充溢着亡国的凄苦之情，流露有对故国故君的眷怀追思，也表达了他们高洁不染，不愿与现实合作的志向。具体分析各咏，则因为它们背景不同，起因各异，因

---

① 夏承焘：《唐宋词人年谱》，上海古籍出版社 1979 年版，第 377 页。

② 周密：《癸辛杂识》，中华书局 1988 年版，第 152 页。

③ 同上书，第 264 页。

④ 陈廷焯：《白雨斋词话》，《词话丛编》第 4 册，第 3809、3811 页。

⑤ 王沂孙撰，吴则虞笺注：《花外集》，上海古籍出版社 1988 年版，第 2、39、40、50 页。

此其寄托也各不相同。"他认为赋龙涎香可能是寄托崖山之覆灭，"词中多处借'骊宫'、'鲛人'、'潜虬'隐指沉海的宋帝，多处隐指崖山南海，寄托亡君不返的悲哀"；"咏白莲，大抵以出淤泥而不染的白莲以自喻，自视高洁，自守节志，不愿与元人合作"；"咏蝉则身世之感、迟暮之叹流于言表"，吟咏的背景"应是元朝统治者开始大量强征南士赴召，或上北都书写《金刚经》，或出任各州学正、教授"。"至于紫云山房咏莼和天柱山房咏蟹，它们的背景是什么、寄托何在，一时还难以肯定。"①

王大均《〈乐府补题〉新考》也是将《乐府补题》咏物一一坐实，认为《乐府补题》借咏龙涎香、白莲、莼、蝉、蟹五物，反映了宋亡后南北两个重大事件，寄寓了词人们的亡国之恨和身世之感：赋龙涎香指崖山君臣投海殉国的悲剧；咏白莲影射杨淑妃崖山殉难事；咏蝉写谢太后、王昭仪北俘后的悲凉身世；咏莼与咏蟹影射崖山殉难的陆秀夫、张世杰和北掳不归的恭帝赵㬎。②

3. 其他。一些学者则否定了《乐府补题》与具体历史事件的关联。郭峰《论〈乐府补题〉的词学思想》一文认为："《乐府补题》是一部应社咏物的词集。然而，无论是从咏物的习惯，还是应社的传统来分析，它都不可能蕴涵着什么轶闻趣事。"③ 刘荣平《杨髡发宋陵时间之坚证的考辨》，对于谢翱"知君种年星在尾"之语中"星在尾"的含义进行详细的考辨，以推究种植冬青树的具体时间，利用我国古代天文历法知识和现代的科学技术，同时在电脑中输入年份和会稽的经纬度，检索美国宇航局喷气推进实验室（JPL）长期历表 DE404，得出唐珏等种植冬青树是在甲申年（1284），而在种植冬青树后，发陵仍在继续，故而说明了《乐府补题》寄托发陵观点是不成立。④

就目前文献看，仍没有确实的证据说明《乐府补题》的五次活动与

---

① 肖鹏：《乐府补题寄托发疑——与夏承焘先生商榷》，《文学遗产》1985 年第1 期。

② 王大均：《〈乐府补题〉新考》，《文学遗产》1989 年第 5 期。

③ 郭峰：《论〈乐府补题〉的词学思想》，《南昌大学学报》2006 年第 1 期。

④ 刘荣平：《杨髡发宋陵时间之坚证的考辨》，《中文自学指导》2000 年第 4 期。

何具体政治事件相关，还是不坐实为好。但乐府补题之咏物，其中有寄托之意是确定无疑的，最初抄录《乐府补题》的朱彝尊就认为遗民相互唱和的咏物词不失意内言外之旨，寄托遥深，其中渗透着他们的身世之感："诵其词可以观志意所存，虽有山林友朋之娱，而身世之感别有凄然言外者。其骚人《橘颂》之遗音乎？"① 有论者就指出朱彝尊的这个看法是"简赅而笔触轻淡，措辞审慎之极"②。而陈维崧的体认比朱彝尊要具体和深刻：

> 嗟乎，此皆赵宋遗民之作也！粤自云迷五国，桥谶啼鹃；潮歇三江，营荒夹马；寿皇大去，已无南内之笙箫；贾相难归，不见西湖之灯火。三声石鼓，汪水云之关塞含愁；一卷《金陀》，王昭仪之琵琶写怨。皋亭雨黑，旗摇犀弩之城；葛岭烟青，箭满锦衣之巷。则有临平故老，天水王孙，无聊而别署漫郎，有谓而竟成逋客。飘零孰恤，自放于酒旗歌扇之间；惆怅畴依，相逢于僧寺倡楼之际。盘中烛灺，间有狂言；帐底香焦，时而谰语。援微词而通志，倚小令以成声。此则飞卿丽句，不过开元宫女之闲谈；至于崇祚新编，大都才老梦华之轶事也。③

陈维崧指出了《乐府补题》是在江山易主，繁华不再；琴师宫女，尽入北地的背景下写作的，词作的内涵有如安史乱后，"白头宫女在，闲坐说玄宗"，亦如宋室南渡，孟元老写《东京梦华录》，皆为"援微词而通志"，其中隐藏着遗民心志。蒋敦复《芬陀利室词话》卷三"南宋诸物皆有寄托"条亦云："词原于诗，即小小咏物，亦贵得风人比兴之旨。唐、五代、北宋人词，不甚咏物，南渡诸公有之，皆有寄托。白石、石湖咏梅，暗指南北议和事。及碧山、草窗、玉潜、仁近诸遗民《乐府补遗》（即《乐府补题》）中，龙涎香、白莲、莼、蟹、蝉诸咏，皆寓其家

① 朱彝尊：《乐府补题序》，《曝书亭集》卷三六。
② 严迪昌：《清词史》，江苏古籍出版社1999年版，第250页。
③ 陈维崧：《乐府补题序》，祝尚书《宋人总集叙录》，中华书局2004年版，第502页。

国无穷之感，非区区赋物而已。知乎此，则《齐天乐》咏蝉、《摸鱼儿》咏莼，皆可不续貂。"① 明确提出《乐府补题》皆为有寄托之作，寓有家国无穷之恨。

从参与唱和的词人群体和具体词作的内涵来分析，《乐府补题》唱和活动绝非普通的咏物唱和，而是具有民族意识的咏物活动，且很大程度上与宋陵被盗的政治悲剧有关。

其一，《乐府补题》参与者都属于宋元之际气节不群的遗民，他们有共同的价值取向和情感诉求。他们都曾先后经历了故都沦陷、三宫被掳、崖山覆灭、杨髡发陵等惨烈事件，宋亡后几乎都作出了疏离于主流社会，对抗新朝政权的选择，以彰显士人气节。

在绍兴土壤上生长的越中遗民，深受绍兴文化的滋养，重大义，讲气节。《乐府补题》的作者中，王英孙、唐珏为越中义士，曾亲历元僧杨琏真伽盗发南宋诸帝后陵墓事件，组织并参加了护陵活动。邵廷采《宋遗民所知传》记："英孙博通经史，少树忠勋节，以父任，历官将作监簿。贾似道治第越城，将益宫于王氏，啗以利禄，不为夺。德祐二年春，知时事去，与弟主管官诰院茂孙同月解官归。会郡大饥，倾困全赈，为衣冠避乱者所宗。"② 唐珏仗义尚节，家贫犹变卖家具作为收拾宋帝遗骸之资。后人詹载采《〈唐义士传〉跋语》称赞唐珏："唐生一寒士耳，其势位非如孤竹君之子，徒以故国遗黎，不忍视其上之人之祸之惨，愤激于中，毁家取义，为人所不敢为于不可为之时，深谋秘计，全而归之，智名勇功，足以惊世绝俗，视伯夷固未易同日语，而一念之烈，行之而不顾，岂非韩子所谓千百年乃一人者与。"③ 参与护陵活动的王英孙还是越中词社的实际组织者，这种经历必然会影响到他们群体的创作。

原属西湖吟社的词人，在宋亡前过着吟风弄月、赏玩烟霞、分题赋词的风雅生活，他们的创作几乎与社会政治没有关涉。宋亡后却能以志节不屈而为人称道。周密在宋亡前曾历官临安府幕属、监和剂药局、充奉礼郎兼太祝、两浙运司椽、丰储仓检察等职，宋亡后，志节不屈，不

① 唐圭璋：《词话丛编》第 4 册，第 3675 页。
② 邵廷采：《思复堂文集》，浙江古籍出版社 1987 年版，第 206 页。
③ 陶宗仪：《南村辍耕录》卷四，齐鲁书社 2007 年版，第 48 页。

肯降节仕元。《宋元学案补遗》云:"盖宋亡,婺州七邑,令不仕元者,惟长山令陈天瑞、义乌令周密云。"① 王行《题周草窗画像卷》中亦云:"宋运既徂,吴有三山郑所南先生,杭有弁阳周草窗先生,皆以无所责守而志节不屈著称……二先生姿韵虽殊,要皆介然特立,足以增亡国之光者矣。"② 其大节可见。

张炎在宋亡后,落魄纵游,王昶在《书张叔夏年谱后》中说张炎"其来往江湖,幅巾拄杖,留连于诗酒翰墨之场,与遗民野老采薇餐菊,或歌或泣,志节可想见也"③。而且其祖张俊之墓亦被杨琏真伽所发,据康熙《常州府志》卷九"陵墓"条载:"无锡县循郡王张俊墓,高宗御书碑额曰:'安民保泰翌戴元勋之碑'。后杨琏真伽发之。"④ 国恨兼家仇,张炎的悲愤之情应更加强烈。

其他遗民词人中虽有仕元的经历,如王沂孙出任庆元路学正,仇远出任溧阳教授,陈恕可出任西湖书院山长,但他们出仕新朝,只不过是学正、教授、山长之类的学官,不能与直接参与机要、统治百姓的朝官混为一谈,如有清代学者为王沂孙辩解,认为学正不是朝廷命官,只相当于书院山长、教授一类的学官,因此算不得仕元,更不是元人。全祖望就曾说过:"山长非命官,无所屈也。"⑤ 汪元量被元廷任命为翰林之类的官,但他"故国故君之思,斯须不忘"⑥,南归后遗民故老依然敬重他,在程敏政所编的《宋遗民录》中还将他与谢翱、方凤、郑思肖、林景熙等气节之士并列加以称许。王沂孙虽曾出任元朝学官,但其人"最多故

① 王梓材、冯云濠:《宋元学案补遗》第7册,人民出版社2012年版,第3722页。

② 郑思肖:《所南文集》卷末附录,中华书局1985年版,第43页。

③ 王昶:《书张叔夏年谱后》,张炎撰、吴则虞校辑《山中白云词》,中华书局1983年版,第159页。

④ 参见杨海明《张炎词研究》,齐鲁书社1989年版,第13页。

⑤ 全祖望:《宋王尚书画像记》,《全祖望集汇校集注》,上海古籍出版社2000年版,第1105页。

⑥ 潘耒:《书汪水云集后》,孔凡礼辑校,汪元量著《增定湖山类稿》,中华书局1984年版,第190页。

国之感"①。还有论者认为，遗民出任学官，有拯救汉文化的神圣职责，如戴表元就说过："教授之职专以道。他日化行俗美，则吾职举。州诸生子弟有一悖理而隳业者，是吾教之授之不至也。吾又敢自谓之有道乎哉！"②戴表元认为教授之职可美风俗教化，体现出他拯救民族传统文化的愿望，这也是他出任学官的主要原因。因此就是民族意识强烈的遗民故老，也不反对同道出任学官，因出任学官，并不会妨碍他们民族气节。王沂孙号"玉笥山人"，仇远自号"山村民"，他们在心理趋向上有标榜隐逸的意思。方凤对仇远有如是叙述："余观其年甚茂，才识甚高，处纷华声利之场，而冷澹生活之嗜，混混盆盎中，见此古罍洗，令人心醉。及披其帙，标格如其人，盖得乾坤清气之全者也。"③仇远乃淡泊名利之人，即使他出任溧阳教授时，也仍然具有骚姿雅骨。

学术界认定是否为"遗民"亦多遵从以考察词人心迹为判断标准，历来论者谈到南宋遗民的时候，都把由于各种原因出为卑职而内心深处怀有强烈故国之思的人视作遗民，方勇《南宋遗民诗人群体研究》导言云："不应当……把是否曾出仕新朝作为裁决是非的依据，而应当从对象的许多属性中，撇开非本质属性，抽出具有决定意义的本质属性，即主要看他在内心深处是否怀有较强烈的遗民意识。"④刘荣平也曾指出："虽出仕学官一类的低职而心系故国者，仍可归为遗民之列，主要是察其心迹。"⑤参与《乐府补题》酬唱的十四人中，大部分为隐逸之士，也有被迫出仕新朝的，但从他们的心迹来考察，亦视作遗民，都有对故国的深深思念。

程敏政《宋遗民录》序言中对遗民的生活状态有如下的描述："彷徨徙倚于残山剩水间，孤愤激烈，悲鸣长号，若无所容其身者，苟可容力就白刃以不辞。环而视之，非不自知其身沧海之一粟也，而纲常系焉，

故宁为管宁陶潜之贫贱而不悔者，诚有见夫天理民彝之不可泯也。"① 可见遗民们在流离或隐居生活中并非忘怀了现实，而是以纲常相砥砺，追求高尚的人格。"宋有天下三百年，人主之驭下，率以礼仪，故廉耻之风不忘，迨其衰也，臣子之慕义者，一何多耶。"② 可见，大量的宋遗民不忘故国，恪守忠义节操。

越中这一群具有民族意识的节义之士，凭借诗词，共同宣泄着胸中的幽愤，希冀在互通声气的过程中获得精神的慰藉和反抗蒙元的力量。越地宋陵被盗事件，必然会对他们创作产生重大影响，他们在民族危难之际所表现出的民族气节，也是绍兴坚忍不拔的文化性格的表现，是绍兴不屈精神的象征。

其二，《乐府补题》诸咏中运用的典故和具体描写亦表明其中是有寄托的。《乐府补题》三十七首皆为咏物词，意象迷离，词旨微茫，颇难捉摸。《乐府补题》所咏五物，分别为龙涎香、白莲、莼、蟹、蝉，选择这五物作为吟咏对象，有其特殊意义。

第一组咏龙涎香，龙涎香产自海外，是昂贵的奢侈品，据曾慥《类说》记载："龙涎香出文石国。国人候岛林，上有异禽翔集，下有群鱼游泳，则有伏龙吐涎浮水上。舟人或探得之，则为巨富，其涎如胶。"③（今考：龙涎香乃海洋中抹香鲸之肠内分泌物，非传说中之"龙涎"），得龙涎香可成巨富，足见其名贵。张世南也曾经说过："诸香中，龙涎最贵重。广州市值，每两不下百千，次等亦五六十千，系番中禁榷之物，出大食国。"④《岭南杂记》记载了龙涎香作为香料的优点："龙涎于香品中最贵重，出大食国西海之中，上有云气罩护，则下有龙蟠洋中大石，卧而吐涎，漂浮水面，为太阳所烁，凝结而坚，轻若浮石，用以和众香，焚之，能聚香烟，缕缕不散。""鲛人采之，以为至宝，新者色白……入香焚之，则翠烟浮空，结而不散。"⑤ 昂贵的价格表明了龙涎香的特殊身

---

① 程敏政：《宋遗民录·序》，中华书局1991年版。
② 叶囡：《释登西台恸哭记》，《富春严陵钓台集》。
③ 曾慥：《类说》卷五九，文渊阁四库全书本。
④ 张世南：《游宦纪闻》卷七，中华书局1981年版，第61页。
⑤ 吴震方：《岭南杂记》下卷，中华书局1985年版，第44页。

份。龙涎香为两宋宫廷所用之物，《百宝总珍集》卷八"龙涎香"条曰："复古、云头、清燕，此三等系高庙、孝宗、光宗在朝合之者。"① 龙涎香也是上贡之物，如《武林旧事》云："又进太皇后白玉香珀扇柄儿四把，龙涎香数珠，佩带五十副，真珠香囊等物。"② 因此，龙涎香本为宫廷及王公贵人所用之物，是荣华富贵的标志、身份门第的象征。

以王沂孙的《天香·龙涎香》为例：

> 孤峤蟠烟，层涛蜕月，骊宫夜采铅水。讯远槎风，梦深薇露，化作断魂心字。红瓷候火，还乍识、冰环玉指。一缕萦帘翠影，依稀海天云气。　　几回殢娇半醉。剪春灯、夜寒花碎。更好故溪飞雪，小窗深闭。荀令如今顿老，总忘却、樽前旧风味。谩惜余熏，空篝素被。

此词被编录为《乐府补题》中的第一首，同时也列于《花外集》之首，足见其受到时人之推重。该词上片写物，下片写人。上片从采香、制香到焚香层层展开，开端三句"孤峤蟠烟，层涛蜕月，骊宫夜采铅水"，写龙涎所产之地的奇幻和鲛人至海上采取龙涎之情景的想象。"讯远槎风"句写龙涎香采集之不易，须经历千辛万苦。"梦深薇露，化作断魂心字"则写取蔷薇露研和制成心字形状，"薇露"是蔷薇花制成的香水，为制龙涎香所用的一种香料。"红瓷候火，还乍识、冰环玉指。一缕萦帘翠影，依稀海天云气"等句写龙涎香的焙烤，辅以红瓷、美人和翠帘，极具美感。下片紧扣所咏之物，回忆昔日与恋人同熏龙涎香的雅兴，感叹美好事物及大好时光一去不复返。"荀令"指三国魏荀彧，以喜爱熏香著名，"荀令"在此处为词人自喻，自己与当年的荀令一样渐渐老去，早已忘记昔日温馨之情事，而今徒然把素被放在空空的熏笼上。

该词状物抒情都扣紧龙涎香来写，虽无一语直写宋亡之史事，但字里行间透露出一些信息，极易使人与宋亡的现实产生联想，如"骊宫夜

---

① 佚名著，李音翰等校点：《百宝总珍集》（外四种），上海书店出版社2015年版，第56页。

② 周密：《武林旧事》卷七，第125页。

采铅水"中的"铅水",典出李贺的《金铜仙人辞汉歌》,诗序曰:"魏明帝青龙元年八月,诏宫官牵车西取汉孝武捧露盘仙人,欲立置前殿。宫官既拆盘,仙人临载,乃潸然泪下。"据《资治通鉴》卷二十记载,汉武帝听了方士之言,于元鼎二年(前115)春,"起柏梁台,作承露盘,高二十丈,大七围,以铜为之,上有仙人掌,以承露"。李贺欲借汉宫中仙人捧露盘被魏明帝移去之事写兴亡之感,诗中有"忆君清泪如铅水"之句,后世往往以"铅水""携盘"喻皇宫宗器重宝败迁,这就让人联想到元人破宋,取重器北去的现实;又如"化作断魂心字"句,"心字"是一种篆香的形状,明杨慎《词品》卷二云:"所谓心字香者,以香末萦篆成心字也。"词人在"心字"前加上"断魂"二字,写出龙涎化为"心字"之形象后的凄凉心境,这与遗民的心境又是何其相类。唐圭璋先生《唐宋词简释》认为:"此首咏龙涎香,上实下虚,语语凝炼,脉络分明,旨意当有寄托。"① 作为南宋的亡国遗民,王沂孙将其故国之思寄托于词中是完全可以理解的,结尾处表现出的哀思怅惘,正是亡国遗民的叹息呻吟。

同咏龙涎香的其他诸家之词与王词相类,"诸家用龙涎香,不离采香、制香、烧香几点,铺叙渲染,或由物而及人,结以今不如昔之叹"②。因龙涎香本身所具有的富贵气,这组咏唱龙涎香的词作可以说是在对以往繁华的追忆。

余闲书院咏蝉之作,格调最为凄苦悲凉,还是以王沂孙《齐天乐·蝉》为例,词云:

> 一襟余恨宫魂断,年年翠阴庭树。乍咽凉柯,还移暗叶,重把离愁深诉。西窗过雨。怪瑶佩流空,玉筝调柱。镜暗妆残,为谁娇鬓尚如许?　　铜仙铅泪似洗。叹携盘去远,难贮零露。病翼惊秋,枯形阅世,消得斜阳几度。余音更苦。甚独抱清高,顿成凄楚。漫想熏风,柳丝千万缕。

---

① 唐圭璋:《唐宋词简释》,人民文学出版社2010年版,第262页。

② 刘少雄:《南宋姜吴典雅词派相关词学论题之探讨》,台湾大学出版委员会1995年版,第197页。

  该词上片重点写齐女化蝉而诉说离愁的凄惨动人过程。据马缟《中华古今注》载："昔齐后忿而死，尸变为蝉，登庭树嘒唳而鸣，王悔恨。故世名蝉为齐女焉。'"① 蝉是由齐女冤魂所化，故它在"翠阴庭树"上年年哀鸣，深诉离愁。"西窗过雨，怪瑶佩流空，玉筝调柱"写潇潇秋雨中的蝉鸣声。"镜暗妆残"两句表面写蝉鬓的娇美，可是天色已晚，你这样的娇鬓又有什么用呢？下片"铜仙铅泪似洗"三句，用金铜仙人辞汉宫之典，古人以为蝉是餐风饮露的，现在手执"承露盘"的铜仙已远，再也没有盛露水的盘子了，蝉又靠什么生活呢！"病翼"以下句全是身世之感，秋后蝉的身世艰危、生命将尽，蝉的鸣叫更为凄楚，遭遇更为引人哀怜。在这凄楚的哀鸣中，蝉在回忆盛夏南风中杨柳丛里的盛世欢乐。

  此词以蝉喻人，亦蝉亦人，那在阴凉的树枝下呜咽，而后又躲进幽暗的树叶中把离愁别恨诉说的蝉，不正是亡国遗民们执着而忧惧形象的真实写照吗？那"铜仙"远去，失去生活依靠的蝉不正暗示了亡国之人孤苦绝望的心境吗？那记忆中令人流连的"熏风吹过，柳丝千万缕"之景象，不就是故国当年的盛景吗？词人以咏蝉为名，写出了对南宋朝廷的哀悼和个人感伤的身世，写尽了遗民的悲歌心态。

  其他词人的咏蝉之作，皆用齐女幻化之典，亦皆以秋蝉自喻，蝉之为音，声调凄苦，秋蝉更有穷途末路之感，"不知身世易老，一声声断续，频报秋信""早枯翼飞仙，暗嗟残景"（吕同老）；"枝冷频移，叶疏犹抱，孤负好秋时节"（周密）；"商量秋信最早，晚来吟未彻，却是凄楚"（王易简）；"败叶枯形，残阳绝响，消得西风肠断"（陈恕可）；"夕阳门巷荒城曲，清音早鸣秋树。薄剪绡衣，凉生鬓影，独饮天边风露"（仇远）；"蜕翦花轻，羽翻纸薄，老去易惊秋信。残声送暝，恨秦树斜阳，暗催光景"（唐艺孙）；"又抱叶凄凄，暮寒山静"（唐珏）。余闲书院的咏蝉诸作，奏出了失去庇护的南宋遗民穷途末路之苦。同时蝉栖树上餐风饮露，汲取自然之精华，在古代文人眼中，是高洁象征，词人们一方面描写自己的悲惨境遇，另一方面又自赏独抱清高、餐风饮露的品

---

① 马缟：《中华古今注》卷下，中华书局 1985 年版，第 40 页。

质，隐晦地表达了不愿与统治者合作的思想。

另外三咏为咏白莲、咏莼、咏蟹，所咏对象具有特定内涵，词中寄意亦为遗民词人所共有的。浮翠山房赋白莲，调寄《水龙吟》，"白莲"标志着出淤泥而不染，词重在刻画白莲之清高，以白莲自喻，有自守节志，不愿与元人合作之意，"待今宵试探，中流一叶，共凌波去"（陈恕可）；"如今谩说，仙姿自洁、芳心更苦"（王沂孙）；"甚依然旧日、浓香淡粉，花不似、人憔悴"（吕同老），皆表达了遗民对故国的思念之情，同时也传达了保持节操、清静自守的情志。如周济《介存斋论词杂著》"唐珏咏白莲"条曰："玉潜非词人也，其《水龙吟·白莲》一首，中仙无以远过。信乎忠义之士，性情流露，不求工而自工。"①

紫云山房赋莼，调寄《摸鱼儿》，莼是产于江南湖中的一种水葵，《本草纲目》云："莼生南方湖泽中，唯吴越人善食之。"可作羹，味美滑嫩清香。与莼相关的著名典故是张翰，张翰因见秋风起而思念家乡的莼菜羹、鲈鱼脍，便弃官南归，莼因此成为摆脱名缰利锁，走向归隐的象征。紫云山房咏莼，参与人数较少，共五首词，在写法上大致是上片用比喻赋莼，下片借张翰之典抒发归隐的心情。王沂孙的咏莼之词，极有可能是他被迫出任庆元路学正后的作品，词有"江湖兴，昨夜西风又起，年年轻误归计"之语，写其归来恨晚之意。唐珏词"功名梦，曾被秋风唤醒"，王易简"功名梦，消得西风一度"，李彭老"归期早，谁似季鹰高致"等都表达了他们在江山易代之际不仕新朝、终老江湖的遗民意识。

天柱山房赋蟹，是词作最少的一次唱和活动，调寄《桂枝香》，共四首。《晋书》卷四十九《毕卓传》云："卓尝谓人曰：'得酒满数百斛船，四时甘味置两头，右手持酒杯，左手持蟹螯，拍浮酒船中，便足了一生。'"蟹是江南的美味，持螯饮酒是一种隐逸的乐趣。这组词写闲适自得的生活情调，抒发归隐江湖之情。

《乐府补题》的作者，或生于富豪望族之门，或出于官宦诗书之家，宋亡前过着优游湖山、诗酒风流的生活，宋亡后从豪门贵族沦为江湖寒士，从王孙公子坠为"文丐"，这种家国沧桑巨变的人生经历，是以前唐

---

① 唐圭璋：《词话丛编》第 2 册，第 1636 页。

宋词人所从未有过的，正如夏承焘先生所说："王、唐、诸子，丁桑海之会，国族沦胥之痛，为自来词家所未有。"① 他们聚在越中，用隐晦难懂的典故辞藻，讲述着在异族统治之下内心的痛苦和坚守。

《乐府补题》词作，不是通过直抒胸臆的手法抒发情感，而是采用隐晦曲折的写法，与元初的政治高压有关，蒙古统治者曾明确规定："诸妄撰词曲，诬人以犯上恶言者，处死。"② "当元世祖盛棱震叠，文字之狱，在所不免。"③ 夏承焘先生《乐府补题考》中亦曾论及元代文网："观《杂识》续集上，记梁栋莫仑诗狱，元初文网之密可知。"④ 梁栋、莫仑入元后不仕，皆因被人告发以诗谤讥朝廷罪入狱。两浙一带，原为南宋的心脏地带，元人在很长时间内对这一地区实行高压政策，如对首都临安，为防止哗变，"十载废元宵"（刘辰翁《卜算子·元宵》），对绍兴这一自古民风强悍的地区，民族的压迫更是严厉，有论者认为发陵"劫取宝物也只是表面上的原因，其真实目的，恐怕还是为了摧残汉族人民的民族自尊心，打击人民的反抗情绪"⑤。杨琏真伽掘陵的动机，是为了得宝，但他堂而皇之的理由却是镇王气，"杨琏真伽利宋攒宫金玉，上言：'宋陵王气盛，请发之'"⑥，杨琏真伽所言正合刚刚立国的元朝统治者心意，通过掘宋帝陵发泄宋王朝的王气，使其不能死灰复燃、东山再起。

身为南宋遗民，他们不能像南渡词人那样，直接袒露亡国之痛和故国之思，而只能通过隐晦的手法表达那不能直说却不得不吐的亡国悲恨，如林景熙（又作"景曦"）曾参加了搜宋陵遗骨加以重葬的行动，他写了《梦中作四首》来记此事，因担心写得太过明显会招来横祸，故托言梦中所作，元人章祖程为该诗作注云："元兵破宋，河西僧杨胜吉祥（即杨琏真伽）行军有功，因得于杭置江淮诸路释教都总统，所以管辖诸路僧人，时号杨总统。尽发越上宋诸帝山陵，取其骨渡浙江，筑塔于宋内朝旧址，

---

① 夏承焘：《唐宋词人年谱》，上海古籍出版社 1979 年版，第 376 页。

② 宋濂：《刑法志》三，《元史》卷一〇四，中华书局 1976 年版，第 2651 页。

③ 况周颐：《蕙风词话》卷三，唐圭璋《词话丛编》第 5 册，第 4469 页。

④ 夏承焘：《唐宋词人年谱》，第 378 页。

⑤ 张宏生：《感情的多元选择——宋元之际作家的心灵活动》，现代出版社 1990 年版，第 76 页。

⑥ 邵廷采：《思复堂文集》卷三，浙江古籍出版社 1987 年版，第 207 页。

其余骸骨弃草莽中，人莫敢收。适先生与同舍生郑朴翁等数人在越上，痛愤乃不能已。遂相率为采药者，至陵上以草囊拾而收之。又闻理宗颅骨为北军投湖中，因以钱购渔者求之，幸一网而得，乃盛二函，托言佛经葬于越山，且树冬青树识之。在元时作诗，不敢明言其事，但以《梦中作》为题。"① 采用曲折委婉的方式，比兴象征的手法，或通过咏物来寄托那不能直说却不得不吐的亡国悲恨，成为宋季绍兴地区结社唱和型文人群体创作的主流，如汐社、越中诗社等皆有此创作倾向。《乐府补题》参与者在当时有较高的知名度，他们这种规模较大的结社吟唱活动，一定会引人注目，故在元高压政治之下，选择了采用咏物的方式隐秘地诉说遗民的心声。

其三，《乐府补题》词旨的隐秘幽微，还与咏物词比兴寄托的传统相关。

咏物是各体文学中最常见的题材类型之一，在词史上，咏物词的创作一开始并没有引起人们足够的重视，从五代到北宋初的咏物词大多是以摹写物态为主，采用一种旁观式的创作姿态，我在物外，物我两隔，少有寄托之意，如晏殊、欧阳修等人所作咏物词，多为流连光景之作，比兴寄托的创作理念还没有进入作者的思想观念，对此类词的评价历来不高。北宋中后期，咏物词的创作渐成风尚，苏轼和周邦彦是此期重要的咏物词家，他们皆于咏物中寓怀，苏东坡开创了人格化的咏物词，所咏之物往往被赋予情感和生命，同时导入诗学传统，以物作为主体情感的载体，如《水龙吟·咏杨花》借杨花拟人而咏怀，被王国维推为咏物最工之作；其《卜算子·黄州定惠院寓居作》以月夜孤鸿为吟咏对象，托物寓怀，表达了作者失意彷徨而又孤高自许的心境。周邦彦的咏物词往往借物传达出刻骨铭心的悲欢离合之情和羁旅行役之感，如其《六丑·蔷薇谢后作》借落花寄寓身世之感，落寞之情，为此期咏物词佳作。

"夫咏物南宋最盛，亦南宋最工。"② 南宋咏物词的创作蔚然成风，并且形成了咏物词重寄托的倾向，正如沈祥龙所言："咏物之作，在借物以

---

① 林景熙著，陈增杰校注：《林景熙诗集校注》，浙江古籍出版社 1995 年版，第 272 页。

② 谢章铤：《赌棋山庄词话》卷七，唐圭璋《词话丛编》第 4 册，第 3415 页。

寓性情。凡身世之感，君国之忧，隐然寓于其内，斯寄托遥深，非沾沾焉咏一物矣。"① 宋室南渡时期是一个极为动荡的时期，充满了战火和血泪，此期的咏物词也打上了现实苦难的深刻印记，开咏物词言志之先。蒋敦复《芬陀利室词话》云："词源于诗，即小小咏物，亦贵得风人比兴之旨。唐、五代、北宋人词，不甚咏物，南渡诸公有之，皆有寄托。"② 漂泊无依之感和动荡时局中高标远致的人格操守，在南渡词人的咏物之作中多有表现，如朱敦儒的《卜算子》（旅雁向南飞）咏一只失群的孤雁在风雨和缯缴的摧折下流离失所、无家可归的窘迫遭遇，用以比照自我在漂泊乱离中的处境；《念奴娇·梅次赵仙源韵》借咏梅来倾诉自己所遭受的苦难以及在苦难中保持傲然独立的品性。李清照南渡后咏雁、咏梅等词作，都浸润着浓烈的苦楚，是词人经历现实苦难的心理体验。南宋后期，咏物词重寄托之风尤甚，辛弃疾、姜夔、吴文英、王沂孙、周密、张炎等人是其中的佼佼者。辛弃疾乃"词中之龙也"③，咏物词到了他的手中，完全变成了陶写性情、抒发愤懑的载体，他的咏物带有强烈的"功利性"，让物为我所用，借物抒写胸中愤懑。姜夔的咏物词皆具有深远的寄托，且作者的情志取代物象而成为词的主体，实现了咏物与抒情的一体化。吴文英等人的咏物词，则在寄托情志的基础上又有表现技法的创新。

《乐府补题》唱和之时，借咏物以咏怀的倾向已成为词家共识，且艺术手法趋于完善。在咏物重寄托的词坛风气影响下，《乐府补题》三十七首词作，以灵魂附体式的代物陈情手法，物我一心、主客同体，将咏物词重寄托的传统发扬光大，含蓄蕴藉地讲述了遗民词人的内心世界和人格操守，真实地展示了亡国遗民的心路历程，被誉为南宋咏物词的巅峰之作。"宋人咏物之词，至此编乃别有其深衷新义。"④ 这其中的"深衷新义"因意象迷离，典故的大量使用等原因，需要读者细心地体味。

---

① 沈祥龙：《论词随笔》，唐圭璋《词话丛编》第 5 册，第 4058 页。
② 蒋敦复：《芬陀利室词话》卷三，唐圭璋《词话丛编》第 4 册，第 3675 页。
③ 陈廷焯：《白雨斋词话》卷一，唐圭璋《词话丛编》第 4 册，第 3791 页。
④ 夏承焘：《唐宋词人年谱》，第 376 页。

三　《乐府补题》与浙江词坛群体唱和风气的转型

南宋词人，尤其是浙江词人结社，多是一种文人的雅集，或为风流雅吟，或为文字游戏，往往与现实保持着一定的距离，词作很少触及社会现实问题。南渡词人群体结社活动如此，理宗时期的词人结社亦如此。宋季越中的《乐府补题》唱和，与西湖吟社活动有着一脉相承的关系，参与唱和的十四人中就有三人曾是西湖吟社的核心成员。但由于时世的变化，地域环境的不同，又与西湖吟社尚雅拒俗的风尚相异。《乐府补题》唱和虽为应社之作，但绝非无谓之作，与以往词人群体唱和的诗酒风流、注重艺术形式上的完美不同，《乐府补题》唱和更侧重于思想内涵的深刻性，唱和中加入了国破家亡的新内容。

《乐府补题》唱和发生在绍兴这个文化场里，深深打上了越地文化的烙印，群体成员以节义为尚，他们以咏物来寄寓家国之恨、身世之悲以及身为遗民不愿与元朝统治者合作的民族气节，展示了越地长期形成的重大义、讲气节的文化传统，"宋季词人结社联吟之风由名人荟萃的京城继而转移到浙东之越州，并不是偶然的现象，这标志着宋季临安时期文人雅士优游士风的终结和越州时期遗民文人咏物联唱之风的开始，宋季元初越中词社唱和带着浓厚的情感色彩和时代苦难的印痕，与临安时期的唱和性质已大异其趣，而与越地长期积淀的区域性的文化传统却是密切相关的"①。《乐府补题》唱和是特定地域和特定时代的产物，标志着浙江词坛的风气在越地完成了转型。

朱彝尊在《词综·发凡》中说，"世人言词，必称北宋。然词至南宋，始极其工，至宋季而始极其变"②，所言之"变"，一指寓身世家国之感，一指技巧之工，越中遗民词在高超词艺的基础上更多地融入了遗民词人的易代之感，改变以往词作疏离社会现实的倾向，同时又将咏物词的艺术技巧发挥到了极致，他们的词作风格也代表了宋末元初浙江词坛的新取向，对词史的发展产生了深远的影响，正如赵翼所言："南宋遗

---

① 高利华：《宋季两浙路词人结社联咏之风》，《文学评论》2009 年第 2 期。
② 朱彝尊、汪森：《词综·发凡》，上海古籍出版社 2014 年版。

民故老，相与唱叹于荒江寂寞之滨，流风余韵，久而弗替，遂成风会。"①"越中遗民词社"对词史的走向无疑具有重要的意义。

《乐府补题》自清初被发现，经蒋景祁刊刻后，轰动一时，在京城形成了"后补题"的唱和热，参与唱和的文人达百人之多，据蒋氏回忆："得《乐府补题》而辇下诸公之词体一变。继此复拟作后补题，益见洞筋擢髓之力。"②《乐府补题》的词坛地位在浙西词派的极力鼓吹下，达到了历史新高，此后的清代词坛无不为之激赏效法，唱和之声不绝如缕，"不仅照亮了当时词坛，也使得明清之际进行词学建构时，明确了一个方向"③。

---

① 赵翼：《元季风雅相尚》，《廿二史札记》卷三〇，凤凰出版社 2008 年版，第 474 页。

② 蒋景祁：《刻〈瑶华集〉述》，《瑶华集》卷首，中华书局 1982 年版。

③ 张宏生：《清初词史观念的确立与建构》，《南京大学学报》2008 年第 1 期。

余　论

南宋浙江各区域词人群体受活动区域文化个性的影响，呈现出多元的面貌，但在同一方南国山水烟云的滋养下，南宋浙江词人群体创作又呈现出一些共通的精神追求和审美特质。作为南宋词坛中心，浙江词人群体活动为后世词坛准备了丰富的理论资源和创作范本，并在清代词坛得以承继和发扬，浙江地域文化对词坛走向产生了深远的影响。

第一节　南宋浙江词人群体创作的"浙江文化元素"

南宋浙江词人群体成员或为本地词人，或为外援词人，生长于斯的浙籍词人，自然深受本土文化的濡养，具有了这种文化的秉性；而外来的词人，因长期寓居浙江，亦深受浙江地域文化的熏陶，并表现出对两浙文化的认同与追随。在词人群体活动中，"浙江文化元素"便成为集体创作中的一个文化标签，使之具有了区别于其他地域词人群体的独特面貌。

宋代是中国历史上物质文化、精神文化都极为昌盛的王朝，邓广铭先生曾如是云："两宋期内的物质文明和精神文明所达到的高度，在中国整个封建社会历史时期之内，可以说是空前绝后的。"① 宋代奉行重文轻武的国策，拥有数量庞大的士大夫阶层，雅文化兴盛。王国维先生曾云："天水一朝，人智之活动与文化之多方面，前之汉唐，后之元明，皆所不

---

① 邓广铭：《谈谈有关宋史研究的几个问题》，《社会科学战线》1986 年第 2 期。

逮也。"① 所言"人智之活动"多带雅之色彩。浙江山水秀美，民物康阜，高宗驻跸临安之后，浙江的政治地位上升迅速，经济得到快速发展，经济的繁盛推动了文化的全面繁荣，呈现出精神和物质的双重富裕，加之地域自然生态的优越，生活于其中的士人普遍具有雅的精神气质，南宋浙江词人群体活动"清雅"之表征是极为明显的：

1. 群体活动方式的艺术化

南宋浙江词人群体活动，往往以高蹈出尘的行为方式进行，有"晋宋风流"的意味，如南渡台州词人群体折荷花为酒杯、雪后寻访梅花，湖州词人群体月夜泛舟、骆驼桥待月等行为。都城词人群体活动的晋宋风味尤为突出，张镃南湖园中奢华极致的艺术化活动图景，西子湖畔杨缵等人"短葛练巾"放舟于荷深柳密间、"绘幅堂"中弄影花前舞、"著唐衣"调手制闲素琴的优雅身影，无不透露出对晋宋风流的追摹。就是南宋灭亡后，周密、王沂孙、张炎等人到皇家旧苑凭吊梅花，也是极富艺术情味。从地域角度分析，南宋人与晋宋人所处的偏安政治格局有相同之处，对晋宋风流有一种亲近感。浙江境内的越地向来被认为是"晋宋风流"的盛行地，王羲之、谢安等人在越地举行的兰亭雅集将"晋宋风流"演绎得淋漓尽致，他们精致的文化生活作为精神遗产被后世继承，常常被后世文人效仿，富足的经济条件又为文人生活的艺术化提供了物质上的支撑。

南宋浙江词人群体追求的"晋宋风流"少了魏晋时期的无奈与悲痛，也没有魏晋时人那般的放诞，更多地体现出精神上的怡情快意，在富足的物质条件下游览山水美景的潇洒自适和琴棋书画的文人雅趣，这种艺术化的文人群体活动群像也代表了宋代雅文化背景下的文人创作状态。

2. 题材上多写文人之雅趣

浙江山水之美，有多样化的形态，"清雅"是其共有的底色之一，江南园林的建造也是极尽典雅之胜，这样的活动平台极易激发词人清赏山水、园林景物之雅趣，对词人的用世之心是有消解作用的。南宋浙江词

---

① 王国维：《宋代之金石学》，《王国维遗书》第 5 册，上海书店 1983 年版，第 70 页。

人群体创作极少直面现实的内容，即便是在重大的历史变故时期，词人也大多忘怀时事，或将家国之忧表达得极为隐晦，刻意与主流社会保持着一定的距离，呈现出对政治关注度的群体弱化倾向，如南渡台州词人对政治的群体疏离、南渡湖州词人群体沉醉于山水之乐，几乎触摸不到宋室南渡的历史动荡。宋元易代后，越中遗民词人是一群节义之士，但他们对故国的怀念也是通过咏物的方式曲折委婉地表现出来。总体而言，南宋浙江词人群体酬唱以吟咏山水风物和赏花饮宴之趣为主，多表现清幽闲雅的文人情趣。词人或徜徉于自然山水之中，寻幽访胜，饮酒赋诗；或云集于精心打造的园林之内，赏花观月，雅集欢会，词笔也倾向于文人雅趣之展现。

3. 艺术上追求雅致

南宋浙江词人群体唱和之作，多以求雅为原则，"清雅"词风的形成固然有多种因素，但地域文化对其产生的潜移默化影响无疑是巨大的。北宋浙人周邦彦的清雅词风在词坛上享有极高的声誉，南宋时期在浙江本土获得了普遍的认同，通过地域上的承袭，甚至起到了词谱的作用，如杨缵有《圈法周美成词》，以圈示法指示和发明周词的字声和句法；衢州人方千里有《和清真词》一卷九十三首，将清真词逐字逐韵和过一遍；明州人陈允平有《西麓继周集》，和周邦彦词韵者有一百二十一首。南宋雅词一系的代表作家，几乎全部是两浙系的词人，姜夔词学主张主要是承袭周邦彦者而来，姜夔的骚雅词风也成为众多词人效仿的范本。

南宋浙江词人集体推崇清雅词风，以雅为最终的旨归，或表现为艺术风格上的清雅，或表现为对词之格律的精心推敲。富贵者如张镃，其《张约斋赏心乐事》中所列的多是文人所喜好的雅事，以南湖园为生产空间的群体酬唱词也以清雅词风见长，消除了词自产生以来就带着的艳情味、富贵气，以清雅为尚。南宋浙江词人唱和中也极少豪放之语，浙籍词人中也有像陆游、陈亮这样的英雄志士，但他们的豪放词风在浙江词坛却难成气候。群体创作中有一种从众的心理，体现在对群体领袖创作趣尚的追随，在词学互动中相互影响、模仿会弱化个体的创作特色，浙江词人群体的领袖人物多为雅词的有力推动者，有效促进了浙江词坛的雅化之风，并最终成为词坛的主流。关于各词人群体作词之雅，前文已有所论，此不再赘述。

第二节　浙江清雅词风的地域传承

　　浙江在南宋时期为词人荟萃之乡，在群体创作的共同推动下，以浙江为创作平台的雅词获得了词坛的高度认可，姜夔、张炎词为浙江词风的集大成者，以之为代表的雅词成为南宋词的主流之一。"张炎、陆行直和沈义父全面地论述了雅词的美学规范并确立了以姜夔、吴文英、张炎为代表的雅词在南宋词的正宗地位。"① 但是在此后相当长时间内，南宋雅词并未受到词坛的足够重视，明代甚至出现了"世人言词，必称北宋"的局面。明永乐年后，"惟《花间》、《草堂》诸集盛行"②，词坛以"花草"为创作审美准则，香艳鄙俚之风盛行，南宋雅词基本游离于论词者视野之外，流传的范围极其有限。直到清代浙籍词人朱彝尊提出宗南宋雅词的主张，"由是江浙词人继之，扶轮承盖，蔚然跻于南宋之盛"③，让以往被学界忽略的南宋雅词重新回到词坛中心的地位，以朱彝尊为宗主的浙西词派风靡清中期词坛近百年之久，成为引领清代词坛转型的重要词学流派。

　　浙西词派对南宋雅词的追慕体现在选词、论词、作词等各个领域的实践。浙西词派领袖朱彝尊，号竹垞，浙江秀水人，正当其为南宋雅词在清代词坛的接受寻找合适理论基础时，地域词选《乐府补题》的发现，为南宋雅词的宗尚提供了历史契机。他推崇雅词的另一个重要举措就是通过编纂词选向学界推出南宋雅词，以弘扬地域宗风，扩大南宋雅词的影响力，消除《草堂诗余》系列选本在词坛的影响。朱彝尊领衔编选的大型词选《词综》，推举"醇雅"词风，以姜夔、张炎的雅词为最高典范和创作样本，汪森曾不无骄傲地宣称：《词综》一出，"庶几可一洗《草堂》之陋，而倚声者知所宗矣"④。浙西词派龚翔麟将浙西词人创作的曲

---

①　谢桃坊：《南宋雅词辨原》，《文学遗产》2000 年第 2 期。

②　王昶著，王兆鹏校点：《明词综·序》，辽宁教育出版社 1997 年版。

③　施蛰存：《词籍序跋萃编》，中国社会科学出版社 1994 年版，第 790 页。

④　朱彝尊、汪森：《词综·序》，上海古籍出版社 2014 年版。

子词汇集刊刻为《浙西六家词》，①《词综》的成书与《浙西六家词》的刊刻均完成于康熙十七年（1678），标志着以南宋"浙派"为宗主的浙西词派在词坛上地位的确立。朱彝尊有强烈的地域文化意识和对身为浙江人的自豪感，他在《孟彦林词序》中列举了浙东、浙西有名词家，在确立姜夔为浙西词派宗师后，又将追随姜夔的著名词人一一开列，这些著名词人主要为浙籍词人，少数为长期生活浙江、参与浙江词学活动的。朱彝尊倡导浙西词派有推广浙江地域文化、续写浙词辉煌的使命感。

　　浙西词派没有专门的词学理论著作，他们的词学理论主要见于所编词选的序跋里，以"雅正"论词，是这一词派理论的核心。朱彝尊极力推崇姜夔，"填词最雅，无过石帚""姜尧章氏，最为杰出"，提出要以南宋浙江词人为榜样；汪森在朱彝尊的词论基础上，指出姜夔词"醇雅"的特点，"鄱阳姜夔出，句琢字炼，归于醇雅"，并强调创作主体的艺术修养对于作品格调的重要性，与南宋浙江词人的创作遥相呼应；厉鹗则提出浙籍词人周邦彦为浙西词派的远源，倡导作词的典雅。其他浙西词人的论词主张也大抵如此。

　　在创作上，浙西词派以姜夔、张炎等人的雅词为师法对象，形成"数十年来，浙西填词者，家白石而户玉田"的局面。浙西词派成员在审美趣尚与南宋浙江词人有许多相似之处，都精通诗文书画等多种艺术才能，在创作实践中追求雅正，包括外在形式上审音正律、字雕句琢，内在意蕴上的温柔敦厚，"我们倾向于把临安词人群与浙派词人群的跨时空对话，视为地缘人文传统的血脉传承，视为地理环境规定下的文化复制"②。这也导致了浙西词派在有明确的师法对象后，承袭痕迹过重，原创力欠缺。但浙西词派扛起了浙江词坛的复兴大旗，浙江词坛在经历了元、明的沉寂后重回词学中心的位置。

　　浙西词派的兴起有诸多的机缘巧合，学界亦多有论述。自清康熙年

---

　　①　《浙西六家词》指朱彝尊的《江湖载酒集》、李良年的《秋锦山房词》、李符的《耒边词》、沈皞日的《柘西精舍集》、沈岸登的《黑蝶斋词》以及龚翔麟的《红藕庄词》，八人中，陈沈皞日为仁和人，其余五人皆嘉兴人。

　　②　肖鹏：《群体的选择——唐宋人词选与词人群通论》，凤凰出版社2009年版，第337页。

间在词坛产生强烈的反响后，在浙江本土得到快速发展，进而向其他地域拓展，成员由原来的浙籍词人向非浙籍词人扩展，在地域上向江苏、安徽、北京、广东、广西等地延伸，深受浙江地域文化滋养的南宋雅词最终通过浙西词派的发扬光大，逐渐演化成了全国性的流派，两浙的清雅词风，也由此扩散至全国各地，融入中国传统文化之中。

参考文献

B

班固：《汉书·地理志》，中华书局 1959 年版。

C

曹勋：《松隐文集》，民国吴兴刘氏嘉业堂丛书本。

陈邦瞻：《宋史纪事本末》，中华书局 1977 年版。

陈耆卿：《嘉定赤城志》，《宋元方志丛刊》，中华书局 1990 年版。

陈振孙：《直斋书录解题》，中华书局 1985 年版。

陈傅良：《止斋先生文集》，《四部丛刊》本。

陈思：《两宋名贤小集》，文渊阁四库全书本。

陈廷焯：《词则》，上海古籍出版社 1984 年版。

陈著：《本堂集》，文渊阁四库全书本。

陈亮：《龙川集》，文渊阁四库全书本。

陈旅：《安雅堂集》，文渊阁四库全书本。

陈正祥：《中国文化地理》，生活·读书·新知三联书店 1983 年版。

陈晓兰：《南宋四明地区教育和学术研究》，凤凰出版社 2008 年版。

程敏政：《宋遗民录》，中华书局 1991 年版。

程端学：《积斋集》，《四明丛书》本。

程端礼：《畏斋集》，《四明丛书》本。

程民生：《宋代地域文化》，河南大学出版社 1997 年版。

陈未鹏：《宋词与地域文化》，中国社会科学出版社 2016 年版。

〔日〕村上哲见：《唐五代北宋词研究》，陕西人民出版社 1987 年版。

D

董诰等：《全唐文》，中华书局 1983 年版。

杜绾：《云林石谱》，中华书局 1985 年版。

丁保福：《历代诗话续编》，中华书局 2006 年版。

丁丙：《武林掌故丛编》，京华书局 1967 年版。

丁传靖：《宋人轶事汇编》，中华书局 2003 年版。

邓乔彬：《唐宋词艺术发展史》，安徽师范大学出版社 2013 年版。

F

方勺：《泊宅编》，中华书局 1991 年版。

方凤著，方勇辑校：《方凤集》，浙江古籍出版社 1993 年版。

方勇：《南宋遗民诗人群体研究》，人民出版社 2000 年版。

G

葛仲胜：《丹阳集》，文渊阁四库全书本。

顾颉刚：《古史论文集》，中华书局 2011 年版。

高利华：《越文化与唐宋文学》，人民出版社 2008 年版。

H

韩元吉：《南涧甲乙稿》，中华书局 1985 年版。

胡仔：《苕溪渔隐丛话》，人民文学出版社 1962 年版。

胡可先：《唐诗发展的地域因缘和空间形态》，中国社会科学出版社 2010
   年版。

黄昇：《花庵词选》，中华书局 1958 年版。

黄宗羲：《宋元学案》，中华书局 1986 年版。

黄溍：《金华黄先生文集》，北京图书馆出版社 2005 年版。

黄文吉：《宋南渡词人》，台湾学生书局 1985 年版。

黄宽重：《宋代的家族与社会》，国家图书馆出版社 2009 年版。

何梦桂：《潜斋集》，文渊阁四库全书本。

J

姜夔撰，夏承焘笺校：《姜白石词编年笺校》，上海古籍出版社 1981 年版。

贾晋华：《唐代集会总集与诗人群研究》，北京大学出版社 2001 年版。

金启华等：《唐宋词集序跋汇编》，江苏教育出版社 1990 年版。

金国正：《南宋孝宗词坛研究》，上海人民出版社 2011 年版。

K

况周颐撰，屈兴国辑注：《蕙风词话辑注》，江西人民出版社 2000 年版。

［美］凯文·林奇：《城市意象》，方益萍等译，华夏出版社 2001 年版。

L

刘勰：《文心雕龙》，人民文学出版社 1981 年版。

李心传：《建炎以来系年要录》，中华书局 1956 年版。

李心传：《建炎以来朝野杂记》，中华书局 2000 年版。

李修生：《全元文》，江苏古籍出版社 1999 年版。

李镜燧：《越中山脉水利形势记》，绍兴县地方志编纂委员会 1992 年重印本。

李慈铭：《越缦堂读书记》，商务印书馆 1959 年版。

李有：《古杭杂记》，丁丙《武林掌故丛编》，京华书局 1967 年版。

陆游：《陆放翁全集》，中国书店 1986 年版。

罗濬：《宝庆四明志》，《宋元方志丛刊》，中华书局 1990 年版。

罗大经：《鹤林玉露》，中华书局 1983 年版。

路成文：《宋代咏物词史论》，商务印书馆 2005 年版。

厉鹗：《樊榭山房集》，上海古籍出版社 1992 年版。

刘义庆：《世说新语》，上海古籍出版社 1996 年版。

刘一清：《钱塘遗事》，上海古籍出版社 1985 年版。

刘永济：《词论》，上海古籍出版社 1981 年版。

刘永济：《宋代歌舞剧曲录要》，古典文学出版社 1957 年版。

刘扬忠：《唐宋词流派史》，福建人民出版社1999年版。

刘少雄：《南宋姜吴典雅词派相关词学论题之探讨》，台湾大学出版委员会1995年版。

刘婷婷：《宋季士风与文学》，中华书局2010年版。

刘方：《盛世繁华：宋代江南城市文化的繁荣与变迁》，浙江大学出版社2011年版。

刘尊明、王兆鹏：《唐宋词的定量分析》，北京大学出版社2012年版。

［美］刘子健：《中国转向内在——两宋之际的文化转向》，江苏人民出版社2012年版。

梁令娴编，刘逸生校点：《艺蘅馆词选》，广东人民出版社1981年版。

梁思成：《中国建筑史》，百花文艺出版社1998年版。

龙榆生：《龙榆生词学论文集》，上海古籍出版社2009年版。

楼钥：《攻媿集》，文渊阁四库全书本。

林表民：《赤城集》，文渊阁四库全书本。

林师蒇：《天台续集》，文渊阁四库全书本。

林洪：《山家清供》，中华书局2013年版。

林景熙著，陈增杰校注：《林景熙诗集校注》，浙江古籍出版社1995年版。

林佳蓉：《杭州声华——以张镃家族、姜夔、周密之词为探讨核心》，台湾学生书局2011年版。

［美］林顺夫：《中国抒情传统的转变——姜夔与南宋词》，张宏生译，上海古籍出版社2005年版。

吕希哲：《吕氏杂记》，中华书局1991年版。

M

马缟：《中华古今注》，中华书局1985年版。

马曙明、任林豪：《临海墓志集录》，宗教文化出版社2002年版。

孟元老：《东京梦华录》，中华书局1985年版。

梅应发：《开庆四明续志》，《宋元方志丛刊》，中华书局1990年版。

梅新林：《中国古代文学地理形态与演变》，复旦大学出版社2006年版。

牟巘：《陵阳集》，吴兴刘氏嘉业堂刊本。

缪钺、叶嘉莹：《灵溪词说》，上海古籍出版社 1987 年版。

O

欧阳修：《欧阳修全集》，中国书店 1986 年版。

欧阳光：《宋元诗社研究丛稿》，广东高等教育出版社 1996 年版。

P

潘永因：《宋稗类钞》，书目文献出版社 1985 年版。

彭万隆、肖瑞峰：《西湖文学史》（唐宋卷），浙江大学出版社 2013 年版。

Q

潜说友：《咸淳临安志》，《宋元方志丛刊》，中华书局 1990 年版。

全祖望著，朱铸禹汇校集注：《全祖望集汇校集注》，上海古籍出版社
  2000 年版。

樵川樵叟：《庆元党禁》，中华书局 1985 年版。

S

苏轼：《苏轼文集》，中华书局 1986 年版。

孙觌：《内简尺牍》，文渊阁四库全书本。

孙克强：《唐宋人词话》，河南文艺出版社 1999 年版。

施宿：《嘉泰会稽志》，《宋元方志丛刊》，中华书局 1990 年版。

施谔：《淳祐临安志》，《宋元方志丛刊》，中华书局 1990 年版。

施蛰存：《词籍序跋萃编》，中国社会科学出版社 1994 年版。

邵廷采：《思复堂文集》，浙江古籍出版社 1987 年版。

宋濂：《文宪集》，文渊阁四库全书本。

沈括：《梦溪笔谈》，吉林人民出版社 1999 年版。

沈松勤：《南宋文人与党争》，人民出版社 2005 年版。

四川大学古籍整理研究所：《宋集珍本丛刊》，线装书局 2004 年版。

T

脱脱：《宋史》，中华书局 1977 年版。

陶宗仪：《南村辍耕录》，齐鲁书社 2007 年版。

田汝成著，陈志明编校：《西湖游览志》，东方出版社 2012 年版。

田汝成著，陈志明编校：《西湖游览志馀》，东方出版社 2012 年版。

谈钥：《嘉泰吴兴志》，《宋元方志丛刊》，中华书局 1990 年版。

唐圭璋：《全宋词》，中华书局 1999 年版。

唐圭璋：《词话丛编》，中华书局 1986 年版。

唐圭璋：《唐宋词简释》，人民文学出版社 2010 年版。

唐圭璋：《宋词四考》，江苏古籍出版社 1985 年版。

陶尔夫、刘敬圻：《南宋词史》，黑龙江人民出版社 2005 年版。

陶然：《金元词通论》，上海古籍出版社 2001 年版。

陶然：《宋金遗民文学研究》，浙江大学出版社 2014 年版。

W

王士性：《广志绎》，中华书局 1981 年版。

王明清：《挥麈录》，中华书局 1961 年版。

王明清：《玉照新志》，中华书局 1985 年版。

王之望：《汉滨集》，文渊阁四库全书本。

王梓材、冯云濠：《宋元学案补遗》，人民出版社 2012 年版。

王毓贤：《绘事备考》，文渊阁四库全书本。

王元恭：《至正四明续志》，《宋元方志丛刊》，中华书局 1990 年版。

王十朋撰，周世则注：《会稽三赋》，中华书局 1991 年版。

王沂孙：《花外集》，上海古籍出版社 1988 年版。

王国维：《王国维文集》，中国文史出版社 1997 年版。

王水照：《宋代文学通论》，河南大学出版社 1997 年版。

王兆鹏：《宋南渡词人群体研究》，凤凰出版社 2009 年版。

王兆鹏：《两宋词人年谱》，文津出版社 1994 年版。

吴自牧：《梦粱录》，浙江人民出版社 1984 年版。

吴曾：《能改斋漫录》，上海古籍出版社 1979 年版。

吴潜：《履斋遗稿》，文渊阁四库全书本。

吴潜：《许国公奏议》，中华书局 1985 年版。

吴坰：《五总志》，中华书局 1985 年版。

吴震方：《岭南杂记》，中华书局 1985 年版。

吴熊和：《唐宋词通论》，浙江古籍出版社 1985 年版。

吴熊和：《吴熊和词学论集》，杭州大学出版社 1999 年版。

吴松弟：《北方移民与南宋社会变迁》，文津出版社 1993 年版。

［意］维柯：《新科学》，朱光潜译，商务印书馆 1989 年版。

X

萧统编，李善注：《文选》，中华书局 1977 年版。

肖鹏：《宋词通史》，凤凰出版社 2013 年版。

肖鹏：《群体的选择——唐宋人词选与词人群通论》，凤凰出版社 2009
　年版。

夏文彦：《图绘宝鉴》，世界书局 1937 年版。

夏承焘：《唐宋词人年谱》，上海古籍出版社 1979 年版。

夏承焘：《唐宋词论丛》，中华书局 1962 年版。

夏铸九：《空间的文化形式与社会理论读本》，台湾明文书局 1988 年版。

熊克：《中兴小纪》，福建人民出版社 1985 年版。

谢翱：《晞发集》，文渊阁四库全书本。

徐吉军：《南宋都城临安》，杭州出版社 2008 年版。

薛砺若：《宋词通论》，上海书店 1985 年版。

薛玉坤：《宋词与江南区域文化——人地关系的视角》，中国华侨出版社
　2007 年版。

许伯卿：《宋词题材研究》，中华书局 2007 年版。

许伯卿：《浙江词史》，浙江大学出版社 2014 年版。

Y

永瑢等：《四库全书总目》，中华书局 1965 年版。

颜真卿：《颜鲁公集》，上海古籍出版社 1992 年版。

叶梦得：《岩下放言》，文渊阁四库全书本。

叶梦得：《建康集》，文渊阁四库全书本。

叶梦得：《玉涧杂书》，石林遗书本。

叶梦得：《避暑录话》，中华书局 1985 年版。

叶绍翁：《四朝闻见录》，商务印书馆 1937 年版。

叶朗：《中国美学通史·宋金元卷》，江苏人民出版社 2014 年版。

袁桷：《清容居士集》，《四部丛刊》本。

袁桷：《延祐四明志》，《宋元方志丛刊》，中华书局 1990 年版。

袁褧：《枫窗小牍》，中华书局 1985 年版。

袁燮：《絜斋集》，文渊阁四库全书本。

袁康：《越绝书》，商务印书馆 1937 年版。

袁行霈：《中国文学概论》，高等教育出版社 1990 年版。

喻长霖等：《台州府志》，台湾成文出版社 1970 年版。

俞陛云：《唐五代两宋词选释》，上海古籍出版社 1985 年版。

杨万里：《诚斋集》，《四部丛刊》本。

杨宽：《古史新探》，中华书局 1965 年版。

杨海明：《唐宋词史》，江苏古籍出版社 1987 年版。

杨海明：《张炎词研究》，齐鲁书社 1989 年版。

杨万里：《宋词与宋代的城市生活》，华东师范大学出版社 2006 年版。

严迪昌：《清词史》，江苏古籍出版社 1999 年版。

姚惠兰：《宋南渡词人群与多元地域文化》，东方出版中心 2011 年版。

［美］宇文所安：《追忆——中国古典文学中的往事再现》，郑学勤译，生
活·读书·新知三联书店 2014 年版。

佚名撰，李之亮点校：《宋史全文》，黑龙江人民出版社 2004 年版。

佚名著，李音翰等校点：《百宝总珍集》（外四种），上海书店 2015 年版。

Z

曾枣庄等：《全宋文》，上海辞书出版社、安徽教育出版社 2006 年版。

曾大兴：《中国历代文学家之地理分布》，湖北教育出版社 1995 年版。

曾慥：《类说》，文渊阁四库全书本。

周密：《齐东野语》，中华书局 1983 年版。

周密：《癸辛杂识》，中华书局 1988 年版。

周密：《武林旧事》，浙江人民出版社 1984 年版。

周密：《浩然斋雅谈》，中华书局 1985 年版。

周密：《志雅堂杂钞》，中华书局 1991 年版。

周必大：《文忠集》，文渊阁四库全书本。

周辉：《清波杂志·附别志》，中华书局 1985 年版。

邹志方：《会稽掇英总集点校》，人民出版社 2006 年版。

周扬波：《宋代士绅结社研究》，中华书局 2008 年版。

庄绰：《鸡肋编》，中华书局 1983 年版。

邹志方：《会稽掇英总集点校》，人民出版社 2006 年版。

祝穆：《方舆胜览》，中华书局 2003 年版。

祝尚书：《宋人总集叙录》，中华书局 2004 年版。

张镃：《南湖集》，中华书局 1985 年版。

张炎：《山中白云词》，中华书局 1983 年版。

张宗橚：《词林纪事》，中华书局 1959 年版。

张淏：《宝庆会稽续志》，《宋元方志丛刊》，中华书局 1990 年版。

张元忭：《绍兴府志》，台湾成文出版社 1983 年版。

张端义：《贵耳集》，文渊阁四库全书本。

张世南：《游宦纪闻》，中华书局 1981 年版。

张惠民：《宋代词学资料汇编》，汕头大学出版社 1993 年版。

张毅：《宋代文学思想史》，中华书局 2006 年版。

张剑、吕肖奂：《宋代家族与文学研究》，中国社会科学出版社 2009
　年版。

张宏生：《感情的多元选择——宋元之际作家的心灵活动》，现代出版社
　1990 年版。

张如安：《汉宋宁波文学史》，中国文联出版社 2001 年版。

朱彝尊：《曝书亭集》，《四部丛刊》本。

朱彝尊、汪森：《词综》，上海古籍出版社 2014 年版。

朱祖谋：《彊村丛书》，广陵书社 2005 年版。

朱君毅：《中国历代文人之地理分布》，中华书局1932年版。

朱瑞熙等：《辽宋西夏金社会生活史》，中国社会科学出版社1998年版。

宗白华：《美学散步》，上海人民出版社1981年版。

章定：《名贤氏族言行类稿》，文渊阁四库全书本。

章玉安：《绍兴文化杂识》，中华书局2001年版。

后　记

　　对南宋浙江词人群体的关注源于多年前撰写硕士学位论文《曹勋词研究》之时。南渡词人曹勋与曾惇、洪适、钱端礼、贺允中、朱敦儒等人在浙江台州的词学互动带有明显的地域文化印记，展示出与南渡主流词坛不同的面貌，这引发了我对浙江其他区域词人群体活动地域因缘探究的兴趣。于是在 2013 年，我再次跨入华东师范大学的校门，师从彭国忠教授做访问学者，开始了该课题的研究。

　　浙江是南宋词坛中心，词人云集、酬唱频繁，以地域文化为视角来审视词人群体活动，探究其活动平台的文化基因对群体酬唱内容和艺术风格的影响，可使这些词学群体得以更加多元的展示。课题对词人群体采用较为宽泛的定义，将只要是多人参与的词学酬唱活动都视为研究对象，这样的处理有助于更加全面地勾勒出南宋浙江词人群体活动的版图。同时各群体的影响力、词史价值差异较大，有的词人群体在词坛产生了很大的反响，酬唱词作相对保存完整，群体创作面貌也展现得较为充分。而有的词人群体活动规模较小，参与活动的一些词人名气不显，酬唱词作都已佚失，这给词人群体面貌的考察带来了极大的困难，对这些词人群体，我还将持续关注，并期待有更多的文献资料被发现，使这些群体的创作面貌能更清晰、完整地呈现出来。

　　书稿能顺利完成，要特别感谢彭国忠教授，自读硕时彭老师就是我的导师，导师学养深厚，为人平易，在我学术成长的道路上一路扶助。每当写作遇到难题，导师总能以他广阔的学术视野和敏锐的学术洞察力在关键处给我指点，使我少走了许多弯路。对本书的框架结构、观点的提炼等，导师都给予了指导，在此深表谢意。

　　同时要感谢浙江大学胡可先教授，我曾于 2011 年到浙江大学中文系学术进修，其间有幸得胡老师教诲，受益终身。胡老师对本书稿的写作思路给予了指引。还要感谢众多师长、朋友的鼓励和帮助，感谢我先生的包容、理解和支持，在我困惑、懈怠时，是你们给了我前行的动力。

　　学术研究过程固然艰辛，但沉醉于宋人雅致语言构筑的世界，重温着词人们在浙江山水间的风流雅韵所带来的精神享受，冲淡了科研路上的寂寞，给平淡的生活增添了亮色。如今书稿即将付梓，因课题研究所经历的焦虑、苦恼等种种体验皆已成过往，但那些给我帮助、给我力量的人和事则会长久地留在心中，一生感念。

2017 年 5 月 10 日